달콤한
사이코

1

달콤한 사이코 1

초판 1쇄 발행 2021년 6월 10일

지은이 | 상림(메리J)

발행인 | 김성룡
기획, 편집 | (주)스마트빅(쉼표)
교정 | 김은희
표지디자인 | 우물
출판등록 | 제2014- 000017호 (2011년 6월 30일)

펴낸곳 | 도서출판 가연
주 소 | 서울시마포구 월드컵북로 4길 77, 3층 (동교동 ANT빌딩)
전 화 | 02- 858- 2217
팩 스 | 02- 858- 2219
ISBN | 978-89-6897-091-7 03810

달콤한
×
사이코[1]

상림(메리J) 장편소설

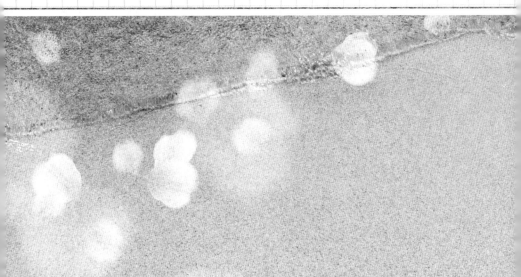

차 례

- 작가만의 글맛과 표현을 살리는 쪽으로 문장을 편집했습니다.

1. 빛과 어둠의 동거

로건의 입가에 누구도 알아챌 수 없는 기묘한 미소가 어렸다. 푸른빛이 감도는 차가운 칼날이 그의 손에 쥐어진 채였다.

조금씩 속도를 더하는 심장박동과 함께 쾌감이 달아올랐다. 들뜨는 호흡을 조절하며 손아귀에 힘을 주었다. 인간의 살갗이 주는 탄성이 예리한 칼날을 통해 그에게 전달되었다. 꽉 찬 공기가 툭 터지는 듯한 찰나의 느낌과 함께 뜨거운 피가 울컥 튀었다.

로건의 반듯한 미간에 깊은 주름이 패였다. 안타깝게도 얼굴에 피가 튀는 것을 피하고 만 탓이었다. 분수처럼 솟구치는 피를 보자 심장이 사정없이 달리기 시작했다. 혀를 내밀어 핥아 보고 싶은 것을 애써 참으며 넘치는 혈액을 해치우고 나자 으스러지고 깨진 내장들이 보였다. 아예 한바탕 휘저어 버리고 싶은 충동을 이겨 내느라 잠시 현기증이 일었다.

내장 더미 속으로 무람없이 손을 밀어 넣자 물컹하고 꿀렁이는 온기가 로건의 온몸을 빠르게 휘감았다. 전율하느라 엉킨 호흡을 천천히 정리하며 아랫배에서 단단하게 고이는 뭉근한 열기를 음미했다.

"메스."

"보비."

"메스."

"썩션."

로건의 입에서 나오는 짧고 명료한 단어들만큼 유려한 손동작도 거침없었다. 가느다란 봉합사로 끊어진 신경과 혈관을 잇는 것은 오직 동물적 감각으로 단련된 손이었다. 그야말로 눈은 거들 뿐. 손끝의 감각만으로 찾아내고 꿰매고 매듭을 지었다. 감정 없는 정밀한 손놀림은 신의 경지였다. 마치 기계가 박음질한 듯 타이(Tie)의 간격은 정갈하고 일정했다.

"바이탈 100에 70. 산소포화도 안정적입니다."

간호사의 말에 로건은 잘게 고개를 끄덕였다. 장장 열한 시간에 걸친 응급 수술을 마친 그의 표정에서는 긴장도 안도도 느껴지지 않았다.

"나머지는 네가 닫아."

수석 레지던트인 윤수에게 마무리를 넘긴 로건에게서 지친 기색이라고는 찾아볼 수 없었다. 그는 장갑과 마스크 등을 벗어 수거함에 던져 넣고 수술실 문을 나섰다.

"수고하셨습니다!"

수술에 참여한 외과 팀 스태프들과 참관 중인 인턴들이 로건의 뒤통수에 대고 큰 소리로 인사했다. 그가 나가고 나자 수술실의 분위기가 한결 부드러워졌다. 숨통이 트인 인턴들이 잠시 술렁거렸다.

"이로건은 인간이 아니야. 해부가 절실해. 사이보그 아니면 외계인이다에 내 손모가지를 건다."

마취 과장이 혀를 내두르며 방금 빠져나간 로건을 평했다. 그의 반 농담 같은 너스레에도 불구하고 방금 로건이 보여 준 신기에 가까운 손놀림을 흉내 내며 니들과 봉합사를 다루는 레지던트는 여전히 경직된 얼굴이었다.

"윤수야. 긴장 풀어. 어차피 시간과 연습의 문제야. 로건은 다른 차원 수준이니까 따라가려고 하지 마. 괜히 자괴감에 빠진다."

"네."

레지던트는 바닥난 체력을 끌어올리며 한 땀 한 땀 주의를 기울였다.

* * *

경의실(更衣室)로 들어온 로건은 환한 조명에 눈살을 찌푸리며 스위치를 내렸다. 이제 막 여명이 밝아오는 시각, 적당한 어둠이 그의 심신을 달랬다. 캐비닛을 열어 이어폰을 꺼냈다. 힘줄이 불

거진 그의 단단한 팔뚝에는 아직도 환자를 다룰 때의 긴장감이 남아 있었다.

피 냄새가 흠뻑 밴 스크럽(scrub suit)을 갈아입을 생각조차 하지 않고 바닥에 주저앉아 베토벤의 격렬한 운율에 기억을 실었다. 난잡하게 튀던 피와 흐트러지고 으스러진 장기를 떠올리면서 감각을 곱씹었다. 차곡차곡 흥분이 차올랐다. 마른침을 삼키는 목울대가 크게 오르내리더니 거친 호흡을 터트렸다. 실체 없는 거대한 손길이 로건의 목덜미를 감아쥐더니 서서히 옥죄었다. 숨이 차고 머리통에 피가 몰리고, 이내 황홀경으로 빠져들어 갔다. 죽음의 문턱에 매달려서 울부짖던 어린아이가 느끼던 극한의 공포가 어째서 쾌락이 되어 버렸을까.

탁! 감은 눈자위 위로 환한 빛이 달려들었다. 창백한 형광등 불빛이 그의 감흥을 부숴버렸다. 로건은 한쪽 이어폰을 빼며 천천히 눈을 떴다.

"뭐야."

피로에 잠긴 낮은 쇳소리가 목구멍을 긁으며 나왔다.

"너야말로 뭐야. 피를 옴팡 뒤집어썼다면서 여기서 뭐 하는 거야."

그를 태산 대학병원으로 불러들인 장본인, 소아청소년과 부교수인 오대양이 한심하다는 듯 혀를 찼다.

"어서 가서 씻어! 제발 퇴근이나 해!"

베토벤의 '환희의 송가'는 대양의 현실적인 잔소리 앞에서 시들해졌다.

"오영아, 오늘 오후 간식 메뉴는 뭐냐?"

빛바랜 금발에 벽안을 지닌 지 원장은 고장 난 자전거를 뚝딱거리며 부엌에 있는 오영을 불렀다.

"잔치 국수하고 떡갈비요. 장식으로 꽃도 곁들일 거예요. 원장님은 비빔으로 해 드려요?"

"그럼 나야 고맙지. 밥상 꾸민다고 애쓰지 말고 대충 차려라. 끼니마다 힘들지도 않아?"

"좋아서 하는 거라니까요. 기왕 먹는 것 보기에도 예쁘면 좋잖아요."

오영은 보육원 마당을 내다보며 나직한 한숨을 쉬었다. 연로한 원장님과 함께 꾸려나가는 〈엔젤의 낙원〉을 언제까지 유지할 수 있을지 고민이었다. 아무것도 모르고 마당에서 뛰어노는 어린 원생들을 보는 마음이 무거웠다. 그녀의 근심 깊은 눈동자에 낯선 인영이 맺혔다. 항상 활짝 열린 보육원 문을 쭈뼛거리며 들어서는 왜소하고 남루한 남자가 보였다.

"원장님, 손님이 오셨나 봐요."

"응? 그렇구나. 정말 오랜만에 손님이 오시는구나."

지 원장은 생면부지의 남자를 향해 인자한 미소를 지어 보이며 자리에서 일어섰다.

칠악산 등산로 입구 주차장에 차를 세운 로건은 SUV 트렁크에서 산악용 자전거를 내렸다.

"이런…… . 생각을 어디 두고 다니는 거야."

팔과 무릎에 보호대를 착용한 후 헬멧을 꺼낸 로건의 표정이 좋지 않았다. 낭패였다. 새로 산 헬멧을 깜빡하고 그냥 온 것이다. 낡은 헬멧은 턱 끈이 닳고 닳아 곧 끊어져도 이상할 바가 없었다. 돌아가야 하나…… . 쉬는 날에는 등산이나 라이딩으로 피로를 풀어야 하는 로건은 잠시 갈등했다. 그러다 이내 피식 웃음을 흘렸다. 자신에게 안전장비란 그저 습관일 뿐이었다. 부상이나 죽음에 대한 염려 따위를 해 본 적 없는 주제에 망설이는 자신이 우스웠다. 등산로 안내도를 보며 코스를 살폈다. 최고 난도 코스를 눈으로 읽힌 후 안장에 올랐다.

퉁! 퉁! 촤아악!

새로 생겼다는 산악자전거 코스는 흙보다는 울퉁불퉁한 바위가 많았다. 험한 지형을 점핑하며 달리는 맛이 뛰어났다.

"헉, 헉…… . 훅!"

어느새 숨이 턱 끝까지 차올랐다.

"으헛!"

한창 신나게 달리던 로건의 자전거 앞으로 청설모 한 마리가 튀어 올랐다. 그저 지나가는 동물이라면 무시하고 치고 갔을 터였다. 그러나 자신을 향해 돌진하는 바람에 무모하게 핸들을 꺾고 말았다. 아무래도 오늘은 일진이 사나운 날인 듯했다. 순발력이라면 뒤처지지 않는 로건이 좀처럼 하지 않는 실수를 저질렀다. 자전거와 분리된 몸이 공중으로 붕 떠올랐다. 턱! 바닥에 내쳐진 몸이 사정없이 아래로 뒹굴었다. 날 선 돌부리에 이곳저곳이 부 딪히고 긁혔지만, 통증을 느낄 새가 없었다. 충격으로 인해 낡은 헬멧의 목 끈이 떨어져 나갔다. 두개골을 강타하는 통증을 느낌 과 동시에 의식이 암흑 속으로 가라앉았다.

얼마나 시간이 지났을까. 깊고 검은 물속으로 잠겨 들어가는 듯 숨이 가빴다. 로건은 허겁지겁 숨을 터트리며 눈을 번쩍 떴다. 사 위는 어둑했고 비가 억수같이 쏟아지는 중이었다.

"끙……."

욱신거리는 몸을 가까스로 일으켜 앉아 바위에 등을 기댔다. 체 온이 떨어졌는지 오한이 들었다. 자리에서 일어나 주변을 둘러보 던 로건은 물길을 발견했다. 다행히 라이딩 슈트 허리춤에 꽂아 두었던 핸드폰도 무사했다. 아직 해질 시간이 아니었다. 비구름으 로 인해 사위가 어두웠지만 시야를 분간 못 할 정도는 아니었다. 물길을 따라 얼마간 걸어 내려가자 인가가 보였다. 통증으로 뻐근 한 팔꿈치를 부여잡고 터덜터덜 걸어갔다. 번쩍이는 번갯불이 철 제 대문 입구의 간판을 환히 비췄다.

〈엔젤의 낙원〉

오늘 같은 날씨와 어울리지 않는 간판을 보니 보육원이나 요양 시설인 듯했다. 제법 너른 마당을 가로질러 희미한 노란빛이 새어 나오는 건물로 향했다.

"계십니까?"

문을 두드리며 묵직한 목소리로 인기척을 냈지만, 한참이 지나 도 반응이 없었다. 끼이이익. 낡은 마룻바닥을 밟으며 실내로 들 어서는 순간 로건은 들이켠 호흡을 뱉지 못했다. 피……! 비릿하게 번지는 향은 분명 피였다.

비에 젖어 낮게 깔린 공기에 스민 피비린내에서 음산한 기운이 느껴졌다. 로건은 예민하게 곤두선 감각으로 주변을 살피며 조심스럽게 걸음을 뗐다. 아무래도 거실 너머의 저 문이 수상했다. 흥분으로 심장박동이 빨라지면서 입안에 군침이 돌았다.

흐으으윽. 끊어질 듯 가늘게, 흐느끼는 소리가 문밖으로 흘러나왔다. 문틈 사이로 보이는 현실, 믿을 수 없는 광경이 로건의 시야로 밀려들어왔다.

바닥에는 백금발의 노인이 널브러져 있었다. 맥을 짚어 봐야 확실해지겠지만, 일단은 사망한 것으로 보였다. 경계를 늦추지 않고 신중하게 문고리를 틀어잡았다. 그리고 한 여자와 눈이 마주쳤다. 공포로 가득한, 눈물로 퉁퉁 부은 눈을 일그러트리며 여자가 물었다.

"아……저씨는, 또, 누구세요?"

눈물과 피로 범벅이 된 오영이 흐느낌을 헐떡거리며 로건에게 물었다.

"등산객."

무감하게 대답한 로건은 순식간에 공간으로 진입했다. 눈 깜짝할 사이에 오영과 대치중인 왜소한 남자를 제압한 로건은 의외의 완력에 놀랐다. 제 목에 꽂힌 유리 조각을 뽑아내려다 제지당한 남자는 핏발이 선 눈으로 로건을 노려보았다. 로건의 감정 없이 차가운 눈동자가 부들부들 떨고 있는 남자를 탐색했다.

"네가 죽였어?"

"그……으래."

이 처참한 파티의 호스트로 보이는 놈은 말도 제대로 하지 못했다. 하지만 로건은 그의 눈에 스치는 자부심과 입가에 맺힌 오만한 미소를 읽었다. 재미로 살인을 저지르는 부류였다. 로건의 반듯한 미간이 짜증으로 구겨졌다. 골치 아픈 일에 얽히게 된 것만큼 뒤에서 들리는 여자의 훌쩍거리는 소리가 거슬렸다.

"이봐요."

"네……. 흐흡! 마, 말씀하세요."

로건은 덜덜 떨면서도 예의 바르게 대답하는 오영이 우스워 피식 실소를 터트렸다.

"이 남자. 죽일 겁니까 살릴 겁니까?"

"네?"

"당신이 원하는 대로."

오영은 갈등했다. 친절을 베푼 사람에게 흉기를 휘두르고 기어이 원장님을 헤친 놈의 생사가 자신에게 달렸다는 사실에 당황했다.

"버……법대로 해야, 하잖아요."

"그럼 살려?"

눈물로 얼룩진 오영의 시야에 바닥에 누워 있는 지 원장이 보였다. 아이들을 지키려고 놈을 막아 내다 저렇게 된 지 벌써 한참이 지났다. 그가 살길 희망했지만 신은 그런 바람을 들어줄 만큼 자신에게 관대하지 않을 것이다. 언제나 그랬듯이. 오영은 자신에게 선택의 칼자루를 쥐어 준 장신의 남자를 올려다봤다. 감정 없는 짙고 까만 눈동자는 섬뜩하면서도 왠지 의지가 되었다.

"죽……여 버리고 싶어요. 으흐흐흑! 아니! 아니, 안 돼요!"

로건은 한심하다는 듯 혀를 찼다. 사람들은 항상 이렇게 마음이 약했다. 기회를 줘도 그놈의 알량한 인간성 때문에 갈등하며 남 좋은 결정을 하고 만다.

"그 주제에도 네놈은 살고 싶겠지."

경멸의 찬 로건의 말투가 자조적으로 들렸다. 붙들고 있는 손에 힘을 주자 유리 조각이 미세하게 움직였다. 살인마 주제에 제 목숨은 아까운지 두려워하는 게 느껴졌다. 로건이 유리 조각을 깊이 찔러 넣을 것으로 판단했는지 더 힘을 주고 버티며 빼내려고 했다.

"유명해지기엔 글쎄. 너는 지식은 물론 재능도 없어. 수법도 너무 거칠고 투박해."

시큰둥한 말투로 실력을 깎아내리는 로건에게 화가 났는지 그를 노려보는 살인자의 눈에 핏발이 섰다.

"네 선택을 존중하지."

로건은 마침내 유리 조각을 빼내려고 바둥거리는 남자의 손목을 풀어 주었다.

"으억!"

남자가 유리 조각을 빼냄과 동시에 오영의 눈앞이 붉게 물들었다. 시야가 무너져 내렸다.

* * *

희미한 담배 냄새에 후각이 먼저 깨어났다. 눈앞은 안개가 낀 듯 뿌옇고 귀청을 때리는 빗소리가 시원했다. 여기가 어디야? 오영은 눈동자를 데굴데굴 굴려 주위를 살폈다. 처마에서 빗줄기가 요란하게 떨어지고 있었고, 눈앞에는 온통 검은색 일색인 라이딩 슈트를 입은 남자의 널찍한 등이 보였다.

'이 남자, 죽일 겁니까 살릴 겁니까?'

꿈이 아니었구나. 오영은 나쁜 놈의 생사여탈을 쥐고 흔들었던 남자가 예사 사람이 아니라고 판단했다. 그에게서 뿜어져 나오는 범상치 않은 아우라가 그녀의 믿음을 뒷받침해 주었다.

"저승사자님."

오영이 부르는 소리를 들어놓고도 남자는 꼼짝도 하지 않았다. 그의 머리꼭지 위로 하얀 담배 연기가 가늘게 피어올랐다. 그 참혹한 상황에서도 흔들림 없던, 살인자보다 더 냉혹해 보이던 사람. 검은 옷, 검은 머리, 검은 눈…… 이 세상 누구보다 시커먼 것들이 잘 어울리는 남자. 정말 신령한 존재가 맞을 것이다.

"저, 저승사자님?"

신령한 존재의 단단한 등판이 잠시 움찔한 것 같더니 평온한 목소리가 들렸다.

"잠깐 기다려요. 이것만 피우고."

맨바닥에 누워있는 것을 깨달은 오영은 주섬주섬 몸을 일으켰다. 막막한 마음으로 검고 탄탄한 등판을 하염없이 바라보았다. 무서운 분위기를 풀풀 풍기는 남자가 이상하게 하나도 무섭지 않았다. 아까 그 살인마가 사람 좋게 웃던 모습이 꺼림칙했던 것과 정반대 느낌이었다. 지 원장의 마지막이 떠오르자 울음이 비어져 나왔다. 담뱃불을 끄며 몸을 돌린 로건이 담담하게 지 원장의 사망을 알렸다.

"노인은 사망했습니다. 그리고 그 남자는."

"으흐흐흑. 원장님……."

시끄러워 죽겠다. 너무 길게 운다. 로건은 오열하는 오영을 무심하게 쳐다보며 그녀의 슬픔이 잦아들기를 기다렸다.

"주방 창고에 숨어있던 아이들은 다른 곳으로 옮겼습니다."

"네. 고맙습니다."

훌쩍거리며 거듭 고개를 숙여 감사를 전하는 오영을 보며 로건을 핸드폰을 꺼내 들었다.

"신고한 지 꽤 됐는데……. 이렇게 굼떠서야."

그제야 현실 감각이 돌아온 오영은 불안한 눈으로 그를 바라봤다. 하얀 얼굴에 또렷한 이목구비, 얼음 알갱이처럼 차가운 까만 눈동자는 딱 저세상 생김새였다.

"저승사자님이 아니셨어요?"

로건이 미간을 구긴 채 눈을 가늘게 떴다. 눈앞의 여자가 백치가 아닐까 잠시 의심했다. 그러거나 말거나 로건은 오영의 헛소리를 무시하기로 했다.

"당신이 그놈의 목을 찔렀습니까?"

로건의 질문에 까무러치기 전 상황이 다시 떠오른 오영의 얼굴이 하얗게 바랬다.

"일, 일부러 그런 건 아니에요. 엎치락뒤치락하다가 창문이 깨졌어요. 그래서 제가 바닥에서 유리를 주워서……."

점점 움츠러드는 말을 끝까지 듣지 않아도 상황이 짐작 갔다. 로건은 죄책감을 드러내는 여자의 심정을 이해할 수 없었지만, 그녀가 처한 상황은 이해할 수 있었다.

"놈은 죽지 않았습니다."

로건 역시 너무나 죽이고 싶었지만, 골치 아프기 좋은 상황이라 포기했다.

"정말요? 다행이다……."

잠시 안도하며 가슴을 쓸어내리던 오영이 버럭 소리를 질렀다.

"그, 그럼 지금 어디 있어요? 도망갔어요?"

아직 살인범이 살아있다는 소리에 겁에 질린 오영이 안절부절 못했다.

"응급 처치 후에 묶어놨습니다. 죽을지 살지는 모르겠고."

"그렇구나……. 그런데요. 제가 그 사람을 해코지한 게 문제가 될까요? 정당방위 맞죠?"

"난 법조인이 아닙니다. 경찰서에 가서 물으세요."

"난 죽고 싶지 않았을 뿐인데……."

"그럼 찌른 적 없다고 하면 됩니다. 그게 뭐 어렵다고."

"그건 거짓말이잖아요."

이상하다. 엄청나게 큰일 앞에서 쉽게 쉽게 말하는 남자가 못 미더워야 하는데 믿음직스러웠다. 오영은 힘세고 용감하지만 정의로워 보이지 않는, 특이한 남자를 생경하게 쳐다봤다.

"번거로운 일은 아예 없었던 것으로 만들면 됩니다."

천천히 자리에서 일어난 로건은 삐딱하게 선 채로 오영을 내려다보았다. 일어선 남자를 앉아서 보니 거인을 마주하고 있는 것 같았다. 거인이 시키는 대로 하면 모든 일이 순조롭게, 누구의 잘

못도 아닌 것으로 덮어질 것 같았다.

"그런 건……. 어떻게 하면 되는데요?"

다소 귀찮은 눈빛으로 오영을 내려다보던 로건이 시큰둥하게 지껄였다.

"저놈이 깨진 창문 쪽으로 쓰러져서 목에 유리가 꽂혔다고 우겨요."

오영의 귓가에 누군가가 '정말 쉽죠?' 하고 묻는 환청이 들렸다.

"경찰이 믿어 줄까요?"

로건은 성의 없이 고개를 끄덕인 후 112를 눌렀다.

"신고한 지가 언젠데 아직입니까? 누구 하나 더 죽어 나가야 올 겁니까?"

추위 탓인지 입술이 파랗게 물든 오영을 쳐다보며 로건은 경찰에게 현장 상황을 알렸다.

* * *

휴게실 의자에 걸터앉은 로건은 다리를 길게 뻗은 채로 이어폰에서 흘러나오는 음악에 흠뻑 젖어 있었다. 베토벤 교향곡 5번 C단조 〈운명〉. 장엄한 운율에 빠져 오전에 있었던 췌장암 수술을 복기 중이었다. 막 클라이맥스로 치솟는 환영 속에서 로건이 극한의 흥분을 억누르며 느릿하게 감각을 즐기던 순간. 틱! 무언가가 발끝을 세게 걷어차는 통에 감흥이 깨졌다.

"뭐야."

짙고 검은 로건의 눈이 짜증으로 번들거렸다.

"죄송합니다!"

기름걸레를 밀고 있던 미화원이 허리를 깊숙이 숙여 사죄했다. 길게 뻗었던 다리를 접은 로건은 험상궂게 일그러진 표정을 풀지 못했다.

"어?"

고개를 든 미화원이 로건을 보자마자 눈을 휘둥그레 떴다.

"저승사자님!"

짧은 커트 머리에 천진한 눈동자를 한 여자. 약간 모습이 달라졌지만, 누구였는지 기억을 더듬을 필요도 없었다. '저승사자'라고 부르던 맹랑한 목소리가 먼저 떠오른 탓이었다. 로건은 심하게 반가운 체하며 바짝 다가오는 오영을 피해 몸을 뒤로 물렸다.

"안녕하셨어요? 저예요. 저."

제 가슴을 팡팡 두드리며 다가오는 부담스러운 여자. 로건은 검지를 뻗어 오영의 어깨를 지그시 눌렀다. 힘을 주어 팔을 뻗으며 그녀와의 거리를 늘렸다. 적당히 벌어진 거리를 사이에 두고서야 로건의 입술이 열렸다.

"의사한테 저승사자라니."

그제야 오영은 사사삭 몸을 추스르고 주변을 둘러보았다. 휴게실 한쪽에 있던 의사와 간호사들이 이쪽을 주시하고 있었다.

"죄송해요! 제가 너무 반가워서 그만 실수했어요."

오영은 오히려 남들이 들어줘야 할 이야기를 숨죽여가며 속닥거렸다.

"그때 정말 감사했어요. 그⋯⋯."

민첩한 눈동자가 재빠르게 로건의 가운에 새겨진 이름을 훑었다.

'Dr. 이로건'

그의 이름을 새삼 확인한 오영은 여전히 생글거리며 재잘거렸다.

"이로건 선생님 덕분에 복수도 하고 아이들도 무사하고 저도 지금 이렇게 멀쩡하답니다."

"네."

로건은 손에 쥐고 있던 종이컵을 구기며 자리에서 일어났다.

"저도 이곳에서 일한 지 얼마 안 됐어요."

오영을 무시하고 지나치던 로건이 걸음을 멈췄다.

"정직원?"

"아니요. 일반 일용직이요. 용역 업체 통해서 들어온 거라서."

오영은 청소 도구가 실린 카트에서 마른걸레와 스프레이를 꺼내 테이블을 닦는 척했다. 누군가 미화원이 게으르다고 불만 사항 접수라도 넣으면 어렵게 얻은 일자리도 날아갈 터였다.

"그렇군요. 그럼 수고해요."

"자, 잠시만요."

이 여자, 몹시 귀찮다. 한동안 전국을 떠들썩하게 했던 그 사건 때문에 경찰과 언론에 몇 달간 시달린 짜증스러운 기억이 되살아났다. 개인 정보가 유출되지 않도록 들인 노력과 비용까지. 다시 생각해도 골치 아팠다. 다시는 엮이지 말아야 할 여자의 등장이 귀찮았다. 로건은 험상궂게 일그러지려는 표정을 애써 억누르며 오영을 응시했다.

"그때 정말 고마워서요. 제가 보답도 못 했잖아요. 괜찮으시다면 식사 대접이라도……."

"이깟 청소해서 얼마나 법니까?"

이……깟? 단시간에 오영의 목덜미부터 이마까지 빨갛게 물들
었다. 병원의 청결을 책임진다는 직업적 사명감이 짓밟히자 불쾌
했다. 그래도 생명의 은인이니 미운 마음을 접고 억지 미소를 지
어 보였다.

"아…… 바쁘시죠? 그, 그럼 커피라도."

"됐습니다."

로건은 정말 하찮은 것을 쳐내듯이 손을 털면서 멀어졌다. 펄럭
이는 하얀 가운마저도 오영에게 짜증을 부리는 것 같았다.

"나 지금 무시당한 거야? 쳇! 의사면 다냐?"

씩씩거리며 화를 냈지만 금세 속없는 말이 튀어나왔다.

"의사면 다지……. 뭐, 엄청 머리도 좋을 거고 우리나라 최고 대
학병원 의사니까 실력도 좋을 거고…… 돈도 많이 벌겠네."

오영은 커피 자판기에 묻은 끈적끈적한 얼룩들을 닦으며 '부럽
네! 부러워.'를 연신 중얼거렸다. 두 사람을 지켜보던 병원 직원들
은 오영이 자리를 뜨고 난 뒤 수다에 열을 올렸다.

"와, 별명 제대로다. 인조인간보다 저승사자가 더 잘 어울리네."

"뭔가 역설적인데 찰떡이다. 이 선생님 분위기가 좀 그렇잖아.
이상하게 싸한 면이 있어."

"섹시하네요. 저승사자 외과의라……. 그것도 수술 실패 확률이
소수점 저 아래인 저승사자라니."

아무도 의사를 '저승사자'라고 칭한 오영을 이상하게 생각하지
않았다. 오히려 뛰어난 작명이라며 입을 모아 감탄했다.

* * *

구내식당은 허기진 사람들이 만들어 내는 소음으로 웅성거렸다. 입에 맞지 않는 음식을 깔짝거리던 로건이 갑자기 자리에서 벌떡 일어났다. 까만 눈을 신경질적으로 빛내며 주변을 휙 휙 둘러보다가 뭔가 미심쩍다는 듯이 고개를 기울였다.

"뭐 하는 거야? 밥 먹다가 갑자기."

대양은 요즘 부쩍 주변을 의식하며 예민하게 구는 로건을 의문의 눈으로 쳐다봤다.

"누가 지켜보고 있는 것 같아서."

다시 자리에 앉아 음식을 뒤적거리는 로건을 걱정스럽게 보던 대양이 넌지시 입을 열었다.

"요즘 체력이 딸려?"

"뭐?"

대양은 날카롭게 되묻는 로건을 향해 고개를 내저었다.

"아니, 그럴 리가 없지."

로건은 자신 만큼 키와 덩치가 남다르기도 했지만, 열 시간이 넘는 수술을 마치고도 산을 타러 가는 미친 체력의 소유자였다.

"그럼 스트레스가 너무 심해서 그런 것 아닐까?"

"도대체 무슨 소리를 하고 싶은 거야?"

"요즘 막 헛것이 보이고 이명이 들리고 그런 거라면 검사를 좀 받아 봐. 너무 일만 하잖아."

"병원은 원래 '너무' 일만 하는 사람 천지인 것 아니야?"

하긴 인턴, 레지던트들만 해도 치사량에 달하는 업무 강도였다.

바윗덩이 같은 로건의 몸이나 정신이 허약해졌을 리가 없었다.

"확실해. 누가 요즘 나를 지켜보고 있어."

로건은 동그란 눈을 반짝거리며 생글거리는 선머슴 같은 여자를 떠올렸다. 유력한 용의자였다. 한편, 기둥 뒤 테이블에 앉아서 비빔밥을 비비는 오영의 시선은 로건을 향해 있었다.

"저 사람은 왜 자꾸 눈에 띄는 거야?"

그날 우연히 마주친 이후로 일부러 그를 피하려고 하는데도 가는 곳마다 보였다. 자존심 상한 것도 있었지만, 서로 떠올려 봤자 좋은 추억이 아니므로 모르는 척 지내기로 결정했다. 그래서 그가 보이면 재빨리 몸을 숨기고는 사라질 때까지 주의를 기울였다. 지금도 모처럼 시간이 남아서 마음 편히 밥이나 먹으려고 식당에 좀 일찍 내려왔더니 또 그가 먼저 와 있었다. 오영은 강철처럼 우직해 보이는 로건의 드넓은 등판을 노려보며 입에 밥을 욱여넣었다. 그냥 빨리 먹고 어디 짱 박혀서 쉴 생각이었다.

* * *

카페로 향하던 로건은 청소 도구 카트 밑으로 숨는 동그란 머리통을 발견했다. 잡았다. 성큼성큼 거침없는 큰 걸음이 청소 카트를 향했다. 카트 앞에 다다라 소심하게 숨어있는 머리통의 주인을 확인하려던 순간 둘의 눈이 마주쳤다. 그러면 그렇지. 로건이 막 입을 열어 한소리 하려던 찰나 오영이 자리에서 발딱 일어났다.

"도대체 왜 이러세요? 사람 신경 쓰이게."

빽 소리를 치며 따지고 싶은 것을 억누른 오영은 이를 사리물며 쏘아붙였다. 로건은 자신이 해야 할 말을 상대가 해 버리자 어이가 없었다. 졸졸 따라다닌 게 누군데 적반하장인가. 로건의 굵고 진한 눈썹이 삐뚜름하게 치솟았다. 신랄한 눈빛으로 황당한 여자를 노려보았지만, 상대는 아랑곳하지 않고 제 할 말을 쏟아냈다.

"아니. 왜 내가 가는 곳마다 나타나시는 거예요?"

주위를 잔뜩 의식하는 바람에 누가 봐도 어색해 보이는데도 오영은 혼자 안 들킨 사람처럼 복화술로 따졌다.

"생각보다 머리가 좋은가?"

"뭐라는 거예요?"

"귀찮을 정도로 여기저기 출몰해서는 몰래 지켜본 건 당신인 거 같은데."

댕그랗게 치뜬 눈으로 로건을 쳐다보던 오영은 터져 나오려는 웃음을 참는 시늉을 하며 입술을 씰룩거렸다.

"내가요? 저승사자님을 지켜봤다고요? 몰래? 엄마야……. 왕자님이신가 보다."

비아냥거리는 오영의 말투에 기분이 상한 로건에게서 서릿발 같은 한기가 풍겼다. 지나가던 인턴들이 어정쩡한 자세로 인사를 하는데도 대꾸도 하지 않고 오영을 응시했다. 로건은 날 선 신경을 심호흡으로 다스리며 듣기 좋은 음성으로 조곤조곤 설명했다. 구구절절 늘어놔야 하는 상황이 낯설고 이러고 있는 스스로가 이해 가지 않았지만 어째서인지 그러고 있었다.

"이봐요. 나는 예민한 편입니다. 요 며칠, 자꾸 이상한 시선을 느꼈습니다. 그리고 방금 나하고 마주칠 뻔하자 당신이 먼저 숨었어요. 내 입장에서는 합리적 의심인 것 아닙니까?"

"와, 제가 하고 싶은 말을 가로채시네요. 저야말로 어딜 가나 저승사자님이 보여서 환장할 노릇이었다고요."

"로건."

그의 입에서 나오는 '로건'이라는 이름이 굉장히 생경하게 들렸다. 버터의 풍미가 적당하게 밴 매끄럽고 이국적인 발음을 들은 오영은 순간 말문이 막혀 눈만 깜빡거렸다.

"내 이름은 로건입니다. 저승사자가 아닙니다. 그리고 이곳은 내 직장이고 내 직업은 의사입니다."

"앗! 죄송합니다. 그건 제 실수에요."

오영은 방정맞은 제 입을 조금 과하다 싶게 손으로 내리치며 급히 사과했다. 로건은 오영이 하는 행동과 표정, 눈동자의 움직임을 자세히 관찰했다. 단순해서 읽어 내기 쉬운 타입이었다. 경험과 데이터를 통해 습득한 바로는 거짓말을 하는 것 같지 않았다.

"하여튼 이번에는 당신이 한 말을 믿겠습니다. 하지만 앞으로 또."

"오영."

"……?"

"제 이름은 오영이에요. 지오영. 그날 경찰서에서 들었는데 선생님도 잊으셨죠?"

오영이건 오십이건. 로건은 상관하고 싶지 않았다. 앞으로 이 여자의 이름을 부를 일이 없을 테니.

"로건!"

로건의 이름을 부르는 누군가의 굵은 목소리가 로비에 우렁차게 울렸다. 오영은 자신들을 향해 힘차게 걸어오는 당당한 풍채의 남자를 보고 꾸벅 인사를 했다. 어쨌든 하얀 가운을 입은 사람이니 병원 직원이겠지. 그렇다면 인사를 해야 마땅하다고 판단했다.

인사를 받은 상대방도 설핏 미소를 지으며 오영에게 고개를 숙였다. 마침 주변을 지나던 대양이 궁금증을 참지 못하고 다가오는 중이었다. 대양은 로건이 미화원과 떠들고 있는 상황을 이해할 수 없었다. 게다가 분위기가 꽤 심각하고 삭막해 보여 걱정스럽기도 했다.

"무슨 일이야?"

"아무것도 아니야."

"네. 별일 아니에요."

로건은 언제나처럼 무색 무미의 표정이었고 앞에 선 오영은 세상 밝은 미소를 짓고 있었다.

"그럼 저는 가보겠습니다. 안녕히 계십쇼."

오영은 청소 카트를 밀고 로건의 옆을 지나가며 속삭였다.

"전 이제 신관 소아클리닉 파트로 갑니다."

그러니까 그쪽으로 얼씬도 하지 말라는 소리로 들렸다. 로건은 가늘게 뜬 눈으로 멀어지는 오영을 응시했다. 생각에 빠져 서 있는 로건의 어깨를 대양의 솥뚜껑같이 두꺼운 손이 짚었다.

"꽤 젊은 것 같은데 힘든 일을 하네. 요즘 다들 편한 일만 하려고 하는데 보기 드문 성실성이야."

로건은 대답 없이 묵묵히 가려고 했던 카페로 걸음을 옮겼다. 오영의 엉뚱한 반박 때문에 정신이 멍멍한 지경이었다. 내가 너를 따라다녔다고? 지끈거리는 골을 진정하기 위해 카페인 주입이 시급했다. 평소와 다른 로건의 분위기를 감지한 대양이 농담하듯 넌지시 물었다.

"마음에 든 거야? 생기가 넘치는 게 느낌이 좋은 사람이네."

이건 또 뭔가. 걸음을 멈춘 로건이 죽일 듯 눈에 힘을 주고 대양을 노려봤다. 급히 꼬리를 내린 대양은 두 손바닥을 번쩍 들고 백기를 선언했다.

"아니, 너무 멍 때리고 바라보길래. 아님, 말고."

대양을 버려두고 카페로 들어간 로건은 바리스타에게 빠른 말투로 주문했다.

"에스프레소 룽고 도피오."

잔뜩 인상을 찌푸리고 관자놀이를 마사지하는 로건을 보며 대양은 볼을 부풀렸다. 웬만해선 감정의 변화를 보이지 않는 로건의 색다른 모습을 모른 척하자니 여간 아쉬운 게 아니었다.

* * *

사방이 꽉 막혔다.

엄마, 아빠 그리고 누나는 일어날 생각이 없는지 며칠째 잠만 잤다.

사방이 막힌 집은 썩은 내가 진동했다.

'엄마! 엄마!'

'누나! 일어나. 누나!'

아빠가 잠들었을 때 도망가면 좋을 텐데 두 사람은 아무리 깨워도 일어나지 않았다.

목이 쉬도록 불렀는데도 반응하지 않는 두 사람이 미웠다.

이제는 배고픔도 느껴지지 않았다.

이 어둠이 사라졌으면, 누구라도 문을 열어 줬으면. 그럼 여기에서 도망칠 텐데.

순간 밖에서 어른들의 목소리가 들렸다.

꽝! 벼락같은 소리와 함께 문이 열리고 빛이 새어 들어왔다.

로건의 작은 몸이 온통 환한 빛으로 물들었다.

'여기 아이가 있습니다. 생존했어요!'

아수라장 속에서 한 남자가 다가왔다.

인자한 미소를 띤 얼굴의 남자가 로건의 손을 붙들었다.

'기특한 아이야, 울지 않고 있었구나.'

"허억!"

차가운 땀으로 흠뻑 젖은 채 일어난 로건은 황망한 눈으로 주변을 둘러보았다. 익숙한 침실의 풍경을 확인하자 경직됐던 근육의 통증이 느껴졌다. 로건은 전력 질주라도 한 사람처럼 크게 부푼 가슴을 들썩이며 거친 숨을 토해 냈다. 과거의 생생했던 공포를 선사하는 악몽의 여운은 길었다. 땀에 젖은 것과 달리 온몸은 소름이 잔뜩 돋아 있었고, 머리털이 올올이 서 있는 느낌이었다.

어느 정도 호흡이 진정되자 대충 옷을 걸치고 방을 나섰다. 차가운 새벽의 푸른빛이 깔린 거실은 적요했다. 커피 머신의 버튼을 누르는 로건의 표정은 텅 비어 있었다. 겨우 읽어 낼 수 있는 것은 짙은 허무였다. 언제나 악몽의 마지막 순간이 마음에 들지 않았다. 꿈에서조차 보고 싶지 않은 인간이 항상 악몽의 대미를 장식했다. 마당으로 통하는 거실 창을 열어 밤새 묵은 공기를 내보

냈다. 문턱에 걸터앉아 담배를 입에 무는 순간 전화벨이 울렸다.

"여보세요."

아침 안개처럼 착 가라앉은 로건의 목소리와 정반대인 대양의 쾌활한 목소리가 수화기를 뚫고 나왔다.

─ 로건, 오늘 한 게임 해야지.

"더운데."

오늘도 불쾌지수가 최고치를 기록할 것 같았다. 밤이 새도록 식지 못한 대지의 열기가 새벽의 눅눅한 공기 중에 남아있었다.

─ 좀 그렇지? 갈수록 테니스 치기 어려운 시절이야. 봄, 가을은 미세먼지 여름은 폭염 겨울은 한파.

"산이나 타자."

─ 테니스가 더 낫지 않아?

담배 연기를 내뿜는 로건의 눈매가 가늘어졌다. 악몽을 꾼 날이라 실은 아무 의욕이 없었다. 너저분한 거실을 돌아보다가 뭔가 떠오른 로건의 말이 조금 빨라졌다.

"새 도우미를 구해야 하는데."

─ 또?

"……."

─ 작작 좀 해. 도우미는 네 직속 비서가 아니라니까.

"페이는 넉넉히 주는 데 왜 그러지? 내가 억지를 부리는 게 아니잖아. 급여에 맞는 수준의 노동을 요구하는 내가 비합리적인가?"

─ 문제는 그게 아니잖아. 네 성미를 누가 맞추냐. 하여튼 이따 오후에 들를게.

"뭐 하러."

– 로건 씨 얼굴 보려요.

덩치에 어울리지 않게 교태로운 목소리를 꾸며낸 대양 덕분에
로건은 희미하게나마 미소를 지을 수 있었다.

* * *

둥근 이마가 훤칠한 〈만물 부동산〉의 대표 김만수는 곤란하다
는 듯 연신 안경만 고쳐 썼다.

"이 동네가 오래되고 낡아 보여도 역사와 전통이 깊은 알부자 동
네라. 월세가 장난 아니야."

"그렇네요. 정말 화들짝 놀랐어요."

월세가 비싸면 보증금이라도 좀 합리적이든가. 언덕 중턱에 있
는 콧구멍만 한 방 한 칸의 시세에 놀란 오영의 어깨가 축 처졌
다. 이대로 다시 열악한 고시원으로 돌아가야 한다는 생각에 명
치가 답답했다.

"그러지 말고 입주 도우미 같은 것 해볼 생각은 없어요? 그럼 숙
식은 해결되는데."

코 묻은 돈 같은 보증금을 들고 방을 구하러 다니는 오영의 처지
가 딱했던지 나이 지긋한 부동산 사장님은 의외의 제안을 했다.

"입주 도우미요?"

"이 동네 도우미는 딱 정해진 업무만 하는 거라 진짜 직장 생활
이야. 혼자 하는 것도 아니고 최소 두세 명이 같이 하기도 하고.
웬만한 회사 다니는 것보다 수익도 괜찮아. 물론 경력이 좀 쌓여
야 하겠지만."

"음……. 그런데 저는 직업이 있는데요."

"그치? 하긴 젊은 사람들은 잘 안 하려고 하지. 아직도 식모살이라는 편견이 있어서."

만수는 이해한다는 듯 고개를 주억거렸다.

"그런데 그게 그렇게 괜찮아요? 투잡으로 할 수는 없을까요?"

"투잡? 그렇게는 힘들 텐데. 그런데 집안일은 좀 할 줄 아나?"

"그건 껌이죠!"

두 팔을 걷어붙인 오영이 자신만만하게 장담했다.

"안녕하셨어요?"

갑자기 끼어든 목소리를 향해 두 사람이 동시에 고개를 돌렸다. 〈Organic Bakery〉라고 쓰여 있는 종이봉투를 든 대양이 하얀 이를 드러낸 채 보기 좋게 웃고 있었다.

"아이고, 오 박사님. 잘 지내요?"

"그럼요. 그냥 어렸을 때처럼 대양이라고 부르세요."

"허허. 이상하게 그게 안 되더라고."

동네 토박이 출신인 두 사람은 한동안 정겨운 대화를 주고받았다. 이미 대양이 누구인지 알아본 오영은 인사를 해야 하나 말아야 하나 고민 중이었다.

"그런데 사장님, 집안일 좀 잘 해 주실 분 없을까요?"

"또, 그 집 도우미?"

"하하하하."

만수가 눈살을 찌푸리며 되묻자 대양은 머쓱한 마음에 목청껏 웃기만 했다. 골똘히 생각에 잠겼던 만수가 천천히 고개를 내저었다. 이 동네 공식 정보통의 명예를 걸고 생각해 봐도 그 집에 소개

할 만한 도우미는 없었다. 그러다 앞에서 우물쭈물하고 있는 오영에게 생각이 미쳤다. 모 아니면 도라는 심정으로 그녀를 물끄러미 쳐다봤다. 오영은 콧잔등에 걸친 안경 너머로 자신을 의미 있게 바라보는 시선에 당황했다.

"왜, 왜 그러세요?"

"한번 해 보는 게 어때? 똘똘하게 생긴데다가 손끝도 야물 것 같고. 칠십 평생 갈고 닦은 매의 눈으로 판단하건대 자네는 할 수 있어."

"뭘요?"

예기치 못한 스카우트 발언에 오영이 어깨를 움츠리며 몸을 사리는 순간 대양이 알은 척을 했다.

"어! 혹시 우리 병원에서 일하시는?"

"안녕하세요!"

오영은 자신을 단번에 알아보는 대양이 신기했지만, 앞뒤 가리지 않고 허리를 굽혀 인사했다. 짧은 머리카락이 지면에 거의 닿을 듯이 뒤집혔다가 일어나는 속도를 맞춰 제자리로 돌아왔다.

"그런데 여기는 어쩐 일이세요?"

"아, 그러니까. 저는 혹시 이 동네에 살아볼까 하고 잠시 사장님과 회의 중이었어요."

"이 동네요?"

"네. 그런데 저하고는 인연이 없네요."

금세 시무룩해지는 오영의 표정을 따라 대양의 표정도 어둡게 가라앉았다. 만수까지 덩달아 차분하게 가라앉은 어조로 상황을 설명했다.

"오 박사도 알다시피 이 동네가 오죽 비싸야 말이지. 척 봐도 싹싹하고 성실할 것 같아서 내가 입주 도우미 생각 있냐고 묻던 참에 오 박사가 나타났어."

"오!"

대양은 태산 병원 내 호감 1순위로 꼽히는 친절한 미소를 빛내며 오영을 눈여겨봤다. 로건과 티격태격하는 것을 본 후로 이상하게 눈에 자주 보이던 사람이었다. 병원 미화원 업무가 꽤 힘들 텐데도 항상 웃는 얼굴로 열심히 일하던 모습이 인상적이었다.

"제 생각에도 잘하실 것 같습니다. 한번 해보시죠. 마침 제 친구가 도우미를 구하는 중이에요."

"아니, 근데 저는 지금 하는 일도 괜찮거든요."

오영은 손사래를 치며 뒷걸음질을 쳤다. 하던 짓도 멍석을 깔면 관둔다는데 할 마음이 없는 사람에게 들이대니 역효과였다.

"방 구하신다면서요."

"네. 그렇긴 하죠."

"숙식이 제공되는 믿을만한 일자리! 독립적인 공간이 보장되는 고퀄리티 별채를 제공합니다. 쾌적한 주거환경은 물론 옵션으로 가전과 가구도 갖춘 최상의 숙소!"

마치 아파트 모델하우스 설명회를 하듯 대양은 과장된 몸짓과 목소리로 오영을 유혹했다.

"별채요?"

솔깃한 오영의 귀가 팔랑팔랑 날갯짓을 시작했다.

"네. 별채. 말 그대로 완전히 독립된 공간의 집 한 채. 게다가 일도 그리 많지 않습니다……"

주인 놈의 자식이 까다로워서 그렇지.

대양은 살짝 양심에 가시가 박히는 듯 따끔했지만 외면했다.

"그럼. 급여 수준은 어떻게 되는데요?"

"자, 가실까요?"

"어디를요?"

급여를 물었으니 이미 한발을 들였다는 뜻. 대양은 속으로 회심의 미소를 지었다. 한쪽 팔을 길게 뻗어 길을 터주는 시늉을 하며 오영을 재촉했다.

"우선 근무 환경을 보셔야죠. 마음에 드실 겁니다."

"아니, 저는 급여를 물었는데요."

대양은 막무가내로 오영의 어깨에 멘 배낭을 끌러 손수 짊어지고는 걸음을 앞세웠다.

"아이쿠, 뭐가 이렇게 무거울까요?"

"제 전 재산이에요."

그의 천연덕스러움에 말려든 오영도 주춤거릴망정 따르고 있었다.

"급여는 섭섭하지 않게 드릴 겁니다. 아마도 업계 최고?"

"최고?"

"최고!"

호탕하게 외치고 난 대양은 뒤에 남은 만수에게 한쪽 눈을 찡긋했다. 만수도 검지와 엄지를 동그랗게 붙여 보이며 웃고 있었지만, 어쩐지 착잡한 표정이었다.

* * *

에어컨이 아낌없이 돌아가는 거실은 시원하다 못해 섬찟한 한기가 느껴졌다. 그 한기의 원천인 남자는 눈을 감고 팔짱을 낀 채 묵묵히 앉아있기만 했다. 맞은편에 앉아 눈동자를 굴리며 실내를 둘러보는 오영은 안중에 없는 분위기였다. 주방에서 시원한 음료를 준비해 온 대양이 테이블 위에 올려놓으며 로건의 눈치를 살폈다. 투명한 각 얼음이 잔 속에서 달깍 떨어지는 모습을 보던 오영이 조심스럽게 물었다.

"죄송한데요. 따뜻한 건 없을까요? 집이 너무 춥네요."

"따뜻한 거요? 로건, 집에 따뜻한 음료 있어?"

여전히 눈을 감은 상태의 로건이 짧게 답했다.

"커피."

"아, 그렇지. 커피가 따뜻하지. 오영 씨, 커피 괜찮아요?"

"네. 탕약처럼 아주 뜨겁게 부탁드려요."

오영의 부탁을 받은 대양은 빙그레 미소를 짓고 다시 주방으로 들어갔다. 커다란 덩치가 사뿐하게 움직이는 모습이 인상적이었다. 이 상황이 마음에 안 드는지 시종일관 불만스러운 태도인 로건에게 오영이 먼저 넌지시 말을 걸었다.

"저…… 안녕하셨어요?"

"……."

자신을 냉랭하게 대하는 로건에게 감정이 상했지만, 그는 엄연한 '생명의 은인.' 사람이 은혜를 잊으면 안 된다고 배웠다. 뼈에 새기고 머리털로 짚신을 삼아서라도 갚아야 한다. 그러니 참자. 싫은 티 내지 않고 대충의 상황을 전해야 할 것 같았다.

"많이 놀랐죠? 저도 놀랐어요. 근처에 볼일이 있어서 지나다가 우연히 오 선생님을 만났는데 도우미를 구하는 중이라고 하시면서, 그래서 어쩌다가 이렇게 따라오게 되어서…….”

집주인이 로건이라는 사실을 알게 된 순간 오영은 잠시 혹했던 가사 도우미 일자리에 대한 흥미가 시들해졌다. 병원에서 마주치는 일 가지고도 예민하게 발끈하는 남자가 불편하기는 오영도 마찬가지였다.

“커피나 마시고 돌아가요.”

끝까지 오영에게 시선을 주지 않은 로건이 자리에서 일어났다.

“어? 로건. 어딜 가? 면접 끝이야? 그럼, 나머지는 내가 알아서 할게. 언제나 그랬듯이.”

“면접……? 도대체 무슨 생각이야.”

오영 앞에 뜨거운 탕약, 아니 커피를 내려놓은 대양은 신경질적인 상으로 으르렁거리는 로건에게 차분히 훈계했다.

“만물 부동산에서 적극적으로 추천한 인재야. 더는 이 집에 추천할 만한 사람이 없대. 왜 그런지는 네가 더 잘 알 테고.”

응? 뭐라는 거야? 이 집에서 일하는 게 얼마나 힘들면 저런 소리가 나와. 오영의 귀가 활짝 열렸다. 로건을 붙들고 속닥거리는 대양이 순 사기꾼으로 보이기 시작했다. 그리스 남신 뺨치게 잘생긴 얼굴에 태양보다 눈부신 미소를 지으며 사람을 후리고 다니는 모양이었다.

“그럼 됐어. 내가 알아서 할게. 집안일이라고 해봤자 몇 가지 되지도 않는데 뭘.”

“이봐 로건, 내가 병원에서 보니까 진짜 성실하신 데다 오면서 몇 마디 나눠봤는데 요리를 그렇게 잘하신대. 딱 맞지 않냐? 이

까칠아?"

그림처럼 펼쳐진 잔디밭을 무심하게 보는 척하면서 오영은 두 남자의 대화에 초집중했다. 사기꾼 기질이 다분한 대양은 오영이 말한 적도 없는 장점들을 늘어놓으며 로건을 설득하고 있었다. 그러나 로건은 그 어떤 감언이설에도 흔들리지 않았다. 오영이 싫다는 태도를 굽히지 않았다.

아니, 저놈의 '생명의 은인' 자식이! 내가 어디가 어때서?

오영은 그다지 할 마음이 없던 이 집의 가사 도우미 일에 도전 의식이 움텄다. 면접은커녕 쳐다보기도 싫다는 로건의 태도가 오기를 부리게 했다. 이 집을 반질반질 윤이 나게 가꾸고 산해진미로 그의 입맛을 길들여 놓은 후 뻥 차버릴까? 저 얼음장 같은 잘생긴 얼굴이 아쉬움으로 일그러지는 꼴을 보고 말리라. 오영은 잔디밭 위를 비행하는 하루살이 떼를 노려보며 결심을 굳혔다.

"오 선생님, 그래서 여기 월급은 얼마나 주는 건데요."

"고용 의사 없다고 전해."

오영의 질문에 맞지 않는 대답이 즉시 로건의 입에서 튀어나왔다. 그러나 로건의 의사는 대양에 의해 무시되었다.

"삼백."

"누구 마음대로!"

"진짜요? 정말 그렇게 많이요?"

이제 오기보다는 물욕이 오영의 의식을 점거했다. 동전 모양이 된 오영의 눈이 탐욕으로 반짝거리는 것을 확인한 대양이 신이 나서 떠들었다.

"네. 삼백 플러스 알파. 보장합니다. 하루 두 끼 식사 챙기시면 되는데 솔직히 저녁은 거의 병원에서 해결해요. 저 친구 아침만 잘 챙겨주시면 되고요. 이 친구가 정리벽이 있으니까 정리만 좀 신경 써주시고요. 특히 화단의 꽃나무들이 죽으면 안 됩니다."

"오. 겨우 그거하고 삼백? 그럼 제가 투잡을 뛰어도 되겠어요."

"당신들, 지금 누구 마음대로 흥정이야?"

집주인 로건을 제외한 제3국끼리 협상이 활발했다.

"투잡…… 가능하죠. 혹시 병원 일을 계속하시게요? 피곤하지 않겠어요?"

"네! 제가 이래 봬도 산골 출신이라서 체력이 남달라요. 병원 일은 시간이 짧으니까 가능할 것 같아요."

듣다 못한 로건이 버럭 외쳤다.

"이봐! 여기 사는 사람은 나 혼자야. 남자인 나 혼자라고. 당신은 여자고."

"알아요."

"돈에 눈이 멀어서 모르는 줄 알았는데."

"돈에 눈먼 것 티 났어요?"

"이 여자가 지금!"

약이 올라 점점 목소리가 높아지는 로건을 관찰하던 대양이 끼어들었다.

"하지만 로건, 여자 도우미가 처음은 아니잖아? 새삼스럽게 왜 이래?"

"그……때는 아주머니였잖아. 그리고 저렇게 젊은 여자한테 남자는…… 위험해."

"아닌데. 선생님은 무서운 사람이긴 해도 해로운 사람은 아닌

걸요."

"뭘 믿고. 그렇게 확신합니까?"

"지금까지 겪은 모든 일을 종합해서 합리적으로 내린 결론이
에요."

"합리적이란다. 대양, 이럴 때 쓰는 말이 합리 맞아?"

대양은 그답지 않게 감정적으로 나오는 로건을 놀란 눈으로 쳐
다봤다. 뭔가 있구나. 이내 그의 한쪽 입꼬리가 짓궂은 호선을 그
렸다.

"이봐. 로건. 도대체 오영 씨를 왜 안 들이려고 하는 거야? 이유
라도 들어보자."

"……."

로건의 사고가 멈칫했다. 딱히 댈만한 이유가 없었다. 싫은가?
오영이 싫으냐, 묻는다면 꼭 그런 것도 아니었다. 아니, 오히려 감
정이란 것이 끼어든 자체가 혼란이었다. 도우미 면접은 사실 항상
대양이 알아서 처리해주던 일이었다. 고용인이란 일만 잘 해주면
어떤 사람이건 상관없던 게 자신이었는데……. 매사 딱 부러지는
로건이 딱 부러지는 대답을 내놓지 못하고 있었다.

"응? 왜 그러는 건데? 너답지 않게 고집을 부리는 이유라도 들
어보자고."

드디어 로건 너도 사람다운 온기가 도는구나. 혹시? 둘 사이
의 숨은 사정을 모르는 대양은 엉뚱한 상상을 하며 빙글거렸다.

"거슬려. 그냥 좀 거슬려서 그래. 감이라는 게 있잖아."

"그게 다야?"

로건은 집요하게 파고드는 대양이 귀찮았다. 와락 인상을 구기

며 시선을 돌리자 새초롬한 눈을 똑바로 뜨고 자신을 쳐다보는 오영이 보였다.

"역시 거슬려."

보통 로건이 대놓고 쳐다보면 대부분은 맹수 앞의 초식동물처럼 슬그머니 시선을 피하기 마련이었다. 맹랑한 여자가 불편했다. 그만의 고요한 영역에 미세한 균열이 생기는 불안정한 느낌이 별로였다. 두 남자의 설전을 듣고 있던 오영이 자리에서 벌떡 일어났다.

"제게 기회를 주세요. 은인님."

로건은 꾸벅 고개를 숙이는 오영을 노려보았다.

"기회? 무슨 소립니까."

"은혜를 갚고 싶어요. 최선을 다해 모시겠습니다!"

"은인님? 로건, 네가 오영 씨의 은인이야? 무슨 은인?"

"별 것 아니야."

"제 생명을 구해주셨어요. 은인님이 원하시는 것들을 전부 고용 계약서에 넣어 주세요. 어길 시 그날로 짐을 쌀게요."

"어차피 당신은 길어야 하루일 겁니다. 그리고 시작부터 전부 거슬려."

"과연 그럴까요?"

마주 보는 시선에서 날카로운 불꽃이 튀었다. 둘은 한참을 눈이 시릴 정도로 노려보았다. 난데없는 눈싸움이 시작되었다. 꽤 긴 시간이 지나자 슬그머니 눈가에 물기가 어리는가 싶던 로건이 먼저 시선을 돌렸다. 승리에 도취해 입꼬리를 씰룩거리는 오영을 외면하며 업무 사항을 늘어놓았다.

"가장 중요한 것은 꽃과 나무 보살피기입니다. 적절한 때에 맞춰 물을 줘야 하고 가지를 치고 병충해에 걸리지 않도록 신경 써야 합니다."

끄덕. 오영은 태연한 얼굴로 고개를 주억거렸다.

"그다음 정리 정돈. 이 집에 있는 사소한 물건 하나라도 위치가 바뀌어서는 안 되고 흐트러져서도 안 됩니다. 책상 위의 잡다한 쓰레기까지. 물론 그 와중에 먼지는 한 톨도 용서할 수 없습니다. 특히 유리에 손자국이나 물 자국이 있어서는 안 됩니다."

끄덕.

"주말마다 일주일 치 식단을 짜서 내 책상에 올려놓으세요. 식단은 주로 단백질 위주로 짜되 스테이크를 잘 구워야 합니다. 스테이크에 별표 하세요. 샐러드 채소는 싱싱해야 하며 드레싱은 단맛이 적게. 침구류는 매일 햇볕에 내다 말릴 것. 최소 주 1회 세탁하고 다림질에 줄은 반드시 한 줄일 것……."

하는 일이 별로 없다며? 로건이 줄줄이 읊어 대는 요구 조건을 듣던 오영의 시선이 대양을 향했다. 눈이 마주친 대양은 능청스럽게 미소 지으며 별 것 아니라는 듯 어깨를 으쓱했다.

"그럼 계약서를 바로 쓰죠. 그 전에 별채도 구경하실래요?"

뭔가 미심쩍었지만, 완전히 마음을 굳힌 오영이 방긋 웃으며 격하게 고개를 끄덕였다. 두 엄지를 치켜세우며 대양과 뜻을 맞췄다.

"오 선생님 덕분에 오늘 운수가 따봉이에요!"

"따봉? 아, 그래요. 따봉!"

두 사람의 쿵짝에 속절없이 말려든 로건이 오영에게 물었다.

"따봉? 혹시 Portuguese(포르투갈 언어)를 할 수 있는 건가?"

"지금 저 웃기려고 하신 말씀이에요?"

"아니. 이게 왜 웃긴 질문이지?"

대양은 구닥다리 유행어를 하는 오영과 그마저도 다큐멘터리로 받아들이는 로건을 보며 실소를 터트렸다. 왠지 저 까칠한 놈과 엉뚱한 아가씨가 죽이 잘 맞을 것 같은 예감이 들었다.

"일단 커피부터 다 마시고 시작하죠."

"네!"

오영은 뜨거운 탕약 같은 커피를 홀짝거렸다. 살이 에이도록 시린 에어컨 바람과 서릿발 같은 로건의 찬 시선에 어울리는 온도였다.

* * *

별세계라서 별채인가 보다. 오영은 길지 않은 인생이었지만, 자신이 이런 수준의 집에서 살 수 있다는 생각을 해 본 적이 없었다.

"이런 집은 드라마에서만 봤어요."

감격에 겨워 떨리는 목소리를 들은 대양은 뭐라 대답해야 좋을지 몰라 침묵했다. '사'자 직업투성이인 집안에서 태어나고 자란 대양인지라 그녀의 흥분을 이해하기엔 한계가 있었다.

"마음에 들어요?"

"네. 말씀하신 대로 쾌적하고 아늑하고, 없는 게 없고……. 아, TV는 없지만. 하여튼 너무 좋아요."

"혹시 생활하다가 불편한 게 있으면 로건에게 아니 저한테 말씀하세요."

"그럴 리가요. 충분해요."

부족한 환경에서도 행복을 꿈꾸며 살아온 오영이었다. 차고 넘치는 것이 오히려 부담스러웠다. 마음껏 뒹굴어도 바닥에 떨어지지 않을 만큼 넓고 탄탄한 침대와 시원하게 뚫린 커다란 창에 마음을 빼앗겼다. 창을 열고 나가면 풍경화처럼 아름다운 뒤뜰과 바로 연결되는 구조였다. 오영은 널찍한 바위와 작은 연못이 있는 후원을 홀린 듯 바라보며 중얼거렸다.

"무릉도원이네. 은인님은 신선인가 봐."

"불쌍한 사람이에요."

"네? 저요?"

벌써 눈치 챘나? 그렇게 표가 나나?

"아니. 로건이요. 알고 보면 안쓰러운 면이 많은 녀석이니 잘 부탁드려요."

"아⋯⋯. 네."

오영은 대충 고개를 끄덕였지만, 이해할 수 없었다. 호의호식의 아이콘처럼 생긴 남자인데 도대체 뭐가 부족하다고. 삭막한 분위기가 흠이긴 해도 꽤 잘생긴 이목구비에 잡티 없이 깨끗한 피부와 우러러봐야 하는 큰 키, 드나들다 문에 끼일까 걱정스러운 넓고 튼튼한 어깨를 지닌 남자. 게다가 직업도 의사에 집만 봐도 남부럽지 않은 재력일 텐데. 인간의 욕심은 끝이 없다고 하더니. 이 사람들의 세계에서는 이쯤으로는 충족이 안 되나 보다.

대양이 오영에게 집을 안내해 주는 동안 어디 틀어박혔는지 로건은 코끝도 보이지 않았다. 다시 본채 거실로 돌아온 오영은 대양이 준비한 계약서를 씹어 먹을 듯이 읽고 또 읽었다. 생각 보다 챙겨야 할 일이 많았지만, 두둑한 월급을 생각하면 당연했다. 이마저도 안 하고 300 플러스알파를 받는다면 날강도다.

"오늘은 일단 쉬세요. 한 일주일은 적응 기간이니 로건도 이해할 겁니다. 앞뒤 꽉 막힌 놈은 아니에요."

"그래 주면 다행이겠어요."

오영은 돌아갈 준비를 하는 대양을 보자 슬슬 긴장됐다. 갑자기 처하게 된 낯선 환경이 행운인 것 같으면서도 불안했다.

* * *

대양이 돌아가고 난 뒤 오영은 줄곧 끌고 다녔던 배낭을 풀었다. 몇 가지 안 되는 옷과 화장품 등의 단출한 살림을 정리하는 데는 한 시간도 걸리지 않았다. 커다란 옷장과 서랍에 넣고 보니 민망할 정도였다.

"월급 타면 옷을 좀 사야겠다. 해도 너무하네."

꼬르르르르륵! 한시름 놓고 보니 식욕이 자신 좀 알아봐 달라고 성질을 부렸다. 허기를 느끼고 나니 갑자기 허리가 꺾였다.

"주방은 마음 놓고 써도 되는 나의 공간이라고 했으니까 한번 가볼까?"

오영은 등에 가서 붙은 배를 문지르며 본채로 넘어가 곧장 주방으로 향했다.

"하아……. 이게 뭐야. 냉장고는 장식품이야?"

요리를 할 만한 재료가 없었다. 빼곡히 들어찬 생수병이 냉장실의 스산함을 더했다. 그나마 식탁 위에는 대양이 사다 놓은 빵

봉투가 있었지만, 성에 차지 않았다. 수납장을 일일이 열어 보는 동안에도 오영의 주린 배는 잔소리를 쉬지 않았다. 꼬록. 꼬르르륵. 꼬로록.

드디어 먹을 만한 것을 찾아냈다. 오영의 다급한 손길이 컵라면을 향했다. 탄수화물 금단현상으로 달달 떨리는 손으로 포장을 뜯을 때였다. 외출에서 돌아온 품새의 로건이 주방으로 들어왔다.

"라면 드실래요?"

먹지 마. 먹지 마. 한 개밖에 없어. 오영의 마음이 조마조마했다.

"됐습니다."

십 년 감수한 오영의 얼굴에 편안한 미소가 번졌다. 건조하게 답한 로건은 방금 들고 온 장바구니에서 채소와 고기를 꺼내 놓기 시작했다.

"장바구니도 쓰세요?"

오영은 그와 전혀 어울리지 않은 아이템이 찰떡같이 어울리는 신기한 광경에 눈을 떼지 못했다.

"집에 너저분한 비닐 봉투가 뒹구는 건 질색이라."

"아⋯⋯. 환경 차원은 아니구나."

오영은 라면에 뜨거운 물을 부으며 로건이 하는 행동을 지켜봤다. 군더더기 없이 절도 있는 동작을 눈여겨보면서 그의 성향을 파악해 보려 했다. 로건은 커다랗고 무거워 보이는 무쇠주물 팬을 꺼내서 예열했다.

"뭐 하시려고요?"

"저녁."

말이 왜 이렇게 짧아. 오영은 그가 눈치채지 않게 입술을 삐죽거리며 라면을 들고 식탁으로 갔다.

"그럼 저 먼저 먹겠습니다."

"라면 유통기한."

"네?"

막 젓가락에 걸친 라면을 후후 불며 입에 넣으려던 오영은 갑자기 들린 소리에 인상을 찡그리며 돌아봤다.

"유통기한 지났을 텐데."

"네."

태연하게 대답한 오영은 한입 가득 라면을 욱여넣었다. 입을 요란하게 움직이며 뜨거운 김을 내보내는 오영을 바라보는 로건의 눈에 혐오가 가득했다.

"유통기한이 지났다고."

"괜찮아요. 먹고 안 죽어요. 맛도 멀쩡해요. 보세요. 때깔도 죽이죠."

오영은 자신이 내미는 라면을 피해 몸을 뒤로 물리는 남자가 우스워 키들거렸다.

"나약하시네."

"나약? 공중보건과 위생에 철저한 겁니다."

설핏 코웃음을 치고 난 로건은 육중해 보이는 소고기 덩어리를 꺼내 팬에 올렸다. 치이익. 달군 팬이 고기를 만나 요란한 소음을 냈다. 곧 주방 가득 버터를 만난 단백질의 구수한 향이 풍겼다. 라면의 풍미가 힘을 잃을 정도로 강력하게 맛있는 냄새였다. 입에 들어간 것은 라면인데 맛은 고기 맛이 나다니, 횡재한 기분이었다. 오영은 라면을 오물거리면서 자꾸만 고기를 흘끔거리게 되었다. 스테이크는 원래 저렇게 조리하는 건가?

문득 팬을 다루는 로건의 힘줄 돋은 팔뚝이 눈에 들어왔다. 왠지 스테이크가 무척 남성적인 요리처럼 느껴졌다. 벌써 고기를 다 익혔는지 불을 끈 로건이 마른 수건으로 기름이 튄 손을 닦는 것이 보였다. 곧 상부 장을 열어 커다란 접시 두 개를 꺼내는 것을 보며 오영은 군침을 삼켰다. 내 것도 있나 봐, 아주 글러 먹은 성격은 아닌가 보네. 역시 예상대로 로건은 두 개의 접시 중 하나를 오영의 앞에 놓아주었다.

"잘 먹겠습니다!"

하얀 접시 위에 고기만 덜렁 놓여있는 것이 뭔가 허전했지만, 개의치 않았다.

"딱 그 정도의 굽기. 기억해두고 감각을 익히도록 부탁합니다. 연습할 수 있도록 넉넉히 사놨어요."

로건의 접시에는 아스파라거스도 있고, 작은 바게트 조각과 감자도 있고, 소금도 있었다. 다시 보니 고기만 덜렁 있는 자신의 접시가 초라해 보였다.

"그럼. 이건 시식인 거예요?"

"탄수화물은 지금 보는 대로 빵 한 조각이나 감자 정도면 됩니다. 곁들이 채소도 물론 필요하고."

"고기는 엄청 크게 필요하시고요?"

"네."

"고기 쟁이시네. 저도 고기 좋아해요."

남자의 귀족적인 손놀림은 보는 재미가 있었다. 그가 나이프로 고기를 써는 모습만 봐도 교향곡이 흐르는 것 같았다. 피가 뚝뚝 흐르는 고기를 깔끔하게도 먹었다. 꼭 나른한 포식자가 정찬을 즐기는 모습이었다.

"한식은 안 먹습니다."

꽈지직. 오영의 머릿속에 떨어진 청천벽력이었다.

"정말요? 한식을 안 드세요? 전혀?"

"전혀."

"그럼 이 집에는 쌀도 없나요?"

끄덕.

"김, 기김……"

"김치도 당연히 없습니다."

"그럼 저는요?"

큼지막하게 썬 고기 한 점이 로건의 입속으로 우아하게 들어갔다. 하지만 이제는 소리 없이, 입을 조금도 벌리지 않고 고기를 씹는 모습이 얌체같이 느껴졌다. 이기주의자! 그는 오영이 뭘 먹든 알고 싶지 않은 눈치였다.

"제건 제가 해 먹어도 되는 거죠?"

"냄새가 조금이라도 풍길 시."

"아웃인가요?"

"물론."

"별채에서 먹어도?"

조용히 고개를 끄덕인 로건이 덧붙였다.

"그 라면이 유통기한을 몇 년이나 넘긴 이유가 그겁니다. 지금 많이 봐주고 있습니다."

"먹지도 않는 걸 왜 뒀어요?"

"있는 줄도 몰랐으니까. 그건 아마도 대양이 먹으려고 사 왔다가 저 때문에 포기한 것 같습니다."

"그럼 매 끼니를 서양식으로 준비해요?"

"계약서 읽지 않았습니까?"

단백질 위주의 깔끔한 식단. 그게 이런 스타일인 줄은 몰랐다. 물론 오영도 고기를 좋아했다. 육해공 상관없이 단백질을 사랑했다. 하지만 한국인답게 상추와 깻잎을 펼쳐서 고기도 척, 쌈장도 척, 마늘 양파도 척 넣고 큼지막한 쌈을 싸 먹는 것을 좋아했다. 입가심으로 먹는 된장찌개와 하얀 쌀밥은 또 얼마나 개운한가.

"한국인은 밥심인데. 탄수화물은 겨우 그런 빵 쪼가리와 감자라고요?"

"난."

어느새 접시를 비운 로건은 냅킨으로 입가를 정리했다.

"한국인이 아니야."

오영의 머릿속에서 붉은색 비상벨이 울렸다. 음식 잘한다는 칭찬을 듣고 산 건 맞지만 한식에 특화된 요리 솜씨였다. 보육원 아이들을 걷어 먹이면서 이런 서양식 식단을 차릴 이유도 기회도 없었다. 돈가스라면 또 모를까.

"돈가스는요? 그건 드시죠?"

굳이 대답을 듣지 않아도 그의 주름 선 미간과 냉혹한 눈동자를 통해 알 수 있었다. 정통 아메리칸 스타일, 정통 유러피안 스타일. 하늘이 무너진 얼굴로 저를 올려다보는 오영의 불쌍한 눈동자가 그의 심기를 불편하게 했다. 거쳐 간 도우미들은 보통 주인이 이런 성향이라고 말하면 싫든 좋든 군소리 없이 맞춰 주었다. 비록 오래 견디지 못해서 그렇지.

"좋아. Rice는 양보하지."

로건은 큰 결단을 내렸다. 그런 로건의 마음도 몰라주고 오영은 심드렁하게 답했다.

"감사해요. 그럼 롸이스와 브뤠드를 번갈아 가면서 차릴게요."

뒤이어 고개를 바짝 든 오영이 따졌다.

"그런데 왜 반말이에요? 아, 아메리칸. 그럼 저도 아메리칸 스타일로 대화해 버릴 거예요."

"좋을 대로."

* * *

새벽 6시에 아침 식사를 한다는 로건을 위해 오영은 5시에 기상했다. 아침에는 샐러드 식단을 선호한다고 하니 훈제 닭가슴살과 버섯을 이용한 샐러드를 할 생각이었다.

"그런데 양을 얼마나 해야 하는 거야. 어제 고기 먹는 것 보니까, 사바나의 맹수 수준이던데."

레어(rare)로 익힌, 핏물이 생생한 스테이크를 먹는 로건은 유서 깊은 성에 사는 외로운 드라큘라 백작 같았다. 오영은 생고기나 생선회의 물컹한 질감은 질색이었다. 어제 저녁 겉이 바싹하게 익은 짙은 갈색이 먹음직스러워 반겼던 오영은 생전 처음으로 고기를 마다하는 기록을 세웠다.

오영은 밤새 잠을 설친 탓에 퍼석거리는 얼굴을 손수 두드려 패면서 본채로 넘어갔다. 저린 손끝을 주무르며 주방에 들어간 오영은 입도 벌리지 못하고 그대로 멈췄다. 싱크대 앞에 거대한 복숭아 씨앗이 서 있었다. 땀에 젖은 우람한 복숭아 씨앗은 한껏 목을 꺾어 1000mL 생수병을 입에 들이붓고 있었다. 물을 마시느라 움직이는 건 목구멍인데 올록볼록 잘게 쪼개진 등 근육들은 왜 저리 꿈틀거리는지. 살아 움직이는 복숭아 씨앗 같은 로건의 등판에서 눈을 뗄 수 없었다.

"헐……."

잠시 두근거릴 뻔했잖아.

남자의 벗은 상체를 처음 보는 것은 아니지만, 이렇게 시선을 강탈하는 몸은 처음이었다. 놀란 오영이 낸 희미한 소리를 알아챈 로건이 설핏 몸을 돌렸다. 여전히 목구멍에 물을 퍼부으면서 시선만 오영을 향해 내리깐 채였다. 입에 다 들어가지 못한 물줄기가 턱과 목울대를 타고 깊게 팬 가슴 도랑 사이를 달렸다. 오영은 그 물줄기를 따라 자꾸만 아래로, 아래로 향하려는 시선을 절제하느라 안간힘을 써야 했다.

"아니, 왜 헐벗고 다니시는 거예요?"

오영은 화가 나면서도 화가 안 나는 이상한 상태에 당황하며 소심하게 따졌다. 메마른 스펀지같이 커다란 물통을 금세 흡수한 로건은 턱 끝에 맺힌 물방울을 훔치며 무뚝뚝하게 내뱉었다.

"내 집입니다."

어머, 치사하고 유치하기도 하지. 오영은 찌푸린 눈으로 그를 흘겨보며 손가락을 들었다.

"거, 거기 앞치마 좀 던져주세요."

차마 그의 근처로 다가갈 수 없었다. 이만큼 떨어져 있는 데도 야생 수컷의 냄새가 풀풀 풍기는 것 같았다. 로건이 던져주는 앞치마를 목에 걸며 퉁명스럽게 말했다.

"물론 은인님께서 이 집 주인이지만요. 그래도 과년한 처자 앞에서 그러고 다니시면 안 되는 거라고요."

"과년? 그건 어떤 종류의 여자를 말하는 거지?"

"나이가 꽉 찬 여자요!"

로건은 틱틱거리는 오영의 태도에 기분이 상했다. 이번 도우미는 왜 이렇게 활기차게 대드는지 모르겠다. 알아서 피해 다니거나 그의 라이프 스타일을 존중하던 이전 고용인들과 달라도 너무 달랐다. 안 맞아도 너무 안 맞는다.

"사흘이면 족하겠군."

의외로 질겨서 버티고 버티면 일주일? 최장 시간을 기록한 직전 도우미가 한 계절을 버텨 주었지만, 저 욱하는 여자가 그런 인내심을 가질 리가 없었다. 로건은 손바닥을 양쪽 눈 옆에 세워 그를 보지 않으려고 노력하며 주방을 돌아다니는 오영을 마뜩잖게 보다가 코웃음을 쳤다.

"그럼 당신도 벗어."

로건은 경악으로 입을 떡 벌리고 선 오영을 지나치며 한 마디 더 덧붙였다.

"그래 봤자 나는 당신처럼 현혹되지 않거든."

그러면서 오영의 마른 몸을 무성의한 시선으로 훑었다. 오영은 어깨를 안으로 움츠리며 당당한 75A의 가슴이 아예 없는 것처럼 숨겼다. 얄미워 죽겠는데 딱히 반박하지 못했다. 잠시 황홀한 마음을 품었던 것을 어째서 알아챈 것인지 얼굴에 불이 붙었다.

* * *

"진짜 사람이 아닐 수도 있어. 배 속에 블랙홀이 있나?"

오영은 아침 설거지로 나온 커다란 샐러드 볼을 씻으며 중얼거렸다. 인간이 이 많은 것을 다 먹었다는 것을 믿을 수 없었다. 아예 다음부터는 대야에다가 샐러드를 무쳐야 하나 싶었다.

혹시나 하는 마음에 넉넉하게 만든 샐러드는 5인분도 넘는 양이었다. 설거지를 마치고 물에 젖은 손을 닦는 데 검은색 슈트를 늘씬하게 빼입은 로건이 들어왔다. 윤기가 좔좔 흐르는 새까만 옷은 정말 그를 저승사자처럼 보이게 했다. 말없이 서서 에스프레소를 추출하는 로건의 등 뒤에서 오영이 쭈뼛거렸다.

"은인님, 이제 출근하시는 거죠? 혹시 저 좀 태워주실 수 있으세요? 저는 병원 근처에서 내려주시면 되거든요."

눈치가 보였지만, 목적지가 같으니 아주 무리한 부탁은 아니겠거니 희망을 품었다. 초롱초롱한 눈으로 기다리는 오영을 슬쩍 쳐다본 로건은 대꾸 없이 커피를 홀짝이더니 고개를 끄덕했다.

"그럼 가방 가져올게요!"

오영은 가벼운 발걸음으로 별채로 향했다.

"어라? 뭐야……?"

헐레벌떡 신발을 꿰어 신으며 튀어나온 오영은 곧 빈 차고지를 발견했다. 대문을 열고 나가자 멀찍이 사라지고 있는 로건의 검은색 SUV가 보였다. 쩝, 입맛을 다신 오영은 에코백을 고쳐 메고 힘을 내서 걷기 시작했다. 수면 부족으로 피곤하니 차라리 걸어서 정신을 깨우는 것이 더 나은 것도 같았다.

* * *

본관 중앙 로비를 청소하던 오영은 대기 중인 병원 고객들을 위해 설치해 놓은 대형 TV를 유심히 바라보고 있었다. 손쉬운 요리법으로 요즘 한창 인기몰이 중인 유명 요리사가 나오는 프로였다. 마침 맛있는 스테이크 레시피를 주제로 토크와 요리를 선보이는 중이었다. 고기 손질법, 팬을 달구는 온도, 굽는 요령 등등 빠른 속도로 지나가는 화면이 안타까울 지경이었다.

"뭐 하세요?"

"앗, 깜짝이야!"

가볍게 어깨를 두드리는 손길에 놀란 오영이 펄쩍 뛰어올랐다. 돌아보니 대양이 굉장히 미안한 얼굴을 하고 있었다.

"미안합니다. 그런데 왜 이렇게 놀라요?"

벌렁거리는 가슴을 한 손으로 꾹 누른 채 오영이 주변을 둘러보았다. 청소 카트에서 집게를 꺼내서 바닥에 떨어진 쓰레기를 줍는 척하며 대꾸했다.

"일 안 하고 딴짓하는 것 걸린 줄 알고요. 잠깐 본다는 게 아예 빠져들어 가자고."

힐끔 TV를 쳐다본 대양은 알겠다는 듯이 고개를 주억거렸다. 그놈의 알맞은 굽기의 스테이크 타령.

"하긴 요리를 잘하신다고 했지만, 로건이 원하는 대로 하려면 연습을 좀 하셔야 할 거예요."

대충이 없는 놈이라.

"전 한식을 아예 안 드시는 줄 몰랐어요. 제가 한 솜씨 하지만요, 사실 서양 요리는 거의 경험이 없어요."

왠지 원망스럽게 들리는 오영의 목소리에 대양의 미안함만 더해갔다. 뭐라고 위로의 말을 해야 할지 곤란했다. 이전의 도우미들처럼 그를 보면 로건에 대한 불평을 쏟아내는 일상이 다시 시작된 듯했다.

"하지만 괜찮아요. 남은 6일 동안 열심히 연습해서 그분을 위한 겉은 바삭 속은 핏물 촉촉한 스테이크를 마스터하겠어요."

그러나 예상과 달리 오영은 생글생글 웃으며 기운차게 말했다.

"겉은 바삭, 핏물은 촉촉……. 하하하."

그녀가 잘 버텨 주길 바랐다. 오래오래 로건을 보살펴 줄 임자이길 빌었다. 그 집구석에 도우미 알아봐 주는 것도 지긋지긋했고, 항상 날카롭게 날이 선 로건도 안쓰러웠다. 기본적인 생활이라도 안정되면 좀 나아지지 않을까. 그건 대양의 바람이었다.

"그럼 전 이만 가볼게요. 오 주임님이라도 마주치면 저 잘려요. 아직 이로건 씨의 마음에 쏙 드는 일꾼도 못 됐는데 여기서 잘리면 큰일 나요."

청소 카트를 씩씩하게 밀며 멀어지는 오영을 보며 대양은 나직이 '화이팅'을 외쳤다.

2. 당신의 곁, 조그마한 틈

저승사자.

간호사 스테이션을 지나던 로건이 흠칫 걸음을 멈췄다. 방금, 분명히 들은 것 같았다. 예민한 자신의 청력은 정확했다. 천천히 고개를 돌리자 쑥덕거리던 간호사들이 사사삭 소리를 내며 일사불란하게 일하는 척을 했다. 오늘만 해도 벌써 여러 차례 겪는 일이었다. 과년한 도우미가 휴게실에서 아는 척을 한 날 퍼진 것이 분명했다.

사사삭.

전방에서 그를 지켜보던 눈동자가 부랴부랴 모습을 감추는 것이 포착됐다. 휴게실 입구에서 들락날락 움직이는 기름걸레를 확인한 로건의 미간이 딱딱하게 굳어졌다. 조용히 한마디 해 줄 작정이었다. 입조심 하라고. 휴게실과 가까워지자 누군가를 어르는 오영의 상냥한 목소리가 들렸다.

"착한 아이야, 유리병 들고 뛰어다니면 위험해요. 앉아서 마시자."

"그냥 두세요. 우리 애가 넓은 데 오니까 뛰고 싶어서 그런 거예요."

휴게실에는 너덧 살 정도의 어린아이와 보호자로 보이는 젊은 여자가 있었다. 보호자는 핸드폰만 들여다보고 있었고, 아이는 유리병에 든 주스를 들고 뛰어다녔다.

바닥에 쪼그리고 앉아 아이가 쏟은 주스를 닦는 오영의 앞에 엄청나게 큰 발이 나타났다. 누군지 알 것 같았다. 방금 자신이 마주칠까 봐 몸을 숨긴 이유였다.

"이봐요. 지오영 씨."

로건의 말과 동시에 뛰어다니던 아이가 로건의 신발에 주스를 흘리고 지나갔다.

"어머, 어머. 어떡해. 잠시만요. 닦아 드릴게요."

오영은 페이퍼 티슈를 몇 장 뽑아서 로건의 신발등을 닦으며 외쳤다.

"어린이! 여기서 뛰어다니면 안 돼요!"

아까와 달리 높아지고 감정이 섞인 오영의 목소리에 놀란 아이가 울먹거리더니 제 엄마에게 뛰어갔다.

"엄마아!"

매달리는 데도 아는 척을 하지 않는 엄마에게 화가 난 것인지, 오영에게 화가 난 것인지 아이가 곧 큰 소리로 울기 시작했다.

"얘가 왜 이래?"

들여다보던 핸드폰을 내려놓은 여자는 짜증스러운 표정으로 주변을 둘러보았다.

"지금 우리 애한테 뭐라고 했어요?"

여자가 젖은 걸레로 바닥을 닦고 있는 오영에게 눈을 부라리며 따졌다.

"네. 지금 아이가 주스 들고 뛰어다니면서 바닥에 계속 흘리거든요. 방금 여기 선생님 신발에도 쏟았어요. 사방이 끈적하기도 하지만 유리병이 얇아서 위험해요."

"뭐라는 거야?"

차분한 어조로 이유를 설명하는 오영이 마음에 안 들었는지 여자가 자리에서 일어났다.

"청소부가 해야 할 일을 하면서 왜 이렇게 불만이에요? 일도 안 하고 돈 받아먹으려는 도둑놈 심보 아니야? 이래서 없는 사람들이 글렀다는 소리 듣지. 괜히 스트레스 받는 걸 힘없는 어린애한테나 풀려고 하고."

조곤조곤 따지는 여자의 목소리가 휴게소 밖까지 흘러나갔다.

"그런 거 아니에요. 오해예요."

병원 고객과 트러블이 생기면 불리한 것은 무조건 오영이었다. 오영의 잘못이 아니어도 전적으로 오영의 잘못이 되는 거였다.

"아니긴 뭐가 아니에요. 지금 우리 애 우는 것 안 보여요? 애가 주스 좀 흘린 것 가지고 앙칼지게 소리 지르고 말이야.”

소란을 눈치 챈 사람들이 기웃거리자 기세등등한 여자의 목소리는 더욱 커졌다. 그럴수록 오영은 작아졌다. 갑자기 이상한 상황 한가운데 덩그러니 놓인 로건의 관자놀이에 퍼런 힘줄이 돋았다. 누구의 잘잘못 따위 중요하지 않았다. 소란이 싫을 뿐이었다.

“조용히 하시죠.”

로건의 묵직한 저음이 여자의 뾰족한 소음을 짓눌렀다. 커다란 허우대는 위압적이었고 냉기 흐르는 새까만 눈빛은 소름 끼쳤다. 여자는 의사가 왜 이렇게까지 잘생겼을까 하는 엉뚱한 생각과 동시에 기가 죽었다.

“아니……. 선생님 신발에 음료를 쏟은 건 죄송한데요.”

“조용히 하시라고요.”

로건은 여자의 쟁쟁거리는 목소리가 거슬렀다. 또 그로 인해 사람들이 힐끔거리고 주목하는 것도 귀찮았다. 뜻하지 않은 소란 때문에 용건을 해결하지 못한 것도 짜증스러웠다.

“지오영 씨. 잠깐 나하고 얘기 좀 하죠.”

무슨 역모죄라도 지은 죄인처럼 고개를 숙이고 있는 여자를 보자 미간이 더 굳어졌다. 자신에게는 따박따박 대꾸도 잘하는 과년한 오영이 겨우 이런 저급한 여자 앞에서 꺾어지는 것이 어이없었다.

파삭!

순간 오영이 그토록 우려했던 일이 벌어졌다. 아이가 들고 있던 주스 병을 벽에다 집어 던졌다. 산산이 조각난 유리 조각이 햇빛을 받아 예쁘게 반짝거렸다. 그 고운 빛에 반한 아이가 천천히 주저앉아 유리 조각을 향해 손을 뻗는 것이 보였다.

"안 돼! 아가야!"

날개라도 달린 사람처럼 오영이 단숨에 몸을 날려 아이에게 도착했다. 막 유리 조각에 닿기 직전에 저지당한 아이가 짜증을 내며 울음을 터트렸다.

"이 여자가 지금 누구한테 손을 대는 거야?"

여자는 아이에게 오물이라도 묻은 것처럼 소스라치게 놀라며 오영에게서 아이를 빼앗았다. 징징거리며 몸을 뻗대는 아이를 끌어안고 오영을 향해 고함을 질렀다.

"당장 이거 안 치워요!"

"아……. 네."

황망한 얼굴의 오영이 주춤거렸다. 방금 아이를 말리기 위해 몸을 날린 날렵함은 어딜 갔는지 굼뜨기만 했다.

"이게 도대체 무슨 일이죠?"

태산 대학병원의 용역 인력을 관리하는 오 주임이 어디서 보고를 들었는지 나타났다. 로건과 눈이 마주치자 소리 없이 인사를 건네고는 사건의 중심으로 다가갔다.

"지오영 씨, 유리 안 치우고 뭐 해요? 위험하잖아요."

"네. 네. 치울게요."

열심히 대답한 것과 달리 오영은 좀처럼 움직이지 못했다. 하얗게 질린 얼굴로 두리번거리는 눈에는 두려움이 꽉 차 있었다. 로건의 예민한 시선이 오영의 이상한 징후를 눈치챘다. 트라우마. 그날, 연쇄살인범의 목에 꽂혀있던 유리 조각. 지금 오영의 의식 속에는 잔혹했던 그 날, 그 장면이 되살아나 그녀를 괴롭히고 있는 것이 분명했다. 로건의 걸음이 오영에게 향했다. 미세하게 떨리는 어깨에 손을 얹고 가만히 힘을 주었다.

"뒤로 물러서요."

가볍게 밀어내는 힘에 밀린 오영이 뒤로 물러섰다. 하지만 눈은 계속 위험하게 흩어져 있는 유리 파편을 떠나지 못했다. 치워야 한다고 생각하는데 몸이 움직이지 않아 미칠 노릇이었다.

"저……. 이 선생님."

오 주임이 조심스럽게 로건을 불렀다. 당신은 이 일에서 빠져 주세요. 그녀의 눈이 말하고 있었다. 로건은 메마른 눈동자로 오 주임을 쳐다보다가 청소 카트에서 빗자루를 꺼내 들었다.

말없이 오 주임에게 내밀자 그녀의 눈이 화등잔만 해졌다. 태산대학병원 외과팀을 이끄는 스타 의사 로건에게 반발은 하지 못하고 어정쩡하게 받아들었다. 로건은 얼어있는 오영을 흘끔거리며 눈치를 주는 오 주임에게 단호한 어조로 말했다.

"지오영 씨는 지금 이 일을 처리할 수 없는 상태입니다."

"그게 무슨 말씀이신지요?"

더 이상의 설명은 없었다. 로건은 피곤한 듯 관자놀이를 꾹꾹 누르며 오 주임을 무시했다. 오 주임은 워낙에 그런 사람인 걸 알고 있었지만, 사람들 앞에서 무시를 당한 것 같아 감정이 상했다.

"아니요. 제, 제가 해야 해요. 죄송합니다. 주임님."

여전히 밀랍인형처럼 하얗게 바랜 오영이 급히 오 주임의 손에 들린 빗자루를 들었다. 덜덜 떨리는 몸에 잔뜩 힘을 주고 억지로 버티며 비질을 시작했다.

"여보, 초롱아, 무슨 일인데 그래?"

구경꾼들이 빠져나가고 난 휴게실에 헐레벌떡 뛰어든 젊은 의사
는 여자의 남편이었다. 남편을 본 여자는 오영에게 부리던 기세를
누그러트리고 연약한 소리로 울먹였다.

"아니, 저 청소부가 우리 초롱이한테 소리를 질러서 애가 울고
난리가 났었어."

"뭐?"

아내의 말만 듣고 화가 난 젊은 의사가 고개를 팩 돌려 오영을
노려보았다. 아, 난 오늘 결국 일자리를 잃는구나. 오영은 젊은 의
사에게 고개를 꾸벅 숙이며 사과의 제스처를 취했다.

"너냐?"

"앗, 선생님!"

젊은 의사는 오영의 뒤에 선 로건을 알아보고 즉시 자세를 바로
잡았다. 이제 막 외과 펠로우 과정에 들어선 그에게 로건은 하늘
보다 까마득하고 병원장 뺨치게 어려운 존재였다. 로건은 말없이
오영의 손에 들린 빗자루를 뺏어서 젊은 의사 손에 쥐여 주었다.

"네 아이가 여기를 이렇게 엉망으로 만들어 놨다. 네가 마무리
해라."

"네!"

젊은 의사는 군소리 없이 빗자루를 받아들고 휴게실 바닥을 청
소하기 시작했다. 어이없어하는 아내에게 가만히 있으라고 눈치
를 주었다. 아연실색해서 상황을 지켜보는 오 주임을 지나친 로
건이 오영에게 물었다.

"괜찮습니까? 오늘 집에서 제대로 할 수 있겠어요?"

"네? 네. 그럼요."

"잠깐 따라와요."

오 주임의 눈치를 보느라 쩔쩔매는 오영이 마음에 안 든 로건이 깊은 한숨을 내쉬었다.

"데려가도 되겠습니까?"

"네? 네……. 그러시죠. 오영 씨, 어서 가 보세요."

"네. 그럼 잠시."

어색하게나마 사람 좋게 웃던 오 주임이 오영의 유니폼 자락을 붙들고 속닥거렸다.

"다녀와서 봅시다."

"네……."

오영은 로건을 따라 그의 연구실로 들어갔다. 먼저 자리에 앉은 로건이 손짓으로 냉장고를 가리켰다.

"물 마시려면 알아서 마시도록."

"……."

"아!"

멀뚱히 서 있는 오영을 보던 로건이 다시 자리에서 일어났다. 그가 전기 포트에 생수를 붓고 물을 끓이는 동안 오영은 넓고 고요한 그의 등판을 쳐다보았다. 언뜻 보이는 그의 옆얼굴은 언제나처럼 냉담해 보였다. 하얀 피부가 푸른색 수술복과 참 잘 어울렸다. 로건의 책상 옆 벽에는 영어로 쓰인 액자가 존재감 있게 자리하고 있었다.

I SWEAR by Apollo the physician, and Aesculapius, and Health, and All-heal, and all the gods and goddesses, that, according to my ability and judgment······.

무슨 말인지 잘은 모르겠지만, I SWEAR. 이 부분만 읽어도 감이 왔다.

"마셔요."

오영은 따뜻한 물이 담긴 잔을 묵묵히 쳐다보았다.

"고맙습니다. 은인님."

이제야 오영의 얼굴에 웃음이 떠올랐다. 내내 기죽고 두려워하는 얼굴만 보여주던 여자의 미소를 본 로건은 문득 밀려오는 안도감을 알아차리고 당황했다. 무사히 수술을 마쳐도, 환자가 건강하게 퇴원을 해도 그는 무감했다. 심지어 타인의 감정을 읽는 것도 어려웠다. 그런데 과년한 여자라는 도우미는 얼굴에 떠오르는 표정 족족이 너무 쉽게 읽혔다. 그리고 자신은 그 감정에 동요하고 있었다.

"저게 그 히포크라테스 선서. 그거 맞아요?"

오영의 물음에 정신이 든 로건은 그녀의 시선을 따라 액자를 쳐다봤다. 하루에도 수십, 수백 번 되뇌는 구절들. 사람다움에 충실하기 위해 끈질기게 붙들고 늘어지는 선서문이었다.

"영어라서 뭐라고 쓰여 있는 줄은 잘 모르겠다."

피식 웃음을 흘리며 아무 의자에 걸터앉은 오영은 서먹한 분위기를 깨기 위해서 계속 떠들었다.

"아까, 제가 좀 이상한 것 눈치챘어요?"

과묵한 남자는 고개만 끄덕였다.

"역시 의사라서 다르시다. 도와줘서 고마워요. 그런데 휴게실에는 저 때문에 왔던 거예요?"

"병원에서는 말조심 부탁합니다."

"네? 뭘……요?"

"당신이 지난번 나한테 저승사자라고 부른 후로 병원 사람들이 나를."

말을 하던 로건의 이마 근육이 불끈거리는 게 보였다.

"저승사자라고 부른다고요?"

"그래요."

그건 정말 미안했다. 명색이 사람 목숨 살리는 외과 의사라는데 저승사자라는 별명은 좀…….

"알겠어요. 그런데 저는 그날 이후로 이로건 씨를 저승사자라고 부른 적이 없어요. 집에서도요."

"앞으로도 주의하길 바랍니다."

"네. 그럼 전에 말실수한 것은 사과드릴게요. 사실……, 그날의 기억이 너무 강렬해서 저도 모르게 그랬어요."

너무나도 살기 거셌던 그의 눈빛을 생각하면 지금도 등골이 오싹해졌다. 그럴 리 없다고 생각하면서도 그가 얼마든지 사람을 죽일 수도 있다는 생각을 했었다.

"그런데요. 아침에 왜 혼자 가셨어요? 그러는 게 어디 있어요? 완전 치사한 거 알아요?"

모처럼 만에 고분고분했던 오영이 갑자기 다다다 쏘아붙이기 시작했다.

"무슨 소리지?"

"내가 아침에 출근하는 김에 차 좀 태워달라고 했더니 알겠다고 했잖아요.”

“내가?”

“고개 끄덕했잖아요.”

발뺌하는 로건을 보자 더 감정이 상했다. 그의 눈빛이 시간을 거슬러 생각에 잠기는 듯했다. 이내 코웃음을 치더니 어이없다는 듯 오영을 쳐다봤다.

“왜요?”

“난 내가 내린 커피 맛이 좋아서 고개를 끄덕인 건데.”

슬쩍 벌어진 오영의 입술 사이로 허탈한 실소가 터졌다.

“뭐라고요? 아니, 사람이 질문했으면 대답부터 해 줘야지. 그러는 게 어디 있어요?”

“혼자 착각해 놓고 웬 소란이지?”

“아우, 진짜!”

파닥거리며 손부채질을 하던 오영이 생각났다는 듯 따졌다.

“그리고 왜 자꾸 반말했다가 존대했다가 그래요? 사람이 일관성이 없어.”

“그럼. 당신도 반말하라고 했을 텐데.”

저 남자가! 아침에는 너도 벗고 다니라고 하더니.

“후회 안 하시죠?”

“그깟 일에 후회는 무슨.”

“알았다. 로건아.”

로건의 냉소가 우뚝 멈췄다. 자신이 허락했지만, 도리어 당한 것 같은 기분에 잠시 머리가 띵했다. 차갑게 노려보는 로건에게 맞서는 오영의 얼굴이 새침했다.

"반, 반말하라면서?"

너무 했나? 인제 와서 꼬리를 내리기는 싫었다. 점점 빨갛게 달아오르는 얼굴이 느껴졌지만, 오히려 더 고개를 쳐들었다.

"고기 굽는 것, 연습 많이 했어?"

"이따가 집에 가서 할 거예, 거야."

두 사람은 절대로 질 수 없다는 의지를 활활 불태우며 서로를 노려보았다.

* * *

로건의 방에서 나오자 간호사 스테이션에서 수다를 떨고 있는 오 주임이 보였다. 아마도 오영이 나오기를 대놓고 기다린 눈치였다.

"아까는 죄송했어요."

사건의 시시비비를 따질 수 없는 처지인 오영은 납작 엎드려 사죄부터 했다. 쾌적한 신뢰의 공간이 되어야 할 병원에서 직원 된 자로서 소란을 일으켰으니 억울하지는 않았다.

"나도 사람들한테 어떻게 된 일인지는 대충 들었어요. 처음이니까 넘어갈게요. 다음에 또 이런 일이 생기면 해고예요."

"네. 알겠습니다."

갑자기 호기심 가득한 생기발랄한 목소리가 끼어들었다.

"저기요. 실례지만 이로건 선생님하고는 무슨 일이 있는 거예요? 집에서 보자고 했다면서요?"

오영의 눈이 재빨리 질문을 던진 상대의 명찰을 확인했다. 간호사 김이나. 얼굴도 동글, 눈도 동글, 콧방울도 동글동글. 귀엽고 상냥한 인상이었다. 오 주임을 제친 김이나는 궁금증 가득한 얼굴을 오영에게 바짝 들이대고 물었다. 물어본 사람은 이나 한 사람인데 대답을 기다리는 이들은 여럿이었다.

"제가 투잡을 뛰거든요."

"그래서요?"

호기심으로 반짝거리는 여러 개의 눈동자가 오영에게 집중되었다.

"어쩌다 보니 퇴근 후에 이로건 선생님 댁 도우미를 하게 됐어요."

어머. 웬일. 응? 뭐라고? 진짜? 여러 가지 반응이 동시에 쏟아졌다. 그게 그렇게 큰일인가? 돈을 벌기 위해 일하는 것이 이렇게 신기하고 주목받는 일인가? 오영은 어리둥절했다.

"우와! 정말요? 너무 부러워요."

두 손을 기도하듯 맞잡은 이나는 동경의 눈을 빛내며 부럽다는 말을 중얼거렸다.

"뭐가요? 제가 부러워요?"

"네. 이로건 선생님 댁에서 일한다니. 선생님의 체취와 흔적이 가득한 곳이라니……."

오영은 몽환에 젖은 이나의 아련한 눈동자를 이해할 수 없었다. 설마 못돼먹은 그 남자를 좋아하기라도 하나? 어우, 취향 참 특이하시네.

"그런데 이로건 선생님은 집에서 어때요?"

이나 덕분에 있는지도 까먹고 있던 오 주임이 튀어나왔다. 이 아주머니도 못된 남자가 취향이신가? 아니 지금 자신의 대답을 기다리는 간호사들 모두 이로건에게 지대한 관심이 있는 게 느껴졌다. 괴팍한 고기쟁이 남자가 뭐가 좋다고. 어쩌면 병원 터에 문제가 있는지도 모르겠다. 흥미로 달아오른 사람들의 관심에 오영은 움츠러들었다. 병원에서 말조심을 당부한 로건의 냉소적인 얼굴도 떠올랐다.

"제가 어떻게 알아요."

대충 대답해 버리고 피하는 것이 상책이라고 판단했다.

"아, 집이 비었을 때 가서 일하시나 보다. 그건 좀 아쉽다."

"그치. 아무래도 남자 혼자 사는 집인데 없을 때 가서 일하는 게 안전하지. 이 선생도 남자니까."

"뭐예요. 이로건 선생 수준이 있는데."

"그건 그래요. 보통 눈 높아 보이는 게 아니던데. 겨우……."

버젓이 오영이 듣고 있는데도 별의별 말이 쏟아졌다. 젊은 나이에 병원 미화원 일을 한다는 이유로 공공연히 무시를 당하고 있지만, 오영은 상관하지 않았다. 미화원 일을 하지 않을 때도 오영은 무시당하는 것이 일상이었다.

"무례해요. 다들 너무하시는 것 아니에요?"

외려 이나가 눈을 똥그랗게 부라리며 동료들에게 따졌다. 그녀의 정색 덕분에 분위기가 단박에 어색해졌다. 오영은 대수롭지 않다는 듯 털털하게 웃으며 오 주임에게 인사를 했다.

"저는 그만 가 보겠습니다. 오늘 비상구 계단에 왁스질을 해야 해서요."

시간을 확인하니 퇴근까지 세 시간이 남았다. 어제 잠을 설쳐서 그런지 몸도 무겁고 유난히 시간이 더디게 흐른다. 터덜터덜 걷는 오영의 뒤에서 이나의 다급한 목소리가 들렸다.

"지오영 씨!"

"네. 왜 그러세요?"

"더운데 이거 드시면서 일하세요. 갑자기 가 버리셔서 못 드렸잖아요."

손이 시릴 만큼 차가운 캔 음료가 오영에게 주어졌다.

"고마워요. 안 그래도 목말랐어요."

"근데. 실례지만 몇 살이세요?"

"저요? 스물……여덟이요."

오영의 나이를 들은 이나가 활짝 웃었다. 하얗고 가지런한 이가 귀여운 인상과 잘 어울렸다.

"전 일곱이요. 제가 언니라고 부를게요."

"네?"

"다음에 또 봐요. 오영 언니!"

큰 동작으로 손을 흔들며 멀어지는 이나를 보던 오영은 왠지 가슴이 뭉클했다. 사회에 나와서 사기만 당했는데……. 심지어 엄마라는 사람도 오영을 등쳐 먹고 날랐다. 이나의 웃는 얼굴과 목소리 그리고 시원한 음료수. 저 사람의 순수한 진심이 느껴졌다.

* * *

승강기 점검 표지판을 보고 멈칫한 로건은 다른 승강기로 향하다가 비상구로 빠졌다. 냉방이 가동되지 않는 비상구의 문을 열자 습하고 더운 열기가 덤벼들었다. 오후에는 흉부외과와 협력 수술 스케줄이 잡혀 있었다. 머릿속으로 시뮬레이션하며 천천히 계단을 내려가던 로건은 난간에 기대어 고꾸라진 오영을 발견했다. 이 시간에 퇴근이라고 하지 않았나? 뒤로 바짝 다가갔는데도 오영은 꿈쩍도 하지 않았다. 깊이 잠이 들어 병든 닭처럼 꾸벅거리고 있었다. 그냥 지나쳐 내려가던 로건이 뒤를 돌아봤다. 오만상을 찌푸리고 자는 여자의 얼굴이 너무 못생겨서 절로 인상이 써졌다.

"이봐. 이봐!"

"네!"

화들짝 놀라 주변을 두리번거리던 오영은 불쾌한 표정으로 자신을 보고 있는 로건을 발견했다.

"하……. 놀랐잖아요."

"퇴근 아니야? 빨리 집에 가서 고기 굽는 연습해."

"알았어요. 알았어. 안 그래도 집에 가서 열심히 연습하려고 했어."

무의식중에 나오던 '요'자를 급히 얼버무린 오영은 자리에서 일어나며 기지개를 켰다.

"으으. 좀 잤더니 살 것 같다."

"사람들 놀라게 여기서 자고 있으면 어떡하자는 거지?"

"직원 휴게실은 꽉 차서 잘 자리가 없어서 그래. 시끄럽기도 하고."

엉덩이를 툭툭 털던 오영은 줄곧 자신을 못마땅하게 쳐다보는 로건에게 퉁명스럽게 물었다. 그의 말투를 흉내 내서.

"왜 또 그렇게 보는 거지? 뭐가 불만인 건가?"

로건은 자신이 허락한 반말인데 들을수록 기분이 별로였다. 어른에게 깍듯하게 존대하는 사회에서 살던 것도 아니고 자신 역시 연상인 대양에게 편하게 굴고 있었다. 그런데 왜 과년한 도우미가 하는 반말은 거슬릴까. 역시 불편해. 싸구려 이불의 뭉친 솜에 등이 배기는 것 같이 짜증스러웠다. 안 되겠어.

"그 말투, 뭐야."

"내 말투가 왜. 어디가 이상한가."

이제 알 것 같았다. 과년한 도우미가 편하게 말하는 것이 유난히 꺼려진 이유를. 자연스럽고 편안한 분위기가 아니었다. 고집스럽고 억지스럽게, 로건을 곯려 주려는 의도가 다분한 어쭙잖은 반말. 말을 할 때마다 경직되는, 이래도 되나 갈등하는 뻔한 표정. 그녀의 도발이 가소로웠다.

"까불기는. 하려면 제대로 하든가."

툭 내뱉고 가는 로건의 뒤를 따르며 오영이 물었다.

"오늘 늦지 않을 거지? 저녁은 몇 시에 준비하면 돼?"

"수술이 길어지면 늦을지도 몰라. 그리고 완벽하게 할 자신 없으면 준비하지 마."

"힘들겠다. 먹기 싫어도 뭐라도 챙겨 먹어. 수술하려면 체력이 좋아야 한다는데."

"아무 데서나 조는 네 걱정이나 해."

사람이 진심으로 말하는데 반응하고는. 오영은 입속으로 험한 말을 중얼거리며 그의 등을 노려봤다.

"하여튼 사람이 못됐어. 이봐요. 어른들 말씀에 사람은 밥심으

로 산다는 말이 있거든. 계속 한국에 살 거면 한식에 맛을 들이는
게 어떨까? 내가 진짜 잘할 자신 있는 분야거든."

"당장 해고하기 전에 퇴근이나 하지."

오영의 앞에서 비상구 문이 불친절하게 닫혔다.

"으이그, 진짜 못됐어. 아주 그냥 제대로 못돼먹었어."

닫힌 문 앞에 멈춘 오영은 로건의 까탈스러운 성격을 비난하며
구시렁거렸다.

* * *

집에 오자마자 간단히 샤워를 마친 오영은 바로 청소에 돌입
했다.

"먼지 한 톨 없이 깔끔하게, 정리정돈의 끝판왕을 보여 주겠어!"

다부지게 외친 오영은 물걸레와 마른걸레를 들고 로건의 침실
로 입장했다.

"어휴, 주인 닮아서 방도 싸늘하네."

넓은 방은 빛이 들어오는 데도 어둡고 스산한 기운이 느껴졌다.
새하얀 시트가 반듯한 침대가 덩그러니 외로워 보였다. 창을 통
해 들어온 오후의 햇볕이 침대 머리맡 액자에 조명처럼 꽂혔다.

I SWEAR…….

"천생 의사구나. 서재에도 있더니 여기도 있네."

밉상인 로건에게 잠시 경외심이 들었다. 병원에서 들리는 말로
는 태산 대학병원의 간판 의사 중 하나라고 했다. 그에게 진료받
기 위해서는 1년을 기다려야 한다는 신의 손이라나. 미국의 손꼽

히는 병원에서 있던 사람이란 소문이 있었다. 잘생겨서 인기 많다는 얼빠진 소리도 엄청나게 들었다. 자신과 반말 따먹기나 할 레벨은 확실히 아닌데……. 이상하게 집주인이 만만하게 느껴졌다. 침대 위 베개와 쿠션, 협탁 위에 놓인 담배와 라이터, 아무렇게나 벗어놓은 라운지 웨어가 있던 위치를 흩트리지 않고 먼지를 쓸고 닦았다.

침대 머리맡 선반에 놓인 사진 액자에 시선이 갔다. 은발이 세련된 노신사의 미소가 근사했다. 가족인가? 로건의 외모를 떠올리며 비교해 봤지만, 딱히 닮은 것 같지 않았다. 지랄 맞은 주인의 성격대로 먼지 말고는 딱히 치울 것도 없었다. 청소를 마치고 침실을 나서던 오영은 한 번 더 실내를 돌아보았다. 깨끗하고 쾌적해진 후에도 여전히 쓸쓸한 기운이 감도는 공간이 마음에 걸렸다.

* * *

남부 지역에 태풍이 상륙했다고 하더니 그 영향인지 바람이 제법 시원했다. 오영은 잔디가 곱게 깔린 마당으로 나오면서 입고 있던 티셔츠를 코에 대고 킁킁거렸다. 구수한 스테이크 냄새가 진하게 밴 옷을 바람에 펄럭이며 인상을 구겼다.

"고기는 언제나 나를 이롭게 했는데. 내가 먹지도 않은 고기 냄새에 고통받을 줄이야."

지금 오영의 책상 위에 있는 노트에는 스테이크 굽는 법이 종류별로 집대성되어 있었다. 그러나 요리를 글로 배운 자의 말로는 허무했다. 머릿속으로 수백 번 구워보고 실전에 돌입했지만 미흡

했다. 로건이 보여준 '겉은 바삭하고 속은 핏물이 촉촉'의 경지는
생각보다 어려웠다.

"이거 못 하면 당장 나가라고 할 텐데……."

내가 조리한 스테이크를 씹다가 싸늘한 표정으로 나를 노려보겠
지. 냅킨에 씹던 고기를 뱉고 우아하게 입을 닦을 거야.

'당장 해고야.'

그렇게 말하고 자기 방으로 쌩하고 사라질 인간이었다. 돈도 돈
이지만 이 집에서 나가고 싶지 않았다. 겨우 하룻밤을 지냈을 뿐
인데 이상할 정도로 편안했다. 생존력이 남다른 오영이라도 해도
너무 빠른 적응이었다. 어두운 대문 밖으로 환한 불빛이 비치더
니 곧 차고지 문이 천천히 열리는 것이 보였다.

"왔구나!"

주인을 기다리던 강아지처럼 오영은 차고지를 향해 경중거리며
뛰어갔다. 차가 들어오는 것을 보며 가볍게 손을 흔드는 오영을
뻔히 봐 놓고도 로건은 반응하지 않았다.

차에서 내린 로건은 피곤하기는커녕 아침에 막 일어난 사람보
다 더 쌩쌩했다. 역시 고기의 힘인가. 종일 수술과 진료에 시달린
사람으로 보이지 않았다. 타이를 매지 않은 흰 셔츠의 단추가 몇
개 풀어져 있었고 손에는 아침에 걸치고 나간 슈트 상의가 아무
렇게나 쥐어져 있었다. 출근 때 반듯하게 차려입은 모습은 엄격
하고 날이 선 저승사자 같더니 야밤의 약간 흐트러진 모습은 야
릇하고 섹시했다. 오영은 잠시 또 두근거릴 뻔한 마음을 꾸짖었
다. 보기 좋은 것들에게 쉽게 흔들리는 자신을 한심하다 욕하며
로건에게 다가갔다.

"수술은 잘 끝냈어?"

"……."

흘끔 오영을 쳐다보는 로건의 눈에는 그게 왜 궁금하냐는 명백한 무시가 담겨 있었다.

"저녁은 먹었어?"

"아니."

"지금 준비할까?"

"이번 주는 내가 알아서 해결할 거야."

잠시 고개를 주억거리던 오영이 다시 물었다.

"오늘 청소는 침실과 거실만 했어. 내일은 서재와 드레스룸도 할게. 뭐 따로 지시할 것 있어?"

"없어."

곧장 본채로 들어갈 줄 알았던 로건은 정원으로 다가가 크고 작은 정원수와 꽃들을 살펴봤다. 희미한 가로등 불빛이라 잘 보이지도 않을 텐데 꼼꼼히 시선을 주었다.

"해가 지고 나서 물을 줬어. 둥근 소나무는 이발을 좀 시켰어. 어때, 깔끔하지?"

"그렇네."

오영이 신이 나서 자랑스럽게 떠드는 말에도 로건은 마지못해 짧은 대답뿐이었다.

"꽃나무는 많은데 종류가 너무 적어서 아쉬워. 계절마다 번갈아 꽃이 피게 다른 수종을 좀 심으면 어떨까? 주말에는 배합토를 좀 돌아야 할 것 같아."

"흠……."

옆에서 종알종알 떠드는 오영의 소리를 잠자코 듣던 로건은 할 말이 있는 듯 입술을 달싹거렸다. 이 집을 거쳐 간 몇몇 도우미들과 자신의 손으로 가꾼 꽃과 나무를 보는 시선에 불만의 빛이 스쳤다.

"사실."

"응? 사실 뭐?"

자신의 두 손을 들여다보는 그의 목울대가 크게 한번 움직였다.

"자꾸 죽어. 배운 대로 열심히 가꾸는데 오래 버티질 못해."

"얘네들이?"

망연한 눈으로 푸른 생명을 바라보는 로건은 대답이 없었다.

"음……. 유난히 화초를 못 가꾸는 사람들이 있기는 해. 이로건 씨는 그게 많이 속상한 거야?"

속상하다. 화가 나서 마음이 불편한 감정이 들 때 사람들은 '속상하다'라고 떠든다. 나는 정원을 제대로 가꾸지 못해서 속상한 것이 아니다. 그런 낭만적인 이유라니. 자신과 어울리지 않았다.

"은인님은 정말 좋은 사람이야."

"뭐?"

가로등 불빛 때문인지 그를 바라보는 오영의 눈동자가 유난히 따뜻한 빛으로 반짝거렸다. 생글생글 웃는 담백한 표정은 방금 그녀가 한 말이 순도 백 퍼센트의 진심임을 증명했다.

"좋은 의사이기도 한 것 같고."

"듣던 중 가장 우스운 소리네."

"겸손하지 않아도 돼. 생명을 살리고 싶어 하는 마음이 강한 것 같아. 사람도, 이 자연들도."

말도 안 되는 소리다. 네가 뭘 안다고 그따위 소리를 지껄이는지.

"나는 그저 기술자일 뿐이야."

"왜 자꾸 그런 생각을 할까? 이로건 씨는 자존감이 낮은가 봐? 이렇게 잘났는데 말이야."

유능한 외과 의사, 로건 리. 인류애, 헌신, 사명, 희생. 자신이 하는 의료행위는 저런 고귀한 명분과 전혀 상관이 없었다.

"네가 뭘 알아."

무뚝뚝하게 내뱉는 로건의 목소리에 화난 기색이 배어 있었다. 갑자기 싸늘한 분위기를 만들어 놓고 돌아선 남자는 큰 걸음으로 성큼성큼 본채로 향했다. 그에게서 아주 잠깐 유약한 분위기를 느꼈던 오영은 돌변한 로건이 황당했다.

"왜 또 저래? 사춘기야? 아니지 늙은이니까 갱년기인가? 도대체 몇 살인데 기분이 저렇게 역동적이야?"

그대로 집으로 들어가 버릴 줄 알았던 로건이 현관 앞에서 멈추더니 뒤를 돌아봤다. 오영은 불만스럽게 중얼거리던 입을 재빨리 다물고 억지 미소를 지었다.

"안 들어올 거야? 배고파."

"네! 갑니다!"

굽신거리는 오영을 못마땅하게 쳐다보던 로건이 먼저 집 안으로 들어갔다.

"자기가 알아서 먹는다더니. 하, 진짜 변덕스럽네."

괜찮다면 잠시 외출하려 했던 오영은 계획이 어그러진 것이 실망스러워 발을 쾅쾅 울리며 걸었다.

그릴에 구운 가지와 토마토, 아스파라거스의 빛깔과 윤기가 먹음직스러웠다. 마지막으로 사워크림 소스와 구운 감자를 식탁에 올려놓은 오영은 감탄 같은 한숨을 내쉬었다.

"내가 했지만, 이 간단한 요리조차 기똥차게 맛깔나 보인다."

두꺼운 팬과 큼지막한 고깃덩어리까지 준비하고 나니 로건이 등장했다.

"연습은 많이 했어?"

"하긴 했는데……."

로건이 설핏 콧방귀를 뀌는 것이 보였다.

"조금만 더 연습하면 되거든! 근데 고기가 너무 아까워."

"네가 먹으면 되잖아."

"나는 은인님처럼 무지막지한 양을 처리할 수 없다고. 게다가 대책 없이 살찌면 어쩌라고. 이 가냘픈 몸은 뭐 타고난 건 줄 아나 봐?"

"빈약한 몸이겠지."

한 번 더 콧바람을 일으키는 로건을 노려보며 오영은 스테이크 굽기 연습의 고초를 털어놨다.

"남은 고기의 양도 그렇지만 냄새에 질려서 내 왕성한 식욕이 달아난다고."

"그럼 넌 오늘 저녁을 안 먹은 건가?"

"저녁 내내 기름 냄새를 맡았더니 못 먹겠어."

뜨겁게 달군 팬에서 고기가 치이익 소리를 내는 것과 동시에 속이 메슥거렸다.

"옆에 와서 참관해. 혼자 막연하게 연습하는 것보다 보고 눈으로 익히는 게 빨라."

오영은 넘어오는 신물을 가까스로 삼킨 후 로건의 옆에 섰다. 뜨겁게 녹인 버터를 고기 위에 끼얹는 빠르고 간결한 손놀림을 열심히 눈으로 좇았다.

"매일 먹으면 지겹지 않아?"

"배고프니까 먹는 거야."

"좋아하는 게 아니었어?"

"……."

알수록 이상한 사람이었다. 하도 스테이크 조리법에 연연하길래 엄청난 미식가인 줄 알았더니 맥락 없는 대식가인 건 뭐란 말인가. 그럼 그냥 생고기를 뜯어 먹든지. 왜 이렇게 까다롭게 구는 거야.

"자, 네가 직접 잘라 봐."

오영의 손에 칼과 나이프가 들렸다. 거만하게 팔짱을 낀 로건은 턱짓으로 접시를 가리켰다.

"잘릴 때의 감촉을 느껴봐. 그래야 확실히 감이 올 거야."

네. 네. 고든 램지 나셨네요. 오영은 차마 티는 못 내고 속으로 이죽거리며 접시 앞에 섰다. 나이프의 날이 닿는 고기 표면은 눈으로 보는 것보다 더 바삭했다. 그리고 별 저항 없이 부드럽게 썰렸다. 감촉만으로도 맛있는 기운이 전해졌다.

"알겠어?"

뾰로통 입술이 튀어나온 오영이 고개를 끄덕였다. 사실 아까 연습한 결과물들은 이렇지 않았다. 정말 다음 주에 해고당하는 것은 예고된 미래인 걸까. 급격히 우울해졌다. 오영은 품격 있는 대식가의 맞은편 대각선 자리에 앉아 그가 식사하는 모습을 멀거니 쳐다봤다. 분명 입이 움직이는데 음소거라도 된 것처럼 식탁은 고요했다. 언제나처럼 혼자만의 조용한 식사를 즐기던 로건이 문득 칼질을 멈추고 오영을 응시했다.

"왜?"

굳게 다문 입술을 보던 오영은 깨달은 듯 놀라며 자리에서 일어났다. 어쩌다 보니 서로 말을 놓는 사이긴 했지만, 그는 엄연한 고용주였다.

"아, 죄송."

오영은 의자에서 벗어나 그의 뒤편, 멀찍이 떨어진 곳에 섰다. 식사 시중을 들어야 할 처지에 겸상하듯 앉아 있었다니. 미치지 않고서야.

"거기서 뭐 하는 거야?"

"식사 중에 필요한 것 있으면 말해. 빠릿빠릿하게 모시겠습니다."

"누가 그러라고 했나? 배고픈 거 아니야?"

"고파……. 엄청."

로건은 어깨가 축 처져서 힘없이 대구하는 오영과 자신의 접시를 번갈아 쳐다봤다.

"이로건 씨가 식사 마치면 나는 잠깐 외출 좀 할게."

"왜."

"속이 니글거려서 국밥 사 먹으려고. 얼큰한 국물을 마시면 살

것 같아."

"국밥?"

"응."

"지금 갔다 와. 더 어두워지기 전에."

"그래도 됩니까?"

끄덕.

"야호! 다녀오겠습니다!"

쏜살같이 사라지는 오영의 뒷모습을 보던 로건은 자신도 모르게 피식 웃음을 흘렸다. 도도도도 뛰는 발소리가 들리더니 현관문 닫히는 소리가 들렸다. 오영이 나간 것을 확인한 로건은 다시 식사에 집중했다. 입에 고기를 넣고 우물거리던 로건은 공간에 감도는 정적이 새삼스럽게 느껴졌다. 맞은편 의자에 앉은 과년한 도우미의 종알거리던 소음이 사라진 것이 어색했다. 씹던 고기가 점점 맛이 없어졌다. 옅은 한숨을 내쉬며 자리에서 일어나 거실로 나갔다.

한 번도 사용하지 않았던 오디오 시스템을 연결했다. 겨우 연결된 오디오에서 베토벤의 엘리제를 위하여가 흐르자 로건의 미간에 주름이 졌다. 베토벤을 가장 사랑하고 즐겨들으면서도 엘리제를 위하여는 좋아하지 않았다. 다음 트랙으로 넘기려고 버튼으로 가던 손가락이 멈췄다. 아기자기하고 말랑한 선율이 오늘은 어쩐지 들어줄 만했다. 묵직하게 닫혀있던 그의 입술에 보일 듯 말 듯 희미한 미소가 떠올랐다.

* * *

부른 배를 퉁퉁 두드리며 들어오던 오영은 발코니 창을 열어 놓고 문턱에 앉아 끽연 중인 로건을 발견했다.

"한잔할래?"

오영이 흔드는 반투명한 비닐 봉투 속에는 맥주 한 병이 들어 있었다. 담배를 깊이 빨아들였다가 길게 연기를 내뿜는 로건의 눈매가 가늘어졌다.

"겨우 그거 가지고 둘이? 그리고 난 술은 안 마셔."

"담배는 그렇게 많이 피우면서."

꽁초를 비벼끈 로건은 문틀에 비스듬히 기대어 허공을 응시했다. 밤보다 더 까만 눈동자는 냉소적이면서도 허무해 보였다.

"차라리 담배를 끊고 술을 조금 마시는 게 낫지 않아?"

"술은, 이성을 잃게 하니까 위험해."

오영의 고개가 갸웃 기울어졌다.

"나는 이성 안 잃는데. 적당히 마시면 되잖아."

"너 같은 애는 이성을 잃어도 무서워지지 않으니까. 상관없겠지."

뭐라는 거야. 도대체 왜 저렇게 무게 잡고 똥폼을 재는지 모르겠다. 오영은 세상 시름 혼자 짊어지고 사는 사람처럼 무겁고 진지한 로건과는 절대로 친해지지 못할 것 같았다. 밝고 즐거운 것이 좋다. 안 그래도 시름 많은 삶인데 저런 우울에 빠져 사는 건 사절이다.

"그럼 잘 자요. 나도 자러 갑니다."

"국밥은 맛있었나?"

별채로 들어가던 오영은 마치 그 질문을 기다린 사람처럼 기쁜 표정으로 로건을 돌아봤다. 두 손바닥을 부딪치며 종알거리는 목소리가 한 톤 높아져 있었다.

"대박! 숨은 맛집을 발견했어. 국밥 종류도 여러 가지야. 오늘은 너무 늦은 시간이라서 가볍게 콩나물국밥을 먹었지만, 매주 하나씩 그 집 메뉴를 정복할 거야."

저렇게 단순할 수가. 로건은 겨우 국밥 하나에 기분이 한없이 들뜨는 오영의 성격을 이해할 수 없었다.

"언젠가 식성이 바뀌면 이로건 씨도 한 번 가봐. 절대 후회하지 않을 거야."

"그럴 일은 없어. 그리고 너야말로 이 집에서 잘리면 그 집 국밥 메뉴 섭렵할 기회도 없을 텐데."

조금만 건드려도 기분이 획획 바뀌는 단순한 오영답게 발끈했다.

"아휴, 꼭 초를 쳐요. 산 넘고 물 건너와서라도 먹을 테니까 걱정 마슈."

별채로 들어가는 오영의 발소리가 콩콩 울리다 문 닫히는 소리와 함께 사라졌다. 지포 라이터를 딸깍거리던 로건은 결국 담배를 꺼내 불을 붙였다.

"잘 자라."

* * *

"제길."

잠에서 깬 로건은 땀에 젖은 머리를 쓸어 올리며 낮게 욕설을 지

꼈였다. 불과 얼마 전 악몽을 꿨기에 당분간은 괜찮을 줄 알았다. 분기별 행사처럼 찾아오는 꿈이 며칠 만에 다시 그를 찾아왔다. 물에 젖은 솜처럼 무거운 몸을 억지로 끌고 침대를 빠져나왔다.

목을 이리저리 돌리며 긴장했던 근육을 풀어낸 후 침대 머리맡에 걸린 액자를 마주했다. 툭 치면 입에서 줄줄 나오는 글귀를 한 자씩 정성스럽게 읊조렸다. 맹세가 주는 무게를 음미하며 자신을 채찍질했다. 하루에도 몇 번씩 갖는 명상 같은 의식이었다. 히포크라테스 선서를 다 읊고 난 로건은 다른 액자 속에서 인자하게 웃고 있는 인물을 차갑게 응시했다.

"절대로 당신 뜻대로 되지 않아."

선서문을 읊을 때보다 더한 의지가 느껴지는 독백이었다.

방을 나서려던 로건이 거울에 비친 자신의 모습을 보고 멈칫했다. 다시 침대로 가서 자기 전 벗어서 던져 놨던 라운지 팬츠를 주워 입었다.

"이거 또 왜 이래."

주방으로 들어가려던 로건은 바닥에 널브러진 여자를 보고 그 앞에 쪼그려 앉았다. 잔뜩 흐트러진 짧은 머리카락에 얼굴 반이 가려져 있었다. 겨우 드러난, 슬쩍 벌어진 입술이 바보 같았다.

"못생겼어."

잠시 눈으로 관찰한 후 검지를 오영의 코 밑에 대보고는 천천히 일어났다. 그대로 오영의 몸을 타고 넘어 냉장고로 직진했다. 생수병을 꺼내서 들이켜며 바닥에서 자는 여자를 어떡할까 생각했다.

"진짜 여러 가지 하는군."

달그락거리는 소리를 들었는지 갑자기 놀란 침팬지 같은 소리를 내지른 오영이 벌떡 일어났다.

"아, 깜짝이야. 지금 몇 시지?"

"놀라야 하는 건 내가 아닌가."

목소리가 들린 곳을 보니 로건이 심드렁한 얼굴로 커피 머신을 작동하고 있었다. 머리를 흔들어 정신을 차린 오영은 그의 말투를 흉내 내며 바닥에서 일어났다.

"그러나 별로 놀라지 않은 목소리군. 나야말로 오늘도 놀랐어. 항상 아침에는 그렇게 헐벗고 다니는 건가."

"말을 편하게 하는 건 좋은데 날 따라 하지는 마. 덩달아서 내 품위까지 떨어져."

"죄송합니다아."

로건은 고개를 푹 숙이고 개수대로 가는 오영의 뒤에 대고 물었다.

"아직 술이 덜 깬 건 아닌 거 같은데 왜 바닥에서 그러고 자는 거지? 시체인 줄 알았어. 혹시 밤새 여기서 잔 건가?"

"아니. 그리고 겨우 맥주 한 병에 지금까지 술이 덜 깨는 애송이도 아니야. 샐러드 재료 준비 다 해 놓고 힘들어서 잠깐 앉아있었는데 나도 모르게 잠이 들었어."

"혹시 기면증이 있는 건가?"

어제 병원 비상구에서 계단 난간을 끌어안고 자던 오영의 모습이 생각났다.

"기면증? 그런가?"

이내 고개를 절레절레 흔들었다.

"아니야. 그냥 피곤해서 그래. 환경도 바뀌었고, 그놈의 스테이크 때문에 신경을 많이 썼거든. 이로건 씨 입맛을 사로잡지 못하면 쫓겨날 것 아니야."

"전에는 그런 증상이 없었나?"

"오늘은 두부 샐러드야. 샐러드 볼을 더 큰 걸 사야겠어."

못 들은 척 다른 대답을 늘어놓은 오영은 이내 조용해졌다. 큼지막한 샐러드 볼에 미리 손질한 형형색색의 채소를 담은 후 팬에 두부를 굽기 시작했다.

* * *

늘어지게 하품을 하며 대문을 나서자 로건의 검은색 SUV가 저만큼 멀어지는 것이 보였다. 이제 시작된 본격적 여름인데 아침부터 숨 막히는 무더위였다.

"아, 더워. 잠을 못 잤더니 머리가 멍하네. 같이 좀 가지, 치사하게."

출근길 버스에서 시달릴 걱정에 벌써부터 기운이 처졌다. 무더위 속 콩나물시루에서 한 줄기 콩나물 역할을 맡은 자신의 처지가 신산했다. 등 뒤에서 클랙슨 소리가 울렸다. 넓은 길을 걷는 사람은 오영 혼자였다. 길 한쪽으로 비켜섰는데도 한 번 더 클랙슨 소리가 울렸다.

"아, 내가 뭘!"

성질을 피우며 뒤를 돌아본 오영의 표정이 단번에 밝아졌다. 자신의 뒤를 천천히 따라오는 차의 운전자는 대양이었다. 열린 조수석 창으로 고개를 빼꼼 내민 대양이 시원하게 웃으며 오영을 불렀다.

"오영 씨, 출근하는 거죠? 타세요."

"정말요? 그래도 되는 거예요?"

질문이 끝나기도 전인데 벌써 오영의 몸은 조수석에 올라타는 중이었다.

"로건은 출근했어요? 혼자?"

"네. 어제 슬쩍 부탁해봤는데 안 내키시나 봐요. 당연한 거죠."

"치사한 녀석."

구시렁거렸지만 로건이 그런 편의를 봐줄 리가 없다는 건 대양도 알고 있었다. 오영은 저를 대신해 욕해주는 대양 덕분에 기분이 좋아졌다. 사실, 시원한 에어컨 바람에 기분이 좋아진 게 더 컸지만.

"지낼 만해요?"

"겨우 이틀 지냈지만 아직은 괜찮아요. 생각만큼 그렇게 까다롭지도 않고요."

"까다롭지 않다고요?"

"네."

호오. 이 사람들 봐라. 일단 안심이지만 어떻게 된 일인지 심히 궁금했다. 사람 구하기 힘들다는 것을 체감한 로건이 무뎌지기로 한 건지 이 여자의 성격이 무딘 것인지. 아니면 정말 둘이 환상의 짝꿍인지.

"그런데 로건을 왜 생명의 은인이라고 하는 거예요? 둘만의 사연이 있는 것 같은데 나도 좀 알면 안 될까요?"

대양조차도 로건이 그 떠들썩한 사건의 주요 인물인 줄 모르고 있었다. 오영의 태도로 봤을 때 로건이 분명 큰 도움을 준 것 같았다. 의술을 베푸는 것 외에 타인에게 철저히 무관심한 로건이 그랬다는 것이 생각할수록 의아했다.

"음……. 그건 두 분이 친구 사이니까 이로건 선생님한테 들으세요. 저는 별로…… 떠올리고 싶지 않아요."

죽을 때까지 잊지 못할 기억을 굳이 입에 올리고 싶지 않았다. 그때의 두려움과 공포가 지금도 생생했다. 문득문득 의식을 비집고 나오는 장면들을 꾸역꾸역 보이지 않는 곳으로 밀어 넣느라 힘들었다. 가방을 붙들고 있는 오영의 손등이 하얗게 질렸다. 대양은 심각해 보이는 오영의 상태가 걱정스러워 화제를 돌렸다.

"그 녀석이 사람을 그림자 취급하고 무시하더라도 그런가 보다 하세요. 컨디션 안 좋아 보이면 피하시고요. 그럴 때 눈앞에 보이면 소리를 지르기도 해요."

"그래요? 그런데 저하고 곧잘 대화하는데요. 틱틱거리기는 하지만요."

"무슨, 대화하는데요?"

"뭐, 별 것 없어요. 사람이 일상에서 하는 대화가 무슨 큰 의미가 있겠어요. 그냥 이말 저말 하는 거죠."

"그렇구나……."

대양은 의외의 소식에 어안이 벙벙해졌다. 도우미와 일상에서 별 의미 없는 이말 저말을 하는 로건이라니. 눈으로 직접 보고 싶은 꽤 유혹적인 상황이었다.

* * *

청소 카트를 밀며 수술실 앞을 지나는 오영을 부르는 소리가 들렸다.

"이봐요, 아줌마."

대기용 의자에 앉은 노인의 손짓을 따라 오영이 다가갔다.

"네. 뭐 도와드려요?"

"손 좀 내밀어요. 그리고 이거 좀 버려요."

노인은 자신의 주머니와 가방을 뒤져 영수증, 이쑤시개, 껌 종이 같은 잡다한 쓰레기를 오영의 손바닥에 올려놓았다. 한참 쓰레기를 꺼내놓던 중에 수술실 문이 열리자 노인이 의자에서 일어났다. 수술실을 나서며 이마에 걸린 루페를 빼내는 로건에게 달려간 노인이 그에게 매달리듯 달라붙었다.

"선생님, 우리 애는 어떻게 됐나요?"

"설명은 뒤에 간호 선생님에게 들으세요."

말투는 친절한 듯했지만, 굳어진 미간과 미동 없는 눈동자는 차갑기만 했다.

"간호사가 뭘 알아요. 의사 양반이 설명해 주셔야지요. 혹시 안 좋은 건가요? 네? 자세히 좀 알려주세요."

"간단한 수술인데 너무 시끄럽게 구시는군요."

결국, 성깔을 드러낸 로건이 자신의 팔을 붙든 노인의 손을 무자비하게 뿌리치고는 복도 끝으로 사라졌다. 찬바람 씽씽 부는 로건의 뒤통수를 망연자실 쳐다보는 노인에게 오영이 다가갔다. 보호자의 간절한 마음도 몰라주는 로건의 싸가지를 속으로 욕하며 노인을 부축했다.

"잠깐 앉아계시면 금방 간호 선생님이나 다른 선생님들이 나오세요."

"이거 놔. 쓰레기나 만지던 손으로 지금 어딜 만져?"

노인은 자신의 팔을 붙든 오영의 손등을 찰싹 소리가 날 정도로 때렸다. 생각지도 못한 날 선 반응에 놀란 오영은 그의 팔을 놓아주면서 재빨리 사과했다.

"죄송해요. 힘들어 보이셔서."

"해도 너무 하네. 진료받을 때부터 쌀쌀맞더니 재수 없게. 제까짓 게 잘 나면 얼마나 잘났다고."

로건을 욕하는 소리를 들은 오영은 남의 말을 하듯 구시렁거렸다.

"사실, 잘나긴 엄청나게 잘났는데."

"뭐야? 지금 그거 나 들으라고 하는 소리 맞지?"

노인이 발끈하며 오영의 뒷덜미를 채는 순간 그를 찾는 목소리가 끼어들었다. 막 수술실에서 나온 이나는 한쪽 귀에 마스크를 걸고 있었다.

"어르신. 김철수 씨 보호자 맞으시죠?"

"그래요."

"아드님 수술은 잘 마쳤고요. 지금 마무리 중이니까 잠시 후면 회복실로 옮길 거예요."

상냥하게 설명하는 이나의 말을 자른 노인이 카랑카랑한 목소리로 물었다.

"그 마무리를 누가 하는 겁니까?"

"네?"

"도대체 그 마무리를 왜 의사가 끝까지 책임지지 않느냐고. 인턴, 레지던트 나부랭이가 하는 거면 당장 관두라고 해!”

“지금 봉합 중인데요. 그럼 다시 풀어서 고대로 열어두라고 할까요?”

이나는 섬뜩한 소리를 아무렇지도 않게 하면서 생글생글 웃기까지 했다.

“뭐, 뭐……. 그럼 우리 애는 어떻게 되는 건데.”

이나의 눈동자가 천천히 움직이더니 하늘을 가리켰다.

“이, 이! 뭐 이런 정신 나간 병원이 다 있어? 지금 우리 애를 골로 보내겠다는 거야. 뭐야!”

“어머, 보호자 분 왜 이렇게 흥분하세요. 저는 아무 말도 안 했는데요. 저기요, 제가 방금 뭐라고 했나요?”

오영은 귀엽게 뜬 동그란 눈으로 자신에게 묻는 이나를 향해 고개를 저어 보였다.

“아니요. 단지 친절하게 웃고 계셨어요.”

손발이 척척 맞은 두 사람 사이에서 노인은 뜨거운 콧김만 내뿜었다. 괜한 성질 피워봤자 득 될 것 없다는 것을 깨닫고는 조용히 대기용 의자에 앉았다.

“김철수 환자 보호자 분, 걱정이 많으시겠지만, 마음 놓으세요. 어려운 수술도 아니었고 지금 아드님 상태도 아주 좋아요.”

병원 내에서 괴팍하기로 소문난 보호자를 가볍게 제압한 이나는 친절한 위로로 상황을 마무리했다. 오영의 곁을 지나가면서 티나지 않게 윙크하는 것도 잊지 않았다.

* * *

수면 부족으로 까끌거리는 눈을 부비며 1층 로비를 걷던 오영은 카페테리아 창가에 그림처럼 앉아있는 로건이 눈에 들어왔다.

"하여간 눈에 잘 띄어."

로건의 앞에는 샌드위치가 새침하게 놓여 있었다. 그가 먹는 고깃덩어리 양을 생각했을 때 저것은 마카롱 수준의 입가심 정도였다. 어디서 전화가 왔는지 핸드폰을 귀에 대던 로건이 오영을 발견했다. 눈이 마주치는 순간 저도 모르게 반갑게 손을 들어 올리던 오영은 아차 하며 급히 손을 내렸다.

병원은 일인당 두 개씩 달린 눈도 많았지만, 한 개뿐인 입이 더 많은 곳이었다. 모르는 척 지나가려 하는 오영을 향해 로건이 손짓했다. 분명 이쪽으로 오라는 신호였다. 혹시 주변에 다른 누군가를 부르는 것이 아닌가 싶어 두리번거렸다.

"나요?"

오영이 손가락으로 제 가슴을 짚으며 묻자 그가 고개를 끄덕였다. 오영이 다가가자 막 통화를 마친 로건이 물었다.

"점심 먹었어?"

"네. 아까 구내식당에서요."

"혹시 국밥 먹었어? 오늘 메뉴에 뼈다귀해장국 있던데."

그게 뭐라고 오영의 입가에 선뜻 미소가 떠올랐다. 고개를 끄덕끄덕하는 얼굴에 번지는 뿌듯한 표정을 보며 로건이 다시 물었다.

"맛있었나 보군."

"어떻게 알았어요?"

"얼굴에 다 쓰여 있어. 아주 구구절절."

내 얼굴에 구구절절? 오영은 손바닥으로 자신의 얼굴을 쓰다듬으며 배시시 웃었다.

"그런데 왜 부르셨어요?"

"샌드위치 먹으라고."

"그거 선생님이 드시려던 거 아니에요?"

"이거 다섯 개째야. 좀 질리려고 하네."

그럼 그렇지. 이 남자의 식욕이 그리 앙증맞을 리가 없었다.

"지금 잔반 처리하라고 저를 부르신 거라면 완전 감사합니다."

로건이 자신 옆에 있던 의자를 빼주었다. 지금 나더러 옆에 앉아서 먹으라는 소리인가. 미쳤나?

"그냥 가지고 나갈게요."

"왜? 바빠? 퇴근할 시간이 아니라?"

"그건 아니지만, 사람들 눈도 있고요."

"사람들이 왜? 무슨 문제 있어?"

오영은 자신의 미화원 유니폼을 쳐다보며 웅얼거렸다.

"문제라기보다는 좀……. 사람들이 이상하게 생각하지 않을까요?"

"혹시 너하고 나를?"

가볍게 코웃음을 치는 로건의 반응에 오영의 얼굴이 붉어졌다. 헛다리를 짚어도 너무 제대로 짚은 걸 굳이 확인받으니 몇 배로 부끄러웠다.

"하하하. 그러게요. 진짜 어이없죠."

어처구니없는 망상을 재빨리 털어낸 오영이 스스럼없이 로건의 옆에 앉았다. 속이 알찬 크로와상 샌드위치를 들고 '우왕' 하고 입을 벌리는 오영을 쳐다보던 로건이 인상을 찌푸렸다. 양 볼이 개구리처럼 부푼 오영이 입술을 오물거리며 물었다.

"왜요? 또, 뭐가 마음에 안 들었어요?"

"못생겼어."

오영은 입에 있는 샌드위치를 꼭꼭 씹어 삼킨 후 퉁명스럽게 대답했다.

"우이씨, 나도 알아요."

"그런데 갑자기 왜 존댓말을 쓰지?"

"직장이잖아요. 사람들 앞에서 그렇게 편하게 굴면 진짜로 사람들이 이상하게 생각한다고요. 아, 물론 다른 뜻으로요."

"무슨 상관이야. 이거나 마셔."

로건은 자신이 마시던 레모네이드 잔에서 빨대를 빼낸 후 오영의 앞으로 밀어주었다. 자신이 마시던 음료를 넙죽 받아 마시는 오영을 보며 고개를 주억거렸다.

"진짜 아무거나 잘 먹네."

"그럼요. 맛있는 음식은 죄가 없는데 꺼릴 일이 없죠. 먹고 죽는 게 아니면 다 먹을 수 있어요."

"레어로 익힌 스테이크는 안 먹잖아."

"그건 먹고 죽을 것 같아서요. 어!"

카페 창밖을 무심코 쳐다보던 오영이 어딘가를 손가락질하며 기분 좋게 웃었다.

"저기 봐요. 저기. 저 고양이 너무 귀엽지 않아요?"

오영이 가리킨 곳에 고양이 한 마리가 졸고 있었다. 햇볕을 좋아하는 고양이라고 해도 너무 더운지 건물 처마 아래 그늘에서 늘어져 있었다.

"나중에 여건이 되면 강아지나 고양이를 키우고 싶어요. 어렸을 때 잠깐 고양이를 키운 적이 있는데 밤에 자다 보면 항상 내 몸에 꼭 붙어있었거든요. 그게 너무 따뜻하고 아늑해서 기억에 남아요."

"나는 어렸을 때, 고양이를 죽인 적이 있어."

"네? 왜…… 어쩌다가요?"

로건은 오영의 놀란 얼굴을 쳐다보았다. 창밖의 고양이에게 시선을 고정한 채 자신이 한 말을 곱씹는 얼굴이었다.

"어느 정도까지 힘을 줘야 하는지 몰라서. 고양이가 고통을 느끼는 정도를 몰랐거든."

"그랬구나……. 아주 어릴 때였나 봐요. 많이 놀랐겠어요."

로건이 아홉 살이 되던 해에 벌어진 일이었다. 동네를 떠돌던 도둑고양이에게 먹이를 주다가 친해졌다. 죽이려는 의도를 가지고 한 행동이 아니었지만, 결과는 그랬다. 고양이가 느끼는 고통과 즐거움을 구분하지 못했다. 오영의 예상과 달리 그는 고양이의 죽음이 충격적이지도 슬프지도 않았다. 그것이 더 충격이었다.

모든 것을 이해한다는 듯한 오영의 너그러운 얼굴이 불편했다. 차라리 다른 이들처럼 불쾌한 표정이나 짓지. 네가 뭘 안다고 그렇게 안쓰러운 얼굴이야. 내가 어떤 놈이고 어떻게 살아왔는지 알게 된다면 그때는 어떤 표정을 지을 건데. 왠지 오영이 웃는 얼굴을 지우고 자신을 혐오스럽게 본다면 꽤 속상할 것 같았다.

"먹고 들어가. 저녁에 보자."

"잘 가."

갑자기 반말로 인사하는 오영을 흘깃 쳐다보던 로건이 피식 웃어 보이고는 카페를 빠져나갔다. 혼자 남은 오영은 잠든 고양이를 쳐다보며 한숨을 쉬었다.

"근데 아주 어릴 때인데도 기억하는 걸 보면 진짜 충격이 컸나 보다. 좀 불쌍하네……."

정원의 꽃과 나무를 가꾸는 데 관심 많은 로건에게 그런 무서운 기억이 있다는 게 안쓰럽기만 했다.

"언니. 언니!"

언제 나타났는지 동그란 눈을 더 동그랗게 뜬 이나가 로건이 앉아 있던 자리에 앉았다.

"왔어요?"

"언니가 너무 부러워요."

"어째서요?"

"조금 전까지 이로건 선생님하고 여기 앉아서 얘기했잖아요."

아, 그 남자를 좋아한다고 했었지. 그래도 그렇지.

"아니……. 그게 뭐라고 부럽기까지."

"이 음료도 이 선생님이 드시던 거죠? 대박. 자기가 먹던 걸 줬 어."

"드, 드실래요? 얼마 안 남았지만."

거의 다 마시고 한두 모금이면 끝날 레모네이드를 홀린 눈으로 바라보는 이나를 외면할 수 없었다. 오영이 혹시나 하고 건넨 음료를 이나가 얼씨구나 받아들었다.

"힉! 정말 고마워요."

그래놓고 마시지도 않고 두 손으로 유리잔을 감싸 쥐고만 있었다. 마치 덕질하던 아이돌이 남긴 음료를 손에 넣은 덕후처럼 감격에 겨운 얼굴이었다. 그 눈꼴 시린 광경을 지켜보던 오영이 잔뜩 미간을 좁히고 물었다.

"혹시 지금 이 선생님의 온기를 느끼고……. 뭐, 그런 거 아니죠?"

"맞아요."

망설임 없는 이나의 대답에 소름이 끼친 오영은 자신도 모르게 몸서리를 쳤다.

"어휴, 중증이시네. 그렇게 갖고 있으면 뭐해요. 빨리 마셔요."

"레모네이드 하나 더 시켜서 이거랑 섞어 마실 거예요."

"우웩!"

"제가 뒤에서 언니를 얼마나 부러워한 줄 알아요? 이로건 선생님이 오대양 선생님 외의 누군가와 카페에 같이 앉아있는 것도 신기했지만 자기가 먹던 빵과 음료를 주다니……."

아니, 예수님이 자신의 살과 피를 나눠준 것도 아닌데. 이렇게 부러움을 살 일이냐고.

"미안하게 됐네요. 그런데 이거 이 선생님이 배불러서 남긴 것 준 거예요. 그렇게 친절한 분이 아니거든요."

이 어린양의 환상을 깨줘야 할 텐데. 상처받지 않고 자연스럽게 깨닫게 할 방법이 뭐가 있을까.

"언니가 왜 미안해요. 저는 오히려 고마워요."

"또 뭐가 고마운데요."

"전 사실……. 이 선생님이 여자하고는 사적인 말을 안 섞길래. 남자를 좋아하는 줄 알고 무척 속상했거든요. 희망이 생겼어요."

대화를 나눌수록 점입가경이었다. 어린양은 제대로 된 길을 찾아갈 가망도 의지도 없어 보였다. 순전히 껍데기에 홀려서 천하의 까탈스러운 남자를 짝사랑하는 이나가 안 돼 보일 뿐이었다.

* * *

"월급이 많은 것도 문제네. 이렇게 한갓지게 일하면서 그 돈 받는 게 찔린다. 찔려."

돈을 아주 많이 많이 벌고 싶은 오영이었지만, 노동에 비례하지 못하는 근무 환경이 양심에 걸렸다. 하지만 오늘 당장 해고당할지도 모르는데 분에 넘치는 고민이지 싶었다. 오영은 마시던 김칫국을 급히 내려놓고 긴장된 한숨을 내쉬었다.

어느새 이 집에 취직한 지 일주일이 훌쩍 지나갔다. 오늘 저녁은 완벽한 스테이크를 보여 주겠다며 큰소리를 쳐 놓았는데 로건에게 핀잔이나 듣고 작별을 고하는 것이 아닐까. 마음에 근심이 있으니 65인치 TV 안에서 열연하는 주인공들의 키스 신도 감흥이 없었다. 소파에 앉아 무릎에 턱을 괴고 무감하게 들여다볼 뿐이었다. 화면이 커서 그런가 입술 뭉개지는 모습이 실감 났다. 높고 반듯한 콧날이 오른쪽으로 왼쪽으로 방향을 바꿀 때마다 쩝 쩝 입술 떨어지는 소리도 적나라했다. 살아 움직이는 화질이라고 하더니 가서 어깨를 두드리면 키스를 멈추고 놀란 얼굴로 돌아볼 것 같은 생동감이었다. 그런데도 재미가 없었다.

"징하게 오래도 비벼 댄다."

"화면으로 들어가겠군."

로건의 무심한 목소리가 옆에서 들려왔다. 그도 소파에 앉아 주인공들의 열연을 쳐다보고 있었다. 순간 그도 화면 속의 인물인 줄 알았다. 되게 잘생겼네. 드라마 주인공을 순식간에 건어물로 만들어 버린 로건을 멍하게 쳐다보던 오영은 퍼뜩 정신이 들었다.

"언제 왔어? 왜 소리도 안 내고 다녀?"

"네가 못 들은 거지. 저런 것 보느라 얼빠져서는."

"아무 생각 없이 보고 있었거든! 그냥 쳐다만, 보고 있었다고."

"못생긴 애들을 뭐하러 쳐다보고 있어? 그냥 거울이나 보지."

"이로건 씨도 거울이나 보면 되겠다. 드라마 따위 보지 말고."

"난 못생기지 않았어."

"그러니까. 잘생겼으니까 거울 보면 되겠다고. 지금도 저 남자 배우보다 이로건 씨가 더 잘 생겼어."

줄줄이 칭찬을 늘어놓는 오영의 말을 듣는 로건은 평소처럼 아무 대꾸가 없었다. 또 개소리, 헛소리라고 생각하겠지. 오영은 설핏 귓가가 붉어진 로건을 알아채지 못하고 자리에서 일어났다.

"피곤하지? 저녁 먹고 씻을래? 아니면 씻고 먹을래?"

자기야앙, 피곤하지? 저녁 먹고 씻을래? 아니면 씻고 먹을래?

오영이 로건에게 한 말과 똑같은 대사가 TV에서 흘러나왔다. 신혼부부를 연기하는 배우의 꿀 떨어지는 대사가 유난히 낯간지럽게 들렸다. 엉뚱한 상황을 맞닥뜨린 오영과 로건은 한동안 말없이 서로를 바라봤다.

"뭐, 뭐야. 왜 내 말을 따라 해. 그것도 저렇게 징그러운 말투로."

곧 구토라도 할 것처럼 울상을 짓는 오영을 보던 로건의 입에서

갑자기 웃음소리가 새어 나왔다. 숨소리와 섞여 희미하게 들썩거리던 웃음소리가 점점 또렷해지더니 결국,

"하하하하."

소파에 앉은 로건의 허리가 앞으로 꺾어졌다.

"뭐가 그렇게 웃기데."

불만스럽게 툴툴대던 오영은 혼자 신이 난 로건을 두고 주방으로 들어갔다.

"기다려. 나하고 같이 해. 오늘이 마지막이니까 내가 옆에서 지켜볼 거야."

"씻고 지켜볼 거예용? 지켜본 후에 씻을 거예용?"

오영이 배우의 말투를 흉내 내는 바람에 로건의 웃음이 뚝 끊어졌다.

"하지 마."

금세 무표정해진 얼굴이 된 로건이 단호하게 지시한 후 침실로 들어갔다.

* * *

원래도 표정 변화가 별로 없는 사람이었지만, 오늘따라 더 무서워 보였다. 처음 만난 날, 저승사자가 아닐까 착각했던 그때보다 더. 그래도 오영은 큰소리부터 치고 본다.

"오늘 먹어 보면 완전 깜짝 놀랄 것이다! 너무 맛있어서 자다가도 생각날 거라고. 잠결에 주방을 떠돌면서 지오영표 스테이크를 찾을 거야."

"입으로 요리해? 배고프니까 바로 시작해봐."

커다란 덩치가 바로 옆에 붙어서 근엄한 얼굴로 내려다보니 없던 긴장도 샘솟을 판이었다. 오영이 팬을 달구는 모습을 팔짱을 낀 채 지켜보는 로건은 누가 봐도 세계 요리 대회 심사위원이었다.

"아니. 이게 뭐라고 그렇게 무게를 잡아요? 하여튼 무게 잡는 데 뭐 있으시다니까."

"시끄럽게 떠드는 것 보니까 자신 없나 보네. 존대하는 것 보니까 긴장했고."

"아니에요."

뾰로통하게 대꾸한 오영이 팬 위에 손바닥을 대보며 온도를 가늠했다. 미리 시즈닝해 놓은 두툼한 고기가 팬에 올려지는 순간 향긋한 버터 향과 함께 지글지글 요란한 소리가 터졌다.

"지금 팬을 기울여서 버터를 끼얹어."

"나도 알거든."

새치름하게 투덜거리면서도 곧잘 따라 하는 오영의 정수리를 내려다보는 로건의 눈동자가 흥미롭게 빛났다. 오영은 가끔 짜증스럽게 투덜댔었다. 이까짓게 뭐라고 까다롭게 구는지 모르겠다고. 그냥 같이 삼겹살이나 먹자고. 그러면서도 열심이었다. 돈 때문이라고 해도 그녀는 지금까지 봐왔던 그 누구보다 열심이었다.

"짜잔! 드셔보세요."

"항상 느꼈지만, 플레이팅은 멋지게 잘해."

"그거 칭찬이죠?"

"듣고 싶은 대로 들어."

오영은 가소롭다는 듯 픽, 하고 웃는 로건의 등을 노려보다 쫄래 쫄래 뒤를 따랐다. 접시를 내려놓고 자리에 앉는 로건을 멀뚱멀뚱하게 쳐다보고 있자 그가 손가락으로 의자를 가리켰다.

"앉아. 뭐해."

"생명의 은인님, 그동안 즐거웠어요."

나이프와 포크를 든 로건이 옅은 한숨을 내쉬었다.

"아직 채점도 안 했어."

"고백할게요. 전 오늘로 해고가 분명해요. 짐은…… 원래 별것 없었으니까 바로 준비해서 내일 아침에 나갈게요. 밤에는 딱히 갈 곳도 없고."

"까불지 말고 우선 앉아. 그런다고 동정표 얻을 줄 알아?"

"눈치챘어?"

역시 호락호락하지 않았다. 금세 들통이 나서 흥이 깨진 오영이 의자에 풀썩 앉았다. 로건의 품격 있는 칼질이 시작되었다. 동시에 오영의 짙은 한숨도 쏟아졌다.

"연기하지 말라니까."

"알았다고요!"

바삭할 정도로 짙은 갈색으로 익힌 표면을 가르자 색이 고운 선홍빛 층이 드러났다. 포크에 걸린 고기를 이리저리 살피던 로건의 입으로 들어가는 모습을 보며 오영도 마른침을 꿀떡 삼켰다. 소리 없는, 음미의 시간을 지켜보는 오영의 표정이 지나치게 진지했다. 얼굴 근육 하나하나와 동공의 수축과 확장까지 다 들여다보일 정도로 솔직한 표정이었다. 마침내 시식을 끝낸 로건이 단정한 손놀림으로 물 잔을 들어 올렸다.

"어때요?"

너무나도 느려터진 동작으로 물을 마시고 난 로건의 입술이 천천히 열렸다. 입술이 벌어지는 속도를 맞춰 오영의 눈도 크게 벌어졌다.

"통과."

"예쓰!"

활짝 웃는 오영을 따라 로건도 조용히 미소 지었다. 오영은 종종 큰소리를 쳤지만, 사실 그다지 훌륭한 요리 솜씨는 아니었다. 그리고 로건은 음식 맛에 까다롭긴 해도 참고 먹을 수는 있는 인내심과 아량이 있는 사람이었다. 그까짓 스테이크 조리법, 처음에는 오영과 얽히기 싫어서 부린 억지였다.

이후에는 순진한 오영이 너무 열심히 매달리는 것이 우습고 갸륵해서 내버려 두었다. 겉보기에 덜렁거릴 것만 같았던 여자는 예상을 뛰어넘는 꼼꼼하고 싹싹한 일꾼이었다. 대양의 사람 보는 눈을 인정할 수밖에 없었다. 오영이 쓸고 닦은 자리는 먼지 한 톨 없이 매끄러운 윤기가 더했지만, 허투루 던져놓은 종이 쪼가리까지 제자리를 지키고 있었다. 마치 사진이나 정물화처럼 섬세하고 정확했다.

집안의 모든 집기와 유리에는 반쪽짜리 지문도 남지 않았다. 투잡하느라 피곤할 텐데 꾸벅꾸벅 졸면서도 시간을 칼같이 지켜서 일을 처리했다. 까다롭고 타인에게 무심한 로건이라고 해도 성심을 다해 열심인 사람에 대한 예의는 있었다.

"통과했다고 느슨해지는 건 용납 못 해."

짧은 머리가 허공에 날릴 정도로 오영은 세차게 고개를 끄덕였다.

"물론이죠. 지금보다 더 열심히 할 거예요."

달랑 일주일이었지만, 일머리가 좋아서인지 집주인의 비위 맞추는 것이 그다지 어렵지 않았다. 부지런함, 정해진 시간에 정해진 일 해 놓기, 식사 준비에 신경 쓰기, 정확한 청소. 그리고 무엇보다 집주인이 인생을 건 프로젝트 사업인 양 신경 쓰는 정원 가꾸기에도 최선을 다했다.

이 정도만 지키면 문제없었다. 걱정했던 것과 달리 집주인은 잔소리가 심하지도 않았다. 이게 뭐 그리 어렵다고 그동안 수많은 도우미가 한 달도 못 버티고 나갔다는 건지. 세상 너무 쉽게 사는 게 아닌가?

"이 영광을 오대양 선생님과 만물 부동산 사장님께 돌리겠어요."

"합격은 내가 시켜줬는데 영광을 왜 거기 가서 돌려?"

"솔직히 이로건 씨는 내가 이 집안 도우미로 들어오는 것 결사반대했잖아. 당연히 그 두 분께 영광을 돌려야지."

"겨우 이게 뭐라고 영광씩이나."

그건 그랬다. 겨우 이게 뭐라고. 공무원 시험을 붙은 것도 아니고 명문대 합격을 한 것도 아니고 로또에 당첨된 것도 아닌데. 하지만 긍정은 오영의 힘이었다.

"사소할지라도, 남들이 우습게 알지라도 돈도 많이 벌게 됐고, 뭐가 됐던 합격이잖아. 아이, 행복하다."

"행복해서 좋겠다."

로건은 정말 부러웠다. 그녀의 다채롭고 솔직한 감정이. 여느 때라면 그의 신경을 긁어놨을 소란스러움에 아무렇지 않게 섞여 들게 하는 그녀가 신비한 능력자 같았다.

"다 먹었으면 치울게. 나 외출 좀 하게."

로건의 미간에 굵은 내 천(川)자가 그려졌다. 해가 긴 한여름인데도 벌써 까만 어둠 천지인 시간에 어딜 나간다는 건지. 천둥벌거숭이 같은 여자는 겁도 없었다. 부유한 동네라 치안이 좋다고 해도 유난히 인적이 드문 지역이었다.

"자꾸 왜 밤에 나가는 거야."

"배고파서."

"밥 없어?"

"안 했어. 그리고 나는 한식을 먹어야 한다구. 오늘은 내장탕을 먹을 계획을 세워놨거든."

"내장……탕. 음식 이름이 왜 그 지경이야."

수술 중에 보는 내장에도 야릇하게 흥분하는, 내장 성애자 로건이지만 굳이 요리까지 해 먹고 싶은 생각은 없었다.

"할머니뼈 해장국도 있는데. 몰랐구나. 우리나라가 좀 무서워."

"내가 그런 구닥다리 유머에 속을 줄 알았어?"

"알고 있었네? 은근 신세대야. 근데 이로건 씨는 몇 살이야?"

"갑자기 서열 정리라도 할 생각인가? 내 나이 알면 놀라서 바로 깍듯해질 텐데."

"어머, 늙은 건 부끄러움이 아니지만, 자랑도 아니랍니다."

빙글거리며 놀리는 오영의 말을 들은 로건의 얼굴에 희미한 분노가 떠올랐다.

"말하기 싫으면 관둬. 오 선생님께 물어보면 되나? 둘이 친구니까."

"대양은 친구지만 나보다 훨씬 연상이야."

합격을 통보할 때 너그러웠던 로건의 음성이 어느덧 차갑게 식어 있었다.

"정말? 그렇게 안 보이던데. 당연히 이로건 씨하고 동갑인 줄 알았지."

어이없는 얼굴로 실소를 터트린 로건이 짜증스럽게 대답했다.

"대양은 애가 둘이고 한 명은 벌써 중학생이야."

"정말? 오대양 선생님은 동안이구나."

"그거 왠지 나는 늙어 보인다는 소리로 들리는데."

"다 드셨으면 치우겠습니다. 주인님."

"대답 안 할 거야?"

로건을 무시한 오영은 희미한 콧노래를 부르며 식탁에서 일어났다. 매섭게 빛나는 검은 눈으로 노려보는 남자가 하나도 무섭지 않은 척했지만, 턱이 떨려서 이를 악물고 있어야 했다. 놀려도 너무 놀렸다. 기분이 좋은 나머지 물색없이 선을 넘고 말았다.

* * *

당연히 아무도 없다는 생각에 거한 트림을 올리며 대문을 넘던 오영은 둥치가 굵은 왕벚나무 아래에 서 있던 로건과 마주쳤다.

"더러워서 정말."

"이로건 씨 들으라고 한 것 아니야. 그렇게 날도 더운데 왜 나와 있어서 봉변을 당해. 또 담배 피우러 나왔어?"

"아니야. 정원 둘러보는 중이야. 애들 상태 안 좋으면 당장 해고

하려고.”

“쳇! 나 쫓아내고 나면 정말 도우미 구하기 힘들걸?”

코웃음 치는 로건에게 다가가면서 오영은 한 번 더 큰소리쳤다.

“그리고 심심할걸? 나 아니면 입에 거미줄 생길 거야.”

“담배나 피워야겠군.”

말 돌리는 로건을 보며 오영은 확신에 찬 미소를 지었다. 아닌 척하지만, 그도 꽤 심심하다는 것을 일찌감치 눈치챈 바였다. 병원에서도 항상 혼자 다니는 모습만 봤다. 동경의 눈으로 그를 보는 뭇 여성들은 많았지만 어울려 다니는 모습은 보지 못했다. 어쩌다 대양이나 마주쳐야 겨우 입을 열고 말하는 것 같았다. 처음에는 오영이 질문하는 것도 귀찮아하더니 언제부터인가 시답잖은 말에도 일일이 대꾸하고 있었다.

어느새 오영은 그를 불쌍히 여기고 있었다. 잘 먹고 잘사는 잘난 사람을? 그래, 쓸데없는 오지랖인 건 안다. 하지만 외로운 것이 얼마나 지독한 고통인 줄 알기 때문에 그를 내버려 둘 수 없었다.

“내장탕은 많이 먹었나?”

“아니. 생각보다 맛이 별로더라고. 그 집 메뉴에서 내장탕은 아웃!”

“또 술 마셨어?”

“아주 쬐에끔. 냄새나?”

오영은 눈매를 일그러트리고 묻는 로건을 향해 방실방실 웃으며 몸을 꼬았다.

“그게 지금…… 뭐 하는 추한 행동이지?”

“기분 좋아서 그래. 혼자 축하주 좀 했어.”

나직이 한숨을 쉬는 로건을 보던 오영이 표정과 몸가짐을 단정히 하고 그 앞에 섰다.

"또 뭔데. 취했으면 어서 들어가서 자. 맨날 여기저기서 졸고 있는 것 보면 잠도 많은 것 같은데."

"난…… 밤잠은 별로 없어. 대신 부탁이 있어."

로건은 대구 없이 담배 연기만 길게 내뿜었다. 오영은 날도 더운데 굳이 연기까지 피워 올리는 것이 못마땅했지만 낙이 없는 사람이니 이해하기로 했다.

"거실에서 드라마 한 편만 보고 자면 안 될까? 아까 식당에서 새로 하는 드라마 예고편을 봤는데 너무 보고 싶어서 그래."

"시끄러워서 안 돼."

"제일 작게 해놓고 보면 안 돼? 직원 복지 차원에서."

"핸드폰으로 봐."

"내 핸드폰은 TV 못 봐."

오영은 주머니에 있던 핸드폰을 꺼내서 흔들어 보였다. 요새 보기 드문 폴더폰은 꽤 낡아 보이기까지 했다. 드라마가 보고 싶어 죽어가는 간절한 눈빛이었다. 드라마 보는 것이 취미인가? 아까도 넋 나간 얼굴로 드라마를 보고 있던 것이 생각났다. 그녀의 말대로 종일 일만 하는 직원에게 복지 혜택을 베푸는 것도 나쁘지 않았다.

"그럼 정말 조용히 하고 봐. 다 보고 나서 거실 정리해 놓고."

"물론이지. 어차피 내가 해야 할 일이잖아. 고마워!"

"그리고 나는 TV 따위 안 봐. 별채로 옮겨 줄게."

"헐!"

오영의 광대가 쭈우욱 위로 끌려 올라갔다. 산타 할아버지에게 선물이라도 받은 아이처럼 행복에 취한 얼굴이었다.

* * *

휴대용 선풍기로 열을 식히며 걷던 오영은 뜨거운 지열을 식히기 위해 길바닥에 물을 뿌리고 있는 〈만물 부동산〉 사장님에게 다가갔다.

"사장님! 안녕하셨어요!"

반갑게 웃으며 다가오는 오영을 단번에 알아본 만수는 잠깐 움찔하는가 싶더니 허허 너털웃음을 웃었다.

"더운데 잘 지내는가? 일은…… 어떻고?"

"잘하고 있어요. 안 그래도 사장님께 감사 인사드리려고 했어요. 이거 드세요."

비타민 드링크제 상자를 내미는 오영의 표정은 방을 구하러 왔을 때보다 밝고 가벼워 보였다. 설마 그 집에서 잘 적응하고 있는 건가? 만수는 흘러내리는 안경을 고쳐 쓰며 다시 한번 오영의 표정을 확인했다.

"그 집에서 계속 있는 거요?"

"네. 하도 주인이 까다로운 척해서 처음에는 좀 걱정했는데 딱히 그렇지도 않더라고요. 할 만해요."

"그래? 궁합이 맞는 사람들이구먼."

"궁합이라뇨? 그건 결혼하는 사람들이 보는 거잖아요."

안 그래도 더위에 상기된 오영의 얼굴이 더 빨갛게 달아올랐다.

펄쩍 뛰며 정색하는 오영이 귀여워 만수는 껄껄 웃으며 설명했다.

"궁합이 꼭 그런 것만 해당하는 건 아니지. 사람과 사람 사이에 기운이 맞으면 좋은 거야. 하여튼 그 집에서 오래 오래 일해서 돈 많이 벌어요."

"네! 그래서 열심히 하고 있어요. 소개해 주셔서 감사합니다."

아지랑이가 이글거리는 오르막길을 씩씩하게 걷는 오영을 보던 만수가 중얼거렸다.

"하긴 그 집이 일이 많아서 그만두는 건 아니었지."

음산해서 꺼림칙하다. 집주인이 미친놈 같다. 성격을 맞추기 힘들다. 진상 갑질이다. 기가 질린다. 여태껏 그런 불만을 늘어놓으며 그만두었다. 집주인이나 일꾼이나 한 번도 오영처럼 즐거운 얼굴로 다니는 꼴을 본 적이 없었다.

"합이 들었네. 합이 들었어."

＊ ＊ ＊

자전거를 끌고 들어가려던 로건의 걸음이 문 앞에서 우뚝 멈췄다. 그의 집에서 들을 수 없는 유쾌한 웃음소리가 담을 넘어 울려 퍼졌다. 여자 하나, 남자 하나다. 사소한 대화가 오고 가더니 까르르 맑은 웃음소리가 터져 나왔다. 오랜만에 라이딩으로 몸을 풀어 개운했던 기분이 순식간에 무겁게 가라앉았다. 열려 있는 문을 밀고 들어가자 웬 젊은 남자가 오영과 마주 서서 수다를 떨고 있었다.

"어! 오셨어요?"

스스럼없이 밝게 웃으며 로건을 반기는 오영의 모습에 안도감이 들었다. 가볍게 고개를 끄덕인 로건은 빠른 눈길로 그녀와 함께 있는 젊은 남자를 관찰했다. 호리호리한 체형에 인상이 꽤 좋아 보이는 데다 생긴 것도 준수한 편이었다. 어디서 저런 놈을 만났는지 몰라도 어째서 집까지 끌어들였는지, 다시 생각하니 기분이 더러워졌다.

"그럼 저는 가 보겠습니다. 다음에 또 봬요."

"네. 안녕히 가세요. 사장님. 정말 감사했어요."

남자는 로건의 옆을 스쳐 지나가며 눈인사를 남겼다. 성품도 좋아 보이는 호감형의 인간이었다. 남자가 나가자마자 로건의 참을성 닳은 목소리가 튀어 나갔다.

"누구야? 왜 함부로 집에 낯선 사람을 들여?"

"응? 혹시 화났어? 자전거 타다가 또 넘어지기라도 한 거야?"

"넘어지긴 누가 넘어져. 나는 자전거 타고 넘어진 적이 단 한 번도 없어."

처음 본 날 넘어졌던 것 아니냐고 물으려던 오영은 입을 다물었다. 되도록 그날 일을 입에 올리고 싶지 않았다. 바닥에 있는 짐꾸러미를 들어 올리며 여상하게 대답했다.

"저 아래 슈퍼에서 이것저것 사다 보니까 짐이 많아졌어. 저분이 슈퍼 사장님인데 배달해 주셨어. 원래 배달 안 하는 곳인데 해주셨거든. 고마워서 시원한 음료수 한 잔 대접했어."

세세하게 설명하다 보니 로건이 왜 저렇게 날이 서 있는지 이해할 수 없었다. 그래도 집주인이니 그의 의견은 중요했다.

"내가 잘못한 거야?"

"너, 자전거는 탈 줄 알아?"

로건은 묻는 말에는 대답도 안 하고 전혀 상관없는 질문을 했다.

"타긴 타는데. 그게 좀 애매하게 탈 줄 알아."

그야말로 애매한 대답을 들은 로건은 굳어진 미간을 문지르며 생각에 빠졌다. 그러더니 차고지에 가서 다른 자전거를 끌고 나왔다.

"이것부터 타봐. 자전거 타고 다니면 무거운 것 들고 다닐 필요 없잖아."

"그렇긴 한데. 잘 타지는 못해서 말이지."

로건이 건네는 자전거 앞에 선 오영은 핸들을 이리저리 돌려보는 등 잠시 살펴보다가 안장에 올랐다.

"발이 안 닿는데."

"남들 클 때 도대체 뭘 한 거야?"

"나 작은 키 아니거든!"

"내가 잡을 테니까 페달 밟아."

로건의 키에 맞춘 자전거는 오영에게 너무 높았다. 그래도 로건의 도움을 받아 기를 쓰더니 간신히 균형을 잡고 페달을 밟기 시작했다. 비틀거리며 넘어질 듯 말 듯 아슬아슬한 주행을 따라가는 로건의 미간이 더욱 좁아졌다. 잔디를 피해서 간신히 길 끝까지 가는가 싶더니 텅! 하는 소리와 함께 오영이 비명을 질렀다.

"꽥!"

커브를 돌아야 하는 순간을 놓친 오영이 화단 경계석에 부딪히며 자전거와 함께 뒹굴었다. 천천히 뒤를 따르던 로건의 걸음이 빨라졌다.

"거기서 왜 핸들을 안 꺾어!"

화단 위에 널브러졌던 오영이 전광석화 같은 몸놀림으로 벌떡 일어났다.

"아아, 어쩌면 좋아. 내가 애들을 다 뭉개놨어. 어떡해."

머리 위에 로건의 키 큰 그림자가 지자 그를 올려다보며 울상을 지었다.

"정말 죄송해요. 제가 다시 살펴볼게요."

로건은 겁을 먹은 듯 빨개진 얼굴로 사과하는 오영을 묵묵히 내려다보았다. 팔꿈치와 무릎이 까졌는데도 모르는지 오영은 쓰러진 풀포기를 다시 세우느라 허둥거리기만 했다.

"죄송합니다. 제대로 해 놓을게요."

오영은 아무 말 없이 서 있는 로건이 무서웠다. 그동안 어떻게 까불었나 싶도록 오금이 저렸다. 화났어. 진짜 화났어. 어떡해……. 꽤 친해졌다고 해도 그는 엄연한 고용주였다. 게다가 그가 마음먹고 정색하면 아직도 머릿속에서 '저승사자'라는 글자가 빙글빙글 맴돌았다.

"멈추기라도 했어야지."

낮고 굵은 저음이 유난히 침울하게 들렸다. 오영은 풀 죽은 목소리로 주절주절 늘어놓았다.

"제가요, 실은 무서워서 커브를 잘 못 꺾어요. 자전거는 아무래도 안 되겠어요. 그리고 여기까지 올 때 오르막도 있어서 저한테는 소용없을 것 같아요."

짓뭉개진 노란색 애기똥풀과 봉선화 줄기를 세워 보려고 애쓰는 오영을 보는 로건의 눈동자는 상처받은 듯 우울해 보였다.

"내일 화원에 연락해서 봐 달라고 해. 덥다. 들어가자."

"흐, 흙이라도 메꾸고 들어갈게요."

쪼그려 앉아있는 오영의 하얀 가르마에 땀이 송골송골 맺혀 있었다. 로건은 이 상황이 주는 불편함에 대해 생각했다. 화단이 망가진 것, 그건 아무래도 상관없는데. 너는 왜.

"왜 갑자기 어려운 사람을 대하듯 하는 거야."

오영이 존대하는 것이 마음에 걸렸다. 경계선을 그어놓고 저만큼 멀어지는 것 같은 태도가 그의 심기를 거슬렀다. 또, 그런 감정이 드는 자신의 마음도 못마땅했다. 오랜 시간 견고하게 다지고 유지해 온 단조로운 세상이 흐트러지고 있었다.

"들어와서 약이나 발라. 더 화내기 전에."

그리고 네가 나를 그렇게 만드는 것을 모른 체하고 싶어졌다.

* * *

옷을 갈아입고 나온 오영의 눈에 거실 테이블 위의 구급상자가 보였다. 아주 살짝 까진 팔꿈치와 무릎은 벌써 물로 씻고 나온 참이었다. 굳이 약을 발라야 할 필요성을 느끼지 못한 오영은 구급상자를 한쪽으로 치워두고 서둘러 세탁실로 향했다.

건조기에서 빨래를 꺼내 들고 나오자 로건이 소파에 앉아 있었다. 흘깃 오영을 향했던 그의 시선이 구급상자에 머물렀다. 그에게서 시커먼 기운이 피어오르는 것 같았다.

"앗, 다림질을 안 했네."

어색한 혼잣말을 외치며 도로 세탁실로 가려는 오영의 뒷덜미를 잡는 딱딱한 음성이 들렸다.

"왜 약을 안 발랐지?"

"약 바를 만큼 다치지 않아서…… 어려서부터 잘 넘어졌는데 이 정도로 약 바르고 그런 적 없어요."

천천히 고개를 끄덕이던 로건이 자리에서 일어났다.

"지오영 씨, 집 좀 부탁합니다."

"……?"

"오늘 집에 안 들어올 겁니다."

그가 들어간 침실 문이 탁, 하고 무뚝뚝한 소리를 내며 닫혔다.

"왜 갑자기 말을 높이고 그래? 거리감 느껴지게."

그나저나 어디를 가길래 외박을 한다는 걸까. 규모가 큰 집에서 혼자 밤을 보내야 한다는 것에 생각이 미친 오영의 얼굴이 어둡게 가라앉았다.

* * *

변변찮은 친구 하나 없는 것이 오늘만큼 사무치게 와 닿은 것도 오랜만이었다.

〈엔젤의 낙원〉에 쉰 번째로 들어온 고아. 지 원장이 돌보게 된 오십 번째 아이는 그래서 이름이 오영이었다. 시골 동네의 작은 학교에 다녔지만, 그 작은 학교에서도 따돌림을 당했다. 자라서 중학생이 되고 고등학생이 되어서도 분위기는 별반 달라지지 않았다. 그나마 학교에서 어울리는 친구들이 몇몇 생겼어도 방과 후까지 어울려 다닐 만큼 절친하지 못했다. 딱히 공부를 잘하는 것도 아니고 특출난 장기가 있는 것도 아닌, 눈에 띄지 않는 평범한 아이. 그런 오영이 특별해지는 순간이 있었다.

'쟤가 고아원에 산다는 애야?'

그녀가 〈엔젤의 낙원〉에 사는 고아라는 사실이 두드러질 때였다. 쾌활한 오영을 되바라진 아이라며 대놓고 싫어하는 선생님들도 있었다. 작은 시골 마을 사람들은 인정 넘치고 순박한 듯했지만, 자신들과 다르고 환경이 처지는 보육원 아이들을 무시하는 데는 도시 사람들보다 더 철저했다.

지 원장이 아무리 사랑으로 가르치고 보육해도 편견이 주는 상처를 모두 막아 주지는 못했다. 오영은 사람을 마음에 담지 않았다. 만나면 반갑고, 함께 있을 때 어울리고, 멀어지면 안녕일 뿐이었다. 그렇게 굳어진 성향은 나이가 차서 〈엔젤의 낙원〉을 떠날 때 갑자기 나타난 엄마에게도 적용되었다. 기억조차 없는 엄마를 만나 반가웠고, 못했던 효도를 했고, 다시 버림받았을 때도 쉽게 받아들였다. 상처받지 않고 사는 나름의 노하우였지만, 덕분에 곁에 남은 사람이 없었다.

"쳇. 별채로 TV 옮겨준다고 해 놓고. 그게 언젠데 아직도야."

사람 소리를 들으면 훨씬 덜 무서울 것 같았다. 어차피 로건이 오지도 않는데 거실에 나가 드라마를 봐도 상관없었다. 그러나 왠지 꺼림칙했다. 뭘 잘했다고 드라마를 보며 희희낙락하겠는가.

"무서워. 라디오라도 들었으면 좋겠다."

원래도 쉽게 잠들지 못하는 오영이었지만, 이불을 푹 덮어쓰고 자려고 노력했다. 양을 몇만 마리쯤 세었을 때 비로소 그녀의 호흡이 나른하게 풀어졌다.

자정을 훨씬 넘은 깊은 밤이 되어서야 로건이 집에 돌아왔다. 머리를 비울 겸 멀리까지 나가 산을 타고도 시간이 남아돌았다. 말이 등산이지 너무 집중한 나머지 축지법이라도 쓰듯 날아다니다 하산했다. 근처 호텔에서 숙박하려던 마음을 고쳐먹고 집으로 돌아왔다. 어이없게도, 정말 말도 안 되게 집에 혼자 두고 온 오영이 마음에 걸렸다. 운전하는 내내 미친놈이라고 뇌까렸다. 말로 설명할 수 없고 머리로도 이해할 수 없는 감정이 피곤한데도 멈출 수가 없었다. 로건은 불이 환하게 켜진 별채 앞에서 한참을 서 있었다. 자욱한 안개비 덕에 그의 머리칼에는 이슬이 송골송골 맺혔다. 여러 번 마음먹은 끝에 머뭇거리던 굳은 입술을 힘겹게 열었다.

"지오영."

낮은 소리로 그녀의 이름을 불러놓고 또 한참을 서 있었다. 이게 뭐 하는 짓인가. 도대체 내가 왜 이러는 건가. 젖은 머리를 손으로 쓸어 올리며 돌아섰다가도 몇 걸음 걷던 발은 다시 별채 창가로 가 있었다.

"지오영!"

조금 더 큰 소리로 불러 놓고, 이번에는 들렸을 텐데, 기대하며 바짝 귀를 기울였다. 불을 이렇게 환하게 켜놓고 자는 건가? 무서우면 그럴 수도 있겠다는 생각을 하며 포기했다. 사실 오영이 창을 열어도 곤란했다. 딱히 할 말이 없었기 때문이다.

억! 으…….

아주 희미하게 들린 소리가 로건의 걸음을 묶었다. 등줄기가 서늘해지는 기분이었다. 오영의 창에 귀를 바짝 대고 정신을 집중했다.

흐으으. 안, 돼……

오영의 목소리가 확실했다. 침입자? 순간 그녀와의 첫 만남이 떠올랐다. 조심스럽게 별채의 문고리를 비틀자 잠긴 문이 그를 막아세웠다. 발소리를 죽이고 별채를 빙 둘러 본채 쪽에서 연결되는 문을 당겼다. 이쪽은 다행히 잠겨 있지 않았다.

주방 겸 거실로 쓰는 아담한 공간을 지나 그녀의 방문 앞에 도착했다. 방문 너머는 고요했다. 아무리 기다려도 별다른 기척이 느껴지지 않았다. 아예 잘못되어 버린 것이 아닌지, 안도보다는 불안이 더 커졌다. 아주 오랜만에, 이제는 감각도 희미한 공포라는 감정이 그를 찾아왔다. 참지 못하고 방문을 활짝 열어 버린 순간, 단단히 틀어쥐었던 주먹에 힘이 빠졌다. 혼자서 죽은 듯이 자는 오영이 보였다. 단순한 잠꼬대라는 생각에 긴장이 풀렸던 로건의 눈빛이 매섭게 빛났다.

"지오영!"

단숨에 가까워진 로건은 빳빳하게 경직되어 누워 있는 오영을 가볍게 흔들었다. 하얗게 질린 얼굴과 머리카락은 땀에 흠뻑 젖어 있었다. 끊어질 듯 희미한 신음이 간헐적으로 들렸다.

"지오영, 나야. 눈떠. 괜찮아. 눈떠도 돼."

로건의 말투라고 믿을 수 없을 만큼 친절하고 부드러운 음성이었다.

"악!"

외마디 소리와 함께 번쩍 눈을 뜬 오영은 아직 의식이 돌아오지 않은 상태였다. 활짝 벌어진 동공은 영혼이 빠져나간 듯 기괴해 보였다.

"지오영. 나야. 정신 차려."

로건이 차갑게 식은 오영의 손과 팔을 주물러 주자 벅차게 내쉬던 호흡이 잔잔하게 정리되었다.

"선생님?"

"그래."

오영은 자신의 손을 주무르는 로건의 손을 꽉 붙들었다. 몸이 떨릴 정도로 온 힘을 다해 붙잡았다.

"꿈꾼 거야."

"알아요. 나도 알아요. 꿈인 것 나도 알아요."

주문을 외듯, 스스로에게 확신을 주듯 수없이 중얼거리는 시간이 지나자 오영도 차분해졌다. 놀란 끝이라 기력이 없어 보였고 유난히 눈이 움푹 패어 퀭한 상태였다. 정신이 든 오영은 쥐고 있던 로건의 손부터 놓았다. 진득하게 땀이 밴 손이 미끈거리며 빠져나가는 느낌이 허전했다. 부스스하게 몸을 일으킨 오영이 멋쩍게 웃으며 물었다.

"오늘 안 오신다고 하더니."

"자정 지났어."

오영은 똥고집을 부리는 로건이 우습다는 듯 피식 웃음을 흘리며 받아쳤다.

"아, 정말 어제 안 들어오셨구나."

"무슨 꿈을 꾼 거야?"

"어머, 지금 과년한 처자의 방에 막 이렇게 들어오신 거예요? 어서 가서 주무세요."

"지오영. 자주 이러는 거야?"

아무 데서나 쪽잠 자는 오영의 모습이 불현듯 떠오른 로건의 목소리가 추궁하듯 엄해졌다.

"……."

"수면 장애는 언제부터 생긴 거지? 빈도수가 어떻게 되지?"

"저는 선생님의 환자가 아니거든요."

"말 돌리지 마."

"누구나 악몽을 꾸거나 가위에 눌려요. 다시 잘래요."

로건이 도로 드러눕는 오영의 어깨를 꽉 붙들자 꽥, 하는 비명이 터졌다.

"아파요. 저는 정말 괜찮아요. 아무렇지도 않아요! 그까짓 잠 좀 못 자면 어때요! 내버려 두라고요!"

차분하게 시작했던 오영의 목소리가 점점 높아지더니 나중에는 바락바락 악을 쓰는 지경이 되었다. 그런 오영의 비이성적 모습을 보는 로건의 눈동자는 차가우리만큼 이성적이었다.

"넌 지금 너를 속이고 있어. 네 스트레스가 너를 좀먹고 있는 상황이야. 이런 건 치료가 필요해."

오영은 고집스럽게 입술을 물고 고개를 저었다.

"지오영. 내 말 들어. 내가 누구보다 잘 알아. 너는…… 그런 괴로움을 겪어선 안 돼."

로건의 간절한 설득이 오영의 마음을 움직였다. 퀭한 눈가에 물기가 어렸다.

"나는, 그냥 잊고 싶어요. 아무 일도 없었던 것처럼 아예 기억하고 싶지 않아요. 그렇게 만들어 줄 수 있어요? 까맣게 아니 새하얗게 백지로 만들어 줄 수 있냐고요."

"그건 치료가 아니야. 하지만 극복할 수 있게 도울 수 있어."

"별로예요."

"도대체 무슨 꿈을 꾸는 거야? 혹시 그날 일이야?"

잠시 묵묵했던 오영의 고개가 작게 끄덕여졌다.

"매일 그 나쁜 놈이 찾아와요. 원장님도 아이들도 모두……. 나는 아무것도 못 해요. 소리도 못 지르고 도망도 못 가고 덤비지도 못해요."

오영의 눈에 맺힌 굵은 눈물이 그녀의 손등 위에 무겁게 떨어졌다.

"왜. 선생님은 꿈에는 안 와 주는 거예요? 그때처럼 나타나서 그놈을 좀 죽여 주지. 죽여 버리지. 왜 안 와요?"

"놈은 감옥에 있어. 영원히 나오지 못해. 걱정하지 않아도 돼."

"그때 죽여 버리지 그랬어요. 나한테 묻지 말고 그냥 죽여 버리지. 이, 멍청한 저승사자 놈아!"

오영의 흐느낌이 점점 커지더니 급기야 아이처럼 엉엉 울음이 터져 버렸다. 서럽게, 아주 서럽게 울면서 로건을 원망하고 살인자를 저주했다. 바보 같으니. 너는 착한 아이라서 그놈을 죽여 버렸으면 더 큰 고통 속에서 살았을 거야. 로건은 오영이 실컷 울도록 내버려 두었다. 차라리 감정을 풀고 지쳐서 잠을 자도록 하는 게 나을 것 같았다.

흠……. 그런데 이건 길어도 너무 길게 운다. 평소에 억누르고 있

124

던 감정을 한꺼번에 분출하는 타입이라 그런가. 이제는 울다가 혼절이라도 할까 봐 걱정스러웠다.

"그만 울어. 듣기 싫어."

그 와중에 로건이 하는 말을 알아들었는지 오영이 고개를 끄덕였다. 하지만 울음을 쉽게 멈추지 못했다. 꺽꺽거리며 흐느낌을 멈추려는 노력이 안쓰러웠다. 로건은 그녀의 등을 가볍게 두드려 주었다. 새빨간 코끝은 반질반질 윤이 났고 푸석한 눈과 입술은 물에 젖어 빨갛게 부풀었다.

"못생겼어."

로건의 입가에 희미한 호선이 그려졌다. 그를 따라 미소 짓던 오영이 웃음을 터트렸다. 쿡, 하고 웃는 동시에 빨간 코끝에서 콧물이 튀어나오더니 커다란 물방울을 만들었다.

"이런 걸 두고 가지가지 한다고 하는 거군."

금세 퐁 하고 터진 콧물 방울과 함께 오영의 얼굴이 빨갛게 달아올랐다. 침대 주변을 두리번거리던 로건이 티슈 몇 장을 뽑아서 건네주었다. 스스럼없이 팽팽 코를 푸는 소리에 맞춰 로건의 미간에 세로줄이 하나씩 늘어났다.

"더럽게 굴어서 죄송해요."

"환자를 다루다 보면 더한 것도 많이 봐. 상관없어."

"나는 선생님의 환자가 아니라니까요."

새치름하게 대답하는 오영을 잠잠히 지켜보던 로건이 옅은 한숨을 쉬었다. 망설이느라 움찔거리던 손을 들어 땀에 젖고 엉망으로 헝클어진 오영의 머리카락을 천천히 정리해 주었다.

"머리가 꼭 도토리 뚜껑 같아."

"나, 머리도 개판이에요?"

"왜 자꾸 말을 높이지?"

"나 머리도 엉망이야?"

마치 면죄부라도 받은 양 금세 말을 놓은 오영은 홀가분해 보이기까지 했다.

"그래. 엉망이야. 그래서 더 못생겨 보여."

"못생겼어도 예쁘다 예쁘다 해야 한댔어. 그러면 예뻐 보이고, 예뻐진다구."

"그럼 못생겼다고 말하면 못생겨 보이는 건가."

"뭐. 그렇겠지."

아니. 지오영 그건 네가 틀린 것 같다. 분명 못생겼는데. 못생겨 보였는데 너는 어째서, 어째서…….

"이제 자라."

"그럴 거야. 이로건 씨도 가서 주무셔."

부러 밝게 말하는 오영은 여전히 불안해 보였다. 누구보다 오영의 기분을 잘 아는 로건은 책상에서 의자를 빼 와서 침대 옆에 자리 잡았다.

"옆에 있을게. 걱정하지 말고 자."

"어머, 과년한 처자의 방에서."

"까불지 말고 자라고."

로건의 검지가 오영의 이마를 꾹 눌러서 자리에 눕도록 했다.

"고마워요."

모로 누워 눈을 감은 오영은 생각보다 빨리 잠이 들려고 했다. 막 잠에 빠져들기 전 조용히 읊조렸다.

"오빠가 있었다면 꼭, 이로건 같았을 거야."

* * *

로건은 승모근에 담이 오는 뻐근함을 느끼며 눈을 떴다. 의자에
앉아 침대 헤드에 머리를 기댄 불편한 자세 때문에 근육에 무리
가 온 것 같았다. 찌뿌듯한 몸을 일으키던 로건은 비어있는 침대
를 보고 정신이 번쩍 들었다.

"어딜 간 거지?"

아직 이른 아침이었다. 쓸데없이 부지런하고 책임감 대단한 오
영이 식사 준비를 하는가 싶다가 깨달았다. 오늘은 그녀가 쉬는
일요일이었다.

"지오영!"

벌컥 문을 열고 나가 발을 울리며 본채로 넘어갔지만, 오영의 흔
적이 없었다. 앞마당도 뒤뜰도 주말 아침의 한가로움만 느껴졌다.

"진짜 어딜 간 거야?"

두 발 멀쩡한, 자유 의지를 가진 성인을 뭐하러 걱정하고 있는
건가. 불안하지 않아도 된다는 걸 알면서도 진정이 되지 않았다.
내친김에 대문을 나섰다. 예감이 이끄는 대로 발길을 옮기며 예리
한 눈으로 주변을 살폈다. 겨우 5분 거리에서 오영을 발견했다. 일
순 긴장이 풀린 로건의 어깨가 툭 떨어졌다.

오영은 편의점 앞에 내놓은 테이블에 앉아서 컵라면을 뚫어지
라 쳐다보고 있었다. 눈빛으로 컵라면을 끓이겠다는 의지가 느껴
지는 오영의 집요한 시선 끝에 슬리퍼를 신은 엄청난 왕발이 들

어왔다.

"어······?"

한참을 목을 꺾어 올려다보자 머리가 엉망으로 헝클어진 로건이 보였다.

"여긴 웬일이야? 뭐 사러 왔어? 그렇게 하고?"

지극히 평온한 분위기로 나무젓가락을 비비던 오영이 푸시시 웃으며 다시 로건을 쳐다봤다.

"이로건 씨도 못생겼네."

그러더니 뜨거운 라면을 젓가락으로 듬뿍 집어 입속에 밀어 넣었다. 먹을 때 전혀 소리가 나지 않는 로건과 달리 후루룩, 호로록 소리가 요란했다.

"겨우 그거 먹겠다고 말도 안 하고 나가?"

입에 한가득 면을 담은 오영은 고개를 끄덕였다. 오물오물 씹어 꿀꺽 삼키며 대답했다.

"김치 냄새 싫어하잖아. 볼일 보고 가세요. 동네 사람들이 지금 로건 모습 보면 놀라서 집으로 뛰쳐들어갈 판이야. 야수 같아."

안 그래도 머리숱도 많은 남자는 더벅머리가 되어 있었고 얼마나 야한 생각을 많이 하는지 몰라도 주말 동안 빨리도 자란 시커먼 수염이 얼굴 절반을 덮었다. 등산했던 옷차림을 미처 갈아입지 못한 탓에 조난한 표류자나 죽음의 탈출을 감행한 탈북자 같기도 했다.

왜 이렇게 조용하고 섬뜩한 거야? 테이블 앞에 턱 하니 버티고 선 로건의 눈초리가 제법 사나운 것을 뒤늦게 눈치챈 오영이 불만스럽게 물었다.

"뭣 때문에 그러고 서 있는 건데? 집에서 냄새 피우는 거 싫다고 해서 밖에서 먹잖아. 이제 동네에서 냄새 피우는 것도 싫은 거야? 독재자야 뭐야."

그제야 신경이 누그러진 로건이 의자에 털썩 주저앉았다. 마른 손으로 얼굴을 문지르며 긴 탄식을 터트렸다.

"배가 많이 고팠던 건가? 자다가 편의점으로 뛰쳐나올 만큼?"

"응. 어제저녁부터 굶었어. 그리고 알다시피 새벽에 그 난리를 부렸더니 허기져서 어지럽더라고."

"어지럽다고? 그럼 고기를 먹어야지."

"이로건 씨는 고기가 만병통치약인 줄 아나 봐."

게눈 감추는 속도보다 더 빠르게 국물까지 깨끗하게 비운 오영은 로건에게 핀잔을 주었다.

"잘 자고 고기 많이 먹으면 건강해."

"뭐야 그게. 의사 맞으세요?"

쓰레기를 처리하고 집으로 돌아가는 오영의 뒤를 따르며 로건은 설명을 덧붙였다.

"특별한 질병이 없는 상태에서 건강을 유지하는 방법 중 하나라는 거야."

"그치. 잘 먹고 잘 자고 잘 싸고. 그게 최고지. 그런데 왜 따라와?"

오영은 자연스럽게 옆에 따라붙은 로건을 의아하게 쳐다봤다.

"뭐 사러 나온 거 아니었어?"

"도토리 뚜껑 찾으러 나온 거잖아."

로건은 어중간하게 자란 오영의 컷트 머리를 흩트려서 자신과 같은 몰골을 만들어 났다.

"나를? 아, 아침 식사 때문에 찾으러 나왔구나. 그런데 오늘 쉬는 날이야. 미안하지만 이로건 씨 스스로 해결해야 하는 날이라고."

"알아. 눈을 떴는데 네가 없어서, 무슨 일이 생긴 줄 알았어."

덤덤한 대답이었지만 듣는 오영의 기분을 이상하게 만들기에 충분했다. 그녀를 걱정했다는 뉘앙스가 분명했다. 아니, 이 사람이 갑자기 왜 이러지? 새벽에 부린 추태가 좀 특별한 일이긴 했지만, 이 감정 무딘 쇳덩어리 같은 남자의 새삼스러운 관심을 받을 일인가 싶었다. 아하! 내가 일을 잘하기는 정말 잘하나 보다. 하긴 그동안 일할 사람 구하느라 많이 힘들었다고 했으니까.

"악몽 좀 꾼 게 뭐 대수라고……."

로건이 가볍게 웃어버리고 넘기는 오영의 어깨를 붙들어 돌려세웠다.

"뭐, 뭐 하는 거야?"

"진료."

로건은 갸름한 오영의 얼굴을 큼지막한 손에 가두고 응시했다. 두 개의 까만 눈동자가 조막만 한 얼굴을 샅샅이 살피며 돌아다녔다. 그의 굵은 눈매가 쏘아붙이는 안광이 흡사 레이저라도 되는 것처럼 따끔거렸다.

이 남자 뭐야? 수술하는 손이라 이런 거야? 남자의 손이라고 믿을 수 없을 만큼 부드럽고 포근한 손바닥 감촉이었다. 그의 손을 붙들고 얼굴을 비비고 싶은 정신 나간 충동에 놀란 오영의 눈동자가 당황으로 흔들렸다. 로건이 엄지로 오영의 눈가를 슬슬 쓰다듬기 시작했다.

"어우! 그만해!"

질색하며 바둥거리는 오영의 저항에도 아랑곳하지 않고 로건은 성에 찰 때까지 꼼꼼히 들여 본 후에야 손을 풀었다.

"과년한 처자의 얼굴을 함부로! 길에서 막, 붙들고 그래?"

"눈 아래 거뭇한 색이 짙고 동공 반응도 좋지 않아. 피부도 거칠고. 불면증이 심해."

"몰라, 이 돌팔이! 미쳤어!"

"수면 부족으로 인한 스트레스가 심한 것 같군. 별것 아닌 일에 왜 이렇게 크게 반응하지?"

"별 것 아닌 일에 크게 반응한 건 이로건 선생님이시구요. 나는 건강해."

그답지 않게 저런 흐트러진 몰골로 사람을 찾으러 나오질 않나. 아무리 한적한 주말 아침이라지만, 길 한복판에서 외간 여자의 얼굴을 붙들고, 바짝 들이대고…… 진짜 미친 인간. 잘못 보면 길에서 키스하는 줄 오해하기 좋은 포즈였다고. 씩씩대며 걷던 오영이 걸음을 멈추고 괴상한 소리를 지르며 머리를 흔들었다. 로건은 정작 아까와 달리 정말 이상이 생긴 것 같은 오영을 버려두고 유유히 집으로 걸어 들어갔다.

3. 도토리

샤워를 마치고 나온 로건은 문턱에 앉은 오영의 뒷모습을 향해 조용히 걸어갔다. 예상대로 졸고 있었다. 그녀 역시 샤워를 마치고 나온 지 얼마 안 됐는지 촉촉이 젖은 머리에서 샴푸 향이 났다. 뜨겁게 내리쬐는 햇볕을 정면으로 받는 얼굴에 로션이라도 발랐는지 의심스러웠다.

주방에 들어간 로건이 사부작사부작 움직였다. 유리컵이 조심스럽게 부딪히는 소리가 듣기 좋았다.

"지오영. 일어나."

이마를 툭툭 두드리는 느낌에 설핏 들었던 잠이 홀랑 깼다. 오영의 떼꾼한 눈앞에 젖은 앞머리를 늘어트린 로건의 얼굴이 보였다.

"다시 잘생겼잖아. 짜증 나."

"그게 왜 짜증 나?"

오영은 구겨진 이마에 심술을 싣고 투덜거렸다.

"나는 맨날 못생겼다고 놀림 받는데 로건은 잘생겼잖아. 아까 조금 못생겨서 기분 좋았었는데."

"그렇게 입 내밀고 툴툴대니까 더 못생겼다. 이거 들고 따라와."

로건은 불만스럽게 혀를 차는 오영의 손에 투명한 잔을 쥐여 주더니 느릿한 걸음으로 멀어졌다. 미지근한 찻잔을 들고 로건을 따라간 곳은 오영의 방에서 제일 잘 보이는 뒤뜰이었다. 넓적한 바위에 앉은 로건이 손짓으로 오영을 불렀다.

"거기 테이블에 앉아서 차 마셔."

뒤뜰은 신기할 정도로 바람이 시원했다. 햇볕 아래 앉아있던 탓에 땀에 젖었던 등줄기가 보송하게 마르기 시작했다.

"무슨 할 말이라도 있어? 여기를 왜 오자고 한 거야?"

"차나 마셔."

짧게 말을 잘라버리는 로건의 말투도 이제는 익숙했다. 오영은 그러려니 하며 조용히 차를 홀짝거렸다. 차를 마시는 동안도, 다 마신 후에도 둘은 아무 말도 하지 않았다. 그런데도 이 침묵이 어색하지도, 답답하지도 않았다.

긴 시간이 지난 후 로건이 고개를 돌려 오영을 바라보았다. 테이블에 엎드려 잠든 모습이 편안해 보였다. 천천히 몸을 일으켜 가까이 다가간 로건은 고르게 내쉬는 숨소리에 귀를 기울이며 안

심했다. 그래도 혹시 또 악몽에 시달릴까 염려되어 곁을 떠날 수
없었다.

* * *

"또 어딜 나가려고?"

알 수 없는 노래를 흥얼거리며 정원을 가로지르던 오영은 짙은
나무 그날 아래에서 튀어나오는 검은 인영을 보고 흠칫 놀랐다.

"하아아……. 깜짝 놀랐어."

"왜 이렇게 밤에 돌아다녀?"

"왜 이렇게 사생활 침해야? 누가 보면 내 보호자라도 되는 줄
알겠어."

"어디 가."

"국밥집."

그럴 줄 알았다는 듯 한숨을 토해내던 로건이 짜증스러운 목소
리로 나무랐다.

"전생에 주모였어? 무슨 국밥을 매일 먹으러 다녀?"

"어머, 주모도 알아? 주한미국인이 별 걸 다 안다. 그리고 일주
일에 한 번 제대로 된 외식하는 건데. 무슨 매일 이래?"

정확한 반박에 할 말을 잃은 로건은 일단 날이 섰던 신경을 누그
러트리고 듣기 좋은 음성으로 타일렀다.

"너무 늦은 시간이야. 전에도 말했을 텐데. 인적이 드문 동네라
서 위험하다고."

"누가 나같이 못생긴 애한테 흑심을 품는다고 그래."

오영은 로건의 참견을 귓등으로 튕기며 걸음을 뗐다.

"거기 서."

이번에는 무시하기 어려울 만큼 냉기 서린 목소리가 오영의 걸음을 붙들었다. 발을 굴리며 한숨을 터트린 오영이 발끈 열을 올렸다.

"아니 나한테 대체 왜 그래?"

"오영아."

그가 부르는 소리에 놀란 오영은 일그러진 표정 그대로 굳어버렸다.

"지오영, 나가지 마."

그가 한 걸음 가까이 다가와 오영의 눈을 깊이 응시했다. 조금 마음을 돌린 것 같은 오영의 분위기를 눈치챈 로건이 다짐을 받듯이 한 번 더 못을 박았다.

"응?"

오영의 눈이 천천히 여러 번 깜빡거렸다. 문득 로건은 간호사 스테이션에서 주워들었던 대화가 떠올랐다.

"치킨 시켜 줄게."

야식 메뉴를 정할 때 가장 많이 들었던 말이었다. 모두가 사랑한다는 마법의 메뉴.

"정말?"

"그래. 반반 무 많이."

단순하고 순박한 지오영은 벌써 입안에 군침이 도는지 혀로 입술을 핥았다. 쯧, 이렇게 단순해서야. 어디 가서 당하기 쉬운 위험한 성격이니 불안할 수밖에.

"그러니까 빨리 들어와."

로건의 말이 끝나기도 전에 깡충거리며 뛰는 오영이 그를 앞질러 집으로 들어가는 것이 보였다.

* * *

쉴 새 없이 오영의 입으로 들어가는 치킨과 무와 맥주. 손놀림이 현란해서 눈앞이 어질할 정도였다.

"그러다 체하겠어."

"흥. 나약한 소리 하지 마. 내 위를 뭐로 보고."

하긴 유통기한 따위는 가볍게 무시하는, 곰팡이만 안 피었으면 다 먹어 버리는 지오영이지.

어느 정도 배가 찼는지 오영의 손놀림이 느려졌다.

"근데 왜 그렇게 내가 나가는 거에 예민해? 이 동네는 순찰차 도 엄청 돌아다니고 CCTV가 사방팔방에 깔렸어. 걱정이 너무 많아."

위험한 인간들이 얼마나 많은데 저런 태평한 소리를 하는지. 로 건은 언젠가 뭐 눈에는 뭐만 보인다는 말을 들은 적이 있었다. 속 담인지 우스갯소리인 줄 모르겠으니. 지금 상황에 딱 맞는 표현이 었다. 나 같은 미친놈의 대부분은 스스로 절제하지 않으니까 문 제였다. 태산대 병원 외과의 이로건이 미친놈인 줄도 모르고 앞에 서 웃고 있는 지오영 너는 모른다. 미친놈은 생각보다 가까이 있 고 겉보기로는 판단할 수 없다는 것을.

"먹고 싶은 대로 먹어."

"응? 무슨 소리야?"

"이제 나는 신경 쓰지 말고 너도 너 먹고 싶은 대로 먹으라고. 마음껏. 잠도 제대로 못 자는데 먹는 거라도 잘 먹어야지."

"갑자기 왜 그래? 직원 복지에 신경 쓰는 이유가 뭐야?"

"내가 네 삶의 질을 너무 떨어뜨린다는 판단이 섰어."

"난 원래 삶의 질이 그다지 높지 않아."

"재미있지 않은 소리군."

재미있으라고 한 소리 아닌데. 오영은 새벽에 있었던 난리 이후로 자신을 너무 신경 쓰는 것 같은 로건이 더 신경 쓰였다. 타인의 친절과 관심이 익숙하지 않아 불편하기도 했지만, 알레르기 반응이 오는지 몸 위로 뭔가가 기어 다니는 것 같이 간지러웠다. 게다가 이 분위기는 어떡하란 말인가. 침묵이 가져오는 어색한 분위기 때문에 방금 먹은 치킨이 명치에 걸린 것 같았다.

"혹시 나 좋아해?"

치킨에 딸려 온 콜라를 마시던 로건이 움찔하는 것을 본 건 기분 탓일 것이다. 아니면 불쾌해서 발끈하는 것인지도 모르겠다. 후자가 맞는 모양이었다. 로건의 관자놀이에 돋은 굵은 힘줄이 눈에 띄었다. 미간은 좁아지고 짙은 눈썹은 구겨졌으며 까만 눈동자는 차갑게 가라앉았다. 농담이라고, 뻥이었다고 쾌활하게 웃으며 둘러대야 하는데 이로건 특유의 저승사자 포스에 눌려 입이 쉽게 떨어지지 않았다.

"정신 차려."

"에헤헤헤. 장난 좀 친 건데 너무 정색하네. 사람 무안하게."

농담이었다고 웃으며 둘러대는 오영의 말에도 로건의 경직된 얼굴은 풀어지지 않았다.

"농담이 지나쳤어. 인정. 죄송합니다."

"술, 그만 마시고 어서 들어가서 자."

로건은 얌전히 고개를 끄덕이는 오영을 확인한 후 자리에서 일어났다. 그가 침실로 들어간 후 남은 맥주를 입에 털어 넣은 오영은 씁쓸한 목소리로 자신을 탓했다.

"입이 방정이야. 입이. 주제를 모르고. 이러다 내일 당장 쫓겨날지도 모른다고. 잘해 준다고 방심하지 마. 그러다……."

다음 말이 나오지 못하고 목구멍에 걸렸다. 오영은 큰 숨을 들이마셨다가 뱉으며 목구멍에 걸린 말도 토해냈다.

"쫓겨나면 너만 손해야."

생각지도 못한 친절에 너무 들떴던 것뿐이다. 정신 바짝 차리고 돈 모으는 일에만 집중하자고 다짐했다.

* * *

점심을 먹기 위해 식당으로 가던 오영은 우연히 이나를 만나 합석하게 됐다.

"언니는 휴가 어디로 가요?"

막 수저를 들던 오영이 눈을 깜빡거리며 되물었다.

"휴가……요?"

"혹시 벌써 다녀왔어요?"

"아니요."

"이번 주가 휴가 마지막 피크인데 아직 안 정했어요? 하긴 한창

일 때 움직이면 바가지만 옴팡 쓰고 피곤해요. 가볍게 호캉스도 좋아요."

"이달 마지막 주가 제 차례긴 해요."

"응? 그럼 물에 들어가긴 좀 그렇겠다. 성수기가 그냥 있는 게 아니더라고요. 그때 지나면 물놀이는 좀 무리예요."

"그런가? 제가 막내라서 그냥 제일 마지막에 쉰다고 했어요."

"우리 언니, 생긴 것처럼 착하기도 해라."

"그건 아닌데……."

사실 딱히 휴가라고 해서 들로 산으로 놀러 갈 생각이 없기 때문이었다. 보육원에 있을 때는 지 원장이 아이들을 데리고 가까운 물가로 소풍 겸 피서하러 가긴 했었다. 오영에게 여름휴가란 그 정도의 추억이 전부였으니 특별히 기대로 부풀 것도 없었다.

아, 맞다. 오영은 피서는 아니지만 가봐야 할 곳이 있다는 것을 떠올렸다. 가사 도우미로서 휴가는 아직 정해지지 않았다. 그러고 보니 집주인은 언제 휴가를 가는 걸까? 그도 어딘가로 여행을 간다면 그 날짜에 맞춰야 하는 건가 고민이 생겼다.

"으악! 이 선생님이다."

갑자기 외마디 소리를 외친 이나가 오영의 등 뒤로 얼굴을 숨겼다.

"아니 왜 숨어요? 이로건 선생님께 뭐 잘못한 거 있어요?"

"아니요. 부끄러워서요. 막, 드러내 놓고 쳐다보기 힘들어요. 숨막혀요. 후아, 후아!"

"아니……. 뭐 그렇게까지. 이나 씨는 이 선생님을 진짜 좋아하는구나."

좀처럼 식당에 내려오지 않는 로건의 등장이 오영도 낯설었다. 옆에 대양이 있는 걸 보니 그에게 끌려 내려온 눈치였다.

"언니는 이 선생님 얼굴 매일 봐서 좋겠다."

부러움이 가득한 이나의 말을 듣고 있자니 양심이 조금 찔렸다. 만약 자신이 입주 도우미이고 로건과 친구처럼 반말로 대화한다는 걸 알면 왠지 이 귀여운 아가씨가 크게 상처받을 것 같았다.

"이나 씨도 매일 병원에서 보잖아요."

"직장에서 보는 거 말고요. 평소에 지내는 모습도 보고 싶어요. 수술복이나 가운 말고 반바지도 입고, 무릎 나온 추리닝도 입고 그런 모습. 으윽, 심장 아파. 그렇게 있어도 멋있겠죠?"

"그건 내 알 바 아니라서. 그리고 무릎 나온 바지 같은 것, 한 번도 못 봤어요."

몽롱한 이나의 눈동자가 동경의 빛으로 더 반짝거렸다.

"그래요? 역시. 남다르시구나. 집에서도 제대로 갖춰 입고 지내시나 보다."

갖춰 입는다고? 과년한 처자 앞에서 양심의 가책도 없이 헐벗고 다니는데. 오영은 아침마다 불끈불끈한 복숭아 씨앗 같은 근육을 아무렇지도 않게 드러내 놓고 활보하는 로건을 떠올리며 짜증스럽게 고개를 털었다.

"그런데 이나 씨가 좋아하기에 이 선생님은 나이가 너무 많지 않아요?"

"엥? 왜요? 다섯 살 차이는 궁합도 안 본다는 데 무슨 소리예요? 하긴 요즘은 키링 같은 연하남이 대세이긴 하지만. 그래도 저는 연상의 오빠들이 좋아요."

언제부터 다섯 살 차이가 최고의 궁합이 된 건지 알 수 없었으나 놀라운 정보였다.

"이나 씨가 잘못 알고 있는 것 아니에요? 이 선생님하고 오대양 선생님하고 친구라서 거의 비슷한 줄 알았는데."

"아니에요. 그냥 아메리칸 스타일로 이름 부른다는 것뿐이지. 차이 많이 나요."

뭐야. 근엄하고 진지한 척하면서 집주인 권력을 휘두르길래 서른 후반은 된 줄 알았는데. 자신하고 겨우 네 살 차이라니. 그러고 보니 간혹 앞머리를 내리고 캐주얼한 옷을 입고 있으면 앳돼 보이기도 했었다.

생각에 잠긴 얼굴로 먼 곳에 시선을 두고 있던 오영의 시야각 안에 로건이 들어왔다. 왜 저렇게 쳐다봐. 아무 생각 없이 멍했던 오영의 의식이 깨어났다. 이렇게 보는 눈이 많은 곳에서 대놓고 시선을 고정하는 그와 눈을 맞추고 있으면 안 될 것 같았다. 급히 딴청을 피우며 다른 곳을 쳐다봤다. 그가 있는 방향의 볼이 괜스레 뜨겁게 달아올랐다. 일부러 이나가 하는 말에 지나치게 몰입하며 크게 반응했다.

"어머, 어머. 어떡해. 나 몰라아!"

"왜요. 또 뭐예요."

호들갑을 떨며 발을 구르는 이나의 얼굴이 눈에 띄게 붉어져 있었다.

"이 선생님이 아까부터 이쪽만 쳐다봐요. 나 쳐다보나 봐요."

"아! 그래서! 그럼 그렇지……."

오영은 자신이 갑자기 도끼병에 걸린 사실을 깨달았다. 이런 멍청이, 나 말고 이나 씨를 보는 건데. 누가 자신의 헛되고 어이없는 망상을 알아채기라도 한 듯 부끄러웠다. 이미 달아올랐던 얼굴이 더 새빨개져 화끈거리기까지 했다. 앞에 있는 냉수를 들이켜며 열을 식히려고 노력했다.

"그럼, 이 선생님이 더 잘 볼 수 있게 이렇게 앉아요."

오영은 의자를 뒤로 빼서 자신의 몸에 가려진 이나가 더 잘 보일 수 있게 배려했다.

"나 오늘 괜찮아요? 화장 뜨지 않았어요?"

"이나 씨는 언제나 예뻐요. 귀엽고 사랑스럽고."

"언니……. 고마워요. 언니, 정말 착해요."

오영은 감격에 겨워 자신을 끌어안고 몸을 흔드는 이나의 친근한 태도가 얼떨떨했다. 저절로 몸이 빳빳하게 굳어졌다. 이렇게 밀접한 스킨십은 〈엔젤의 낙원〉 어린아이들 외에는 해 본 적이 없었다. 겉보기에 명랑한 성격이지만 오영은 누군가와 허물없이 교류하는 것에 서툴렀다. 로건에게도 까불까불 대들고 장난을 치지만 그가 조금이라도 정색할 때면 바싹 움츠러들기 일쑤였다.

"어휴, 같이 수술방에도 들어가 봤는데 왜 이렇게 떨리는지 모르겠어요."

짝사랑에 흠뻑 빠진 이나의 귀여운 너스레를 들으며 오영은 사랑스러운 동생을 보듯 미소지었다. 무뚝뚝한 로건에게 이런 사람이 곁에 있어 준다면 잘 어울릴 것 같았다. 이나는 누구에게나 사랑받기에 마땅한, 좋은 사람이니까.

* * *

언제나 북적거리는 응급실 주변이라 해도 이 순간, 절체절명의 긴박함이 평소보다 더했다. 환자를 실은 스트레처 카가 빠른 속도로 복도를 질주하는 모습이 줄을 이었다. 인턴, 레지던트, 간호사들의 인원수가 순식간에 몇 배로 불어나더니 일사불란하게 움직이기 시작했다. 주변 도로에서 버스와 트럭이 충돌하는 대형사고가 벌어져 사상자들이 밀려들어 오고 있었다.

원래 응급실 구역을 담당하던 미화원이 휴가를 가는 바람에 임시로 맡게 된 오영은 위급한 분위기에 압도되었다. 처참한 모습의 사상자들을 본 오영은 하던 일을 잊은 채 복도에 우두커니 서 있었다. 멀리서 로건이 빠르게 걸어오는 모습이 보였다. 상황을 설명하는 레지던트의 말에 주의를 기울이는 얼굴에 엄격한 긴장감이 흘렀다. 그와 오영의 눈이 마주쳤다. 레지던트를 향해 귀를 열어둔 로건의 시선은 오영에게 고정되어 있었다. 식당에서 보았던 눈빛에 견줄 수 없을 만큼 강렬한 눈빛이었다. 워낙에 다리가 길어서인지 복도 끝에 까마득히 멀리 있던 남자가 어느새 성큼 다가와 있었다. 레지던트를 먼저 응급실로 들여보낸 로건이 오영 앞에 멈춰 섰다.

"오영아."

"응?"

초점을 벗어난 오영의 텅 빈 눈동자가 그를 향했다. 그의 낮은 목소리가 오영의 고막에 묵직하게 감겼다.

"정신 차려. 어서 여기서 벗어나."

"……. 어."

대답만 했지 여전히 넋이 나가 있는 오영의 팔을 붙든 로건이 주변을 둘러봤다. 마침 지나가던 오더리를 불러 오영을 맡겼다.

"가벼운 쇼크 증상이 있으니까 휴게실로 모셔요."

"네."

로건은 오더리의 부축을 받으며 멀어지는 오영을 미처 다 지켜보지 못하고 응급실로 향했다. 입구에 도착하기도 전에 아비규환의 소음이 그를 둘러쌌다. 비릿한 향이 그의 예민한 후각을 충동했다. 저주받은 재능을 베풀 시간이었다.

* * *

오영은 한숨도 자지 못하고 밤을 꼴딱 새웠다. 뉴스를 떠들썩하게 장식한 대형 교통사고는 태산대 병원 전 직원을 비상체제로 묶어두었다. 로건은 밤새 수술방에서 살다시피 했을 것이 뻔했다.

"뭐야. 내가 왜 잠을 못 자고 있어. 바보냐?"

아무리 악몽이 두렵다 해도 혼자서도 잘 잤었다. 하지만 그날 로건에게 상습적인 악몽을 들킨 이후로 뭔가 달라진 것 같았다. 그가 집에 없다는 이유가 너무 크게 느껴졌다. 은근히 그에게 의지하고 있던 걸까? 이런 멍청한 인간을 봤나. 그 사람이 뭐라고.

오영의 폴더폰이 울렸다. 알람이 울릴 시간은 아니었다.

[집주인]

로건이 전화를? 그에게 전화번호를 알려주었다는 것도 잊을 만큼 처음 있는 일이었다.

144

"여보세요."

- 잠은, 제대로 잤어?

피로감으로 허스키해진 탓인지 수화기를 통해 듣는 목소리가 낯설었다.

"아니. 한숨도 못 잤어. 그래서 졸리고 억울해."

수화기 너머가 잠잠했다. 귀를 바짝 대고 온 신경을 집중했지만, 숨소리조차 들리지 않았다.

"여보세요?"

- 듣고 있어. 출근길에 내 옷 좀 갖다 줘.

"알았어. 어떤 거?"

- 내일 저녁에 행사가 있어. 슈트 한 벌하고…….

오영은 그가 전하는 말을 머릿속으로 꼼꼼히 기억한 후 다시 한 번 읊으며 확인받았다.

- 라면 같은 거 먹지 말고. 제대로 챙겨 먹고 출근해.

"요즘 왜 이렇게 내 오라비라도 되는 양 그래?"

- 왜? 귀찮아?

귀찮냐고? 그랬던 건가? 오영은 대답하지 못했다. 정의 내리기 어려운 묘한 기분이었다.

"이따 봐요. 이로건 씨도 아침 잘 챙겨 먹어."

그래. 나도 그에게 이렇게 인사를 전하잖아. 사람이라면 마땅히 해야 할 예의범절이자 한국인의 정(情)일 뿐이었다. 오영은 요즘 왜 이렇게 잡생각이 드는지 모르겠다고 자조적으로 중얼거리며 자리에서 일어났다.

* * *

    노크해도 대답이 없어 하는 수 없이 문을 열고 빼꼼히 고개를 들이밀었다. 귀에 이어폰을 꽂은 로건은 깊이 잠이 든 것 같았다.

"이로건 선생니임."

    오영은 들릴 리가 없는 걸 알면서도 괜히 이름 한번 불러보고 발을 들였다. 밤새 무슨 전쟁을 치렀는지 그의 푸른색 가운에는 얼룩덜룩한 자국들이 잔뜩 남아 있었다. 그것만 봐도 모골이 송연해지고 속이 울렁거렸다. 책상 위에 가져온 쇼핑백과 슈트를 올려두자 용케 알아챘는지 로건이 눈을 떴다.

"왔어?"

    책상 위에 올려두었던 기다란 다리를 하나하나 내려놓은 로건은 피곤한 듯 얼굴을 마구잡이로 비벼댔다.

"제대로 가져왔는지 확인해 보세요."

"병원이라고 또 존대하는 건가?"

    기지개를 켜면서 일어나던 로건은 표정이 좋지 않은 오영을 보고 짧은 탄식을 터트렸다.

"미안. 갈아입었어야 했는데."

    응급 환자들을 처치하느라 핏자국이 튄 상의를 훌러덩 벗어 던진 로건은 소독이 된 새 가운으로 갈아입었다. 여전히 혈색이 돌아오지 않는 오영을 보며 로건은 바지춤에 손가락을 걸고 우스갯소리를 했다.

"바지까지 갈아입어야 해?"

    덕분에 퍼뜩 정신이 돌아온 오영이 질겁하며 손사래를 쳤다.

146

"아! 아니야. 나 이제 나가볼게."

"잠 못 잤다면서. 오늘 어쩌려고 그래."

"……."

"저녁에 세미나가 있어서 늦을 거야. 맛있는 것 먹고 일찍 자."

"많이 늦어요?"

로건은 짜증스러운 기색이 역력한 얼굴로 고개를 끄덕였다.

"식후 행사 때문에 아마도. 나는 술자리를 싫어해서 일찍 돌아가고 싶은데 그게 쉽지 않더라고."

"나 원래 혼자서도 잘 잤었어."

"……?"

"이로건 씨가 자꾸 나한테 참견하고 건드려서 버릇이 나빠졌나봐. 어제는 이로건 씨가 없으니까 너무 무서워서 못 잤어."

넌, 지금 그런 말이 얼마나 위험한 말인지 알고서 하는 걸까? 그렇게 순진한 얼굴이 앙큼한 가면이었으면 좋겠다. 아무 사심 없이 털어놓는 네 무구한 마음을 어떻게 받아들여야 할지. 얼어 죽을. 받아들이긴 뭘 받아들여. 심각해진 로건의 목구멍에서 묵직한 신음이 흘러나왔다. 그의 심정을 알 리 없는 오영은 피곤한 눈을 비비며 퉁명스럽게 말했다.

"그러니까 나한테 신경 쓰지 말아 줘. 내 자립심이 흔들린다고."

오영이 대충 예상한 대로 로건은 대답하지 않았다. 원래 대답에 인색한 사람이었고 어차피 그의 대답 여부가 중요하지 않았다. 무심하게 손을 흔들며 나가던 오영이 뭔가 생각난 듯 손가락을 튕기며 돌아섰다.

"로건! 되게 젊더라?"

"갑자기 무슨 소리야."

"나는 정말 이로건 씨가 오 선생님하고 동년배 정도 될 거로 생각했었거든."

로건의 눈썹이 신경질적으로 치솟았다.

"내 말을 뭐로 들은 거야?"

"어쨌든. 그게 중요한 게 아니고. 음……. 내 생각에 이 선생님한테는 귀엽고 명랑한 사람이 잘 어울리는 것 같아."

엉뚱한 소리를 늘어놓으며 생글거리는 오영을 바라보는 로건의 표정이 굳어져 있었다.

"그런 사람이 주변에 있을 거야. 눈을 뜨고 자세히 봐봐요."

"잠이 부족해서 그런 거야? 왜 아침부터 쓸데없는 소리를 늘어놓는 거지?"

불퉁하게 받아치는 로건을 향해 검지를 좌우로 흔들어 보인 오영이 아이를 타이르듯 은근한 소리로 달랬다.

"으으응. 그렇게 무서운 표정은 좋지 않아. 오 선생님처럼 친절하게 웃어 봐. 이로건 씨는 잘생겼으니까 신경 쓰지 않나 본데. 그래도 웃는 얼굴이 더 호감이 가잖아."

"호감 따위 사야 할 일 없어."

"으휴. 좀 웃으라니까. 집에서 가끔 웃는 것 보면 정말 근사했거든."

마침 노크 소리가 들렸다. 오영이 속삭이듯 파이팅을 외치자마자 문이 열리더니 수석 레지던트인 윤수가 들어왔다. 오영은 마주친 윤수와 가볍게 묵례를 나눈 후 문을 나섰다. 문이 닫히기 전, 열린 문틈으로 로건이 질책하는 소리가 들렸다. 대답도 하기 전에 문을 연 레지던트를 혼내는 소리를 들으니 괜히 미안해졌다.

* * *

회진을 마치고 방으로 돌아온 로건은 언뜻 거울에 비친 자신의 모습 앞에 멈춰 섰다. 까만 눈동자는 음험한 빛을 띠고 있고 냉엄한 표정은 조각 같은 얼굴에 살기를 더했다. 이 얼굴로 누군가의 목숨을 살리는 일을 한다는 것이 아이러니다. 잘생겼다. 그 말에 솔깃한 적이 없었다. 포장지 따위 뭐가 그리 중요하다고.

'로건은 잘생겼으니까.'

그러나 틈만 나면 잘생겼다고 추켜세우는 오영 때문인지 요즘은 흘려듣지 못했다. 로건은 거울에 비친 얼굴을 손으로 쓸면서 생각했다. 잘생긴 것을 좋아하나?

'좀 웃으라니까. 집에서 가끔 웃는 것 보면 정말 근사했거든.'
내 웃는 얼굴이 어땠길래 그런 말을 하는 걸까. 수긍할 수 없어 고개가 갸웃 기울어졌다. 하지만 오영은 곧이곧대로 말하는 성격이었다. 잘생겼고 웃으면 근사하다. 별것도 아닌 말이 뇌리에 박혀서 지워지지 않았다. 손으로 얼굴 근육을 잡아 이리저리 늘여보던 끝에 입술 끝을 조금씩 움직여 보았다. 어색해서 미칠 것 같은 것을 견디며 웃는 얼굴을 만들어 보았다. 결국, 도저히 봐줄 수가 없어 한숨이 터지고 말았다.

"거짓말도 할 줄 아는 여자였어. 근사하다고?"

오영의 세 치 혀에 놀아났다는 생각에 자괴감이 든 로건은 의자에 털썩 주저앉아 괘씸하다고 중얼거렸다. 문득 책상 위에 쌓여있는 책들이 시선 끝에 걸렸다.

"이걸 왜 이렇게 놔두고도 몰랐지?"

로건은 층층이 쌓여있는 책들의 모서리를 열 지어서 반듯하게 맞추고 책장에 꽂혀있는 책도 키대로 보기 좋게 정렬했다. 조금이라도 균형이 맞지 않고 흐트러진 것을 견디지 못하는 성격인데 요 며칠 모르고 지나간 것이 이상했다.

* * *

로건은 멀찍이 떨어져 있는 대양을 집중적으로 관찰하는 중이었다. 태산대 병원의 빅 스마일 오대양. 물론 실력도 출중했지만 잘생긴 얼굴에 친절한 태도로도 유명하고 인기가 좋았다. 평소 무심하게 지나쳤던 대양의 서글서글한 웃음이 다시 보였다. 그와 함께 있는 사람들까지 웃음에 전염이 됐는지 행복하고 즐거운 표정이었다. 자신과 있을 때는 웃음소리는커녕 개미 숨소리도 들리지 않을 만큼 무거운 정적만 유지하던 사람들이었다. 대양이 자신의 뒤로 청소 카트를 끌고 이동하는 오영을 불러 세우는 것이 보였다.

"뭐가 재미있어서 저렇게 웃어."

스스럼없이 인사를 나누고 하하 호호 웃는 두 사람을 향해 로건은 자신도 모르게 걸음을 움직였다. 로건이 다가갈수록 대양의 주변에 있던 사람들의 표정이 거짓말처럼 변하기 시작했다. 공기 중에 하얀 성에가 끼는 느낌이었다. 그를 발견하고 허리 숙여 인사한 후 다들 약속이나 한 것처럼 표정이 얼어붙어 버렸다. 말을 시키면 입김이라도 뿜을 기세였다.

"로건, 여기까지 웬일이야?"

여전히 웃는 얼굴은 대양 하나였다. 오영까지 어색한 태도로 그를 외면했다.

"잠깐 시간이 나서 산책이나 할 겸 돌고 있었어."

"산책을 왜 소아청소년과로 와서 해? 야외 정원이나 갈 것이지."

"너무 구관 건물에만 있는 것 같아서. 별관이 좀 더 좋잖아."

"아, 그러시구나."

얼토당토않은 대답을 들은 대양이 피식 코웃음을 쳤다. 거짓을 말하는 얼굴은 뻔뻔한데 본능적으로 흘깃거리는 시선을 감추지 못하는 꼴이 우스웠다. 대양이 의도적으로 오영이 왔다 갔다 하는 모습을 가려 버리자 그제야 로건의 시선이 대양에게 집중되었다.

"온 김에 내 방에 가서 차라도 한잔할래?"

"아니. 됐어."

그럼 그렇지. 그냥 여기에 계속 서 있고 싶겠지. 자신도 모르게 길게 늘어지는 목과 초조하게 돌아가는 눈동자. 대양은 터져 나오려고 꿈틀거리는 웃음을 참기 위해 이를 악물었다. 로건을 놀리는 것은 재미있을 테지만 오영에게 미칠 영향을 생각해서 참기로 했다.

"이로건 선생님, 많이 피, 피곤해 보이세요. 어제 밤새 환자들 보셨다는 소식 들었어요."

로건은 어디서 불쑥 나타난 이나를 물끄러미 바라보았다. 외과 팀 소속은 아니어도 언젠가 수술방에서 손발을 맞춘 기억이 났다. 게다가 요즘은 종종 오영과 함께 있는 것을 보기도 했다. 도토리와 친한 사이인가? 동글동글한 인상이 오영만큼 착해 보이기는 했다.

"안녕하세요. 김이나 선생. 어제 바쁜 사람이 한둘은 아니었죠."

그답지 않게 친절하게 대답씩이나 한 로건은 조금 전 열심히 관찰했던 대양을 흉내 내 보았다. 눈에 힘을 빼고 양쪽 입꼬리를 자연스럽게 살짝 끌어올렸다.

"왜 저래."

로건의 귓가에 대양이 핀잔하는 소리가 들렸지만 개의치 않았다. 눈앞에 있는, 오영에게 잘 해주는 사람에게 좋은 인상을 심어주는 것에 심혈을 기울일 뿐이었다.

"어, 엄마……."

갑자기 엄마를 찾는 이나를 이해할 수 없어 미소가 풀어지려는 사이 주변을 지나가는 오영이 눈에 띄었다. 두 손으로 입을 가리고 발을 종종거리던 이나도 오영을 발견하고는 그녀의 손을 덥석 붙들었다.

"언니. 방금……."

이나가 오영의 귀에 입술을 가져가 속삭였다.

"방금 이로건 선생님이 저한테 웃어줬어요. 나, 선생님이 웃는 것 처음 봐요. 어레스트 올 것 같아요."

"좋겠어요."

"죽어도 여한이 없어요."

이나와 함께 기뻐하던 오영은 상당히 어색한 미소를 짓고 있는 로건을 향해 환하게 웃었다. 아침에 해준 조언을 잊지 않고 실천하는 남자가 대견했다. 그제야 로건의 미소가 자연스러워졌다. 오영을 따라 얼굴 근육이 자연스럽게 이완되었다. 더 근사해진 그의 미소를 보고야 만 이나는 정말 심장에 무리가 왔는지 가슴을 부여잡고 어디론가 달려가 버렸다.

"야. 살살해라. 살살. 사람 여럿 잡겠다."

"무슨 소리야."

오영이 청소 카트를 밀고 가버리자 로건의 표정도 전처럼 쌀쌀맞아졌다. 로건의 어깨에 팔을 걸친 대양은 그를 끌고 천천히 걷기 시작했다. 그들의 뒤로 소음이 술렁거리는 것이 느껴졌다.

"이로건 선생이 우리 주변에 있던 남녀노소의 가슴에 불을 질렀어."

"내가?"

"응. 살벌한 얼굴로도 네가 지나가고 나면 웅성웅성했는데 오늘은 살인적인 미소를 남발했으니 지금쯤 병원 인트라넷 익명 게시판이 폭발하고 있을 거다."

"대양, 나……."

"응."

"잘생겼어? 웃으면 좀 근사한가?"

뭐야. 이 애송이 같은 질문은. 어깨동무를 푼 대양은 대답을 기다리는 로건의 얼굴을 뜯어먹을 듯이 응시했다. 확실히 전에 비해 날이 많이 무뎌진 느낌이 들었다.

"누가 그랬는데?"

대양이 되묻는 순간 로건은 자신이 얼마나 얼간이 같은 질문을 했는지 깨달았다.

"그냥 내 생각이야. 오늘 아침에 거울을 봤는데 너무 경직되어 보이더라고. 다들 대양한테 웃는 얼굴이 보기 좋다고들 하더군. 그래서 물어본 것뿐이야."

"오늘따라 주저리주저리 설명이 기네."

꽁지를 숨기고 걸음을 서두르는 로건의 뒷모습을 보자 더 놀리고 싶었다.

"누가 천하의 이로건을 이렇게 건드려놨을까?"

"쓸데없는 소리 그만둬."

생각을 들키는 것이 두려워진 로건은 다시 냉담한 표정으로 돌아와 있었다. 하지만 눈치 빠른 대양은 그 속에 숨은 설익은 감정을 알아챘다. 처음 느끼는 바람에 제대로 인지하지도 못하고 당황하고 두려워하는 갈등이 적나라하게 읽혔다.

* * *

오영은 버스 정류장에서 내려 집까지 걷는 십여 분이 십 리 길보다 아득하게 느껴졌다. 밤새 한숨도 못 자고 오늘따라 병원에서도 제대로 쉬지 못했다. 휴가철이 피크라더니 더위도 최고점을 찍는 모양이었다. 오뉴월 강아지처럼 입에서 절로 헥헥, 소리가 튀어나왔다.

"어이! 아가씨, 이제 퇴근이야?"

목소리에 놀라 고개를 들어보니 〈만물 부동산〉 사장님이 슈퍼마켓 앞에서 손짓하며 웃고 있었다.

"안녕하셨어요?"

"이리 와서 아이스크림 하나 먹어. 내가 쏠게."

"앗, 감사합니다!"

오영이 넙죽 웃으며 다가가자 만수는 아이스크림 냉장고를 열어서 먹고 싶은 것을 고르라고 재촉했다. 실랑이 끝에 꽤 비싼 아이스크림이 오영의 손에 쥐어졌다.

"잘 먹겠습니다. 그런데 이건 너무 비싼데요."

"젊은 사람이 열심히 사는 게 이뻐서 그래. 다 먹고 살자고 하는 건데. 좋은 것 먹어야지."

만수가 값을 치르기 위해 슈퍼마켓 주인을 불렀다. 급히 뛰어나오던 젊은 사장은 오영을 보자 하얀 이가 시원하게 드러나도록 웃었다.

"안녕하세요. 요즘 왜 안 오세요."

전에 집으로 배달 한번 시켰다가 로건과 트러블을 일으킨 그 사장이었다. 손가락만 까딱하면 집까지 배송해주는 대형 마트를 이용하라고 권하던 로건의 표정이 너무 엄격해서 오영은 은연중에 동네 슈퍼 이용을 꺼리고 있었다.

"집에 없는 게 없어서……."

"그러셨구나. 안 보이셔서 그만두신 줄 알았어요. 그 댁에서 오래 버티신 분들이 없었거든요."

"네. 저는 그럭저럭 잘 적응하고 있어요."

어느새 아이스크림 하나를 뚝딱 해치운 만수가 부채를 흔들면서 인사를 남겼다.

"나는 가 볼게. 젊은 사람들끼리 얘기 많이 나눠."

"안녕히 가세요."

"더운데 조심해서 가세요."

두 사람의 인사를 받은 만수는 대충 손을 흔들며 멀어졌다.

"일은 안 힘드세요? 대단하신 것 같아요. 그 댁에서 잘 적응하시는 것 보면."

"음⋯⋯. 힘들 것 하나도 없는데요. 제가 여태껏 해 본 일 중에 제일 편한 축에 속할 정도예요."

"그래요? 그건 오영 씨가 성격도 좋고 일을 워낙 잘해서인 거 아닐까요?"

사근사근한 슈퍼 사장의 말을 듣던 오영이 놀란 눈을 동그랗게 떴다.

"그런데 제 이름은 어떻게 알고 계세요?"

"아. 조금 전에 부동산 사장님이 슬쩍 알려 주고 가셨어요. 연세가 있으셔서 그런지 젊은 사람들만 보면 어떻게든 연결을 지어 보려고 하세요."

"아⋯⋯ 하하. 재밌으셔. 하하하."

안 그래도 더운데 식은땀까지 솟았다. 오영은 어르신의 오지랖이 전혀 반갑지 않았다.

"저는 김동훈입니다. 〈대로 농수산 마트〉 CEO 김동훈."

"네. 알겠습니다."

오영은 오며 가며 몇 번 눈인사를 나누고 배달하면서 잠깐 대화한 것이 전부인 남자가 아직은 어색했다. 친절하고 상냥한 태도는 고맙지만 그래도 부담스러웠다.

"그럼, 안녕히 계세요."

"벌써 가세요? 더운데 아이스크림이라도 다 드시고 가시지요."

"빨리 가서 쉬고 싶어서요."

형식적으로 웃고 난 오영이 슈퍼를 벗어났다. 조금 걷는데 뒤에서 저벅거리는 발소리가 들렸다. 뒤를 돌아보자 눈이 마주친 동훈이 씨익 웃으며 손을 흔들었다. 경계하는 오영의 눈빛을 알아챈 동훈이 너털웃음을 웃었다.

"마침 그쪽에 사시는 손님 댁에 갈 일이 있어서요. 달걀이 상했다고 연락이 와서 교환해 드리러 갑니다."

그의 손에 들린 달걀 한판을 보고 나서야 오영도 마음이 놓였다. 하도 로건에게 이 동네가 위험하다고 잔소리를 들어서인지 쓸데없는 노파심이 생긴 것 같았다. 괜히 건실한 청년 하나를 오해한 것 같아 마음이 쓰였다.

"사장님도 더운데 고생이시네요."

"그래도 저는 이 나이에 팔자 늘어진 거죠. 부모님이 하시던 가게를 그냥 물려받았어요. 손님들도 다 어려서부터 뵙던 분들이라 편하고요."

"네……."

동훈은 친화력이 뛰어난 사람이었다. 어색해하고 꺼리는 것이 분명한 오영을 알면서도 개의치 않고 즐겁게 대화를 이어나갔다. 덕분에 집 앞에 도착했을 때는 분위기가 제법 살가워져 있었다.

"더운데 제가 너무 떠들어서 더 힘드셨죠?"

"아니요. 아니에요! 덕분에 지루하지 않고 재미있었어요."

"하하하."

서둘러 손사래를 치는 오영을 보며 웃는 동훈의 목소리가 청량했다. 덩달아서 따라 웃던 오영이 집 방향으로 달려오는 차를 보고 순식간에 해쓱해졌다. 로건은 분명 오늘 저녁에 행사가 있어서 늦는다고 했는데, 번호판을 보니 확실히 로건의 차였다. 지은 죄도 없는데 괜히 마음이 불안했다. 동훈을 보낼 틈도 없이 로건의 차가 대문 앞에 정차했다. 슥, 하고 내려가는 운전석의 차창과 함께 오영도 주저앉을 뻔했다.

저승사자다. 저승사자.

시커먼 차를 탄 로건은 하필이면 날도 더운데 새까만 윤기가 흐르는 슈트를 입고 있었다. 아침에 오영이 직접 날라다 준 그 슈트를 입고 까만 선글라스까지 쓰고 있었다.

"그럼 들어가세요."

해맑은 인사를 남기고 돌아서는 동훈이 원망스러웠다. 가려면 좀 일찍 가든가. 하필 이렇게 시간 맞춰서 가버리면 나는 어떡하라고.

"저거."

망연히 서서 떠나버린 동훈을 보고 있던 오영의 귀에 서릿발처럼 차고 뾰족한 로건의 음성이 들렸다.

"저번에 걔 아니야? 슈퍼."

"왜 벌써 왔어? 저녁에 어디 간다고 했잖아."

"왜 말 돌려. 도토리, 너 나한테 뭐 숨기지?"

"그렇게 차려입은 것 보니까 가긴 가는 것 같은데. 집에 뭐 두고 갔어?"

"지오영."

오영의 이름을 부르는 로건의 목소리는 사자가 명부를 읊는 것처럼 음산하기 이를 데 없었다.

"맞아. 저 아래 대로 마트 젊은 사장님."

"여기 서서 뭐 하느라 그렇게 즐거웠어?"

"그냥 이 얘기 저 얘기했어! 그럼 아무 일도 없는데 싸워? 울어? 사람이 이상한 거로 트집을 잡으려고 해."

갑자기 쏘아붙이는 오영의 태도에 밀린 로건이 주춤했다.

"그래서 왜 왔는데!"

"이거 주려고."

창밖으로 뻗은 로건의 손에는 한정식집 이름이 박힌 쇼핑백이 들려 있었다.

"이게 뭔데?"

"너 비아니 도시락이라고……. 병원 식구들이 맛있다고 하도 떠들길래 주문했는데. 아니, 내가 시켰다는 게 아니고, 하여튼 남았어."

로건의 손에서 건네받은 쇼핑백을 열자 벌써 맛있는 냄새가 솔솔 올라왔다. 숯불 향이 살아있는 고기 냄새를 맡자 오영의 입안에 군침이 범람했다.

"냄새가 정말 황홀하다. 그래서 혹시 이거 내 몫이야?"

"그……렇지. 뭐."

"고마워요. 생명의 은인님."

금세 표정이 환해진 오영은 바보스러울 정도로 솔직한 얼굴이었다. 지금 당장 너를 보내고 도시락부터 먹어야겠다는 다급한 속내가 여실히 느껴졌다.

"도시락 하나에 너무 비굴해지는군."

"일부러 나 주려고 갖고 왔잖아."

"일부러는 아니야. 지나는 길이었어."

"그래? 어디 가는데?"

부러 심드렁한 척 대답했던 로건은 기습적인 질문에 당황했다.

"저기."

"저기? 어디? 그쪽에 뭐가 있어?"

마땅한 핑계를 찾아내지 못해 되는 대로 둘러대는 것을 아는 사람처럼 오늘따라 오영은 집요했다. 로건은 손에 든 선글라스를 급히 걸쳐 눈을 가렸다. 안 그래도 뚝뚝 부러지는 말투에 힘을 실어 오영의 관심을 차단했다.

"하여튼 그런 데가 있어. 밥이나 먹고 밤에 쏘다니지 말고 있어."

더 이상의 질문을 거부하겠다는 듯이 운전석의 창이 닫혔다. 왔던 방향으로 차를 돌려 멀어지는 차 꽁무니를 보며 오영은 귀를 후볐다.

"내가 잘못 들었나? 저쪽에 일이 있다면서 왜 도로 그쪽으로 가는 거야?"

하지만 오영의 생각은 길지 못했다. 손에 들린 쇼핑백에서 솔솔 풍기는 감칠맛 나는 향기와 따뜻한 밥의 온기가 그녀의 이성을 흩트려 놓았다.

* * *

세미나 후 열린 리셉션의 규모는 꽤 성대했다. 친목과 인맥을 다지는 자리는 언제나 로건을 곤혹스럽게 했다. 출신에 따라 모둠을 이룬 사람들이 뭉쳤다 흩어지는 모습을 보는 것이 오늘따라 더욱 지루했다. 가만히 있어도 시선을 끄는 외모와 실력을 갖춘 사람이라는 자각이 없는 로건은 쉼 없이 말을 걸고 선을 대려는 이들을 이해할 수 없었다.

사람들에게 둘러싸여 있다가 겨우 빠져나온 대양이 고개를 절레절레 저으며 다가왔다. 태산대 병원장의 아들이자 사교성이 좋은 대양은 이런 자리에서 단연 빛이 났다.

"진짜 피곤하네. 근데 너는 유난히 초조해 보인다? 무슨 일이라도 있어?"

"알잖아. 이런 자리 질색이야."

"그래도 나보다 낫잖아. 특히 네 그런 얼굴을 가까이서 보면 알아서들 마무리하고 떨어져 나가니 얼마나 좋아."

"대양도 그러든가."

"하긴 너도 내가 웃는 것 보면서 연습하는데, 나도 노력을 좀 해 볼까?"

낮에 로건이 어쭙잖게 웃는 표정을 짓던 것을 놀리는 소리였다.

"잘생긴 남자의 근사한 미소 좀 보여 주지. 여기저기서 너 훔쳐보는 여심을 향한 팬서비스 차원에서 말이야."

"그만해."

지나가는 직원에게 빈 생수병을 넘긴 로건이 자리에서 일어났다. 손목시계를 들여다보는 모습에서 조급함이 느껴졌다.

"나 집에 갈게. 더 인사 나눌 사람도 없는 것 같은데."

"벌써? 아직 이사장님 안 내려오셨어. 출석 체크는 하고 가야지."

"몰라. 어차피 나는 출세하려고 의사 하는 거 아니야. 지금까지도 오 선생 얼굴 봐서 참았어."

"어차피 집에 가도 할 일도 없잖아."

"피곤해. 어제 밤 샜잖아."

"이로건이 피곤하다고? 집에…… 꿀단지가 있어서 그런 것 아니고?"

"꿀? 집에 꿀이 왜 있어. 나는 단 거라면 질색이야."

통명스럽게 내뱉고 난 로건은 여지를 주지 않고 테이블을 떠났다.

"단 것을 싫어한다고? 글쎄다, 이로건. 단맛에 점점 중독되어 가는 것 같은데?"

안 그래도 길쭉한 다리가 넓은 보폭으로 걷는 모습이 후련해 보였다. 대양은 집에 가고 싶은 마음이 여실히 드러나는 로건의 뒷모습이 어쩐지 안쓰럽게 느껴졌다.

* * *

차고지를 벗어나 정원을 가로지르던 로건은 환하게 불이 켜진 집이 새삼스럽게 느껴졌다. 마당 한가운데 우두커니 서서 온기를 주는 불빛을 감상했다. 도토리 뚜껑 머리를 한 말라깽이 여자는 지금쯤 그 좋아하는 드라마를 보고 있을 것이 뻔했다.

꿀단지라……. 가슴에 은근하게 밀려드는 안도. 이런 생경한 감정이 여전히 낯설었지만, 조금씩 익숙해지는 것 같았다. 그런데 자신이 이러는 것이 옳은 현상인지 종잡을 수 없었다. 만약 지오영이 이 집에서 나간다면. 나는 다시 이전으로 돌아갈 수 있을까. 그런 생각을 하니 막막했다. 어차피 지나가는 사람인데, 영원히 이 집의 도우미로 있을 게 아닌데. 해답이 없는 생각을 하다 막힌 로건은 넥타이 매듭에 손가락을 걸어 거칠게 끌어 내렸다.

"바보 같은 자식."

밤보다 더 새까만 눈동자가 절망으로 깊어졌다. 익숙한 자괴감을 받아들이며 걸음을 옮겼다. 더는 오영에게 자리를 내어주지 않겠다 결심하며 문을 열었다. 로건은 단단한 갑옷을 입은 사람처럼 딱딱하고 묵직한 분위기를 풍기며 집안으로 들어섰다.

예상과 달리 거실은 텅 비어 있었다. 커다란 TV도 까맣게 죽어 있었다. 오영이 뿜어내는 밝은 온기를 밀어내려고 단단히 준비한 것이 무색하게 집안은 썰렁했다.

"정신 차려. 로건. 원래 이게 맞는 거잖아."

한 번 더 상관하지 않기로 마음먹고 침실로 숨어들었다. 샤워를 마치고 나온 로건은 침실 한가운데 우두커니 서 있었다. 젖은 머리에서 뚝뚝 떨어진 물방울이 침실 바닥에 자국을 만들어 내는 것을 굳은 눈으로 바라보고 있었다. 나가 봐야 하나. 분명 자신이 집에 들어온 것을 알 텐데 조용한 것이 이제는 불안으로 다가왔다.

"하……. 도토리, 진짜!"

물기가 남아있는 몸에 대충 옷을 걸치고 침실 밖으로 나갔다. 거실은 들어올 때와 달라진 점이 없었다.

"혹시 나간 건가?"

밤에 돌아다니지 말라고 그렇게 말했는데. 언뜻 벽에 걸린 시계를 확인한 로건의 얼굴이 험상궂어졌다. 더는 고민할 것도 없이 발걸음이 별채로 향했다.

"지오영!"

쾅쾅쾅! 거세게 문을 두드리고는 대답을 기다릴 여유도 없이 문을 열어젖혔다. 거칠어진 숨을 내뿜는 로건의 눈앞에 기운 없이 바닥에 처져 있는 오영이 있었다.

"언제 왔어요?"

"왜…… 이렇게 된 거야?"

"몰라."

순간, 희미한 목소리와 어울리지 않게 벌떡 일어난 오영은 발이 보이지도 않을 속도로 화장실에 들어가 버렸다. 들어간 지 얼마 되지도 않아 문이 열리더니 오영이 기어 나왔다.

"아이고, 나 죽네."

다시 바닥에 널브러진 오영은 기력이 쇠한 노인처럼 보였다. 땀에 흠뻑 젖은 머리카락이 하얗게 질린 얼굴에 들러 붙어 있었다. 물기에 젖은 입술은 뜨거운 숨을 쌕쌕 내뱉었다.

"어디 아픈 거야?"

"나 배탈 났어. 저녁부터 죽죽 뽑아내고 있어. 으으, 이제는 다리가 후들거려서 기어 다니는 것도 힘들어."

바닥에 누운 오영의 입에서 연신 앓는 소리가 새어 나왔다.

"도대체 뭘 먹었……!"

설마 도시락을 먹고 탈이 난 것인가? 로건은 오영의 앞에 주저앉아 체온을 확인했다.

원래 몸이 뜨거운 자신이 느끼기에도 오영의 체온은 심상치 않았다.

"어디가 어떤지 자세히 말해 봐."

"저녁부터 갑자기 명치가 답답하고 속이 막 긁는 것 같아서 소화제를 먹었거든. 아야, 아파!"

오영의 설명을 들으면서 로건은 그녀의 배 이곳저곳을 꾹꾹 눌러댔다.

"그러더니 계속 설사가 나와. 뚜껑이 열린 것 같아."

"지금 우스갯소리가 하고 싶어?"

로건은 이 와중에도 배시시 웃는 여자에게 짜증이 났다.

"신께서 휴가철이라고 비키니 입을 기회를 만들어 주시나 봐. 벌써 3킬로는 빠진 것 같아."

"도시락 먹고 이렇게 된 거지?"

"아이고!"

기어 다닐 힘도 없다고 칭얼거리던 여자는 초인적인 속도를 자랑하며 화장실로 뛰어 들어갔다.

* * *

"와, 나 오늘 진짜 호강한다."

손등에 꽂힌 바늘과 머리 위에 매달린 수액을 보는 오영의 얼굴에 싱글벙글 웃음이 맺혀 있었다. 체온계를 확인하는 로건의 표정이 여전히 좋지 않은 것과 대조적이었다.

"열이 아직도 꽤 높아. 내일은 쉬어야 하겠어."

"어……. 그러면 안 되는데. 요즘 휴가시즌이라서 인력 부족한데."

"지금 그게 문제야?"

"나 아픈데 자꾸 혼내고 그런다. 나쁜 의사 선생."

불쌍한 어조로 중얼거리는 오영의 소리에 로건은 조용히 한숨을 내쉬었다. 아무래도 자신이 사다 준 도시락이 사달인 것 같은데 오영은 아니라고 우겼다.

"그 한정식집 고소할 거야. 여름에 식자재 관리를 어떻게 했길래."

"여름에 이런 일은 흔하잖아. 배탈 좀 낫다고 고소하는 사람이 어디 있어?"

"배탈 좀? 지금 좀이라고 했어? 현재, 네 몸 상태가 어떤 줄 알면서도 그런 소리를 해?"

결국, 세균성 식중독과 장염의 합작이었다. 얼굴에는 몇 개 있지 않아 몰랐던 울긋불긋한 발진이 온몸을 뒤덮은 상태였다.

"먹다가 좀 이상하다 싶으면 뱉어야지. 평소에도 아무거나 집어먹더니 결국……."

"먹을 때는 잘 몰랐어."

아무래도 꼬막 무침이 문제였던 것 같다. 먹을 때 약간 톡 쏘는 맛을 느끼긴 했는데 이런 대형 사건을 일으킬 줄은 몰랐다.

"나도 이제 늙었나 봐. 상한 것 좀 먹었다고 병이 나다니. 믿을 수 없……."

로건이 날카롭게 노려보는 바람에 오영은 입을 다물었다. 좋은

마음으로 일부러 갖다 준 사람의 성의가 보람도 없이, 이런 일이
생긴 것이 미안하기만 했다.

"너 때문에 죽겠다. 정말."

"그러게 도우미로 들어와서 도움은 못 되고 미안해요."

"알면 앞으로 이상한 것 좀 먹지 마. 제발 유통기한에 신경 좀
쓰고."

로건은 풀 죽은 오영을 더 혼낼 수가 없어 수액 양을 조절하는
척하며 목소리를 누그러트렸다.

"나 이제 괜찮아. 이로건 씨도 이제 가서 주무셔. 어제도 밤새
웠다면서."

"내 일은 내가 알아서 해. 너나 자."

고개를 끄덕이며 이불을 목까지 끌어올리던 오영은 뭐가 좋은
지 키득거리기 시작했다. 한심한 눈으로 자신을 노려보는 로건을
생각해서 자중하려고 해도 자꾸만 웃음이 나왔다.

"좋아서 그래요. 웃음이 나는 걸 어떡해."

"좋아? 지금 이게 웃음이 나와?"

"나도 알아. 그런데 이상하게 기분이 좋아. 누가 나를 이렇게 걱
정해 주는 게 행복해. 이로건 씨가 지금 나 걱정하는 거 맞지?"

반쪽이 된 얼굴로 두 눈을 반짝반짝 빛내는 오영은 자신이 지금
얼마나 로건을 당황하게 했는지도 모르고 종알거렸다.

"나는 의사일 뿐이야."

메마른 음성의 끝이 가늘게 떨렸다.

"그런데 병원에서 보는 이로건 선생님은 이렇지 않았어. 환자한
테도 보호자한테도 쌀쌀맞잖아. 살려 줬으면 됐지. 뭐 그런 분위

기던데."

"어서 자라고 했다."

"지오영에게 친절한 이로건 선생님. 감사합니다."

"그런 말은 좀, 속으로 생각할 수 없어?"

"왜? 부끄러운 거야? 그래도 고마운 건 말 해야지."

오영은 로건의 무릎 위에 놓인 손을 붙들고 가볍게 흔들었다. 세균에 시달리느라 기력이 달리는지 로건의 손이 묵직하게 느껴졌다.

"너는……. 너무 겁이 없어."

잡힌 손을 냉정하게 털어 내고 방을 나서는 로건의 뒤에 오영의 잔소리가 꽂혔다.

"담배 좀 그만 피워요!"

밖으로 나오자마자 담배부터 꺼내 들었던 로건은 쓴 입맛을 다셨다. 마지막에 들어 버린 오영의 잔소리를 무시할 수 없었다. 내가 언제부터 남의 말을 이렇게 잘 들었다고. 실소가 터져 나왔다. 저 조막만 한 여자에게 휘둘리는 것이 어이없는데,

'기분이 좋아요!'

여자가 속없이 한 말처럼 그도 기분이…… 좋았다.

"제길!"

분명 집에 들어오면서 다짐했는데. 더는 마음의 지분을 내주지 않겠다고 단단히 별렀는데. 병원의 어떤 환자보다도 열심히 돌보고 있는 자신이 우스웠다. 비틀린 마음으로 담배에 불을 붙였다.

깊이 빨아들일수록 입이 쓰고 심란해지기만 했다.

"도토리……. 나한테 무슨 짓을 하고 있는 거야."

오영이 잠든 방의 불빛을 노려보는 로건의 눈에 원망이 가득했다.

* * *

간호사 스테이션에서 EMR(전자 의무 기록 시스템)을 열람 중인 로건에게 다가온 대양이 어깨를 툭 건드렸다.

"어젯밤에 ER(응급실)에 들렀다면서. 무슨 일 있었어?"

"도토리가 food poisoning(식중독), enteritis(장염)이었어."

"도토리가 뭔데?"

되묻는 대양의 말에 정신을 차린 로건이 대답을 정정했다.

"아, 지오영 씨."

"……."

자신을 빤히 바라보는 시선을 느낀 로건은 덤덤하게 이유를 덧붙였다.

"머리 모양이 꼭 도토리 같잖아. 그냥 속으로 생각한 게 밖으로 나왔을 뿐이야."

"누가 뭐래?"

굳이 설명을 늘어놓는 로건이라니. 확실히 달라졌다.

"그래서 오영 씨는 지금 어떤 상태인데. 혹시 출근했어?"

"아니. 오늘 하루 쉬라고 했어. 이번 기회에 아무거나 먹는 버릇을 고쳐야지."

"로건. 네 말투, 꼭 잔소리 많은 아버지 같아."

눈썹을 일그러트린 로건이 대양을 쏘아보았다.

"너 달라지고 있어. 알아?"

"헛소리."

"로건, 인생을 머리로만 생각하지 마. 네가 누구보다 의지가 강하다는 건 알지만, 운명은 의지대로 흘러가지 않거든."

대양은 큰마음을 먹고 로건에게 충고했다. 혼란스러워하는 그에게 확신을 주고 싶었다.

* * *

하얗게 바랜 오영의 얼굴에 식은땀이 송골송골 맺혀 있었다. 직원 휴게실로 들어오자마자 방바닥에 널브러지는 오영을 안쓰럽게 바라보며 여사님들이 한마디씩 보탰다.

"배탈이 크게 났다면서 하루 더 쉬지 그랬어."

"아무리 젊어도 몸은 챙겨가며 일해. 그렇게 벌어서 도대체 뭘 하려고 그래?"

"하루 결근하면 손해가 얼만데요. 저는 빨리 돈 모아야 해요."

오영은 별관 소아 병동을 담당하는 여사님이 따라 주는 시원한 물을 두 손으로 받으며 대답했다.

"독하다. 독해. 요즘 젊은 사람들 게으르다 어쩐다 떠드는데 내 보기엔 요즘 사람들이 더 열심히 사는 것 같아."

"맞아. 공부도 몇 배로 어렵게 하고 고생이 많아."

서둘러 점심 식사를 마친 여사님들은 남는 시간 동안 휴게실에 드러누워 TV를 보며 수다 떠는 낙을 즐겼다.

"어머나! 저 녀석 봐라. 저거 누구야? 신인이야? 얼굴은 고운데 몸이 아주 난리네. 제대로 성났어!"

마침 TV에는 요즘 가장 인기 있다는 젊은 연예인들을 인기 순위대로 보여주고 있었다. 여사님들이 감탄하는 남자 아이돌은 오영도 익히 아는 얼굴이었다. 정말 인기가 대단한지 굳이 TV를 보지 않아도 온갖 곳에서 볼 수 있었다.

"오영이도 저렇게 끝내주는 신랑감 만나야지. 우리는 이제 희망이 없으니까 오영이 보면서 대리만족해야겠다."

"저는, 저 사람 잘생긴 것 잘 모르겠던데요."

몸이 좋아도 로건이 더 건장했고, 저렇게 곱상한 얼굴은 오영의 취향이 아니었다. 너무 잘생긴 남자를 일상적으로 보고 살아서 그런지 아무런 감흥이 없었다.

"우리 오영이가 눈이 엄청 높네. 그래, 꿈은 크게 가져야지. 더 잘나고 돈도 잘 벌고 훌륭한 신랑 만나거라."

"그런 전천후 신랑감이 어디 있냐?"

"어딘가 있겠지. 참, 우리 병원에도 있잖아. 그 외과 병동에 살벌하게 잘생긴 선생."

외과 병동의 잘생긴 선생이란 말에 오영의 귀가 솔깃해졌다.

"아하, 누군지 알겠다. 그런데 사람들한테 평이 안 좋던데. 아주 싸가지를 밥 말아 먹었다고."

로건을 깎아내리는 소리를 듣고 기분 나쁜 건 오영 하나인 것 같았다. 여사님들 모두 자연스럽게 고개를 끄덕이고 있었다.

"아니에요. 이로건 선생님, 좋은 분이에요!"

갑자기 발끈하는 오영을 황당한 얼굴로 보던 여사님들이 동시에 왁자한 웃음을 터뜨렸다.

"어이구, 우리 오영이 취향이 거기 있었구나. 냉미남을 좋아했네."

"그래. 어차피 그림의 떡인데 싸가지가 있거나 말거나. 그냥 눈요기나 실컷 해."

안 그래도 동공이 닳도록 보는 사람인데, 뭘. 오영은 괜히 우쭐해졌다. 주변 사람들이 전부 잘났다고 인정하는 로건과 누구보다 친밀한 사이라는 것이 꽤 괜찮은 기분이었다.

* * *

로건의 연구실 앞에서 동태를 살피던 오영은 마침 그의 방에서 나오던 인턴과 부딪힐 뻔했다.

"죄송합니다."

서로 고개를 숙여 사과하고 가던 길을 가던 인턴이 오영을 불러 세웠다.

"지금 선생님 안 계세요."

"안 계셔도 상관없는데요. 청소하러 왔어요."

"아아."

인턴은 알겠다는 듯이 고개를 끄덕이고는 돌아섰다.

오영은 조심스럽게 문을 열고 들어갔다. 집에서와 마찬가지로 연구실은 깔끔하게 정리되어 있었다. 방으로 들어가자 병원 냄새와 다른, 과하지 않은 은근한 향이 맡아졌다. 로건의 침실에서도 나는 향인데 아마도 그가 사용하는 향수인 모양이었다.

"참, 깔끔한 남자야."

먼지 한 톨 없는 책상 위에 놓인 책이 각과 열을 맞춘 모습을 보며 오영은 혀를 내둘렀다. 심지어 노트 옆의 볼펜도 직선으로 반듯하게 놓여 있었다.

"피곤한 남자기도 하고. 누가 데려갈지 몰라도 맞춰서 살려면 참 피곤하겠다."

오영은 예쁜 초콜릿 상자와 개별 포장된 원두를 책상 위에 올려놓았다. 짙은 갈색 상자 위에는 앙증맞은 황금색 리본이 포인트로 얹혀 있었다.

"리본도 꼭 이나 씨처럼 귀엽네."

그냥 이대로 두고 가도 될까. 책상 위에 살포시 올려두기만 해달라는 이나의 부탁이 있었지만, 로건의 성격을 대충 아는 오영은 불안했다. 단 것을 별로 좋아하지 않는 로건이 출처 불명의 초콜릿을 스스럼없이 먹을 것 같지도 않았다. 누가 줬는지 모르게 해달라는 부탁을 받았으니 별다른 수가 있는 것도 아니었다. 하는 수 없이 미심쩍은 마음을 억누르며 연구실에서 나왔다.

* * *

오전 진료를 모두 마친 로건을 따라 들어온 수석 레지던트와 인턴이 차트를 보며 환자들의 상황을 보고했다.

"기세은 환자는 예후가 좋아 곧 퇴원해도 될 것 같습니다. 그리고 오후에 있을 담도암 수술에 PK(임상 실습 나온 의과생)들이 참관할 예정입니다."

"그래."

대충 고개를 끄덕이며 자리에 앉은 로건은 책상 위에 다소곳이 놓인 초콜릿 상자를 들어 올렸다. 누가 가져다 놓은 것인지 알 수 없었으나 흔히 있는 일이었고 로건이 가장 하찮게 여기는 상황이었다.

"그거 덴마크 왕실에서 먹는다는 유명한 초콜릿이네요. 피곤할 때 하나씩 드시면 되겠습니다."

윤수가 씨익 웃으며 아는 척을 했지만 로건의 얼음장 같은 무표정은 여전했다. 커피까지 한꺼번에 묶어서 윤수에게 건네는 손길이 무심했다.

"의국에 가져가서 너희들이나 먹어라."

"감사합니다!"

"어······? 그거."

넙죽 받아 챙기는 윤수의 뒤에 서 있던 인턴이 머뭇거리며 초콜릿 상자를 가리켰다.

"왜. 할 말 있어?"

"그게, 그러니까······."

막상 말을 하려던 인턴은 로건의 기에 눌려 입술을 버벅거렸다.

"뭔데?"

"아까, 그러니까 약 한 시간 전쯤에 청소하시는 분이 가져다 놓은 것 같은데요. 젊은 여자 분이요."

인턴은 말을 더듬지 않기 위해 빠른 속도로 말을 쏟아내고는 숨을 몰아쉬었다. 윤수는 인턴의 말을 곱씹으며 고개를 옆으로 기울였다.

"청소, 젊은? 아…… 그 머리 짧고 귀여운."

병원에서 미화 일을 하는 사람은 대체로 중년 이상의 아주머니들이었다. 그러다 보니 젊은 오영은 당연히 눈에 띄었고 유난히 열심히 청소하는 사람으로 유명하기도 했다.

머리 짧고 귀엽게 생긴 청소하는 여자 분이라. 피식 웃음을 흘린 로건이 긴 팔을 뻗어 손을 내밀었다.

"가져와."

"예?"

"초콜릿, 커피. 다시 내놓으라고."

"아, 예……."

윤수는 야무지게 챙겼던 초콜릿 상자와 커피를 원위치로 가져다 놓았다.

"나가 봐."

"네. 그럼 저희는 들어가 보겠습니다!"

로건은 우렁차게 인사하는 두 사람에게 고개를 끄덕여 주었다.

지오영. 뭐, 이런 걸 다.

로건은 며칠 오영이 아팠던 동안 신경을 좀 써준 것에 대한 보답으로 받아들였다. 상자 위의 리본을 검지로 지분거리기만 할 뿐 뜯지 않았다.

"도토리, 기특하네."

주변을 둘러보던 로건은 책장 한쪽, 해가 들지 않는 곳에 초콜릿 상자를 올려두었다. 그리고 커피를 내리기 위해 전기 주전자의 스위치를 눌렀다. 물이 끓는 동안 벽에 걸린 히포크라테스 선서를 중얼거렸다. 평소와 다르게 자꾸만 집중이 흐트러져 몇 번이나 처음부터 다시 외워야 했다.

* * *

차고지에서 나와 걷던 로건은 화단 앞에 쪼그리고 앉아있는 오영을 발견했다. 무어라 속닥거리는 모양새가 이상해 발소리를 죽이며 가까이 다가갔다.

"이야, 너희 참 왕성하다. 어쩜 이렇게 쑥쑥 잘 자라니? 내가 맛있게 먹어 주겠어."

풀포기와 대화하는 오영의 옆에 놓인 바구니에는 바질 잎이 수북하게 쌓여 있었다.

"지오영, 지금 잎사귀하고 얘기하는 거야?"

"엉? 이로건 씨, 언제 왔어?"

로건을 발견한 오영이 반가운 웃음을 드러내며 자리에서 벌떡 일어났다. 그녀의 움직임을 따라 싱그러운 바질 향이 사방으로 번졌다.

"뭐 하고 있던 거야?"

"바질이 너무 무성하게 자라서 이파리 좀 솎아냈어. 샐러드에도 넣고 바질 페스토도 만들어 두고 하려고."

"진짜 잘 자랐네. 줄기도 굵어졌고. 신기하다."

그리고 보니 로건의 화단은 그 어느 때보다 화려하고 풍성해져 있었다. 오영이 계획한 대로 갖가지 꽃들이 때를 맞춰 쉬지 않고 피었고 잎사귀의 짙은 녹색이 건강해 보였다. 텃밭을 만들고 싶다고 하더니 상추를 비롯한 각종 허브 잎들도 무성하게 자라고 있었다.

"농부네. 농부. 짧은 시간에 이렇게 잘 키우다니."

"그치. 나 이런 쪽에 소질 있는 것 같아. 빨리 돈 많이 모아서 시골로 내려가고 싶어."

평소에도 오영은 돈을 많이 모아야 한다는 소리를 자주 했었다. 그렇게 돈이 많이 필요한 이유를 처음 들은 로건의 표정이 어두워졌다.

"돈, 많이 모으면 시골로 간다고?"

"응. 내 목표야. 땅 사서 크고 예쁜 집 짓는 것. 텃밭도 일구고 과일나무도 심을 거야."

"돈을 얼마나 모아야 하는데?"

로건의 태도가 사뭇 진지해진 것도 모르고 오영은 눈매를 찡그리며 생각을 더듬었다.

"땅도 사고 집도 짓고……. 이것저것 해서 2억? 3억?"

겨우 그만큼만 모으면 떠날 수 있다는 건가. 로건은 무거워진 기분을 한숨으로 날리며 중얼거렸다.

"그럼, 금방 일을 그만두겠군."

"응?"

"그 정도면 금방 모으겠어."

"무슨 소리야. 아직 한참인데. 10년이나 걸리면 다행이게."

"아, 그래? 그렇게 오래 걸리나?"

"칫! 돈 많다고 자랑하는 거야 뭐야. 보통 사람들은 1억 모으기도 죽을 만큼 힘들거든요!"

뿌루퉁해진 오영이 발소리를 울리며 로건을 지나쳤다. 어느새 안정을 찾은 로건은 새침한 오영의 뒤 꼭지를 쳐다보며 따라 걸었다.

"참, 오늘 초콜릿하고 커피 잘 먹었어."

"으악!"

갑자기 허공에 대고 외마디 소리를 지른 오영이 걸음을 멈췄다. 돌아서서 로건을 쳐다보는 오영은 낭패감에 휩싸인 얼굴이었다.

"왜 이래? 또."

"그거, 내가 갖다 놓은 것 어떻게 알았어? 혹시 연구실에 CCTV라도 있어?"

도토리, 부끄러워하기는. 로건은 울상으로 구겨진 오영의 얼굴이 괜스레 귀엽게 느껴졌다.

"호들갑은. 하여튼 잘 먹었어. 뭘 그렇게 비싼 걸 샀어. 돈도 많이 모아야 한다면서."

"하……. 내가 들을 소리가 아닌데. 이로건 씨, 있잖아."

오영은 기분 좋아 보이는 로건의 감사 인사가 양심에 찔려 견딜 수가 없었다. 로건 역시 머뭇거리는 오영이 어딘가 이상하다는 것을 눈치챘다.

"왜? 또 무슨 사고 쳤어? 못 먹는 거야? 아, 유통기한!"

오영은 험상궂어진 로건에게 급히 손사래를 쳤다.

"아니. 그런 건 아니고. 사실, 그거 내가 준 게 아니라서. 나한테 고마워하면 안 되거든."

"뭐? 네가 아니야? 그럼 누가 준 건데."

날도 어두워졌는데 로건의 음산해진 목소리까지 더해지자 오영은 자신도 모르게 진저리를 쳤다.

"그건⋯⋯. 말할 수 없어."

"내일 당장, 도로 가져가."

로건은 삼복더위가 무색할 만큼 찬바람을 일으키며 본채로 들어가 버렸다.

"아니, 맛있었으면 됐지. 왜 저래? 하여튼 성격이 너무 역동적이야."

로건이 지나치게 정색하는 이유를 모르는 오영은 입술을 삐죽거리며 집주인의 성격 탓만 했다. 방금 곁을 지나간 로건의 기분은 무척 좋지 않았다. 다른 사람은 몰라도 오영은 이제 그의 표정을 보면 알 수 있었다. 서릿바람을 일으키며 멀어진 사람은 미웠지만, 쭉 뻗은 뒷모습은 왜 저리 보기 좋은지. 뒤통수도 잘생긴 남자를 쳐다보느라 얼을 놓았던 오영이 빠르게 고개를 털었다.

"겉모습에 현혹되면 안 되지. 내가 뭘 어쨌다고 저래 진짜? 아우, 꼴 보기 싫어라."

* * *

신경질을 실어서 바닥에 기름걸레질하는 오영의 에너지가 오늘따라 폭발적이었다. 지나가던 병원 관계자들은 열심히 일하는 오영을 보며 남다른 성실함을 칭찬했다.

일부러 로건의 연구실 주변을 얼쩡거리며 난간 손잡이에 광을 내던 오영은 더는 참을 수 없었다. 그가 자신에게 화난 이유를 알고 싶었다. 그래야 같은 잘못을 하지 않을 테고 동거 생활도 껄끄럽지 않을 테니. 을 주제에 갑의 마음도 모르고 투덜거리는 것은, 그다지 효율적이지 않은 일이라고 판단했다. 무엇보다 로건은 기분이 좋으면 오영의 급여 통장에 말도 안 되는 액수를 보너스로 꽂아 주는 갑이지 않은가.

오영은 땀에 젖은 앞머리를 손가락으로 쓱쓱 빗어 넘기고 마음을 가라앉힌 후 연구실 문을 두드렸다. 분명 안에 사람이 있는 것을 아는데 기척이 없었다. 빼꼼히 문을 열고 들여다보니 이어폰을 끼고 눈을 감은 로건이 보였다. 쭈뼛거리며 들어가 로건의 책상 앞에 섰다.

"자요?"

솜씨 좋게 깎은 조각상 같은 남자는 미동도 하지 않았다. 이어폰 너머로 새어 나오는 음악 소리로 보아 볼륨을 꽤 올려놓은 것 같았다.

"어휴, 저러다 귀먹겠네. 자냐고요!"

주먹으로 책상을 두드리자 진동을 느낀 로건이 슬며시 눈을 떴다. 새까맣게 짙어진 눈동자를 본 오영은 순간 온몸에 퍼지는 소름을 느꼈다. 평소와 다른 분위기가 왠지 모르게 위협적이었다.

"뭐야."

"아, 음……. 그게요."

자신도 모르게 존대가 나왔다. 이토록 이질적인 분위기의 로건은 처음이었다. 끔찍한 일이 있던 그 날도, 그의 집에서 면접을 보던 날도 이렇게까지 험악한 느낌이 들지 않았었다. 피로에 전 한숨을 내쉬며 로건은 다시 눈을 감았다. 잠시 후 마른세수를 하더니 표정을 가다듬고 오영을 마주했다.

"무슨 일인데."

이제야 평소의 로건으로 돌아온 것 같았다. 조금 전의 그 기묘한 분위기는 뭘까. 오영은 뻣뻣하게 선 채로 생각에 잠겨 로건의 목소리도 알아듣지 못했다.

"이봐, 도토리."

커다란 손바닥을 펼친 로건이 그녀의 얼굴 앞에서 휘두르고 나서야 오영의 의식이 돌아왔다. 다짜고짜 생각나는 대로 말을 꺼냈다.

"나한테 왜 그래요?"

"갑자기 왜 존대야."

"이로건 씨가 너무 무섭게 쳐다봐서 겁먹었어."

로건은 자신이 느낀 대로 솔직하게 답하는 오영을 빤히 쳐다보았다. 체념하는 듯한 실소를 짓고는 물었다.

"많이 무서웠나."

"응. 지금까지 본 중에 제일 이상하고 무서워서 다른 사람을 본 것 같았어."

"그게⋯⋯."

잠시 말을 끊고 웃는 로건의 얼굴이 어쩐지 우는 것처럼 보였다.

"그게 진짜 나일 거야."

"그게 진짜 이로건 씨라고? 그런데 왜 그렇게 불쌍하게 말해?"

"무섭다더니."

"방금은 불쌍했어. 안아줄 뻔했네."

"그런 말, 아무렇지도 않게 하는 것 아니야."

여동생을 타이르는 것처럼 로건의 말투가 부드러워져 있었다. 오영은 자신이 무섭다고 하는 말에 그가 신경 써서 대꾸하는 것을 느꼈고, 그것이 새삼 고마웠다.

"응? 그게 무슨 말이야?"

"꼬리 치는 거로 들려. 주제 파악 못 하는 놈들이 들으면 충분히 오해 살 말이야."

"내가 이로건 씨를 꼬시는 거로 들렸다고? 푸하!"

"왜 웃어."

"말도 안 되잖아. 나는 말이죠. 내 주제를 너무 잘 알아요. 이로건 씨는 무려 '사짜'가 들어가는 직업이잖아."

"그게 뭐야."

"모르는 거야? 직업에 '사'가 들어가는 남자는 아무나하고 사귀거나 결혼하지 않아."

미간을 좁히고 오영을 바라보는 로건의 표정은 어려운 수학 문제를 앞에 둔 학생 같았다.

"의사, 검사, 변호사 뭐 그런 직업들 말이야."

"그게 뭐. 너도 직업에 '사'자 들어가."

"내가?"

"집사. 넌 우리 집 집사야."

"나 언제 승진했대?"

피식 웃은 로건이 허리를 쭉 뻗어서 오영에게 바짝 다가갔다. 손을 들어 무방비상태인 오영의 이마에 딱밤을 튕기며 대답했다.

"지금."

"아얏!"

금세 빨갛게 부푸는 이마를 문지르며 오영이 원망스럽게 노려봤다.

"아프잖아!"

"아프라고 때리는 거야. 그리고 아무 사람한테나 부탁받고 심부름하지 마. 질색이야."

"아무 사람 아니야. 그리고 좋은 뜻으로 선물한 건데 왜 그렇게 날카롭게 굴어."

"좋은 뜻이 뭔데. 무슨 뜻으로 나한테 초콜릿을 준 건데. 자세히 말해 봐, 도토리."

수줍게 몸을 꼬며 절대 비밀이라고 했던 이나를 생각하며 오영은 고개를 저었다. 자신이 보기에 정말 좋은 사람인 이나가 로건과 잘 되길 바라지만, 섣불리 입을 열 수 없었다.

"나 좋아한대?"

"으억! 어떻게 알았지?"

누가 준 것인지 몰라도 지금, 이 순간 로건은 소스라치게 놀라며 눈을 부라리는 오영이 더 귀여웠다.

"뻔하지. 나한테 초콜릿 주면서 입단속 부탁한 게 남자일 리도 없고. 자주 있는 일이야."

"왜 그런 편견을 갖고 그래? 사랑에 한계란 없다고."

"설마 남자야?"

갑자기 로건의 분위기가 험악해졌다. 머리 좋은 사람이라 바로 이나를 알아낼까 봐 두려워서 대충 둘러댔을 뿐인데 너무 예민하게 반응했다.

어두운 아우라에 놀라 뒤로 주춤하던 오영은 그가 '남자'라는 것에 질색하는 것을 눈치챘다. 어젯밤부터 기분 좋지 않은 로건 때문에 노심초사했던 설움을 갚아줄 기회였다.

"미안해. 이로건 씨, 정말 비밀이야. 하지만 21세기에 그런 좁은 소견은 옳지 않아. 넓은 마음으로 타인의 사랑을 받아들이도록 해봐. 로건은 '사'자 직업이면서도 조건에 연연하지 않는 대인배잖아."

야금야금 약을 올리며 출입구 쪽으로 뒷걸음치는 오영을 노려보던 로건이 분을 참지 못하고 사납게 불러 세웠다.

"지오영!"

얼렁뚱땅 넘어갈 생각이 아닌 로건과 달리 오영은 천연덕스러웠다.

"안녕. 오늘 저녁은 중화풍의 상하이 볶음밥이에요. 물론 스테이크도 블루 레어로 구울 거고요."

마침 연구실을 노크하는 소리가 들렸다. 오영이 문을 열자 여러 번 봐서 낯이 익은 윤수가 하얗게 질린 얼굴로 서 있었다.

"선생님, 화나셨습니까?"

방금 로건이 포효하는 소리를 들은 것이 분명한데 생글거리는 오영을 본 윤수는 혼란스러워 보였다.

"네. 조금 있다가 오세요."

오영은 급히 문을 닫으며 윤수를 밖으로 밀어냈다.

"혹시 급한 일이세요? 그럼 5분 있다 들어가세요."

"아니요. 오전에 까다로운 수술을 하셔서 컨디션이 괜찮으신가 뵈러 왔어요."

"괜찮아 보이던데요."

"네. 간혹 수술 전후로 유난히 예민할 때가 있는 분이라. 오늘도 역시 분위기가 별로였는데 평소와 좀 달라서요."

"이로건 선생님을 엄청나게 챙기시나 봐요."

겉보기에 유약해 보이는 윤수는 의외로 강심장이었나 보다. 다들 로건을 피한다는 사실을 오영도 알고 있었다. 그에게 전할 사항이 있으면 서로 피하느라 제비뽑기나 가위바위보를 하는 것을 본 게 한두 번이 아니었다. 그런데 일부러 로건을 살피러 왔다니. 오대양 선생과 이나를 빼고도 그를 신경 쓰는 사람이 또 있다는 것이 신기했다.

"무섭긴 한데 어이없는 트집을 잡거나 하진 않으니까요. 어쩌면 제일 편한 선생님일지도 모르죠."

"그렇구나."

"그런데 우리 선생님하고 잘 아는, 아니 친한 사이십니까?"

"저요?"

그제야 오영은 아차 싶었다. 주임을 비롯한 몇몇 사람들이 로건의 집에서 도우미로 일하는 것을 알긴 했지만 떠벌려서 좋을 건 없었다.

"그럴 리가 없죠. 제가 어떻게 태산대 병원 선생님하고. 그냥 연구실 청소 담당일 뿐이에요. 안녕히 가세요."

의혹 가득한 눈초리로 자신을 보는 윤수를 남겨둔 오영은 빠르게 걸음을 옮겼다. 그런 오영을 끈질기게 바라보던 윤수는 가운에 있는 명찰을 문지르며 중얼거렸다.

"아니, 통성명이라도 하고 가시지. 분명 선생님하고 각별하신 것 같은데."

문밖으로 '지오영!' 하고 외치는 소리가 생생하게 들렸었다.

"지오영 씨도 아니고, 이봐요도 아니었단 말이지. 분명 남녀 간의 뭔가, 그런 느낌인데……."

사회적 지위에 대한 편견 없는 한 사람이 여기 또 있었다.

* * *

버스에서 내린 오영은 자꾸만 눈을 찌르는 앞머리를 쓸어 올려야 하는 것이 귀찮았다. 마음먹고 머리를 길러볼까 했는데 여간 불편하고 신경 쓰이는 것이 아니었다. 아무래도 미용실에 가서 잘라야 하나 고민하던 차에 화려한 간판을 단 알록달록한 잡화점이 보였다. 입구에서부터 세일 중인 갖가지 액세서리들이 눈길을 끌었다.

"와, 예쁜 거 많다. 역시나 비싸고 말이지."

쩝, 하고 입맛을 다신 오영의 눈길이 신중했다. 한참 매대를 살펴보던 오영은 저렴하면서도 무난해 보이는 머리핀을 집어서 머리에 대 보았다. 앞머리를 옆으로 붙이고 핀을 대 보던 오영은 거울 속에 비친 사람의 모습에 놀라 비명을 질렀다.

"으아!"

"어, 미안해요. 놀랐어요?"

"네. 완전히 놀랐어요. 뭐에요. 갑자기."

오영은 놀란 가슴을 손으로 누르며 속없이 웃는 동훈을 흘겨봤다.

"마침 지나는데 오영 씨가 보여서요. 핀 사려고요? 그것보다 이게 더 예뻐요."

"알아요. 그건 비싸잖아요."

"그래도 이왕이면 예쁜 게 좋잖아요."

"조만간 머리 자를 거예요. 잠깐 하고 말 건데 아깝게 왜 돈을 쓰겠어요."

"자르지 마세요. 머리 길면 예쁠 것 같아요."

"아, 예. 감사합니다."

성의 없이 대답하면서 값을 치른 오영은 거울을 보며 대충 머리를 정돈하고는 앞머리에 핀을 꽂았다. 짱구처럼 튀어나온 이마에 희미하게 붉은 자국이 남아 있었다.

"힘세고 나쁜 놈."

오영은 로건이 딱밤 놓은 자리를 문지르며 잡화점을 나섰다. 아무래도 동훈이 뒤에서 따라오는 것 같아 신경이 쓰였지만, 가는 방향이 같은 사람에게 뭐라 할 수도 없었다. 한참을 걸어 동훈이 운영하는 〈대로 농수산 마트〉가 보이자 오영의 마음이 편안해졌다. 드디어 불편한 뒤통수가 홀가분해질 시간이었다.

"오영 씨!"

붙임성 좋은 동훈이 그냥 돌려보내지 않을 것을 예상했는데 역시나. 오영은 예의 바른 미소를 띠고 동훈에게 꾸벅 고개를 숙였다.

"네. 안녕히 계세요."

"아니. 그게 아니고요."

부끄럼타는 사람처럼 쭈뼛거리던 동훈이 반짝이는 투명 비닐에 담긴 무언가를 내밀었다.

"어……. 이거, 저 주시는 거예요?"

"예. 잘 어울리잖아요. 하루를 해도 예쁘게 하세요."

하늘빛 큐빅이 맑게 반짝이는 머리핀을 오영의 손에 쥐여 준 동훈이 발 빠르게 멀어졌다.

"그럼, 안녕히 가세요!"

크게 팔을 저어 밝게 인사하는 동훈을 보는 오영의 마음이 불편했다. 착한 사람인데 로건이 싫어한다는 이유로 자신까지 날을 세우고 대한 것 같아 미안했다. 손바닥 위에서 빛나는 머리핀을 슬며시 머리에 가져다 대 보았다. 하루를 해도 예쁘게 하라는 말이 어쩐지 기분 좋아 슬며시 웃음이 비어져 나왔다.

4. 엄연한 경계선

"식사 준비 완료!"

쾌활을 넘어 요란한 오영의 목소리를 듣고 나온 로건은 휑한 식탁을 보고 인상을 굳혔다. 한 사람 몫의 식사만 덩그러니 놓인 것이 그의 심기를 거슬렸다.

"너는."

"나는 오늘 모처럼 외식을 하려고."

"또 국밥?"

오영은 방실방실 웃는 얼굴로 고개를 끄덕였다. 늦은 시간에 발그레한 얼굴로 흥얼거리고 들어올 오영을 생각하는 로건의 골이 지끈거렸다. 워낙 표정 변화가 없는 로건이다 보니 그 속내를 알 리 없는 오영은 마냥 해맑았다.

"가만 보면 너는 야행성인 것 같아."

"아니야. 그렇게 늦게 오는 것도 아니잖아. 열 시 전에 들어오는 데……. 가만, 내가 왜 이렇게 변명해야 하는 거야?"

지갑을 옆구리에 낀 오영이 툴툴거렸다. 밤 외출에 예민한 집주인의 눈치를 자연스럽게 보고 있는 상황이 불만스러웠다.

"먹고 그대로 놔둬요. 싱크대에 둘 필요도 없이. 내가 다 치울게."

요즘 오영이 잠시 자리를 비우면 그렇게 집안일을 해대는 로건이었다. 일자리를 잃을지도 모른다는 위기를 느낀 오영은 여러 번 그냥 놔둘 것을 강조한 후에야 집을 나섰다.

로건 혼자 남은 식탁이 유난히 조용했다. 원래 홀로, 조용히 지내는 것을 좋아하는 로건은 스테이크를 맛없게 질겅거렸다.

"조용한 것 좋지."

어디서 배운 레시피인지 제대로 불맛을 낸 중화풍의 상하이 볶음밥을 파헤치듯 퍼먹으며 또 중얼거렸다.

"적막한 걸 좋아하지는 않아."

우물우물 씹던 속도가 느릿해졌다. 생각에 잠긴 눈동자가 갈등하던 것도 잠시 결심을 굳힌 로건이 자리에서 일어났다. 머그잔에 가득 든 물을 단숨에 마시고 보무당당하게 집을 뛰쳐나갔다.

* * *

오영은 주문한 선지해장국을 기다리면서 식당 한쪽 벽을 차지한 TV에 정신이 팔렸다. 요즘 빠져있는 드라마가 클라이막스에 다다르고 있었다. 뻔하디 뻔한 스토리라고 비아냥거리는 로건이 없으니 몰입이 더 잘되었다. 젓가락을 입에 물고 화면 속으로 빨려 들어갈 기세인 오영 앞에 커다란 그림자가 졌다.

"식사하러 오셨어요?"

생각지도 못한 동훈의 등장에 놀란 오영이 어버버하며 그에게 인사했다.

"뭐 드세요? 여기 처음이세요?"

"아뇨. 가끔 와요. 오늘은 선지해장국 시켰어요."

"여기 맛있죠. 아주머니, 여기 콩나물 하나요!"

아무렇지도 않게 합석해 버린 동훈을 말리지 못한 오영의 표정이 미적지근했다. 자주 마주치고 인사한 덕분에 친근해졌지만, 함께 밥을 먹을 만큼은 아닌데. 이 남자의 들이댐이 부담스럽기만 했다. 친해지려고 노력하는 동훈이 고마우면서도 이상하게 어색했다. 웬만하면 스스럼없이 친해지는 성격인데 왜 그럴까.

"오영 씨, 머리."

동훈이 자신의 앞머리를 옆으로 붙이며 싱글거렸다. 이마를 드러내고 동훈에게 받은 머리핀을 꽂은 오영이 보기 좋았는지 바라보는 눈빛이 흐뭇했다.

"핀 고마워요. 볼수록 예뻐요."

"오영 씨가 해서 예쁜 거예요."

으윽. 오영은 발바닥부터 타고 올라오는 이상한 간지러움에 입매를 일그러트렸다. 내장까지 근질근질한 것이 견디기 힘들었다.

남자. 아, 그렇구나. 이 사람이 남자라서 그랬구나. 차라리 여자였다면 금세 친해졌을 텐데. 그런 생각을 하니 아쉬웠다.

김이 펄펄 끓는 뚝배기가 테이블에 도착했다. 오영은 갑자기 나타난 동훈 때문에 드라마 내용이 홀랑 지나간 것이 아쉬웠다. 재방송을 기약하며 먹는 데 열중하기로 했다.

"지오영."

아까 동훈이 나타났을 때보다 훨씬 크고 긴 그림자가 오영의 전신을 덮더니 익숙한 소리가 들렸다. 낮게 깔리는 무겁고 차가운 목소리를 듣는 순간 안도가 밀려왔다.

"이로건 씨!"

들으면서도 믿어지지 않았다. 여기에 나타날 리 없는 사람이니까.

"여기는 웬일이에요?"

호들갑스럽게 반기는 오영의 옆에 스스럼없이 앉은 로건이 식당을 두리번거렸다. 벽에 붙은 메뉴를 봤지만 뭘 주문해야 좋을지 감이 오지 않았다.

"나, 뭐 먹어야 해?"

"응? 글쎄……. 뭐가 좋을까? 근데 밥을 안 먹고 나온 거예요?"

로건은 아무 대답도 하지 않고 무뚝뚝하게 앉아 있었다. 앞에 앉은 동훈을 아주 빤히 쳐다보면서.

"여기는 내장탕이 별론데. 이로건 씨는 고기 좋아하니까……."

"그냥 네가 먹는 거로 시켜."

"입에 맞을지 모르겠네……. 아주머니! 여기, 선지 하나 추가요."

두 사람이 주고받는 대화를 듣는 동훈의 표정에 궁금증이 가득했다. 고용주와 고용인으로 보기에는 지나치게 사적인 분위기였다. 좋게 봐서 친구 같은 사이. 그러나 마치 자신을 노려보는 것 같은 검고 예리한 눈동자에서 다른 낌새를 느꼈다. 설마 도우미를 좋아해? 위협적인 분위기에 잠시 당황했던 동훈이 비웃음 같은 실소를 지었다.

여유롭게 동훈을 응시하던 로건의 표정이 살벌하게 얼어붙었다. 두 남자가 말없이 다투고 있는 것도 모르고 오영은 밝은 목소리로 냈다.

"두 분, 얼굴은 아는 사이죠? 한 동네 주민이잖아요. 오늘 정식으로 인사하세요."

손쉽게 가면을 벗듯 실소를 지운 동훈은 예의 바르고 성실한 청년으로 돌아가 있었다.

"안녕하세요. 대로 마트를 운영하는 한동훈입니다."

"……."

로건은 대꾸하지 않았다. 서글서글하게 자기소개를 하는 동훈을 가소롭다는 듯이 바라볼 뿐이었다.

중간에 낀 오영만 난처했다. 까탈 맞은 로건이 뭣 때문에 기분이 별로인지 알 수가 없었다. 그러게 이런 데는 왜 들어와서는. 기껏 해준 저녁은 어째서 안 먹고 튀어나왔는지 집에 가면서 따져 물을 생각이었다.

"죄송해요."

동훈은 하는 수 없이 로건을 대신해서 사과하는 오영에게 고개를 끄덕였다. 로건의 앞에도 펄펄 끓는 뚝배기가 놓였다. 오영을 따라 수저질하는 로건의 먹는 모양이 시원치 않았다.

"억지로 드시는 것 같네요. 어른들이 싫어하지 않아요? 보통 어른들은 사윗감의 입이 짧으면 무척 싫어하죠."

오영의 귀에 동훈의 말이 무례하게 들렸다. 슬그머니 로건의 눈치를 살피니 피식거리기만 할 뿐 우아한 수저질은 차분하게 이어지고 있었다. 먹성 좋은 오영도 이런 분위기에서 밥을 먹는 것이 힘들었다. 체하기 안성맞춤인 기류에 숨이 막힐 것 같았다. 그녀답지 않게 내용물만 휘젓는 오영을 보던 로건이 먼저 수저를 내려놓았다.

"머리. 이제 그렇게 하기로 한 거야?"

낮에도 머리를 넘기고 있던 것을 기억한 로건이 드러난 오영의 이마를 가리켰다.

"머리? 아……. 앞머리가 자라서 자꾸 눈을 찔러서요. 미용실에 가서 자를까, 계속 기를까 고민 중이에요."

"왜 또 존대야. 이 사람 때문이야?"

로건이 턱짓으로 앞에 앉은 동훈을 가리켰다. 오늘 천하제일 무례함 대회라도 열리는 날인가. 이 남자들이 왜 이렇게 서로 못 잡아먹어 난리인가. 아니지, 나를 못 잡아먹어서 난리인 건가? 불편함에 자리를 뜨고 싶은 오영의 속내를 모르는 동훈이 살갑게 굴었다.

"오영 씨, 머리 기르세요. 아까도 말했지만, 기르면 정말 예쁠 것 같아요."

"기르든 자르든 네 마음대로 해. 뭘 해도 못생겼어."

동시에 제 할 말을 쏟아내는 남자들의 목소리가 식당에 울렸다. 손님들의 시선을 한몸에 받은 오영의 얼굴이 선지해장국보다 더 얼큰하게 달아올랐다.

"두 사람 다 조용히 해요. 사람들이 쳐다보잖아요."

이상하게도 듣기 좋은 말을 하는 동훈보다 못생겼다고 타박하는 로건의 말이 더 따뜻하게 들렸다. 아무래도 무시와 조롱에 너무 노출된 삶을 살아온 것이 아닌가, 오영은 잠시 회고의 시간을 갖게 되었다.

"삭발하든, 가발을 쓰든 제 마음이에요. 두 분 다 신경 꺼 주세요."

"알았어."

쏘아붙이는 오영의 말에 로건은 의외로 고분고분하게 답했다. 그러나 동훈은 민망한 말을 주저 없이 이어나갔다.

"지금 머리핀 꽂은 것도 예쁘잖아요. 오영 씨는 여성스러운 게 잘 어울려요. 긴 머리한 모습 보고 싶어요."

"도토리가 뭘 하든 내버려 둬. 당신이 이래라저래라 할 권리 없어."

"사람의 장점을 일러주는 것도 중요합니다."

"지오영은 뭘 해도……."

사납게 대꾸하던 로건이 갑자기 말을 멈췄다. 또 싸움이 시작되는 분위기에 어질어질하던 오영은 인내해 주는 로건이 역시 어른이구나 싶었다. 팔이 안으로 굽는 건지 몰라도 오영은 동훈이 과묵한 로건을 살살 긁는다고 생각했다.

"흠……. 머리핀 선물이 좀 부담스러우려고 하네요."

"선물? 누가?"

로건이 정색하며 재차 물었다.

"이 자가?"

"네. 오늘 제가 사드렸어요."

로건은 저녁부터 오영의 머리에서 반짝거리던 푸른 알갱이를 낱낱이 해체할 기세로 쳐다봤다. 나름 잘 어울린다고 생각했던 머리핀은 자세히 보니 조악하기 이를 데 없었다.

"별로야. 하지 마."

"예뻐요. 오영 씨."

불쾌함을 간신히 억누르는 것 같은 동훈의 눈치를 살피며 오영이 조용히 속삭였다.

"원래 이분은 저만 보면 못생겼다고 해요. 머리핀 보고 하는 말이 아니에요. 너무 마음에 두지 마세요."

감히 몸을 저 남자를 향해 기울이고 귓속말을 한다. 로건은 두 남녀가 가까워진 상태로 속닥거리는 꼴을 더는 두고 볼 수 없었다. 의자를 끄는 소리가 요란하게 울리자 오영의 말도 끊어졌다.

"가려고요?"

"가야지. 늦었어."

로건의 한쪽 눈썹이 실룩거렸다. 그러니까 지오영 너도 당장 일어나라는 사인이었다. 용케 알아들은 오영이 자리에서 일어났다.

"이거 어쩌죠. 저희는 이만 들어가 봐야 해요. 이상하게도 저희 집주인은 통금이 있어서요. 맛있게 드시고 가세요."

어이없이 바라보는 동훈을 남겨두고 두 사람은 해장국집을 빠져나왔다. 국밥집을 나설 때만 해도 성난 망아지 같던 로건은 어느새 느긋해져 있었다. 아직 무더위가 남았지만, 입추와 말복이 모두 지난 밤공기는 제법 걸을 만했다.

"나 머리 이상했어? 그럼 좀 말해 주지. 아무래도 내일 잘라야겠다."

"머리가 이상한 것 아니야. 머리핀이 이상하지."

"이거 비싼 건데."

"비싸다고 다 이쁜가? 안목하고는."

"그런데 왜 밥도 안 먹고 나왔어? 원래 그런 음식 싫어하잖아."

"술 마시고 늦게 다니다 사고 나면……. 고용주가 곤란하니까."

"뭐야. 겨우 그런 이유야? 하여튼 걱정이 너무 많다니까."

성실히 걷기만 하는 로건을 따르던 오영이 머리를 긁적이며 말을 꺼냈다.

"슈퍼 주인 말이야."

"……."

"이상하게 불편해. 친절하고 좋은 사람인 건 알겠는데 꺼려진달까."

"그러니까 친하게 지내지 마."

"응. 자꾸 남자로 들이대는 것 같아서 부담스럽다는 걸 깨달았어. 나는 그런 게 익숙하지 않아."

"……."

"그게 좀……. 싫더라고."

로건은 오영이 털어놓는 속마음을 듣기만 했다.

"이로건 씨가 더 까칠한 사람인데. 나는 그게 더 편해. 나 혹시 변태인가?"

그 남자는 부담스럽고, 까칠한 이로건은 편안하다. 칭찬 같지도 않은 말을 듣던 로건이 턱을 쓸며 고개를 돌렸다. 까마득히 뜬 달을 보며 입술을 깨물 듯이 잠갔다. 방심했다가 웃음소리라도 새어 나오면 민망할 듯하니.

* * *

　어린 로건의 손을 붙든 커다랗고 차가운 손이 보였다.
　'어쭙잖구나. 로건, 동정심이란 하찮은 인간들이나 갖는 감정
이란다.'
　커다란 손은 부드러운 조언을 하며 로건을 격려했다. 로건의 작
은 손바닥에는 그에 어울리는 작은 생명체가 쥐어졌다. 그것의 심
장은 너무 뜨겁고 빨라서 조심스러웠다.
　'손을 오므리렴.'
　커다란 손바닥의 주인은 망설이는 로건의 손등을 덮었다. 그리
고 서서히, 죽어가는 생명의 절박한 몸부림이 느껴지도록 천천히
힘을 주었다. 로건의 의지와 상관없이 힘이 들어간 주먹 안에서
작은 생명이 펄떡이는 감각이 생생했다. 찌이익 찌익. 울부짖는
소리가 잦아들수록 로건의 흐느낌이 커졌다.

　번쩍 눈을 뜬 로건의 귀에는 소름 끼치도록 자상한 음성의 여
운이 남아 있었다.

　'잘했구나. 잘하고 있어. 어때, 굉장하지?'

　여운을 떨치듯 벌떡 일어난 로건은 협탁 위에 놓인 액자를 노려
보았다. 인자한 얼굴로 웃고 있는 얼굴을 당장 엎어 버렸다. 악몽

으로 인해 피폐해진 감정을 털어 낼 목적으로 오랜 시간 차가운 물을 뒤집어썼다. 더운 날씨 탓에 그다지 차갑지 않은 물의 온도는 그의 기분전환에 도움이 되지 못했다.

나른한 주말 아침, 오영이 쉬는 날의 주방은 한적했다. 로건은 오히려 지금이 꿈인가 싶었다. 테이블에 엎드려 곤히 잠든 오영이 있는 공간이 비현실적으로 밝고 온화한 탓이었다. 다가가 오영을 살펴보니 눈 밑에 검붉은 색이 짙었다. 볼살에 밀려 슬쩍 벌어지고 찌그러진 입술이 우스꽝스러워 인상을 찌푸린 로건의 표정에 불쾌감은 없었다. 소리 없이 '못생겼어'라고 중얼거리는 그의 입매는 기분 좋게 기울어져 있었다.

거실 창을 투영한 늦여름의 나른한 햇살이 집안 깊숙이 들어와 있었다. 부신 빛이 불만스러운지 잠든 오영의 표정이 퉁명스러웠다. 로건은 손바닥을 들었다. 광대 부근에 희미하게 뿌려진 주근깨까지 속속들이 비춰 주는 햇살을 막을 만큼 커다란 손이었다.

한참을 그러고 있다가 오영을 등지고 창으로 걸어갔다. 소리 나지 않게 커튼을 드리워 놓고 거실을 빠져나갔다. 머리를 식히기 위해 뒤뜰로 나왔지만, 그도 여의치 않았다. 습윤한 더위가 아침부터 기승이었다. 오영이 깨끗이 비워놓은 재떨이를 보자 오히려 담배 생각이 뚝 끊어졌다.

내가 요즘 왜 이러는가. 일상을 통제할 수 없었다. 몸도 마음도 제멋대로인 것 같아 혼란스러웠다. 그가 좋아하던 베토벤보다 재잘거리는 수다에 귀 기울이게 되었고 고요에 숨이 막혀 보지도 않는 드라마를 켜 놓기도 했다. 우두커니 선 로건은 색도 소리도 없는 풍경 속에서 고독했다.

지오영. 어느 날 갑자기 일상에 끼어든 여자가 모든 것을 흔들어 놓고 있었다. 더 무너지기 전에 다잡고 수습해야 한다. 아무것도 모르는 순진한 여자에게 흔들려서 뭘 어쩌려고. 자조의 실소를 터트린 로건의 얼굴에 씁쓸한 그늘이 졌다.

"오! 그림 좋은데!"

침묵의 공기를 깨트리는 발랄한 목소리가 뒤에서 들려왔다. 자신의 방 창문을 활짝 연 오영이 푸석한 얼굴에 환한 웃음을 달고 있었다.

"우리 집주인은 뒷모습도 잘생겼다니까!"

오영은 돌아보는 로건의 해쓱한 표정이 대수롭지 않은지 들고 있던 머그잔을 내밀었다.

"이것 좀 받아요."

조금 전 오영을 무시하겠다는 결심이 무색하게 로건은 멍한 얼굴로 머그잔을 받았다. 그녀의 목소리가 들리는 순간 세상이 찬란해졌다. 색도 없고 소리도 없던 풍경을 가르는 다른 세계로 가는 문이 열린 것처럼, 오영은 알록달록했다. 잉차! 하는 소리를 낸 오영이 창틀을 밟고 올라서는가 싶더니 날다람쥐같이 사뿐하게 뛰어내렸다. 맨발로 땅에 착지한 오영을 보는 로건의 미간에 실금이 그려졌다.

"멀쩡한 문을 왜 안 써? 다치면 어쩌려고."

"에휴. 겨우 이 정도 높이에? 진짜 이로건 씨는 걱정을 사서 한다니까."

픽, 하고 웃은 로건은 가느다란 김이 피어오르는 커피를 한 모금 들이켰다. 안개가 낀 듯 무겁고 답답했던 속이 개운하게 내려가는 것 같았다.

"그거 내건 데 왜 마셔?"

"내건 줄 알았는데."

"나 오늘 휴무야. 로건의 것은 로건의 손으로."

이미 로건이 맛본 머그잔을 냉큼 뺏은 오영이 새침하게 눈을 흘겼다.

"야박하네."

"야박하다고? 어제 내가 국밥도 사줬잖아. 아깝다. 얼마 먹지도 못하고."

오영을 뒤따를 생각에 무작정 뛰쳐나간 로건은 지갑도 잊은 채였다. 정말, 요즘 생각을 어디에 두고 다니는 것인지. 생색내는 오영과 함께 돌아오면서부터 고민이 깊었다.

"또 잠 못 잤어? 꿈꾼 건가?"

오영은 대답 없이 커피를 홀짝거리기만 했다. 로건은 그녀의 생기를 좀먹는 피로의 그늘이 마음에 들지 않았다.

너라도,

"잘 자야 하는데……."

안쓰러운 마음에 머리를 쓰다듬을 뻔한 로건은 손을 올린 채로 오영과 눈이 마주쳤다.

"아!"

자신도 모르게 딱밤을 때려 버렸다. 어설픈 임기응변의 희생양이 된 오영은 안 그래도 튀어나온 이마에 빨간 혹 하나를 달고 씩씩거렸다.

"아프잖아! 이 사람이 정말!"

"통장에 휴가비 넣었는데 확인했어?"

"어, 맞다! 뭘 그리 많이 넣었어? 완전 고맙잖아."

단순한 지오영. 펄펄 날뛰던 걸 단숨에 잊고 방긋거리는 모습에 로건은 소리 내어 웃고 말았다.

"휴가는 언제로 잡혔어?"

"로건은?"

"나는 가을로 잡았어."

"어? 나돈데. 이왕 늦은 것 나중에 날 좋을 때 쓰려고."

"휴가 계획은 있고?"

"그럼! 오라는 곳이 얼마나 많다고."

로건은 종알거리며 맨발로 잔디 위를 돌아다니는 오영을 기분 좋게 바라보았다. 그래, 뭘 어떻게 하고 말고 따질 필요가 없다. 그냥 지금처럼 지내면 될 것을. 아무 사심 없이, 기대도 없이, 편안하게. 양심의 가책을 애써 외면한 이기적인 변명이 로건을 유혹했다. 둥글고 넓적한 돌의자에 앉은 오영은 흙과 풀이 묻은 발바닥을 짝짝 맞부딪히며 로건을 쳐다봤다.

"이로건 씨는 오늘 뭐 해? 오늘도 아침부터 덥네."

"산 타러 간다."

성큼 다가온 로건이 오영 앞에 무릎을 꿇었다. 키에 비해 작은 발을 유심히 보더니 손을 펼쳐서 길이를 재보았다. 한 뼘도 채 안 되는 발이 우스워 피식 웃었다.

"어머, 왜 이래?"

"같이 가자. 너도 운동해야지."

"운동하자고? 내가 얼마나 많이 움직이는데 따로 운동씩이나

하래?"

오영은 고개를 탈탈 털었다.

"아니. 그건 노동이지. 등산화 없지? 구해올게."

"잠깐!"

"왜? 싫어?"

표정이 한결같은 로건의 얼굴에 언뜻 실망의 기색이 스쳤다.

"아니. 갈게. 그런데 등산화 같은 것 필요 없어. 대신 조건이 있어."

"뭔데."

"막걸리 사 줘. 등산로 입구에서 먹는 게 또 죽음이거든."

"주정뱅이."

힐난하는 로건의 시선쯤 이제 아무렇지 않은 오영은 떳떳하게 요구했다.

"사 줄 거야 말 거야?"

"취해서 추태 부리지 마."

"무슨 그런 걱정을 하고 그래? 음주 하루 이틀 하나."

빈 머그잔을 흔들며 일어선 오영은 아침 먹고 출발하자는 로건의 말에 고개를 끄덕였다.

"그런데 이로건 씨, 심심해서 나 데려가는 거지?"

"……"

"그치? 심심해서 그러지?"

"……"

"친구 없잖아. 그치?"

전혀 들리지 않는 사람처럼 반응 없는 로건의 옆을 바짝 따르며 오영은 연신 약을 올렸다.

* * *

다음에는 히말라야 트레킹을 데려가야 하나? 로건은 가파른 산비탈을 날래게 타고 오르는 오영의 뒷모습을 얼빠진 눈으로 바라봤다. 그녀의 낡은 운동화는 로건의 기우였다. 전문 등산복을 갖춰 입은 자신이 부끄러워지려고 했다.

"지오영! 같이 가!"

어느새 저만치 멀어진 오영을 따라잡기 위해 로건도 부지런히 발을 놀렸다. 이건 대나물, 저건 삼색싸리, 개망초, 원추리, 잔대……. 묻지도 않은 꽃 이름을 줄줄 읊는 오영은 숨소리 하나 흐트러지지 않았다. 아마 정원을 애지중지하는 로건이라 일부러 알려주는 듯했다.

"그만 좀 떠들어. 체력 아껴."

"입을 벌려야 피톤치드가 들어가지."

"뭐든 먹으려고만 하지 말고."

"빨리 오기나 하셔. 장비만 엄홍길 대장이네."

또다시 오영은 로건을 버려두고 팔짝거리며 멀어졌다.

안녕하세요! 하하하하! 난생처음 보는 등산객들에게 속 좋게 인사하는 오영의 목소리가 산기슭을 쩌렁쩌렁 울렸다. 정말 그녀의 말대로 심심하지 않긴 했다.

"아까 올라오기 전에 아래에서 도토리묵 한 접시만 먹자니까. 아우, 배고파. 이거라도 먹자"

산 중턱 계곡에 발을 담근 오영은 자신의 배낭에서 밀폐 용기를 꺼냈다.

"배부르면 산 못 탄다니까. 그건 또 뭐야."

"오이. 먹어 봐. 물 마시는 거랑 또 달라."

"하여튼 먹는 거는."

로건은 언제 챙겼는지 모를, 길게 자른 오이를 퉁명스럽게 받아들었다.

"고마워. 집주인."

"뭐가."

"덕분에 피서 왔잖아. 산에 계곡이 있는 걸 왜 깜빡했지? 갈아입을 옷 가져올걸. 물놀이하게."

발바닥으로 통통 물을 튕기는 오영의 얼굴에 아쉬움이 가득했다.

"넌 왜 그렇게 산을 잘 타?"

"우리 엔젤의 낙원 뒤가 산이었잖아. 기억 안 나? 나, 아주 어릴 때부터 산에서 놀았어."

"아, 그랬지."

"거기 계곡에서 물고기 잡아다가 라면 끓여 먹으면 엄청 맛있었는데."

"또 먹는 얘기 한다."

"사람이 다 먹자고 사는 건데."

"말 지어내지 마."

문득 오영은 물가에서도 점잖게 앉아 있는 로건이 덥게 느껴졌다.

"로건도 발 좀 담가. 그렇게 꽁꽁 싸매고 덥지도 않아?"

"어."

"이리 와. 진짜 시원해!"

"됐어. 너나 놀아."

"시원하다 못해 발이 시릴 정도야. 이 좋은 걸 나만 할 수 있나."

"안 한다니까."

못 이기는 척 끌려오면 좀 안 되나? 오영은 한사코 거절하는 로건을 불만스럽게 쳐다봤다. 다짜고짜 다가가 팔을 잡아 끌어봤지만, 바위만큼 크고 단단한 몸은 꿈쩍도 하지 않았다. 오기가 솟은 오영은 길고 무거운 로건의 다리를 붙들고 신발을 벗기려 들었다.

"지오영, 혼난다."

몇 번이나 혼내겠다고 으름장을 놓아도 오영의 고집은 꺾일 줄을 몰랐다.

"나는 분명히 경고했어."

"으악!"

마침내 자리에서 벌떡 일어선 로건은 그대로 오영을 들어 올려 옆구리에 꼈다. 오영은 저항 한번 해 보지 못하고 손쉽게 들려 버린 현실을 믿을 수 없었다. 내가 이렇게 가뿐한 애였나? 주변에서 땀을 식히던 등산객들이 놀라 쳐다보다가 연인끼리의 장난이라고 판단하고는 웃어넘겼다. 옆구리에 오영을 꿰찬 로건은 힘든 기색도 없이 물 위에 듬성듬성 놓인 바위를 밟고 제법 깊은 곳까지 갔다.

"여기다 빠트린다."

"안 돼! 하지 마. 잘못했어요!"

반쯤 거꾸로 몸이 뒤집힌 오영의 얼굴은 피가 몰려 검붉어져 있었다. 갈아입을 옷도 없는데 혹시 로건이 실수로 놓치기라도 할까 봐 그의 허리를 꽉 끌어안고 있었다.

"시원해서 좋다면서."

"살려 주세요."

"또 까불 거야?"

"아니요."

몇 번이나 싹싹 빌고 나서야 로건은 오영의 몸을 바로 세워 주었다. 좁은 바위 위에서 휘청거리는 오영을 붙들고 선 로건의 얼굴에는 장난기가 가득했다.

"힘세고 나쁜 놈."

"너, 또."

"아닙니다요."

바로 꼬리를 내린 오영은 볼썽사나운 꼴로 매달려 있던 탓에 더벅머리가 되어 있었다.

"머리하고는."

로건은 스스럼없는 손길로 흐트러진 앞머리를 쓱쓱 정리해 주었다. 두 사람이 간신히 설 수 있는 좁은 면적에서 마주 선 채였다. 빠르게 머리를 정리해 주던 로건의 손길이 느릿해졌다. 자신을 올려다보는 오영의 동그란 눈동자와 마주친 순간, 가슴이 철렁했다. 오영 역시 왜 이렇게 분위기가 이상해진 건지 알 수 없어, 얼어붙어 버렸다. 붙박인 눈길을 떼지 못한 순간은 말 그대로 '순간'일 뿐이었다.

오영은 자신의 몸에서 아주 중요한 무언가가 가느다란 연기가 되어 검은 눈동자 속으로 빨려 들어가는 이상한 감각을 느꼈다. 그

'순간'이 까마득한 나락으로 이어질 것 같아 왈칵 겁이 난 오영이 거센 도리질을 했다. 생전 느껴본 적 없는 이상한 기분이 두려웠다. 그를 '집주인'이나 '이로건 씨' 외의 다른 무언가로 의식하다니.

"말도 안 돼!"

"……?"

오영의 커다란 혼잣말에 깨어난 로건의 깊어졌던 눈동자도 본래의 빛으로 돌아왔다.

"정신 차려!"

난데없는 호통을 들은 로건이 아연한 표정으로 물었다.

"뭐야? 왜 이래?"

"신경 쓰지 마. 나한테 하는 말이야. 우리 너무 붙어 있어. 떨어져야 해."

"갑자기 무슨 소리야. 많이 더워? 얼굴에 열이 몰렸어."

안 그래도 더위에 익어 발그레했던 낯빛을 새삼 지적당한 오영이 허둥거렸다. 둘이 함께 서 있기에 좁은 면적임을 까먹고 서슴없이 몸을 틀었다.

"엄마야!"

로건과 멀어지려고 하다가 일을 치고 말았다. 찾을 일도 없고 찾아본 적도 없는 엄마를 외칠 만큼 당황한 오영은 떨어지는 찰나 갈아입을 옷 걱정부터 했다.

"진짜, 도토리 너 때문에 재미있어 죽겠다."

분명 '풍덩'이라든가 '첨벙' 소리와 함께 허우적대고 있어야 했는데 아무 일도 일어나지 않았다. 정신을 차리고 보니 겨우 발끝만 물에 닿은 채 멈춰 있었다. 오영은 떨어져 나갈 것처럼 아픈 팔

의 통증을 느끼며 시선을 거슬러 올라갔다. 자신의 팔을 붙들고
내려다보는 로건의 변함없는 얼굴색과 표정이 믿어지지 않았다.
어떻게 내 몸무게를 아무렇지도 않게 견딜 수 있어?

"끌어올려 줄 테니까 발로 잘 디디고 올라와."

그러고는 정말 몸이 쑤욱 올라가는 느낌이 들었다. 그의 말대
로 바위에 발을 딛고 어쩌고 할 여지도 없이 다시 원위치로 돌아
와 있었다.

"사람 맞지?"

반쯤 헤 벌어진 입 모양 때문에 바보 같아 보이는 오영의 얼뜬 질
문을 들은 로건이 피식 웃었다.

"정말 너 정신 차려야겠네. 이만 내려갈래?"

"어…… . 고마워. 살려 줘서."

"여기서 빠져 봐야 가슴까지도 안 와."

"그래도…… ."

앞장서서 바위 사이를 건너던 로건은 따라오는 기척이 없자 돌
아보았다.

"내가 또 들고 가야 하나?"

"어? 아니! 아니야!"

급히 손사래를 친 오영이 부랴부랴 걸음을 재촉해 그를 따랐
다. 올라갈 때의 모습과 다르게 하산 길의 오영은 너무 조용했다.

"체력 아끼지 않고 날뛰더니 기운 빠졌나 보네. 잠깐 쉬어야 하
나?"

"아니야. 그냥 가. 힘들다고 쉬면 더 처져."

"상태가 별로 안 좋아 보이는데. 괜찮은 거야?"

오영은 자꾸만 자신의 컨디션을 점검하는 로건을 심상치 않게 바라봤다. 그러고 보니까 이 사람 요즘 부쩍 자상하고 난리다. 원래대로라면 내가 어떻든 상관없이 가야 할 길을 갈 사람 아닌가.

"있잖아. 이로건 선생님."

"……?"

"이로건 선생은 왜 그렇게 멋있는 거야?"

"뭐?"

앞뒤 자르고 정곡을 찌르고 들어오는 말에 로건은 크게 당황했다. 설핏 귓불에 뜨끈한 열기가 오르는 것도 같았다.

"여자들이 다들 왜 그런지 알 것 같아. 아니야, 확실히 알아 버렸어."

"무슨 소리 하는 거야? 하나도 못 알아듣겠어."

어색한 로건의 목소리는 허공에 걸려있는 것처럼 들떠 있었다.

"내가 말이야. 아까 잠시 이로건 씨한테 반할 뻔한 거 있지? 아, 정말 큰일 날 뻔했어."

"도토리. 장난하는 거야 진짜로 말하는 거야?"

"농담 아니야. 순도 백 퍼센트 진심이야."

"이봐."

걸음을 멈춘 로건은 오영의 앞을 막아섰다. 똘망똘망한 눈을 부릅뜬 오영을 지그시 바라보던 로건의 한쪽 눈썹이 삐딱하게 치켜 올라갔다.

"장난도 아니면서 그런 말을 줄줄 하는 건……. 작업이야?"

"작업? 아아, 또 내가 이로건 씨를 꼬신다고 생각하는 거야? 아니야, 그런 것. 결심하는 거야. 그러지 말자고."

"왜?"

"왜냐고?"

"왜 그러지 말아야 하는데."

도토리, 네 생각이 맞는다. 그러지 않아야 한다. 나를 위해서가 아니라 너를 위해서. 그런데 그 말이 참, 거슬린다. 이유를 따지는 로건에게 대답해야 하나 말아야 하나 잠시 고민한 오영이 조심스럽게 조잘거렸다.

"음……. 우선은 객관적으로 봐도 이로건 씨가 나를 좋아할 리 없거든. 괜한 것에 힘 빼고 싶지 않아. 그리고 또 하나는……."

이나 씨. 그녀를 생각하자 양심이 콕콕 쑤시고 괴로웠다.

"이로건 씨를 진짜로 좋아하는 사람이 있거든. 꽤 여럿 있지."

"초콜릿 말하는 거야? 누군지 말 안 할 거야?"

또르르 한 바퀴 구른 오영의 눈동자가 땅바닥으로 떨어졌다. 로건이 캐물을까 봐 겁이 났다. 난처해 하는 오영을 등지며 로건이 단호하게 내뱉었다.

"됐어. 말하지 마. 다 소용없어."

"그래……. 다 소용없지."

아직 체력의 반도 쓰지 않은 오영은 다시 기운을 끌어 올렸다. 머리와 가슴을 지지고 볶는 잡생각을 분연히 떨치고 로건을 앞질러 내려갔다.

등산로 입구 주차장에 도착한 오영은 망설이지 않고 바로 로건의 차로 갔다.

"어서 문 열어 줘. 집에 가자."

"막걸리 사달라고 했잖아."

"아니야. 그냥 가. 어서 이 산을 떠야지 정신이 들 것 같아."

"그럼. 잠깐 여기서 기다려."

오영은 혼자 차에 남아 한참을 기다렸다. 그동안에도 쓸데없는 생각을 하지 않으려고 부단히 애를 썼다. 아까 그 순간에 무슨 마가 끼었나 보다. 산도깨비의 장난인지도 모르겠다.

"훠이! 썩 물러가라!"

"정말 오늘 왜 이래? 더위 먹은 건가?"

운전석 문을 열던 로건은 느닷없는 고함에 주춤했다. 그가 문을 여는 순간 고소한 기름 냄새가 진동했다. 절로 군침이 꼴딱 넘어갔다.

"기합 넣은 거야. 뭘 산 거야? 혹시 빈대떡? 이로건 씨, 그런 것도 먹어?"

"나 말고 너. 막걸리에 같이 먹으면 좋다고 해서 샀어."

멍해져 있던 오영의 얼굴에 생기가 돌았다. 까만 봉지에 담긴 막걸리와 빈대떡만 봐도 행복했다.

"있잖아. 이로건 씨."

"말해. 또 무슨 허튼소리든 여기서 다 하고 가."

"아까 한 말들 다 취소야. 배고파서 그랬나 봐. 맛있는 냄새 맡으니까 그런 생각 따위 다 사라졌어. 이렇게 먼지 같은 고민은 걱정할 가치도 없는 거지?"

"정말……."

요망하다. 너.

"그런 건 혼자, 속으로 생각하면 안 되나?"

쏟아지려는 한숨을 삼킨 로건은 가속 페달을 거칠게 밟으며 출

발했다. 아직 벨트도 못 찼다고 옆에서 꺅꺅거리는 오영이 괜히
얄미웠다.

* * *

　아무리 내가 쉬는 날이라지만 이래도 되는 걸까? 오영은 앞치마
가 잘 어울리는, 울끈불끈한 등판을 가진 남자를 쳐다보며 이상
한 상황에 적응해보려고 했다.
　'씻고 나와. 그러고 나서 밥 먹자.'
　그래서 샤워 후에 저녁 준비를 하려고 했다.
　식탁에 정갈하게 차려진 오영 몫의 빈대떡과 막걸리, 그리고 로
건의 스테이크를 봤을 때는 불안했다. 집주인이 왜 자꾸 집안일
을 하는 건가. 조만간 이 집에서 잘리는 게 아닐까. 자청해서 월급
을 깎아 달라고 해볼까.
　'피곤할 텐데 쉬어. 내가 치울게.'
　식사 후에도 이상한 상황이 연출되었다. 로건의 자상한 어조
에 불안감이 더 커졌다. 그러나 한편으로는 이 상황이 주는 오묘
한 분위기 때문에 발바닥 깊은 곳이 간질거렸다. 고용주와 고용
인답지 않은 불편함과 별개로 말도 안 되는 상상이 스멀스멀 피
어올랐다.
　결혼하면 이렇게 살겠구나.
　미쳤어. 지오영?
　소독한 행주를 널어놓고 뒤를 돌던 로건은 주먹으로 머리통을
세게 내리치는 오영을 보고 눈살을 찌푸렸다.

"도대체 오늘 왜 이렇게 부산스러워?"

"몰라도 돼. 속으로만 생각하라면서."

로건은 막상 오영이 말을 아끼자 그녀의 생각이 궁금했지만, 더는 놀아나고 싶지 않아 묻지 않기로 했다.

"더 마실 거야?"

안주도 없이 도자기 잔에 담긴 우윳빛 막걸리를 홀짝거리던 오영이 일어나서 잔을 하나 더 가져왔다.

"이로건 씨도 한번 마셔 봐. 독하지 않아."

"싫어."

"술을 끊은 거야 아니면 한 번도 안 마셔 본 거야?"

"입에 대본 적도 없어."

"와…… 보통 호기심에라도 마셔보는데 신기하네. 그럼 받아만 놔. 나 혼자 뻘쭘해서 그래."

로건은 앞에 놓인 잔을 들어 향을 맡아본 후 다시 내려놓았다.

"이로건 씨도…… 가끔 잠 못 자? 아침에 유난히 눈이 빨갛고 기분이 최악으로 보일 때가 있어."

"꿈을 꾼 날만 그래."

"아, 꿈…… 설마 나하고 같은 꿈은 아니지?"

묵묵히 고개를 끄덕이는 로건은 더 말하고 싶지 않은 분위기였다. 충분히 이해할 수 있는 오영도 입을 다물었다.

침묵이 길어지자 분위기가 어색해졌다. 평소라면 이말 저말 떠들었을 오영도 혼란스러운 기분 탓인지 말하고 싶지 않았다. 그나마 오영은 막걸리를 홀짝거리는 것으로 어색함을 달랠 수 있었다. 이 잔만 마시고 일어서야겠다고 생각하면서도 그냥 이대로 있고 싶기도 했다. 내 마음인데 내가 모르겠다. 이게 대체 뭐람.

한잔 가득 따라서 맛있게 홀짝대는 오영을 쳐다보던 로건이 자신의 술잔을 유심히 쳐다보았다.

'로건, 술이란 의지를 흩트려 놓기도 하지만, 쓸데없는 실수를 낳기도 한단다. 우리 같은 부류가 경계해야 할 물질이야.'

자신의 모든 것을 통제했던 목소리가 떠오르는 순간 반발심이 일었다. 당신 따위, 이제 나에게 어떤 영향도 끼칠 수 없어.

"뭐야? 이로건 씨도 마셔보려고? 어머, 내가 훌륭한 의사 선생님을 타락시킨 건가?"

"까불기는."

오영이 한쪽 입꼬리를 끌어올린 비릿한 미소마저 멋있다고 생각하는 순간 로건의 입가에 술잔이 닿았다.

"처음인데 천천히 마셔보⋯⋯."

이미 술잔을 깨끗이 비운 로건이 고개를 갸웃 기울이며 맛을 음미하고 있었다.

"어때?"

"글쎄⋯⋯. 맛이 나쁘진 않네. 독하지도 않고."

"한잔 더 마셔 볼래? 안주 좀 만들어올까?"

"그럴까?"

생각지도 못한 술친구가 생긴 것에 기분이 들뜬 오영이 설레발을 떨며 자리에서 일어섰다.

"계란말이 어때? 먹어봤어?"

냉장고를 열고 달걀 몇 개를 꺼낸 오영이 실소를 터트렸다.

"뭐야……."

식탁 위에 고꾸라진 남자는 기절을 한 건지, 잠이 든 건지 알 수 없었다. 조심스럽게 들여다보던 오영은 안정적인 호흡을 확인하고는 마음이 놓였다.

"잘생긴 쑥맥이었어."

커다란 덩치를 침실로 옮길 수는 없으니 깨어날 때까지 감상의 시간을 갖기로 했다.

* * *

까무룩 떨어졌던 의식에서 깨어나기 직전, 로건의 귀에 TV 소리가 들렸다. 그도 익히 아는 목소리, 오영이 요즘 즐겨 보는 드라마의 남자 주인공이었다. 낯간지러운 대사를 진지하게 늘어놓는 그를 볼 때마다 배우도 극한 직업이란 생각이 들었다. 하나도 느끼하지 않다면서 '우리 오빠' 욕하지 말라고 발끈하는 오영의 비위도 대단하게 느껴졌다.

순간 자신이 왜 주방에서 자고 있는지, 잠깐 어리둥절했다. 무심코 집어던진 책의 페이지가 펼쳐진 것처럼 한순간에 기억이 떠올랐다. 오영이 따라준 막걸리를 맛있게 마셨고, 안주 메뉴를 의논했는데…… 그 후의 기억이 없었다. 눈을 뜨니 웃음기 어린 동그란 눈동자가 코앞에 있었다.

"뭐 하는 거야. 얼굴 치워."

머쓱함을 어쩔 수 없어 오영에게 무안을 주었다. 그러나 그깟 면

밖에 기죽을 오영이 아니었다.

"얼레리 꼴레리. 이로건은 기절했대요. 기절했대요."

되로 주고 말로 받은 격이었다. 오히려 오영의 놀림을 받은 로건은 일부러 눈썹 머리를 바짝 모으고 화가 난 것처럼 표정을 유지했다.

"기절은 무슨."

"이거 마셔. 꿀물이야."

얼음이 동동 뜬 시원하고 말간 물은 그 맛이 달짝지근했다. 막 잠에서 깨어 부스스했던 기분이 달콤함에 젖어 들었다. 멍하게 앉아서 아무 생각 없이 꿀물을 마시던 로건은 아지랑이처럼 피어오르는 어떤 감정을 느꼈다. 깊숙이 묻혀 있어 잊고 있던 아련한, 그립고 행복했던 때가 찰나처럼 스쳐 지나갔다. 어느 한 시점의 추억 속에서 빠져나온 로건의 표정이 혼란스러워 보였다.

"이게 뭐지……."

저릿한 울림에 당황한 로건이 중얼거렸다.

"응? 그거 꿀물이라니까."

로건이 아직 정신을 덜 차린 것으로 오해한 오영이 그의 혼잣말에 대꾸하며 맑게 웃었다.

"겨우 막걸리 한 사발에 숙취를 걱정해야 하는 줄 몰랐네. 남자답고 씩씩하고 누구보다 건장한 이로건 선생님."

"나도……. 오늘 처음 알았어. 아마도 알코올 분해 능력에 문제가 있는 거겠지."

"간이 약한가? 아쉽다. 나처럼 간이 배 밖으로 나온 사람과 재미있게 놀 수 없다니."

"너는 작작 좀 마시고. 나, 얼마나 잔 건데?"

"잠깐 잤어. 한 삼십 분 정도 됐나?"

"덕분에 내 주량도 알고 술버릇도 알게 된 건가. 고맙다고 해야 겠어."

"무슨 소리야. 소주, 맥주, 양주, 소맥 등등. 술마다 측정해봐야 지. 막걸리 한 사발을 대표 주량으로 내세우기는 좀 이상하잖아."

"됐어. 꿀물 더 있어?"

"물론이지. 맛있나 봐?"

콧노래를 흥얼거리면서 꿀물을 타는 오영의 뒷모습을 유심히 바라보던 로건이 물었다.

"지오영, 술도 자꾸 마시면 주량이 늘어?"

"그렇다는 소리가 있는데. 이로건 씨는 특이 체질이 문제인 것 같아. 주량을 늘리고 싶어?"

"간이 배 밖으로 나온 지오영하고 오랫동안 재미있게 놀려면 그 래야 할 것 같아서."

로건의 말을 들은 오영이 고개를 갸우뚱 기울였다. 잠시 생각에 빠져 꿀물을 휘젓던 손이 느려졌다.

"너무 깊이 생각하는 거 아니야? 같이 놀기 싫으면 대충 빈말 로 대답해."

"아니, 그게 아니고. 오랫동안이란 말을 생각하느라. 나는 누군 가와 오랫동안 있어 본 적이 별로 없어. 돌아가신 원장님뿐이야. 한 사람을 오랫동안 보고 산다는 거, 그게 가능할까. 부모 자식 도 그렇지 못하는데."

로건도 자신이 생각 없이 내뱉은 '오랫동안'이란 말을 되새겨봤 다. 언젠가 때가 되면 사라질 사람. 지오영이 사라진 공간에 혼자

218

남는다는 생각을 하자 집이 낯설게 느껴졌다. 오영이 새로 타준 꿀물을 한 모금 마신 로건이 미간을 찡그렸다.

"이번 거는 맛이 없어? 별로야?"

"아니. 아까하고 달라서. 실은 이걸 마셨을 때 묘한 기분이 들었거든."

"……?"

컵을 매만지며 침묵하고 있던 로건은 입속에서 맴도는 얘기를 꺼내놓기 시작했다.

"아주 어렸을 때, 우리 집은 가난했어. 부모님은 매일 싸웠는데 아마 돈 때문이었겠지. 아버지한테서는 항상 술 냄새가 났고 어머니는 무기력했던 모습만 기억나."

느릿하게 이어지는 로건의 말을 듣고 놀랐지만, 오영은 담담하게 듣고 있었다. 당연히 부유한 집에서 부족한 것 없이 자란 귀공자라고 생각했다. 미국에서 명문대를 나왔고 세 손가락에 꼽히는 병원에서도 유능했던 의사라는 소문을 들었다. 그래서 병원장님이 직접 데려왔다고 했는데, 그가 털어놓는 과거와 지금의 로건은 전혀 어울리지 않았다. 모두 거짓으로 느껴졌다.

"어느 날, 무엇 때문인지 엄마의 기분이 좋아 보였어. 다른 날과 다르게 립스틱도 바르고 예쁜 치마도 입었던 것 같아. 누나와 나를 데리고 공원에 가서 산책하다가 솜사탕 하나를 사 주셨어. 그때 먹었던 단맛이 기억났어."

"꿀 때문인가?"

로건은 아니라는 듯 작게 고개를 저었다.

"솔직히 솜사탕 맛은 별로였어. 단 걸 별로 좋아하지 않으니까.

하지만 그날 공원의 화창했던 날씨와 내 입에 솜사탕을 넣어주던 누나의 웃음 같은 것들이…… 갑자기 떠올랐어. 그날 행복했거든.”

말을 마친 로건은 행복이란 단어를 한 번 더 중얼거렸다. 찌푸린 얼굴이 혼란스러워 보였다.

“로건은 누나도 있구나.”

“있었지.”

있었다는 말은 지금은 없다는 건가? 그의 입에서 나올 대답이 두려워진 오영은 차마 되묻지 못하고 다른 말을 꺼냈다.

“그럼, 침실하고 서재에 있는 액자 속 사람이 아버님이셔?”

“아니.”

“……?”

“양부야. 미국에서 아주 유명한 의사였어.”

두 가지 의미로 매우 유명한 의사였던 양부를 떠올리며 로건은 싸늘하게 웃었다.

“더 묻지 않을게. 어렸을 때 주변에서 내 가정환경이나 부모님에 관해 물으면 아주 난처했거든. 그래서 개인적인 질문도 잘 못해.”

“내가 괜한 말을 해서 널 난감하게 했나 보군.”

“그런 거 아니야. 로건이 자다가 이불 걷어차면서 비명 지를까 봐 그러지.”

의미를 제대로 알아듣지 못한 로건이 멀거니 오영을 바라봤다.

“술도 마셨고 밤이고. 사람이 감상적이기 좋은 환경이잖아? 하여튼 그런 게 있어.”

빙그레 웃어 보인 오영이 서둘러 주방을 정리했다.

"여긴 내가 치울게. 이제 로건도 들어가서 자. 내일 또 새벽에 일찍 나가야 하잖아."

"같이 해."

"요즘 자꾸 내 업무에 끼어드는 이유가 뭐야? 나 자를 거야?"

"아니. 너무…… 일을 많이 시키는 것 같아서."

"아니야. 월급도 많이 주잖아. 그러니까 자를 것 아니면 나 혼자 하게 둬. 어서 들어가."

단호하게 밀어내는 데도 로건은 주방에서 서성거렸다. 손을 휘이휘이 저으며 내쫓아도 버티고 있더니 개수대의 물소리가 끝나자마자 입을 열었다.

"내일 같이 출근해!"

물소리가 끊겨 조용해진 탓인지 로건의 말이 유난히 크게 들렸다.

"뭐라고?"

"처음에…… 네가 같이 출근하자고 했었잖아."

"아아 그거? 이제 괜찮아. 길이 익숙해져서 하나도 안 힘들어."

그냥 하는 사양이 아닌 게 확실했다. 오영은 그런 성격이 아니니까.

"여섯 시에 출발할 거야."

그녀의 필요 없다는 말이 단호한 거절로 느껴져서 괜히 불쾌해진 로건은 막무가내로 통보하고 주방을 나섰다.

"정말 괜찮은데. 이제 여름도 거의 다 끝나가고……."

로건을 따라 거실로 나온 오영의 걸음이 커다란 TV 화면 앞에서 멈춰졌다. 전원을 끄기 위해 리모컨을 들었던 로건도 뉴스가 전하는 소식에 집중하고 있었다.

청평 보육원 살인 사건'의 범인인 이영춘이 탈옥을 시도하다 실패했습니다. 탈옥을 계획한 사실이 적발되자 자해를 저질러…….

"저거……."

무감한 눈으로 뉴스를 보던 로건의 귀에 가늘게 떨리는 오영의 목소리가 파고들어 왔다. 겁에 질린 오영은 눈물이 핑 돈 눈으로 로건을 올려다봤다. 의지와 상관없이 파들파들 떨리는 몸을 가누는 것조차 힘겨워 보였다. 급히 TV를 꺼버린 로건이 리모컨을 소파 위로 집어 던졌다.

"로건, 끄지 마. 뉴스 봐야지. 끝까지 봐봐."

"끝났어. 더는 안 나와."

로건의 커다란 덩치가 TV로 향하는 오영의 시선을 막았다.

"탈옥했다잖아."

"실패했다고 나왔어. 걱정할 것 없어."

"또 그러면 어떡해? 어느 날 탈옥에 성공해서 찾아오면 어떡하지?"

마르고 보잘것없는 체구의 남자는 전혀 위험해 보이지 않았었다. 몇 날 며칠을 변변한 식사도 하지 못했다는 딱한 사정을 듣고 엔젤의 낙원에 들였던 선의를 끔찍한 살의로 보답한 살인마. 서슴없이 칼을 휘두르며 희열에 떨던 살인귀의 모습은 아직도 꿈에서 선명했다.

"나, 어디로 피하면 좋지? 어디로 가지?"

"가기는 어딜 간다고 그래."

마치 살인마가 들이닥친 것처럼 오영은 생생한 공포 속에 빠져 있었다. 다른 세계에 홀로 남겨져 로건의 목소리도 모습도 느끼지 못하는 듯했다.

"지오영. 여기 봐."

창백한 얼굴을 부여잡은 로건은 연이어서 오영의 이름을 부르며 허공에 뜬 시선을 붙들었다. 곧, 얼어붙었던 동공이 부드럽게 풀리는 것이 보였다.

"이로건 씨."

가만히 서서 느릿하게 눈을 깜빡이던 오영이 희미한 미소를 지어 보였다.

"나 괜찮아요. 잠깐 너무 놀랐을 뿐이야. 잘 자."

로건은 기운 빠진 걸음으로 별채로 건너가려는 오영을 돌려세웠다.

"너 오늘, 혼자 못 자."

"그러게. 그럴 것 같아. 조금 전까지 기분 좋았는데."

"나하고 같이 자."

"……!"

방금 들은 말을 한 번에 이해하지 못한 오영이 퀭한 눈으로 그를 빤히 쳐다봤다. 얼마간의 시간이 지나고 완전히 정신이 돌아온 오영이 자신의 어깨를 붙잡은 로건의 손을 뿌리쳤다.

"미치셨나요?"

"너, 무슨 생각을 하는 거야?"

내가 잘못 들은 건가? 오영은 같이 자자는 소리를 들었던 귀를 새끼손가락으로 후벼 파면서 미심쩍은 눈으로 로건을 쳐다봤다.

"네 방에 가서 이불하고 베개 가지고 나와."

"맞지? 내가 분명히 들은 거지? 이로건 씨가 나한테…… 그러니까 같이."

"같이 자자고 했어."

로건의 입에서 나온 무덤덤한 말은 놀라 마땅한 소리였다. 손으로 가린 오영의 입에서 괴성이 터져 나왔다.

"으어오와! 역시 아메리칸 스타일인가!"

"장난하지 말고. 너는 소파에서 자. 나는 바닥에서 잘게."

남자의 무뚝뚝한 말이 세상에서 가장 다정하게 들렸다. 어떤 집주인이 도우미를 이렇게 걱정해 줄까. 오영은 사무치게 고마운 마음을 어떤 말로 표현해야 할지 몰랐다.

"아빠 같아."

전에도 이 비슷한 소리를 들은 것 같았다. 그때는 오빠였던가. 그다지 유쾌하지 않았던 기억이 되살아난 로건이 불퉁하게 물었다.

"하필 왜 아빠야."

"아빠들은 딸을 엄청 사랑하고 아끼잖아. 자상하고……. 로건 씨가 내 아빠였으면 좋겠어."

기분 좋게 대꾸한 후 별채로 달려가는 오영의 발걸음은 평소처럼 가볍고 신이 나 보였다.

"아빠라니. 오빠도 아니고 아빠."

'아' 다르고 '오' 다른 한글의 씁쓸한 맛을 본 로건은 허탈하게 웃었다.

*　*　*

　"이로건 씨, 나는 저어기 보이는, 좌회전하기 전 신호등 있지. 거기서 내려 줘."

　"왜. 어디 들를 곳이라도 있어?"

　"몰라서 묻는 거야? 내가 이로건 씨 차에서 내리는 걸 누가 보면 말 나오잖아."

　"말? 무슨 말? 그리고 여기서 내리면 병원까지 너무 멀어. 이럴 거면 내 차를 타고 올 이유가 없지."

　그렇게 말한 로건은 오영이 가리킨 신호등을 무심하게 지나쳐 버렸다.

　"세우라니까? 그러면 저기서 내려 줘!"

　발을 동동 구르는 오영을 흘깃 쳐다본 로건이 설핏 코웃음을 쳤다.

　"아악! 왜 내 말대로 안 해주는데!"

　귀청이 떨어질 정도로 지르는 소리에 절로 인상이 찌푸려지는 요란한 출근길이었다. 지하 주차장에 도착한 로건은 자신을 매섭게 노려보는 오영의 콧등을 손가락으로 튕겼다.

　"아파!"

　"그런 걸 뭐하러 신경 쓰는 거야?"

　"이로건 선생님이 나 때문에 이상한 소문에 휘말릴까 봐 그러지."

　부끄러운 듯 오영은 풀죽은 소리로 웅얼거렸다.

　"이상한 소문……. 우리 둘이 사귄다는 뭐 그런 소문 말하는 거야?"

"알아. 말도 안 되는 것. 그리고 이로건 씨도 아무 생각 없다는 것도. 하지만 사람들 생각도 우리 같을 거라는 생각은 하지 마."

"너는?"

"나, 뭐."

안전띠를 풀고 내리려는 오영을 붙든 로건이 다시 한번 물었다.

"너는 나하고 그런 소문나는 거 괜찮다는 거야?"

"나는……. 횡재한 거겠지?"

로건은 시선을 피하며 장난스럽게 답하는 오영을 다시 붙들었다.

"정말 그렇게 생각하는 거야?"

"내가 뭐가 중요해. 하여튼 누군가의 입에 오르내리는 건 좋지 않아. 내일부터는 원래 하던 대로 출근할게."

문을 열기 전 주변을 조심스럽게 살피는 오영의 태도를 보면서 로건은 한숨을 내쉬었다. 그녀의 말이 모두 옳다. 뭘 확인하고 싶어서 꼬치꼬치 물었을까. 한심한 놈. 로건은 누가 볼세라 급히 발을 놀리며 멀어지는 오영을 멀거니 바라봤다.

* * *

청소 카트를 밀면서 걷는 오영의 걸음걸이는 평소와 달리 기운이 없었다. 어제 등산으로 무리한 데다가 로건과 한 공간에서 잤음에도 악몽에 시달리느라 잠을 설쳤다. 터덜터덜 걷는데 복도 끝이 수많은 발소리로 수런거렸다. 아침 회진을 도는 의사 무리의 선두에 로건이 있었다.

우리 집주인은 어쩌면 저렇게 잘생기고 멋있을까. 그를 보는 순간 자연스럽게 머릿속에 떠오르는 생각이었다. 분명 선두에 선 사람 중 연장자로 보이는 이가 우두머리일 텐데, 로건이 더 눈에 띄었다. 흐뭇하게 휘어지는 입꼬리를 감추고 서둘러 한쪽으로 물러섰다.

가까워진 의사들이 오영의 옆을 우루루 지나갔다. 굳이 시선을 주지 않고 가만히 서 있던 오영의 눈에 길게 목을 빼고 돌아보는 로건이 보였다. 시선이 마주치자 그가 입술을 움직였다.

'괜찮니?'

그의 돌출 행동에 놀란 의사들이 전부 뒤를 돌아보았다. 이른 아침, 복도에 있는 사람은 오영 혼자였다. 변명의 여지가 없는 순간에 처했다. 휘둥그레 커진 눈을 하고 얼어붙은 오영에게 의혹의 시선이 빗발처럼 쏟아졌다. 그때 로건의 바로 뒤를 따르던 윤수가 반가운 척하며 손을 흔들었다. 덕분에 오영도 웃으며 고개를 숙여 인사할 수 있었다.

"저 남자가 미쳤나 봐. 왜 저래 정말."

쓸데없는 오해를 살 뻔한 위기를 넘긴 오영은 후들거리는 몸을 카트에 의지한 채 투덜거렸다.

* * *

오늘 이 남자가 왜 이렇게 돌출 행동을 하는 걸까. 구내식당에 자리가 이렇게 많은데. 심지어 의료진 전용 공간도 따로 있는데 왜 굳이 옆에 앉고 난리인지 모르겠다.

"여기 왜 앉아요?"

"존댓말 쓰네. 착하게."

로건을 슬쩍 째려본 오영은 한 칸 옆으로 이동하며 오지 말고 거기 그대로 있으라고 조용히 윽박질렀다.

"오영 씨, 오랜만이에요."

"어머. 오 선생님, 안녕하셨어요? 진짜 오랜만이에요. 요즘 통안 보이셨어요."

"네. 학회 때문에 멀리 출장 다녀왔어요."

"그러셨구나."

오영은 유난히 방싯거리며 대양을 반겼다. 그걸 본 로건의 날 선분위기를 감지한 대양이 피식거렸다.

"웬일로 이 선생이 구내식당에 가나 했더니. 오영 씨 따라오셨어요?"

"아니야. 그런 거."

아니긴. 돈가스는 고기가 아니라고 짜증 내던 모습이 아직 눈에 선한데 무슨. 왕돈가스를 신경질적으로 난도질하는 로건을 귀엽다는 듯 바라보는 대양의 표정에 장난기가 가득했다. 오영과 함께 있는 로건은 전보다 더 편안하고 안정적으로 보였다. 제대로 빠졌구나. 지금도 안 그런 척 오영을 흘깃거리는 모양새가 한순간도 가만두고 싶어 하지 않는 조바심이 느껴질 정도였다.

로건의 상태는 알겠는데 오영은 모르겠다. 이 녀석 모른 척 그냥 놔둬도 괜찮은 건가. 도와 줘야 하는 게 아닐까. 시키지도 않은 고민에 빠져 심각해진 대양의 귀에 상냥하고 수줍은 목소리가 들렸다.

"언니, 여기 있었네."

"아, 이나 씨, 여기 앉을래요?"

오영은 조금 전 로건이 앉았다가 쫓겨난 의자를 빼 주며 적극적으로 손짓했다.

"에? 아, 아니요. 저는 그냥 여기 앉을게요."

누가 뭐라고 한 것처럼 얼굴이 새빨개진 이나는 오영의 맞은편에 앉았다.

"언니는 주말에 잘 쉬었어요?"

"네. 오랜만에 등산했더니 온몸이 막 쑤셔요."

오영이 엄살을 떨며 팔다리를 두드리자 로건의 표정이 눈에 띄게 경직되었다. 팔다리를 두드리는 오영의 주먹을 따라다니는 눈길을 본 대양은 마시던 물을 삼키지 못하고 사레에 걸렸다.

"왜 이래? 괜찮아?"

"응. 괜찮지 그럼. 그런데 우리 이 선생은 주말에 뭐 했나?"

"등산."

망설임 없는 로건의 대답에 오영의 수저질이 뻣뻣해졌다. 이 사람들이 데이트라도 했나? 오영이 곤란해 하는 것을 눈치챘지만, 대양은 능글맞은 대화를 끝낼 생각이 없었다.

"아이구. 두 사람이 같은 취미가 있으신 줄은 몰랐네. 오영 씨는 어느 산 다녀왔어요?"

"큭!"

이번에는 밥알이 목에 걸린 오영이 콜록거리고 난리가 났다.

"물."

"언니, 물."

오영의 앞에 두 개의 물 잔이 동시에 놓였다. 로건이 먼저 조용히 자신의 물잔을 거두었다. 그런 로건을 유심히 바라보는 이나의 눈빛이 심상치 않았다. 아까부터 발갛게 상기된 볼은 본래의 색으로 돌아올 생각이 없어 보였다. 이나의 마음을 눈치챈 대양이 헛웃음을 터트렸다.

"허어…… 이런. 어이가 없네."

묵묵히 돈가스를 입에 욱여넣는 로건을 보며 대양은 생각에 잠겼다. 이거, 이거 삼각관계인가? 자신이 출장 간 사이에 드라마틱해진 상황이 흥미롭긴 했지만 반길 수는 없었다. 로건이 누구보다 순조롭고 행복한 인생을 즐겼으면 하는 마음이었다.

"언니, 이거 후식으로 먹어요."

"고마워요."

이나가 넌지시 건넨 초콜릿의 포장지를 목격한 로건이 번쩍 고개를 들었다. 그의 강렬한 시선을 마주한 이나의 붉었던 얼굴이 하얗게 바랬다. 막연히 멋있다고만 생각했던 남자의 찌를 듯한 눈빛을 막상 가까이 대하니 공포스러웠다.

잠시 이나를 응시하던 로건이 자리에서 일어났다. 비릿한 미소를 머금은 표정이 너무 살벌해서 아무도 말을 걸지 못했다. 그가 떠나고 난 자리, 각자의 생각에 빠진 이들은 식사가 끝날 때까지 침묵했다.

* * *

식사 후 지상 주차장과 접한 화단에 쪼그리고 앉은 오영은 며칠 전부터 친해진 고양이와 놀고 있었다. 오영은 자신이 흔드는 나뭇

가지를 따라다니며 장난치는 고양이를 보며 깔깔거렸다.

"여기 계셨네요?"

머리 위로 그림자를 드리운 사람을 확인한 오영이 반갑게 웃으며 일어섰다. 아침에 손을 흔들어준 윤수가 생수와 통조림 캔을 들고 있었다.

"점심 드셨어요?"

"네. 운 좋게 시간이 맞아서 배 채웠어요."

"우와, 먹이 챙겨 주시는 거예요?"

"네. 이 녀석 말고도 더 있는데 오늘은 안 보이네요."

물과 통조림 캔을 먹기 좋게 놓아 주고 난 윤수가 가운에 붙은 명찰을 손으로 가리켰다.

"제 이름 모르시죠? 허윤수라고 해요."

"네……. 저는."

"혹시 지오……영 씨?"

"네! 맞아요! 어떻게 아셨어요?"

윤수는 화들짝 놀라는 오영을 보며 뜻 모를 미소를 지었다.

"그럴 일이 있었어요."

"뭔데요."

"혹시 별명도 있지 않으세요?"

"별명이요? 저는 그런 거 없는데."

"도토리 아니에요?"

"어……! 맞아요. 혹시 이로건 선생님께 들으셨어요?"

"들은 건 아니고."

오영은 의미심장하게 웃기만 하는 윤수가 답답했다.

"말해 주세요. 어디서 들었어요?"

"실은 우리 선생님 노트에서 봤어요. 낙서."

"낙서요? 낙서를 왜 내 이름으로……. 혹시 거기 막 욕 쓰여 있고 그랬어요?"

이를 갈며 눈을 부라리는 오영을 보고 아예 웃음이 터진 윤수는 한참 동안 키득거렸다.

"두 분이 사귀는 거죠?"

뜬금없는 질문을 진지하게 하는 윤수 때문에 황당해진 오영이 손사래를 쳤다.

"아닌데요! 절대로 아닌데요."

강하게 부정하는 오영을 바라보는 윤수의 표정이 시큰둥했다. 전혀 믿지 않는 눈치였다.

"정말이에요. 우리 둘이 사귄다는 게 말이 안 되잖아요."

"왜요? 남자와 여자가 서로 좋아하면 사귈 수 있는 거지."

"서로 안 좋아하거든요. 진짜로 그런 사이 아니거든요."

"헉! 말도 안 돼! 그렇다면 우리 선생님이 짝사랑입니까? 이럴 수가. 빅뉴스."

"뉴스는 무슨! 진짜 정말 아니라고요."

펄펄 뛰는 오영을 보니 순 거짓은 아닌 것 같았다. 윤수는 시무룩 어두워진 얼굴로 주절거렸다.

"우리 선생님이 겉보기에는 막 살인자 같고 그런 분위기지만 진짜 괜찮은 사람이에요. 실력은 또 얼마나 굉장한데요. 과장님이 엄청나게 견제하거든요. 정작 선생님은 자리에 욕심 없어서 제가 다 안타깝습니다."

"예. 저도 이로건 선생님이 좋은 분인 건 알아요. 그게 끝이에요. 그리고 이상한 소문나면 정말 안 돼요. 이로건 선생님을 좋아하는 사람은 따로 있단 말이에요."

구구절절한 설명을 듣던 윤수가 경악에 찬 외마디 소리를 질렀다.

"삼각관계!"

"아, 진짜! 아니라니까요! 자꾸 넘겨짚지 마시고 제 말을 액면 그대로 들으세요!"

멀찍이 떨어진 곳에서 두 사람이 옥신각신하는 모습을 바라보는 로건의 얼굴은 꽝꽝 얼어붙은 얼음장 같았다. 곁에 선 대양이 커피를 홀짝거리며 눈에 보이는 상황을 평가했다.

"오영 씨가 의외로 인기가 많은가보다? 둘이 꽤 심각해 보이네. 윤수가 고백이라도 했나?"

언뜻 무표정한 것 같은 로건의 얼굴에 실금 같은 미소가 떠올랐다. 대양은 애써 웃는 그의 모습이 안쓰러워 보여 어깨를 툭툭 두드려주었다.

* * *

로건은 환자 치료 계획을 설명하는 윤수의 피곤한 몰골을 유심히 바라봤다.

"그래서 심윤직 환자는 임상 센터에서 제공하는 신약을 투약해 보기로 했고요……."

막힘없이 보고하던 윤수가 말끝을 흐렸다. 딱히 뜻을 품고 응시하는 것이 아닌데도 왜지 한기가 느껴지는 로건의 시선 앞에서 내장까지 얼어붙는 기분이었다.

"뭐…… 하실 말씀이라도. 제가 뭘 잘못했는지요."

"허윤수."

"넵."

섬뜩하도록 공허한 목소리에 윤수는 자신도 모르게 진저리를 쳤다.

"여자친구 있어?"

"네?"

굳이 두 번 말하도록 되묻는 윤수가 마음에 들지 않은 로건의 눈썹이 일그러졌다.

"여자친구."

"지금은 없습니다. 약 일 년간 사귀었던 친구가 있었지만 석 달 전에 헤어졌습니다."

원래도 길게 말하지 않는 로건을 두 번 말하게 한 잘못을 뉘우친 윤수는 이어질 질문까지 예상하고 답을 했다.

"고양이 좋아해?"

"네. 고양이는 물론 강아지, 햄스터, 기니피그, 거북이 등등, 작은 동물들을 좋아합니다."

"그래. 착하군."

설핏 웃은 로건이 한숨을 내쉬었다. 내뱉는 한숨이 묵은 먼지처럼 쓸쓸하게 느껴졌다. 어쩐 일로 요즘은 담배를 피우지 않으실까? 문득 의문이 생겼지만, 윤수는 묻지 않았다. 무엇 때문인지 기분이 별로인 로건에게서 빨리 벗어날 생각뿐이었다.

"좋아하는."

"네. 좋아하는 음식은 어머니가 해주신 뚝배기 불고기입니다."

윤수의 앞서간 대답을 들은 로건이 냉소적인 실소를 터트렸다.

"아니. 좋아하는 여자라도 있어? 우리 병원에?"

"없는데요."

로건은 찰나의 틈도 없이 재빨리 나온 윤수의 대답이 마음에 들었다. 내내 경직되어 있던 미간 근육이 이완되는 것이 스스로도 느껴졌다.

"진짠가?"

"네. 없습니다. 애인 만들 시간에 잠을 더 자겠습니다."

무구한 눈을 끔뻑거리는 윤수는 한점 거짓이 없어 보였다. 꾀죄죄한 몰골을 보니 잠이 더 소중하다는 그의 대답이 진실하게 들렸다.

"그래……. 나가 봐."

"네. 감사합니다!"

"이것도 가져가."

깊이 숙였던 허리를 편 윤수의 눈앞에는 지난번 로건이 줬다 빼앗은 초콜릿이 있었다.

* * *

퇴근 준비를 마친 오영은 유난히 무겁게 가라앉는 몸을 이끌고 중앙 로비 의자에 앉았다. 월요일의 종합병원은 평소보다 더 북적였다. 웅성거리는 소음을 듣고 있자니 스르르 눈이 감겼다. 이럴 바엔 벌떡 일어나서 집에 가야 한다는 생각과 달리 땅속으로 빨려 들어가는 것 같았다.

"오영 씨?"

이름을 부르는 소리에 무거운 눈꺼풀을 들어 올리자 환하게 웃는 동훈이 보였다. 잠이 묻은 눈을 비빈 후 다시 확인해도 동훈이 맞았다.

"어……? 여기는 웬일이에요?"

"친구 병문안 왔었거든요. 멀찍이서 보고 긴가민가했는데 오영 씨가 맞네요. 그런데 여기서 뭐 해요?"

"퇴근했는데 너무 피곤해서 잠시 쉬는 중이었어요. 그럼 볼일 보고 가세요."

"저도 이제 가야 해요. 같이 가죠."

오영은 심심한데 잘됐다고 중얼거리며 따라붙는 동훈이 마냥 귀찮았다. 버스 정류장까지 걸으면서 그가 떠드는 소리를 흘려들었다. 친절하고 좋은 사람인 건 알겠는데 왠지 마음이 가지 않았고 첫인상과 달리 볼 때마다 부담스러웠다.

"그런데요. 오영 씨, 집주인이 여기 의사 맞죠."

"네."

"조심하세요."

그 말에 찌뿌듯했던 오영의 정신이 맑아졌다. 걸음을 멈추고 동훈을 똑바로 바라봤다.

"뭘요?"

"소문이요. 남자 혼자 사는 집에 입주 도우미로 있는 것 자체가 좀. 잘못하면 이상한 소문이 나거든요."

"그래서요."

"두 사람, 누가 보면 단순히 집주인과 도우미로만 생각하지 않을 수도 있어요."

"동훈 씨가 그렇게 생각하는 게 아니고요?"

날을 세우고 따지는 오영의 태도에 당황했는지 동훈의 목덜미가 벌겋게 달아올랐다.

"저는……. 오영 씨 믿어요. 그럴 사람이 아니라는 것 알아요. 지난번에 국밥집에서 두 사람 분위기에 놀라긴 했지만요."

그럴 사람? 그게 무슨 뜻이야. 오영은 '그럴'의 정확한 의미를 따져보느라 머리가 빙빙 돌았다.

"동훈 씨는 저를 믿는 사람으로 느껴지지 않네요. 이렇게 황당한 소리도 처음 들어요. 이로건 선생님이 아시면……."

오영의 얼굴도 새빨갛게 달아올랐다. 어이없고 부끄러워서 눈시울이 시큰해졌다. 더욱 대차게 따지고 싶었지만, 울먹이는 꼴이나 보일 것 같아서 포기하고 말았다. 뒤에서 오영을 부르며 따라오는 동훈을 뿌리치고 성난 걸음을 걸었다.

* * *

야간 응급 수술을 끝내고 들어온 로건은 소파에 웅크리고 잠든 오영을 보고 인상을 구겼다. 냉방이 돌아가는 거실에서 이불도 덮지 않은 것과 앞으로 계속 여기서 잘 것 같은 예감이 그의 신경을 긁었다.

손에 들고 있던 와인을 테이블에 내려놓고 침실로 들어갔다. 슈트 상의를 벗고 셔츠 단추를 풀던 로건의 손길이 서서히 느려졌다. 잠시 동안 질끈 감고 있던 눈을 뜬 로건은 얇은 이불을 꺼내서 거실로 나갔다.

"잘 자네."

세상모르고 잠든 모습에 안심이 되기도 했다. 모로 누워 잠든 오영의 얼굴은 어느새 길어진 앞머리에 가려져 있었다. 이불만 덮어 주고 들어가려고 했던 로건은 허리를 굽히고 잠든 얼굴을 들여다 보고 있었다. 못생긴 얼굴이 재미있어서 잠깐만 보고 들어가려고 했는데 아예 무릎을 꿇고 작은 얼굴을 마주 보고 있었다.

그냥 쳐다만 보려고 했는데 제멋대로 움직인 손이 희미한 주근깨가 있는 콧잔등 위에 흐트러진 머리카락을 치우고 있었다. 내가 미쳤구나. 미친놈. 어디에 손을 대. 물 흐르듯 볼로 가져가던 손을 멈춘 로건은 의지를 끌어올려 주먹을 쥐었다.

바스락. 작게 뒤척인 오영이 한숨을 내쉬었다. 슬쩍 벌어진 입술이 눈에 들어온 순간 로건은 현기증을 느꼈다. 살을 가르고 피를 볼 때 느끼는 강렬한 욕구가, 아니 그보다 더한 미칠 듯한 욕망이 그를 덮쳤다.

휘젓고 싶었다. 저 입술을 베어 물고 혀를 밀어 넣어 뜨겁게 휘젓고 싶어서 돌아버릴 지경이었다. 불끈 쥔 주먹의 뼈마디가 새하얗게 질리도록 참던 로건이 풀썩 주저앉았다. 그 바람에 그의 등에 밀린 테이블 위에 있던 와인이 쓰러지면서 쾅 소리를 냈다.

"……!"

소음에 놀라 눈을 뜬 오영은 자신의 앞에 주저앉아 있는 로건을 보고 눈을 깜빡거렸다.

"언제 왔어?"

"……."

고개를 푹 숙인 남자는 처음 본 그때처럼 시커먼 기운을 뿜고 있었다.

"로건? 어디 아파?"

"아니……. 괜찮아."

그의 목소리는 꼭 짐승이 앓는 소리 같았다. 괜찮다는 소리를 들으니 더 걱정스러웠다.

"이로건 씨."

몸을 일으키는 오영의 어깨를 붙든 로건이 고개를 들었다. 붉게 충혈된 흰자위가 안쓰러워 보였다.

"아픈 것 같아. 피곤해서 그런가?"

"그래. 그런가보다."

커다란 몸이 일어나는 속도가 굼뜨게 느껴졌다. 맞은편 소파에 쓰러지듯 주저앉은 로건은 눈을 꼭 감고 있었다.

"와인이네?"

"응. 과장님이 주셨는데 애들 주려다가 술 좋아하는 누군가가 생각나서 가져왔어."

"우와. 난 이렇게 고급스러운 술은 잘 모르는데."

작게 키들거리는 소리를 끝으로 침묵이 내려앉았다. 오영은 잠든 것 같은 로건을 건드리지 않았다.

대신 낮에 있었던 일을 곱씹었다. 왜 동훈에게 더 따지지 않았을까, 종일 생각해봤다. 따지지 못했다는 게 정확했다. 아무리 친해졌다고 해도 로건과 자신의 관계가 특이하다는 것을 알고 있었다. 하지만 어떤 사심도 없었고 잘못을 저지르지도 않았기에 애써 무시했던 것 같았다.

'그럴' 사람, '그런' 사이.

얼마든지 사람들에게 오해를 살 수 있다는 것을 인정해야 했다. 괜히 장난으로 말을 놓은 것이 문제의 시작이었나. 그렇다고 이제 와서 존대하기도 뭐 하고. 뒤척거리던 끝에 장대한 한숨이 터져 나왔다.

"웬 한숨이야."

"깜짝이야! 자는 거 아니었어……요?"

느긋하게 눈을 뜬 붉은 눈의 로건이 오영을 빤히 쳐다보고 있었다.

"집에서 왜 존대야. 뭐 잘못한 거 있어?"

"……."

반듯하게 누워서 천장만 바라보는 오영의 동그랗게 튀어나온 이마를 보던 로건이 갑자기 웃었다.

"왜?"

"이마가 너무 동그랗게 튀어나왔어."

"그게 웃겨요?"

"몰라. 그냥 웃음이 나왔어. 그런데 왜 자꾸 존대하지?"

"있잖아요. 선생님."

"응."

"내가 생각해 봤는데 우리 좀 이상해요."

"이상해?"

"고용주와 고용인. 집주인과 도우미. 우리는 그렇잖아요."

"그런데."

"세상에 어떤 집주인과 도우미가 반말로 대화하고 장난치고 그래요. 남들이 이상하게 볼 것 같아요."

편하게 널브러져 있던 로건이 자세를 고쳐 앉았다.

"어디서 무슨 말을 듣고 왔어. 남들이 무슨 상관이야."

"그냥. 괜한 오해 사는 게 싫어."

"떠들고 싶은 대로 떠들라고 해. 그렇다고 너하고 나하고 처음처럼 지내는 게 가능하겠어?"

"그러니까. 내가 왜 그랬지? 버릇없이 반말을 시작해서 괜히 일을 만들었어요."

"존대하지 마. 듣기 싫어."

짜증스럽게 대꾸한 로건이 자리에서 일어났다.

"여기서 자려면 이불하고 베개 챙겨서 자. 감기 걸리면 어쩌려고 그래."

"그렇게 듣기 좋은 잔소리 하니까 내가 기분 좋잖아."

누워서 보니 로건은 평소보다 더 크게 보였다. 훤칠한 모습을 보니 괜스레 미소가 지어졌다.

"집주인이 잘생겨서 좋아. 나중에 누구한테 장가갈까? 이로건 씨는."

헛웃음을 터트린 로건이 다가오더니 오영의 이마에 손가락을 올렸다.

"딱밤 금지야!"

급히 이마를 손으로 덮은 오영이 꽥하고 비명을 질렀다.

"반사 신경이 남다르군."

"그렇게 셔츠 단추를 마구 풀고 있으면 어떡해? 과년한 처자 앞에서."

오영의 볼이 다홍빛으로 상기되어 있었다. 허리를 굽힌 자세 때문에 로건의 열린 셔츠 사이로 단단하게 틀이 잡힌 흉근과 복근이 보였다. 처음 이 집에 왔을 때 웃통 벗고 돌아다니는 몸을 보고도 아무렇지 않았었는데 어째서 부끄러운지 모르겠다.

"지오영."

"왜요."

"존대하지 말고."

"왜."

"허윤수 좋아해?"

"그게 누군데?"

낮에 이름을 들었던 윤수를 까먹은 오영의 대답을 들은 로건의 입술이 희미한 호선을 그렸다.

"아까 낮에 둘이서 신나게 떠들고 웃었잖아. 고양이 밥 주면서."

"……. 아! 그 레지던트 선생님. 내가 그 사람을 왜 좋아해? 친절하긴 하더라."

"맞아. 착한 녀석이야."

"왜? 나 소개팅 해주려고?"

방긋 웃으며 눈동자를 반짝이는 오영의 얼굴을 노려보던 로건은 이불을 들어서 오영의 얼굴에 뒤집어씌워 버렸다.

"잠이나 자. 쓸데없는 고민 하지 말고."

* * *

잠에서 깬 로건은 침대 스프링이 튀듯이 벌떡 일어나 거실로 나갔다. 거실은 물론 주방까지 인적이 느껴지지 않았다. 조용하고 말끔할 뿐이었다.

"오영!"

소용없을 줄 알면서도 오영의 이름을 부른 로건은 청각을 예민하게 세웠다.

"벌써 나갔어."

부쩍 남들의 이목을 신경 쓰던 오영은 함께 하는 출근길을 한사코 거절했다. 억지로 차에 태우고 세 번째 출근했을 때는 불같이 화를 내더니 이후부터 새벽에 사라져 버리고 있었다.

"네 마음대로 해라!"

짜증스러운 마음에 버럭 소리를 질러 봐도 후련하지 않았다. 아직은 괜찮았지만, 점점 해가 짧아지는지 새벽의 푸른빛이 짙어졌다. 날이 추워진 후 이른 새벽의 캄캄한 길을 오영 혼자 걷는다고 생각하니 여간 신경 쓰이는 게 아니었다. 게다가 그렇게 일찍 일어나서 아침 식사까지 준비해 놓고 나갔다. 정갈하게 썰어놓은 김밥을 노려보던 로건은 만든 정성을 생각해서 하나 집어 먹었다.

우걱우걱 씹던 로건이 울컥 혼잣말을 내뱉었다.

"맛있잖아……. 짜증 나게. 도대체 몇 시에 일어나는 거야."

잔뜩 화가 난 표정과 달리 심란한 눈빛은 걱정으로 깊어져 있었다.

5. 화가 나

대양은 창가에 서 있는 로건에게 커피잔을 내밀었다.

"점심을 대충 먹는 것 같던데. 속이 안 좋아?"

"아침을 많이 먹었어."

"뭐 먹었는데?"

"김밥."

김밥? 이로건이 아침부터 김밥을 먹어? 로건의 식성을 잘 아는 대양은 잠시 골똘히 생각했다.

"밖에서 사 먹은 거야? 오영 씨가 어디 아픈가?"

"아니. 만들어 놓고 출근했더라고."

"새벽부터 고생했네. 애들 소풍 가는 날 아침은 우리 와이프도 김밥 때문에 바쁘더라고."

"그 집은 도우미가 여럿이잖아. 오영은 자기가 다 해."

퉁명스럽게 답하는 로건의 뒤통수를 보며 대양은 소리 없이 웃었다.

"그리고 우리 로건은 도우미가 아침에 혼자 바빠서 속상하고. 그치? 이러다가 집주인이 도우미 아까워서 집안일 하겠다고 나서겠네."

"비약하지 마."

무뚝뚝하게 대꾸한 로건은 손으로 창밖을 가리켰다.

"오늘 무슨 행사 있어? 저기 왜 저렇게 시끄러워?"

"봄, 가을마다 소아병동에서 바자회 하잖아. 너도 가서 돈 좀 써. 치료비 없어서 힘든 아이들한테 도움 좀 줘라."

"그냥 기부할게. 저기 가 봤자 내가 살만한 물건도 없을 것 같고."

"구경이라도 하자. 나도 얼굴 내밀어야 해. 명색이 소아암 센터 과장인데."

"……. 그래, 그럼."

늦더위가 물러나는가 싶더니 연일 비가 오거나 흐리던 날이 모처럼 만에 화창했다. 가을답게 쨍하게 파란 하늘을 가르는 볕이 따가웠다. 로건은 마주치는 사람마다 아는 척을 하느라 바쁜 대양 옆에서 묵묵히 걷기만 했다.

"로건, 저기 좀 가 보자. 우리 병동 공주님들한테 하나씩 선물

해야겠다."

"뭔데."

대양을 따라간 곳은 갖가지 액세서리를 파는 부스였다. 어린 환우들을 위해 구슬 목걸이와 팔찌를 고르는 대양 옆에서 무심하게 서 있던 로건의 눈이 한곳에 꽂혔다. 단순한 듯 고급스러워 보이는, 진주알이 박힌 머리핀이 눈에 들어왔다. 확실히 유치하게 번쩍이는 파란 알맹이보다 예뻤다. 차마 집어 들지는 못하고 손가락으로 슬쩍슬쩍 지분거리자 판매자가 말을 걸었다.

"보는 눈 있으시다. 그거 진짜 진주예요."

"그래요?"

"네. 제가 일일이 진주알을 꿰서 만든 핀이에요. 의미 있는 바자회라서 가격도 착하게 가져왔어요."

"네. 예쁘네요."

판매자는 머리핀을 들었다 놓기를 반복하는 로건에게 상냥하게 쐐기를 박았다.

"여자친구 분이 좋아하실 거예요. 하나 선물하세요."

"아니. 저는 여자친구가 없……."

갑자기 나타난 대양이 로건의 어깨를 툭 치면서 호탕하게 웃었다.

"뭐야. 이 선생도 머리핀 사려고? 집에서 하고 있게?"

"장난하지 마. 내가 머리핀을 왜 해. 그냥 앞머리가 너무 자랐더라고. 일할 때 눈도 찌르는 것 같고 보기에 답답하기도 하고. 혹시 요리하다가 머리카락 빠지면 어떡하나 싶고."

대양은 구구절절 변명하는 로건을 안타깝다는 듯 쳐다봤다. 냉혈한 이로건 선생을 이 지경으로 만들어 버린 오영이 새삼 위대해 보였다.

"그럼 뭐하러 망설여? 하나 사 드려."

"그러세요. 원래 여자들이 큰 선물보다 이런 거에 또 감동하고 그러잖아요."

"저는 여자친구 없……."

"이리 내."

로건의 말을 끊어 버린 대양이 머뭇거리는 손에서 진주 핀을 가로채 판매자에게 건넸다.

"그냥 하나 주세요."

"네. 포장해 드려야 하죠?"

지갑을 꺼낸 로건은 고개를 내저었다.

"포장은 무슨. 그냥 주시죠."

"무슨 소리! 예쁘게 포장해 주세요. 리본은 분홍색으로. 이왕이면 받는 사람이 기분 좋아야지."

판매자는 로건의 의견 따위 들을 생각이 없어 보였다. 아예 대양에게 포장지와 리본을 골라보라고 권하기까지 했다. 머리핀을 포장하는 모습을 뚫어지라 보는 로건은 어딘지 모르는 곳이 간질거리는 것 같았다. 목구멍인 것도 같고 뱃속인 것도 같고 손이나 발인 것도 같은, 이상한 기분이었다.

"저기, 이로건 선생 댁의 오영 씨도 오셨네."

대양의 말에 놀란 로건은 포장된 머리핀을 빼앗듯이 낚아채서는 주머니에 넣었다. 아무래도 간지러운 곳은 목구멍이었나 보다. 자꾸만 헛기침이 나왔다.

"오영 씨는 장난감을 좋아하나?"

이나와 함께 나온 오영은 키덜트 용품을 파는 부스에서 이것저
것을 고르고 있었다. 그러더니 블록으로 만든 캐릭터 키홀더를
사는 것이 보였다.

"오늘 저녁에 둘이 선물교환 하겠네."

"선물 아니라니까."

무뚝뚝하게 대답하던 로건은 건너편의 이나와 눈이 마주쳤다.
로건은 소심하게 고개 숙여 인사하는 이나를 무시하고 돌아섰다.

* * *

"그냥 계속 기를까?"

머리를 말리고 난 오영은 어중간한 길이의 머리를 붙들고 고민
이 길었다. 어깨에 닿을 듯 말 듯 한 길이, 전문 용어로 거지 존
(zone)이라고 불리는 이 시기를 넘기기가 쉽지 않았다. 전처럼 짧
게 자를까 싶다가도 차라리 길러서 묶는 게 더 편할 것도 같아서
하루에도 몇 번씩 생각이 바뀌었다. 톡 튀어나온 이마를 문지르
던 오영은 결심했다.

"앞머리만 자르자."

로건의 서재에 가서 가위를 들고나온 오영은 잘라야 할 길이를
가늠했다. 앞머리를 빗으로 차분하게 빗은 후 조심스럽게 가위질
을 시작했다. 약간 불안하고 가위질이 어색했지만, 전에 하던 가
락이 있으니 스스로를 믿었다. 조용한 욕실에 울리는 사각사각
소리가 신중했다.

"음……."

거울 속 모습을 한동안 쳐다보던 오영이 나지막이 중얼거렸다.

"큰일 났다."

깡똥하게 짧아진 앞머리는 튀어나온 이마를 더욱 강조하고 있었다. 바닥에 떨어진 머리카락을 도로 붙이고 싶은 심정이었다.

"그냥 미용실 갈 걸, 어떡하지?"

이미 벌어진 일을 어떻게 수습해야 할까 고민하면서 머리카락을 치울 때였다.

"지오영!"

퇴근하고 돌아온 로건의 목소리가 들렸다. 한숨을 푹 내쉬고 난 오영은 손으로 이마를 덮고 본채로 넘어갔다.

"오셨어요?"

대충 넘어가 주기를 바라는 오영의 기대와 달리 툭 내민 입술에 불만스러운 표정은 로건의 관심을 끌었다.

"얼굴이 왜 그래? 무슨 일 생겼어?"

"응……. 나 어떡해."

"왜? 뭐야?"

덩달아 심각해진 로건은 오영을 끌고 소파에 앉았다.

"머리 아파? 열나?"

"아니!"

이마에 손을 대보려고 다가오는 로건을 밀어낸 오영은 그의 곁에서 멀찍이 떨어져 앉았다.

"그런데 왜 이마에 손을 얹고 있어? 다친 거야?"

"그게……."

점점 사색이 되어가는 로건을 보다 못한 오영이 이마에서 천천히 손을 뗐다. 눈썹 위로 달랑 올라간 앞머리를 한참 동안 쳐다보던 로건이 손등으로 콧잔등을 문지르며 난감한 표정을 감췄다.

"웃는 것 다 알아."

"아니야."

"웃는 것 가리려고 코 닦는 척하는 거잖아."

"아니야. 마침 코가 가려워서."

오영의 닦달에 하는 수없이 손을 내린 로건은 입술을 꽉 물고 있었다.

"웃음 나올까 봐. 입 잠그고 있는 것 다 알거든."

즉시 입술에 힘을 푼 로건은 대신 입안의 속살을 어금니로 깨물었다.

"어떡하지."

"……."

"이러고 어떻게 돌아다니지? 나 원래 머리 잘 자르거든. 우리 엔젤의 낙원 아이들 머리도 내가 잘라 주고 그랬단 말이야."

"……."

"나, 더 못생겨졌지."

"응."

내내 잠자코 있던 로건의 신속한 대답에 오영의 어깨가 더욱 처졌다. 사실 오영만큼 로건도 상심하고 있었다. 겨우 산 머리 핀이 무용지물이 된 것이 실망스러웠지만, 자꾸 웃음이 나서 화도 못 내고 있었다.

"그러게 갑자기 왜 머리를 잘랐어. 중도 제 머리를 못 깎는다는

데 네가 무슨 재주로. 큭!"

"한국말 많이 늘었네. 그런 말도 할 줄 알고."

웃음을 참느라 급히 말을 끊은 로건을 흘겨보던 오영은 무거운 한숨만 내쉬었다.

"자를 생각인 줄 몰랐네. 괜히 사 왔어."

"뭘."

"아까 바자회에서 팔길래. 대양이 하도 너 하나 사 주라고 해서 샀는데."

망설이는 손끝에는 분홍색 리본이 달린 조그마한 상자가 있었다.

"이거 내 거라고?"

"별건 아니고. 포장을 굳이 해 주더라고."

언제 상심했나 싶도록 기분 좋은 얼굴이 된 오영은 벌써 포장을 다 풀어 버린 참이었다.

"오! 예쁘다. 되게 예뻐!"

"마음에 드는 건가?"

힘차게 고개를 끄덕인 오영은 앞머리를 쓸어 모으던 손을 떨어뜨렸다.

"그런데 머리가 없네."

"귀여워."

"응?"

"귀엽다고. 이상하지 않아."

"못생기지 않았어?"

"그건 어쩔 수 없잖아."

수긍한다는 듯 고개를 끄덕이는 오영을 보며 빙그레 웃던 로건이 바짝 다가가 앉았다.

"이리 줘 봐."

오영의 손에 들린 핀을 가져온 로건은 찬찬한 손길로 짧아진 앞머리를 쓸어 올렸다. 고분고분 앉아서 기대하고 있는 오영을 보고 있자니 미소가 멈추지 않았다. 간신히 그러모은 머리에 핀을 꽂고 나자 그런대로 괜찮은 것도 같았다.

"이러고 다니면 되겠네."

"그래? 예뻐?"

설핏 웃은 로건이 고개를 저었다.

"예뻐진 건 모르겠고. 좀 아쉬운 게."

"……?"

"아까보다 덜 귀여워."

무슨 소리를 들은 거야? 미심쩍은 표정을 한 오영은 귀를 후벼 파며 다시 물었다.

"뭐라고? 뭐가 어떻다고?"

"덜 귀엽다고. 앞머리 짧은 게 더 귀여웠어."

분명 장난인 것을 아는데, 너무 진지하게 말을 해서 그런지 민망했다. 오영은 화끈거리는 볼을 문지르며 머쓱한 기분을 달랬다. 그런 오영을 보던 로건은 오후 내내 궁금했던 것을 물었다.

"너는 나 줄 것 없어?"

"없는데?"

"없다고?"

"응. 없어."

로건은 동그란 눈을 깜빡이며 고개를 흔드는 오영이 갑자기 얄미워졌다. 한없이 가라앉는 마음을 따라 입가에 스며 있던 미소도 차게 식었다. 실망했지만, 로건은 티를 내지 않았다. 겨우 그깟 일에. 게다가 누구를 주려고 샀는지도 모르는 열쇠고리 따위에 연연하는 자신이 낯설고 한심했다. 오영을 알게 된 후로 감정 과잉에 시달리고 있다. 좋고 싫고 재미있고 슬프고…….

사는 것이 점점 재미있어지는 것이 과연 옳은 것인가. 내가 그래도 되는 걸까. 가감 없이, 순수하게 드러내는 지오영. 너와 함께 하면서 통제력을 잃는 것에 더는 느슨해질 수 없었다. 어느 날 견디지 못하고 해서는 안 될 말을 하고 말 것이다. 돌이킬 수 없는 말을 하고 나면 어떤 모습이 드러날지, 로건은 스스로가 두려워졌다.

"왜? 그런 건 왜 묻는 거야?"

생글거리며 묻는 오영은 선물 받은 머리핀이 마음에 드는지 줄곧 손으로 매만지고 있었다.

"그냥. 장난으로 물어봤어. 내가 사 준 것 생색내려고."

"쳇. 생긴 거랑 어울리지 않게 장난은."

로건은 응급 수술은 어땠는지, 힘들지 않은지, 저녁은 해결했는지 묻는 오영에게 건성으로 대답해 주고는 침실로 들어갔다. 목을 죄고 있는 넥타이를 힘없이 끌어 내리며 협탁 위 액자를 원망스럽게 노려봤다.

엉망이 된 내 인생은 누구의 탓인 걸까. 나약하고 무능력했던 내 가족 그리고 당신, 나는 누구를 원망해야 하는 걸까. 연쇄살인범 타이틀을 달고 가석방 없는 무기 징역형을 사는 남자의 인자한 표정을 바라보며 로건은 미소 지었다. 한없이 서글픈 미소가 한숨과 함께 바스러졌다.

* * *

외과 병동 간호사 스테이션을 지나면서 오영은 이상한 분위기를 감지했다. 정확히 말하면 외과 병동 전체가 이상한 분위기에 휩싸여 있었다. 사람들이 오영을 유심히 쳐다보는 것이 착각인가 싶었지만, 방금 아닌 것을 깨달았다.

"저 사람?"

"이 선생님이?"

"정말로?"

양쪽 귀에 콕 들어박히는 수군거리는 소리. 이로건 선생과 지오영. 두 사람을 둘러싼 모종의 소문이 돌고 있는 것 같았다. 차라리 허윤수 선생처럼 붙들고 물어봐 주었으면 좋겠다. 그들이 생각하고 있는 것이 무엇이든 속 시원하게 말해 줄 수 있는데.

"언니……"

은근하게 부르는 다정한 이나의 목소리에 오영의 찌푸려졌던 인상이 활짝 밝아졌다.

"이나 씨. 점심 먹었어요?"

"아니요. 오늘은 입맛이 없어서 간단하게 빵이나 사 먹을까 해요."

입맛이 없는 이유가 왜인지 알 수 없었으나, 언제나 밝고 따뜻했던 이나는 어둡게 침체한 모습이었다.

"어디 아파요?"

"기분이 별로예요. 많이 속상하고 혼란스러워요."

"왜요? 무슨 일인데요?"

가슴에 끌어안은 진료기록부의 모서리를 손가락으로 만지작거리는 손길에서 망설이는 이나의 마음이 드러났다.

"언니. 제가 지난번에 이로건 선생님께 전해달라고 했던 초콜릿이랑 커피요."

"네."

"진짜 전해준 거 맞죠?"

물어보는 이나의 얼굴색이 새빨갰다. 이런 것을 묻는 것이 무척 자존심이 상한다는 듯, 조심스러운 어투에서 미묘한 신경질이 느껴졌다.

"그럼요. 직접 만나서 주지는 못했지만, 이 선생님 책상 위에 올려두었어요. 정말이에요."

"그렇다면 이 선생님이 의국 사람들한테 그냥 줘 버렸나 봐요."

"……?"

"아까 외과 의국에서 나오던 허윤수 선생님하고 마주쳤는데 맛있으니까 하나 맛보라면서 그 초콜릿을 주더라고요."

어떤 사정이 있었을까, 오영도 그 초콜릿이 윤수에게 가게 된 경로를 골똘히 생각해봤다. 그때 로건이 잘 먹었다고 했는데. 그러면서 오영이 준 것이라고 오해했던 로건의 표정이 떠올랐다. 자세한 사정을 모르니 이나에게 어떻게 설명해야 할지 몰라 머릿속이 복잡해졌다.

"그런데 이로건 선생님이 단 것을 싫어하긴 해요."

안타깝게 동감하는 오영을 쳐다보던 이나가 갑자기 말을 멈추고 가만히 서 있기만 했다. 어설프게 자른 앞머리에 간신히 붙어있는 머리핀을 뚫어지라 보고 있었다.

"이나 씨?"

"언니. 그 머리핀 예쁘네요. 선물 받았어요?"

"네…… 어젯밤에."

말을 하던 오영은 입술을 꾹 다물어버렸다. 속속들이 알게 되면 이나가 실망할 것이 분명했다. 아무 사심 없이 주고받은 선물인데, 마치 죄를 지은 것 같아 가슴이 타들어 가는 기분이었다. 들릴 듯 말 듯 실소를 터트린 이나는 먼 곳에 시선을 두고 있더니 맥없이 돌아섰다.

"언니…… 점심 맛있게 드세요."

"이나 씨!"

다급하게 부르는 오영에게 흔드는 이나의 손짓이 마치 뿌리치는 것 같아 마음이 아팠다. 차라리 지금 어떤 상황인지 이나에게 다 말해 줘야 할까?

아니!

오영은 빠르게 고개를 내저었다. 말하면 안 될 것 같았다. 지금도 이렇게 시끄럽게 웅성거리는데 자세한 사정이 알려지면 멋대로 각색된 소문은 들불이 번지듯 걷잡을 수 없겠지. 거창한 마음을 먹은 사람처럼 오영은 가쁜 숨을 내쉬며 걷고 있었다.

"지오영 씨. 잠깐만요!"

휴게실 옆을 지나는 데 자판기에서 음료수를 뽑던 대양이 그녀를 멈춰 세웠다.

"네. 선생님."

대양을 따라 건물 뒤편 직원용 주차장으로 따라가면서도 오영은 별의별 생각을 다 했다. 아마 오 선생님도 이상한 소문을 들었을 테고 로건의 얼굴을 봐서 병원 일을 그만두는 게 어떻겠냐는 제안을 할 것이라고. 혼자서 그렇게 멀리멀리 생각을 뻗어 나가고 있었다.

"오영 씨, 로건이 오늘 기분이 별로던데."

"왜요?"

　로건의 귀에도 이상한 소문이 들어갔나 보다. 생각이 한 걸음 더 껑충 뛰었다.

"머리핀 예쁘네요. 어제 로건이 한참 골랐는데."

"아……."

　쑥스러워하는 오영의 귓불이 벌건 자주색으로 달아올랐다.

"로건을 잘 보살펴 줘서 고마워요. 허우대 멀쩡한 사람이지만, 속은 아직 덜 여문 녀석이라 걱정 많이 했는데 오영 씨 덕분에 마음이 놓여요."

"제가요? 제가 이로건 씨를 보살폈다고요? 이로건 씨가 여리다고요?"

　고개를 끄덕인 대양의 눈빛은 갸륵한 아이를 보는 어른처럼 자상했다.

"로건은 어렸을 때 부모님과 양부에게 큰 상처를 받았어요. 그것 때문에 아직도 내면은 여리고 겁 많은 아이 상태로 남아있어요."

"아닌데……."

　아빠 같고 오빠 같은, 커다란 로건인데. 대양의 말을 도저히 이해할 수 없었다.

"아직은 그 녀석에 대해서 자세히 말씀드릴 수 없어요. 로건이 스스로 오영 씨에게 털어놓기를 기다리고 있기도 하고."

"무슨 말씀인지 모르겠어요."

"로건을 어떻게 생각해요?"

무슨 뜻으로 하는 질문인지 알아듣지 못한 오영은 동그란 눈동자를 두리번거렸다. 이제 와서 로건의 됨됨이를 묻는 이유가 뭘까. 중간 평가 같은 것인가 싶어 최대한 좋게 말했다.

"말수가 적고 무뚝뚝하지만, 생각보다 착한 사람이고요. 요즘은 음식도 까다롭지 않게 뭐든 잘 먹으려고 노력하고요. 듬직하고…… 그러니까 아빠같이 든든하고."

"아빠……라니요?"

오영의 말을 끊은 대양은 눈에 띄게 미간을 좁히며 안타까운 한숨을 토해냈다. 여기서 아빠가 나오다니. 이 두 사람은 도대체 어떤 상황에 있는 것인가. 종잡을 수 없었다. 대양의 반응에 놀란 오영은 방금 한 말 중에 뭐가 잘못된 것일까 한 글자씩 더듬어 보았다. 로건에 대해 나쁜 말을 한 것이 없는데 왜 저렇게 못마땅한 표정일까.

"아빠 같으면 안 되죠. 남자 같지 않아요? 우리 로건?"

"남자니까 남자 같죠."

무심한 대답을 들은 대양은 벽에 이마를 짚고 묵묵히 서 있었다. 두 사람이 알아서 화학반응을 일으킬 때까지 기다렸다가는 화석이 되어 버릴 것이 뻔했다.

"아니, 그러니까요. 남자로 느껴지지 않아요? 멋진 남자."

"멋져요. 저도 항상 그렇게 말해 주고 있어요. 이로건 씨 멋있다고."

"그게 다예요? 멋지니까 갖고 싶은 생각은 없어요? 와, 내 남자 친구가 저런 남자라면 좋겠다."

"저는 남자친구 사귈 생각이 없는걸요. 결혼도 안 할 건데요."

보통 얼굴이 발그레 상기되면서 어떤 기대로 눈동자를 반짝거리는 게 일반적인 반응일 텐데. 이 여자 강적이다. 벽에 대고 말하는 기분이었다. 폐가 답답한 매연으로 꽉 차 있는 것 같았다. 로건을 들었다 났다 할 때부터 알아챘어야 했는데. 속이 터질 것 같은 갑갑함에 우왕좌왕하던 대양은 결국 선 넘는 말을 해버렸다.

"아무 감정이 안 들어요? 혹시 로건이…… 오영 씨를 좋아한다면 어떨 것 같아요."

"그게 말이 되나요? 이 선생님은 의사잖아요."

역시 그래서인가? 이 착하고 맹한 아가씨는 못 오를 나무라고 생각하고 일찌감치 마음을 접었나 보다.

"의사가 왜요. 그런 것 신경 쓰지 않아도 돼요. 로건은 아무도 없어요. 그냥 외로운 사람이에요. 그렇게만 봐 줘요."

이후로 오영은 어떤 대답도 하지 않았다. 잠자코 멀거니 서 있는 오영을 쳐다보던 대양이 그녀의 어깨를 가볍게 두드리고 가 버렸다.

혼자 남은 오영은 한동안 그렇게 있었다. 많은 생각이 우르르 쏟아지고 갖가지 장면들이 뇌리를 스쳤다. 로건의 눈빛, 시선, 말투, 행동, 분위기. 조금씩 달라지고 있는 것을 알면서 일부러 미뤄두고 외면했었는데.

왜 다 흔들어 놓고 되짚게 하는 거예요. 이미 대양이 사라진 길을 하염없이 쳐다보면서 오영은 무겁게 짓누르는 감정을 다시 제자리로 돌려놓으려고 애썼다. 차곡차곡 쌓아놓고 말끔하게 정리하고 싶었다. 이제 겨우 싹이 튼 여린 잎사귀 같은 마음을 발로 자근자근 밟아서 흙 속에 묻으려던 오영은 한숨과 함께 주저앉았다. 밟으면 너무 아플 것 같아서, 하찮을 만큼 별것 아닌 작은 마음일 뿐인데 잠시 그대로 두어도 되지 않을까. 느슨해져 버렸다.

* * *

두꺼운 책을 펴들고 거실에 있던 로건이 지갑을 챙겨서 나오는 오영을 빤히 쳐다봤다.

"어디 가?"

"요 아래 슈퍼에. 녹말가루 사려고."

"대로 마트? 같이 가."

탁, 소리 나게 책을 덮은 로건은 자연스럽게 따라 나와 슬리퍼를 신었다.

"왜? 이로건 씨도 뭐 살 거 있어? 담배? 내가 사 올게."

"담배 끊는 중이야. 해가 졌잖아. 같이 가."

가로등이 휘황한데 뭐가 걱정이냐고 따지려던 오영은 포기하고 고개를 끄덕였다. 그와 길게 말하고 싶지 않았다. 티격태격하는 것이 재미있긴 했지만, 이나와 대양을 떠올리자 마음이 무거워졌다. 마치 모르는 남남처럼 앞서거니 뒤서거니 걸어서 대로 슈퍼에 도착했다.

"어서 오세요."

반갑게 오영을 맞이하던 동훈은 뒤에 바짝 붙어 들어오는 로건과 시선이 부딪혔다. 시선으로 사람을 들어 올려서 내동댕이치는 것이 가능할 것 같은 위압적인 눈빛이란 생각이 들었다.

오영의 뒤를 따르는 느긋한 로건을 살필수록 동훈은 불쾌한 감정에 휩싸였다. 남자의 눈으로 봤을 때 로건은 위험했다. 순진한 오영에게 어울리지 않는 부류인데……. 하긴 외모와 조건만 보면 넘어가지 않을 여자가 없을 듯했다.

"그것만 사면 되는 거야?"

"응."

"아이스크림도 사. 좋아하잖아."

오영은 조용히 고개를 저었다. 전에는 흘려들었던 로건의 말투가 새삼스럽게 거슬렸다. 그래. 이게 어떻게 집주인과 도우미의 대화야. 동훈이 오해하는 것이 당연했고 대양이 그런 이상한 말을 하는 것도 이해가 갔다.

"얼마예요?"

지갑을 여는 오영을 보며 동훈이 살갑게 웃었다.

"오영 씨, 이거 여기에 달았어요. 어때요?"

"앗, 귀엽네요."

자동차 키에 달린 장난감 열쇠고리를 보며 오영이 피식 웃었다. 동훈은 뻣뻣하게 버티고 선 로건에게 열쇠고리를 내보이며 약 올리듯 흔들었다.

"오영 씨가 선물해 줬어요."

"그래요. 재미있는 열쇠고리네요."

달랑거리는 열쇠고리를 보며 로건은 씁쓸하게 웃었다. 동훈은 시답잖은 것을 보는 듯 무감한 로건의 눈앞까지 굳이 가져가 흔들어 보였다. 서늘한 눈으로 앙증맞은 블록 캐릭터를 쳐다보던 로건은 손을 들어 열쇠고리를 밀어냈다. 저열한 도발이 불쾌했지만, 동요할 가치가 없었다.

"지금 뭐 하는 거예요?"

오히려 오영이 눈살을 찌푸리며 짜증스러운 티를 냈다.

이 일의 원인은 너잖아. 로건은 동훈 따위에게 화나지 않았다. 겨우 이까짓 일로 감정에 굴곡이 생기는 일이 더 우스웠다. 그런데 지오영, 이상하게 네가 얄밉다.

집으로 돌아가는 길, 오영은 연신 로건의 표정을 살폈다. 평소와 같이 무뚝뚝한 얼굴에 예사로운 분위기인데도 뭔가 달랐고 그 다른 점이 오영을 불안하게 했다.

엄습하는 촉을 무시할 수 없었다. 퇴근 후 내내 기분이 괜찮았던 남자는 슈퍼에서 동훈을 보기 전까지와 지금이 확연히 달랐다. 설마, 설마 하면서도 오영은 그깟 열쇠고리 때문이라고 확신할 수밖에 없었다.

"저……, 이로건 씨."

역시나 대답이 없었다.

"뭐 기분 안 좋은 일 있어?"

"아니. 왜?"

로건은 일부러 고개를 돌려 오영을 쳐다보며 웃는 낯을 지어 보였다. 자신의 기분을 들키기 싫어서 의연한 척하려고 애쓰는 꼴이라니. 왜 이 여자에게 어쭙잖은 수를 쓰는지 이해할 수 없었다.

질투라는 치기 어린 감정이 창피했고 자신 때문에 불편해할 여자
가 걱정스러운데. 그러니까 왜 그런 건지. 뭐하러 일일이 신경 쓰
는 건데.

"……발."

항상 f나 s로 시작하는 이국의 욕설을 애용하던 로건은 한국에
서 배운 욕을 나직이 내뱉었다.

"뭐라고?"

"아무 말도 안 했어."

오영은 뻣뻣하게 걷는 남자의 옆모습을 물끄러미 쳐다봤다. 방
금 욕하는 걸 들었는데 잡아떼는 얼굴이 말끔했다. 평소에도 동
훈을 탐탁지 않아 하는 사람이니 기분이 나쁜 건 이해할 수 있었
다. 안 그렇게 생겨서는 사람 신경을 곤두서게 하는 재주가 있는
동훈이 괘씸했다.

"슈퍼 사장님도 차암……."

하는 수없이 오영은 어색한 말투로 서두를 꺼냈다.

"열쇠고리 그거 엄청나게 싼 거야. 병원 바자회 때 땡처리로 팔
던 거였어."

"……."

"내가 머리핀을 받았잖아. 이제 와서 돌려주기도 껄끄럽더라고.
이로건 씨 말 대로 처음에는 예쁜가 싶었는데 자꾸 보니까 별로
기도 하고."

그러면서 오영은 자신의 머리에 얌전히 얹힌 진주 머리핀을 어
루만졌다. 나, 지금 네가 준 머리핀 했다, 이거 봐라, 하는 적극적
인 어필이었다. 속마음이 전해졌는지 줄곧 앞만 보고 걷던 로건

이 흘깃 오영의 손이 닿은 곳을 쳐다봤다.

"그 핀이 좀 비쌌어. 물론 내 기준에서. 빚진 것 같고 마음에 계속 걸리적거려서……."

"그게 나하고 무슨 상관이야."

톡 내뱉은 로건의 대꾸에 오영의 발걸음이 멈췄다. 그런 오영을 두고 몇 발자국 더 걷던 로건도 걸음을 멈추고 돌아섰다.

"너희들이 머리핀을 주고받든 반지를 주고받든. 그게 나하고 무슨 상관인지 모르겠어."

무안해진 오영의 목 언저리에 후끈한 열감이 번졌다. 그가 어처구니없다는 듯이 터트린 무미건조한 코웃음이 너무 부끄러웠다. 순간적으로 업신여김을 당한 기분이었다. 왜 로건만은 그러지 않을 거라고 생각했을까.

'당신은 그 집의 가사 도우미입니다. 사람들이 두 사람을 이상하게 볼 거라고요.'

동훈의 말이 새삼스럽게 와닿았다. 고용주인 걸 떠나서 그는 세상 사람들이 대단하다고 치는 직업을 가진 사람이었고 부유하고 잘난 남자였다. 경험으로 익히 알고 있었으면서 어째서 이 사람만은 다를 거라고 착각했는지 모르겠다. 세상에는 엄연한 계급이 존재한다는 것을 누구보다 잘 알았으면서 깜빡했다. 어쩌다 친해진 것뿐인데. 허물없이 좋은 친구를 넘어 동훈의 말대로 오해를 살만한 사이가 될 수도 있다고 헛된 꿈을 꾸었나 보다.

홧홧한 수치심에 잠긴 오영은 아무 말도 하지 못하고 먹먹한 눈으로 로건을 바라봤다. 평소처럼 너스레를 떨지도, 장난으로 웃어넘기지도 못했다. 다시 등을 보이고 멀어지는 로건의 딱딱하고 무정한 등을 망연히 바라볼 뿐이었다.

* * *

모처럼 만에 로건이 이른 퇴근을 한 날이었다. 그게 뭐라고 기분이 들떴던 오영은 퇴근한 직후부터 갖가지 요리 재료를 다듬느라 분주했었다. 요즘은 해 주는 대로 군소리 없이 곧잘 먹는 로건이기에 화단에서 키운 채소와 허브를 솎아내 샐러드를 하고 탕수육을 튀기는 등 부산을 떨었다. 그렇게 떠들썩한 요리과정을 거치는 동안에는 화기애애했던 집안 분위기가 적막하기 이를 데 없었다.

그릇에 수저나 젓가락이 부딪치는 소리 외에는 아무것도 없었다. 맛있냐, 나 정말 요리왕이지 않으냐고 묻는 오영의 밝은 목소리도 식사를 마치기도 전에 배 꺼지겠다고 핀잔하는 로건의 불퉁한 소리도 들리지 않았다. 눈 한번 마주치지 않는 묵묵하고 느릿한 저녁 시간은 마치 고문 같았다.

식사 후 뒷정리까지 마친 오영은 속이 터질 것 같아서 집에 있을 수가 없었다. 도대체 누구에게 화가 난 건지 알지도 못한 채 그냥 화가 나 있었다. 동훈이 꼴 보기 싫었다가 로건이 얄미웠다가 변화무쌍하던 마음이 결국 향한 곳은 자기 자신이었다.

무작정 외투만 집어 들고 밖으로 나갔다. 거실 창을 열어놓고 바람을 쐬는 로건을 봤지만, 아무것도 보이지 않은 양 바람처럼 뛰쳐나갔다. 철부지 망아지처럼 목적지도 없이 온 힘을 다해 달렸다. 귓가에 이는 바람 소리와 피부를 스치는 차가운 공기가 달뜬 감정을 정리하는 데 도움이 되었다. 낡아서 닳고 닳은 운동화 바닥 탓에 발바닥이 아프고 폐가 찢어질 듯이 따가운데도 혹사하는 쾌감을 느끼며 뛰었다. 얼마나 달렸는지 모를 만큼 시간이 지나고 어디가 어딘지 모를 때쯤 다리에 힘이 빠졌다.

"어 어!"

순간적으로 무릎에 힘이 빠지며 꺾여졌다. 이미 속도가 현저히 느려졌던 덕분에 나동그라지지 않고 그 자리에 풀썩 고꾸라졌다.

"아야……."

무르팍과 손바닥에 알싸한 통증이 느껴졌다. 그 상태로 주저앉아 손바닥을 털고 무릎을 문질렀다. 어두워서 분간이 가지 않았지만, 바지는 구멍이 나기 직전이었고 손바닥은 쓸려서 화끈거리는 것이 상처가 난 것 같았다. 넘어진 김에 쉬어간다고 그대로 앉아 있고 싶은 마음이 굴뚝같았다. 지나가던 차 한 대가 멈추더니 운전석의 차창이 내려갔다. 운전자는 오영보다 더 어쩔 줄 몰라 하며 안부를 물었다.

"괜찮아요?"

"예. 괜찮아요."

그의 걱정스러운 눈빛 때문에 오영은 씩씩한 척하며 일어나서 바지에 묻은 흙을 털었다. 여기가 어디야. 집과 병원을 오가는 길 외에는 아는 것이 없다 보니 아주 다른 세상에 와 있는 기분이었다.

주변을 두리번거리던 오영은 자전거를 탄 채 멀찍이 떨어져 서 있는 로건을 발견했다. 잠깐 반가울 뻔했던 마음을 급히 다잡았다. 설마 나를 따라왔으려고. 무안 당한지 얼마나 됐다고 배알도 없는 지오영. 시선이 마주치자 다시 페달을 밟는 로건을 무시한 오영은 저만큼 떨어져 있는 놀이터로 향했다. 가로등 아래 음수대에서 손을 씻는데 자전거를 세워 놓은 로건이 가까이 다가왔다.

"너 다쳤지."

"어. 나잇값 못하고 넘어졌어. 그런데 여기는 웬일이야?"

밤이 이슥해서 그런지 분위기가 오싹한 놀이터를 둘러보는 로건은 불만스러워 보였다.

"여기 오려고 그렇게 뛰었어?"

눈매를 찡그린 오영은 고개를 저었다. 손바닥에 물이 닿자 소독약을 들이붓는 것처럼 따갑고 화끈거렸다.

"아니, 그냥 뛰었어. 속이 답답해서."

젖은 손을 닦을 것이 마땅치 않아서 허공에 손을 털면서 말린 오영은 미끄럼틀 위로 올라갔다.

"너 뭐해? 그거 타려고?"

로건은 그네를 타는 것도 아니고 미끄럼틀에 올라가는 오영을 어이없는 눈으로 쳐다봤다.

"아니. 여기 앉아 있을 거야. 이로건 씨는 돌아가."

지붕이 있는 미끄럼틀 꼭대기는 작은 오두막처럼 아늑했다. 아이들이 술래잡기하기에나 좋을 듯한 공간에 몸을 들인 오영은 마른 몸을 웅크리고 앉았다. 좁고 아늑한 곳에 있으니 바람도 막아주고 고요한 것이 마음에 들었다. 어릴 때 책상에 이불을 뒤집어 씌워놓고 들어가 있으면 누군가의 품에 안긴 것처럼 아늑했었는데 꼭 그런 기분이었다.

오영은 생각을 좀 정리해야 할 필요성을 느꼈다. 탁, 탁, 탁. 미끄럼틀 계단을 오르는 무거운 발걸음 소리가 들리더니 비좁은 공간에 로건의 커다란 몸이 불쑥 밀고 들어왔다.

"너 여기가 얼마나 외진 곳인지 알아? 지금 몇 시인 줄은 알고?"

"이로건 씨한테 위험하지 않은 곳은 도대체 어디야?"

"집에 가자. 상처에 연고도 발라야지."

내 상처가 당신하고 무슨 상관인데. 로건에게 받은 대로 고스란히 돌려주고 싶었지만, 너무 유치한 것 같아서 차마 입에 올리지 못했다.

"여긴 왜 들어와? 좁아. 나가."

대신 앙칼진 목소리로 퉁을 주며 밀어냈다.

"여기서 왜 궁상인 건데."

"무슨 상관이야. 내가 궁상을 떨든 말든. 단순한 일만 한다고 도우미는 고민도 없는 줄 알아?"

결국, 조잡스럽게 받아치고 말았다. 정작 로건은 자신이 했던 말을 잊었는지 오영의 날 선 말에도 별 반응이 없었다.

"무슨 고민인데."

"……."

"알았어. 고민해. 대신 위험하니까 네 고민 끝날 때까지 같이 있어. 저기 현수막 안 보여?"

로건이 가리킨 곳에는 심야 범죄가 우려되는 지역이라는 안내 현수막이 걸려 있었다. 그러고 보니 주변에는 아파트도 상점도 하나 없이 자동차만 드문드문 지나가는 외진 길이었다.

"그럼 조용히 있어. 생각에 방해되니까."

벌써 로건은 조용히 하는 중이었다. 원래 하던 대로 대답도 하지 않고 빈 담배를 입에 물고 먼 곳에 시선을 둔 채였다. 그렇게 로건이 협조하면 뭐하나. 오영은 좀처럼 생각에 집중할 수 없었다. 오히려 옆에 얌전하고 무덤덤하게 앉아있는 로건에게 온 신경이 쏠리는 중이었다.

괜히 옆자리를 노려보고 있는데 인기척이 들렸다. 마치 연리지라도 된 듯이 한 몸으로 엉겨 붙은 두 개의 검은 인영이 미끄럼틀 쪽으로 걸어오고 있었다. 남녀의 키득거리는 웃음소리가 끈적하고 은밀하게 느껴졌다. 먼저 자리를 차지한 것은 자신들인데 왠지 저들에게 방해꾼이 될 것 같은 불길한 예감이 들었다.

오영은 난감함에 쭈뼛거리며 로건을 곁눈질했지만, 그는 심드렁한 얼굴로 불 없는 담배 필터를 씹을 뿐이었다. 슬픈 예감은 틀린 적이 없다더니 그들은 연인이었고 매우 뜨겁게 달아오른 상태로 미끄럼틀 아래에 도착했다. 왔으면 그네나 탈 일이지 여기는 왜. 울상을 지은 오영은 바로 아래에서 멈춘 연인의 일거수일투족에 촉각을 세웠다.

"아잉, 하지마아."

"쓰읍. 가만히 좀 있어 봐. 한 번만, 딱 한 번만."

뜨거운 속삭임을 듣자마자 오영은 얼굴에 불이 붙은 것처럼 화끈거렸다. 뭐가 한 번만이야! 하지 마! 저리, 멀리 가서 해!

쪽쪽, 춥춥, 쭈우우웁. 흐응.

발밑에서 무슨 일이 벌어지고 있는지. 얼굴에 불이 붙어 봉화를 피울 지경이 된 오영은 본능적인 생각을 지우려 노력했다. 사이좋게 사탕이나 초콜릿을 빨아먹는 거겠지. 얼마나 맛있는 것을 먹길래, 듣기 민망한 소리가 연이어 들렸다.

하아, 하아아.

추워서 손을 녹이는 거야. 그러는 거야. 오영은 추위 따위 느낄 틈도 없는 낯모르는 연인을 걱정해 보기도 했다. 죄를 지은 것도 아닌데 소리도 내지 못하고 옷자락 스치는 소리라도 들릴까 봐 함부로 움직이지도 못했다. 어쩌다 보니 남들의 은밀한 사생활을 훔쳐본 모양새가 되고 말았다.

"아아. 이제 그만."

그래 제발 그만하고 돌아가 줘.

하지만 여자와 오영의 바람과 달리 남자는 멈출 의지가 없어 보였다. 온갖 감언이설로 달래고 꼬시던 남자의 말소리도 사라지고 야살스러운 소리만 들리는 걸 보니 뭔지 몰라도 몹시 몰두한 것 같았다. 오영은 이 상황에도 평온하다 못해 지루해 보이는 로건에게 입술만 또박또박 움직여 보였다.

'어떡하지?'

그러나 오영을 보고 있지 않던 로건은 아무 반응이 없었다.

'로건! 로건! 이로건!'

간절한 염원이 통했는지 로건의 고개가 비현실적으로 느리게 돌아 오영을 바라봤다.

'우리 어떡해? 여기 더 있으면 안 돼.'

이제 다리까지 저리기 시작한 오영이 검지로 침을 묻혀 콧등에 문질렀다. 여태껏 무심했던 로건의 인상이 찡그려졌다.

"더럽게."

툭 내뱉은 로건의 낮고 묵직한 저음은 바로 밑에서 활활 타던 연인의 불길에 찬물을 끼얹었다. 바스락거리던 옷감과 젖은 입술로 속살대던 소리가 거짓말처럼 뚝 끊어졌다.

"네가 생각할 게 있다고 해서 조용히 있어 줬잖아."

밀애를 즐기던 연인만큼 놀란 오영은 황당무계한 얼굴로 로건을 노려봤다. 들킨 건 그들인데 오영이 부끄러워 죽을 지경이었다. 로건은 입에 물고 있던 담배를 도로 주머니에 집어넣었다. 좁은 공간에 갇혀있느라 죽는 줄 알았다고 구시렁대더니 그대로 미끄럼틀 아래로 뛰어내렸다. 소리도 없이 가볍게 착지하는 커다란 덩치를 본 연인들은 조각상이 되어버렸는지 옴짝달싹도 하지 않았다. 서로를 끌어안은 채 경악의 눈으로 로건을 멀거니 바라볼 뿐이었다. 그들이 놀라건 말건 관심 없는 로건은 오영을 향해 손을 내밀었다.

"이리 와."

"싫어. 난 계단으로 내려갈 거야."

"다리 저린 것 아니었어?"

피가 돌지 않아 뻣뻣하게 굳은 다리를 제대로 펴지도 못하는 오영은 기어서라도 내려갈 생각으로 낑낑거렸다. 그 한심한 생각을 읽었는지 희미한 탄식을 토해낸 로건이 오영의 두 손목을 잡아끌었다.

"왜? 뭐 하려고!"

피가 돌기 시작한 오영의 다리는 수만 마리의 개미 떼가 물어뜯는 것처럼 저릿저릿했다. 자유로운 것은 머리뿐이니 세상이 흔들릴 정도로 고개를 내저었다. 싫어. 싫어. 하기만 해! 그러나 로건은 기함하는 오영은 아랑곳하지 않고 그대로 팔을 당기더니 허리를 붙들었다. 순간 몸이 붕 떠올랐고 휘둥그레 커진 오영의 눈과 로건의 짙고 검은 눈동자가 허공에서 마주쳤다. 영원 같은 순간에 붙들린 오영은 그가 아끼는 깃털이 된 것 같다는 우스운 착각에 빠졌다. 정말 하늘거리는 천 조각이 떨어지듯이 오영은 사뿐하게 땅을 디뎠다. 다리가 저린 오영이 착지와 함께 주저앉자 여자가 소리를 질렀다.

"꺅! 이게 뭐야!"

"아이고, 다리야. 죄송합니다. 실례가 많았어요. 근데 저희가 먼저 여기 있었거든요."

말하고 보니 마치 자신들도 이곳에서 뜨거운 행각을 벌였다는 것처럼 들렸다. 오영은 급히 손사래를 치며 정정했다.

"아니! 우리는 그냥 생각 중이었어요. 아무 액션 없이 오직 플라토닉!"

"지오영. 플라토닉은 이럴 때 쓰는 말이 아니야."

"당신은 조용히 해!"

앙칼지게 다그치는 오영을 이해할 수 없다는 듯 바라보던 로건은 순순히 고개를 끄덕였다.

"아무튼, 미안해요. 하던 일, 마저 하세요."

"너, 되게 매정한 애구나. 추운데 여기서 하던 걸 계속하라니. 여기서 가까운 호텔이……."

"조용히 하라고! 나 좀 잡아줘. 다리가 저려서 일어날 수가 없어."

애처롭게 부탁하는 오영을 무감하게 쳐다보던 로건이 단숨에 번쩍 들어 올리자 여자가 또 한 번 소리를 질렀다.

"어머! 그쪽은 괜찮은 거 맞아요? 그 남자 유괴범 아니에요?"

"자기야. 납치범이겠지."

여자는 눈치 없이 틀린 낱말을 지적하는 남자를 흘겨봤다.

"아니에요. 제 친구예요. 고기만 먹더니 기운이 남아돌아서 그래요. 걱정하지 마세요."

로건의 단단한 팔에 안기다시피 매달린 오영은 일부러 밝은 목소리를 내며 그들을 안심시켰다. 이미 열기가 식은 지 한참인 연인은 정말 오영이 안전한 것인지 긴가민가하며 수군거렸다. 놀이터가 아예 보이지 않을 만큼 벗어나자 오영의 놀란 마음도 진정되었다.

"민망해서 죽을 뻔했네. 로건이 눈치 없이 나서 줘서 오히려 잘 해결된 것 같아."

'눈치 없이'라는 말이 귀에 거슬렸는지 로건의 짙은 눈썹이 비스듬히 기울어졌다.

"그게 왜 눈치 볼 일이지? 그들은 그들이 할 일을 했고 우리는 각자 생각을 정리 중이었잖아."

"……."

걸음을 멈춘 오영은 아연한 얼굴로 로건을 쳐다봤다.

"왜?"

"역시 아메리칸이라 그런 건가? 로건은 참 개방적이다. 아까 저 사람들도 부끄러워하는 것 못 느꼈어?"

"어. 깜짝 놀란 건 알아. 부끄러워했어?"

"당황했잖아. 말도 더듬고 소리도 지르고. 하여튼 그런 은밀한 순간을 우리가 엿들은 꼴이 됐어. 얼마나 창피하겠어."

"교미는 세상 만물의 자연스러운 이치야."

"꺅! 어떻게 그런 말을? 교……. 어후!"

"왜 이렇게 소란이야? 교미가 뭐 어떻다고. 그저 생물학적인…… 아아."

말을 하다 만 로건이 입가에 실소를 머금더니 고개를 끄덕였다.

"뭐야? 그 눈빛? 지금 나를 비웃는 것 같은데?"

"드라마에서 키스하는 것만 찾아보더니. 역시 그런 쪽으로 생각이 뻗는군."

"이로건 선생님, 갑자기 나를 이상한 애로 만드시네요? 보통 그런 상황에서는 대부분 나처럼 놀라고 당황하거든! 로건처럼 생각하는 사람이 어디 있어?"

"……."

길 한복판에서 따박따박 따지던 오영은 생각에 잠긴 듯 어두워진 로건의 분위기를 감지했다. 화가 난 것 같지는 않은데 침잠한 표정이 어딘가 서글퍼 보이기도 했다.

"네 말이 맞다. 내가 이상하지. 도토리가 정상인 거야."

갑자기 꼬리를 내리고 승복하는 로건은 덩치와 어울리지 않게 나약한 어린애 같았다.

"내가 언제 로건한테 이상하다고 했다고 그래? 굳이 이상한 걸 따지자면 저 사람들이 최고지."

미안하지만 오영은 자연의 섭리에 충실하고 사랑하는 마음이 깊었던 그들에게 잘못을 돌렸다. 그래도 기분이 별로인지 로건은 아무 반응이 없었다. 오늘은 마가 끼었나. 저녁 내내 자꾸 서먹해지는 일만 생긴다.

"근데 왜 자전거 타고 나온 거야? 혹시 나 따라 나왔어?"

"응."

"……."

물끄러미 쳐다보는 오영을 외면하던 로건은 수분이 지나도록 눈길을 돌리지 않는 오영에게 지고 말았다. 나직이 한숨을 쉬면서 입을 열었다.

"너한테 무슨 일이 생긴 줄 알았어. 갑자기 뒤도 안 돌아보고 뛰쳐나갔으니까."

"그건……. 그냥 속이 답답해서 그랬던 건데."

"왜 속이 답답했어? 저녁 먹을 때 맛없어 보이던데 체했나?"

"응? 그렇지. 일종의 체기 같은 거야."

말도 안 되는 욕심을 집어 먹으려고 해서 체하고 말았던 거지. 슈퍼 사장 말대로 도우미한테 조금 잘 해주는 것뿐인데, 무엇보다도 이나가 오랫동안 그를 좋아했다는 사실을 알면서.

턱도 없는 욕심이 조금씩 자라는 것을 몰랐다. 알아채고 나서도 싹을 자르고 뿌리를 도려낼 생각도 없이 덮어 두었다. 얌체 같은 마음이 드러나서 다들 알아채도록 내버려 둬 놓고 혹시나 기대한 자신의 영악스러움이 부끄러웠다. 그렇다면 내가 해야 할 일은…….

언제까지일지 모르겠지만 지금껏 한 대로 열심히 일하다가 다른 이들처럼 때가 되면 헤어지는 거지. 헤어지는 것에 이골이 난 오영은 아까 발이 저렸던 것처럼 마음이 찌르르 타오르는 것을 애써 모른 척했다. 이래서 마음을 주는 것에 인심이 후하면 안 되는 법인데.

"벌써 가을이야. 내가 이로건 선생님 집에 온 것이…… 늦봄이었는데 벌써 세 번째 계절이야. 나, 제법 잘 버텼지?"

"그래."

"앞으로도 열심히 일할 테니까 잘 부탁드립니다. 주인."

부쩍 명랑해진 오영의 목소리가 낯설게 들렸다. 어색함을 눈치챈 로건은 소리 내지 않고 조용히 고개를 주억거렸다.

"다음 주에 병원 휴가인데 도우미도 휴가 좀 주시죠."

"휴가라고? 계획이라도 있어?"

"물론이지. 나를 기다리는 사람들이 많다니까."

"어디 가?"

"응. 며칠 다녀올 곳이 있어. 그러니까 도우미는 휴가로 며칠을 쓰면 될까요?"

"병원 휴가하고 똑같이 맞추지 뭐."

"땡큐!"

"어디 가는데?"

"어린 지오영을 만나러 가."

"그게 무슨 소리야?"

"어렸을 때, 보육원에 누가 오는 게 그렇게 좋더라. 특히 나를 콕 찝어서 찾아오는 사람이 있으면 날아갈 것 같았어. 물론 그런 일은 딱 한 번뿐이었지만."

허심탄회하게 말하는 오영의 얼굴에 지금까지 볼 수 없었던 쓸쓸함이 고여 있었다. 오랜 시간 쌓이고 삭인 감정이라 담담하게 말할 수 있는 경지에 오른 것 같았다.

"그래서 누구를 만나러 간다는 소리야?"

"우리 천사들. 원장님이 그렇게 가시고 모두 뿔뿔이 흩어질 뻔했는데 다행히 좋은 분이 나서 주셔서 한 곳에서 지내고 있어. 자주 보러 가겠다고 약속했는데. 벌써 세 계절이 되도록 한 번도 못 갔어. 엄청나게 기다리고 있을 거야."

기어이 오영의 눈이 반짝거렸다. 로건은 커다란 물방울이 맺힌 오영의 눈을 보며 미간을 좁혔다. 단순하고 읽기 편한 오영이 오늘따라 복잡한 감정을 한꺼번에 쏟아내고 있었다. 생경한 모습에 로건까지 혼란스러웠고 무엇보다 지오영이 눈물을 흘린다는 사실이 굉장히 불편했다.

"자전거 타고 갈래? 잡아 줄게."

"아니."

빨개진 코를 훌쩍거린 오영이 고개를 저었다. 빠라밤-. 잠시 숙연해진 분위기를 깨는 벨 소리가 오영의 주머니에서 울려 퍼졌다.

"내 주변에 그렇게 시끄러운 벨 소리는 너밖에 없어."

로건의 핀잔에 맞서 입술을 삐죽인 오영은 발신자를 확인하더니 걸음을 멈췄다. 손안에서 쿵작거리는 핸드폰을 망연히 쳐다보다가 끊어버렸다. 안 그래도 울적했던 오영의 표정이 더욱 어두워졌다. 오늘따라 감정 기복이 심하더니 지금은 너무 복잡 미묘해서 로건도 읽어 내기 어려웠다. 그사이 벨 소리를 진동으로 바꿨는지 윙윙거리는 소리가 연달아 이어졌다.

"왜 안 받아? 빚쟁이라도 돼?"

"……어쩌면."

허탈한 표정으로 긍정하던 오영이 다시 핸드폰 화면을 들여다봤다. 전화를 받지 않자 대신 메시지가 들어왔다. 표정은 담담했지만, 핸드폰을 꽉 쥔 오영의 손가락 끝이 하얗게 질려 있었다.

"뭔데 그래."

답답함과 불안을 견디지 못한 로건이 핸드폰을 가로챘다.

[너 일부러 내 전화 안 받는 거지? 엄마가 급히 의논할 일이 있어서 그래.]

"너, 엄마가 있어?"

"내놔."

앙칼진 손짓으로 핸드폰을 되찾아간 오영은 큰 비밀이라도 들킨 양 눈동자를 허둥거렸다.

"엄마가 있냐고."

"세상에 엄마 없이 태어나는 사람도 있나?"

대수롭지 않다는 듯 대꾸한 오영의 목소리가 잘게 떨리고 있었다. 눈을 가늘게 뜬 로건이 자꾸만 고개를 돌리는 오영의 어깨를 붙들었다.

"그런 뜻으로 묻는 게 아니잖아."

"있어. 있긴 있어."

어깨를 잡은 로건의 손을 뿌리치려던 오영이 설핏 인상을 구겼다.

"아파. 이것 좀 놓고 말해."

"미안."

급히 손을 뗀 로건은 어깨를 주무르는 오영을 묵묵히 바라봤다. 우울해서 양 끝이 처진 입술을 열고 뭐라도 말해 주기를 끈기 있게 기다리다 지친 로건이 먼저 말했다.

"오영, 나는 엄마가 없어."

"알아."

"아빠가 죽었어."

"뭐?"

소스라치게 놀란 오영이 되묻는 새된 목소리가 어두운 길에 날카롭게 울렸다. 황망하게 벌어진 입을 다물지 못하는 오영에게 돌아온 것은 로건의 무감한 목소리였다.

"이제 네 말을 해 줘."

"아니…… 수류탄 던지듯이 그런, 엄청난 말을 해 놓고."

"지금은 네 말을 듣는 게 더 중요해."

로건의 엄청난 과거를 엿들은 탓에 오영은 자신의 고민 따위 아무것도 아닌 것처럼 느껴졌다. 그의 작전대로 오영은 박복한 지난날을 술술 불기 시작했다.

"보육원 아이들은 다 자라서 세상에 나가야 할 나이가 되면 자립정착금이란 게 나와."

"그게 몇 살인데."

"낭랑 십팔 세."

"……"

자신의 허물을 털어놓는 것이 못내 부끄러웠던 오영이 익살을 떨어도 로건의 반응은 얼음장 그 자체였다. 싸늘한 반응에 머쓱해진 오영은 바로 웃음을 지웠다.

"하여튼 그 나이가 되면 싫든 좋든 세상에 던져질 준비를 해야 해. 나도 그랬는데……. 갑자기 듣도 보도 못한 엄마가 나타났지 뭐야. 와, 엄마라고 하면서 보육원에 찾아왔는데 어색해서 죽는 줄 알았어."

무거워지는 분위기를 견디지 못한 오영이 너스레를 떨었지만 역시 로건에게 먹히지 않았다.

"딴소리하지 말고 요점만 말해."

"어휴, 성질 하고는. 빠르게 요약해줄게. 엄마가 나를 사탕발림으로 꼬여서 자립정착금을 가져갔어. 됐어? 귀에 쏙 들어와?"

후루룩 내뱉은 오영은 샐쭉한 눈으로 로건을 흘겨봤다.

"그게 얼만데."

"정착금 오백에 원장님이 꾸준히 부어 놓은 적금까지 합해서 이천만 원. 나한테는 이익보다 더 크고 소중한 돈이었는데."

"알았어. 내일 당장 전화번호 변경해. 그런 사람은 네 엄마가 아니야."

"엄마가 어떻게 엄마가 아닌 게 돼?"

"유전자 검사는 해봤어?"

"아니. 근데 우리 둘이 혈액형은 똑같아."

바보 같은 소리인 건 알지만, 오영은 그래도 자신에게 피붙이가 있다는 것을 부정하고 싶지 않아 미련한 오기를 부렸다.

"그래서 앞으로 또 볼 거야? 네가 모은 알량한 돈, 또 빼앗길 거야?"

"왜 그렇게 살벌하게 얘기해?"

"내가 묻는 말에만 답해."

"모르겠어……. 근데 돈은 지키고 싶어. 나 못됐지?"

"정상이야."

"돈은 또 모으면 되는데 그깟 돈 때문에 엄마를 모르는 척하는 게 정상이라고?"

"그 사람은 널 버렸어. 비정상은 그쪽이야."

"아프다."

오영의 시무룩 꺼진 눈빛이 바닥으로 툭 떨어졌다.

"아파. 이로건이 뼈 때려서 아파. 되게 아파."

"어쩔 수 없어. 어설픈 위로는 네게 도움이 안 돼."

"아픈데. 되게 고마워. 나 생각해서 말해 주는 거 알겠어. 아빠 같아."

고개를 든 오영은 어린아이처럼 입술을 삐죽거리며 떨더니 기어이 눈물을 흘렸다. 동그란 볼을 타고 주르륵 미끄러지는 눈물을 본 로건이 눈매를 일그러트렸다.

"도대체 왜 우는 거야."

"몰라. 속상해서 우나 봐. 그런데 가슴이 따뜻하고 그래."

"오늘 왜 이렇게 복잡하게 굴어. 머리 아프게."

여전히 눈물을 줄줄 흘리던 오영이 소매로 눈물을 닦다가 주저하듯 말을 길게 늘였다.

"저기, 그런데…… 부탁이 있어."

"뭔데."

"정말 오해하지 마. 아빠 같아서 그러니까 한 번만 안아 주라. 지금은 누가 나 좀 토닥토닥해 줬으면 좋겠어."

"아빠……."

잊을 만하면 듣는 그놈의 아빠 소리에 로건의 미간이 좁아졌다.

"알았어. 우는 건 질색이니까."

자전거를 한쪽에 세워 놓은 로건은 잠시 머뭇거리다 양팔을 어정쩡하게 벌렸다. 기름칠 못 한 로봇처럼 뻣뻣한 로건과 달리 오영은 물 만난 미꾸라지처럼 달려들었다. 품에 착 감기는 오영의 감촉에 놀란 로건은 벌린 팔을 허공에 둔 채로 까만 하늘을 응시했다.

오영은 나무토막 같은 로건의 상태 따위 중요하지 않았다. 탄탄한 허리에 팔을 감은 오영은 그의 넉넉한 품과 더운 체온이 좋아 살짝 볼을 비비며 중얼거렸다.

"토닥토닥하라니까."

그제야 다음 임무가 떠오른 로건이 오영의 어깨와 등을 천천히 다독였다. 그대로 한번 꼭 안아줄까 갈등했지만, 그저 오영이 원하는 대로 토닥거리는 것에 만족하기로 했다.

"또 그 사람한테 연락 오면 나한테 먼저 말해."

"때려주게?"

어떻게 들어도 지켜주겠다는 의미로 들리는 로건의 말에 오영은 더욱 기분이 좋아졌다.

"난 폭력을 지양하는 사람이야."

"응. 의사 선생님이니까."

"하지만 죽이는 방법은 잘 알아."

"뻥쟁이. 로건은 좋은 의사 선생님이라서 다 살려 내잖아. 잘 살린다고 유명하잖아."

"삶과 죽음은 종이 한 장 차이야."

빈말이 아닌 로건의 허무한 음성을 오영의 밝은 목소리가 감쌌다.

"몰라. 이로건은 좋은 사람이야. 적어도 나한테는 최고로 좋은 사람이야."

"네가 나를 몰라서 그래."

"몰라도 돼. 설령 이로건 씨가 살인마여도 나한테는 좋은 사람이야."

"까불어."

오영은 더욱 기분 좋게 미소 지었다. 그의 말대로 마음대로 까불어도 다 받아주는 이로건이 이 순간 제일 좋았다.

* * *

휴가를 앞두고 사야 할 물건이 있다고 외출한 오영은 감감무소식이었다. 모처럼 만에 혼자 즐기는 주말에 무료하게 소파에 누워 천장 벽지 무늬를 눈으로 덧그리던 로건은 실로 오랜만에 듣는 초인종 소리에 몸을 일으켰다. 인터폰 화면을 켜자 모자를 눌러 쓴 남자의 모습이 보였다.

"누구시죠?"

- 택배요!

짧고 강렬한 메시지를 남긴 남자가 대답도 듣지 않고 사라지는 모습이 화면에 남았다. 택배를 처음 받아보는 로건은 물건의 주인을 확인도 하지 않는 시스템에 고개를 갸웃거리며 밖으로 나갔다. 문 앞에 덩그러니 놓인 상자를 들어 올린 로건의 눈썹이 설핏 위로 들렸다. 받는 사람을 적는 칸에 '이로건(지오영)'이라고 쓰여 있었다.

"그래서 누구 거라는 소리야."

상자를 흔들어서 속의 내용물을 유추해 보려던 로건은 호기심을 접고 상자를 테이블 위에 올려놓았다. 다시 소파에 드러누워서 벽지 그림을 따라 그리던 로건은 몇 초 지나지 않아 다시 일어나 앉았다. 내 이름이잖아. 절반의 권리를 내세우며 군침을 삼킨 로건이 상자를 감은 테이프를 우악스럽게 뜯어 발겼다.

* * *

그 시간, 보육원 동생들에게 줄 선물을 고르던 오영은 핸드폰에 뜬 '발송 완료' 문자를 읽자마자 괴성을 질렀다.

"으어어! 안 돼!"

하필 왜, 그 인간 혼자 있는 시간에 도착하고 그래!

왠지 너무 사심이 담긴 선물인 것 같아서 치워 버리고 지극히 평범한 선물을 준비하려던 오영의 계획은 물 건너간 것 같았다. 혹시나 하는 마음에 로건에게 전화를 걸었다. 느긋한 인간답게 전화도 참 늦게 받는다. 길게 이어지는 신호음에 초조해진 오영은 손톱을 깨물며 시간을 견뎠다.

– 왜.

드디어 연결된 로건의 목소리에서 감정의 고저가 느껴지지 않아 사태를 파악할 수 없었다.

"이로건 씨, 혹시 나한테 온 택배 있으면 그냥 받아 놔."

– 어.

"뜯지 말고 받아놓기만 해."

– …….

그의 침묵에 성큼 불안해진 오영이 높아진 목소리로 물었다.

"설마 열어봤어?"

— 내 이름이 있어서 열어봤는데. 고마워. 잘 쓸게.

"아……. 그래."

몸서리쳐지게 건조한 반응에 도리어 오영만 무안해졌다. 그래도 혹시나 더 할 말이 있지 않을까 로건의 다음 말을 기다려봤지만, 숨소리조차 들리지 않았다. 끊어진 건지 확인하느라 아아 소리를 내자 로건이 피식하는 소리가 들렸다.

"마음에는 들어?"

— 어.

"그래. 다행이다. 비싼 건 아니지만 신경 써서 고른 거야. 특별 주문한 거라서 바자회 당일에는 못 줬어. 열쇠고리하고 비교도 안 돼."

— 그래. 알았어. 언제 들어와?

"살 건 다 샀어. 한 시간 안에 집에 도착할 것 같아. 왜?"

— 그냥.

"……."

이만 끊자고 하려는데 로건의 무뚝뚝한 질문이 들렸다.

— 근데 거기 어디야?

"여기? 오마트. 왜?"

— 그냥 거기 있어. 데리러 갈게. 짐 많잖아.

"아니. 괜찮은데."

거절하는 오영의 입가에 배시시 미소가 그려졌다.

— 내가 심심해서 그래. 배도 고프고.

"아, 그렇구나. 출출할 시간이네."

― 뭐 먹고 싶은지 생각해 놔. 저녁 먹고 들어오게.

"진짜?"

대답하는 오영의 목소리가 너무 크고 높아서 지나가는 사람들이 흘깃거릴 정도였다.

― 국밥은 안 돼.

"응!"

― 금방 갈게. 주차장에 도착하면 전화할 거야.

전화를 끊고 핸드폰을 가방에 넣었던 오영은 다시 꺼내서 손에 들었다. 혹시 전화가 왔는데 못 알아챌까 봐 염려스러웠다.

한편 통화를 마친 로건은 앙증맞은 가죽 트레이에 새겨진 자신의 이름을 손가락으로 매만졌다. 정성스럽게 무두질이 된 통가죽에 인두로 새긴 '좋은 사람, 이로건 씨'라는 문구가 더없이 마음에 들었다.

* * *

빈 접시를 든 오영은 옆에 선 로건의 소맷자락을 붙들고 두리번거리기 바빴다. 호화롭고 풍성한 먹거리가 줄지어 선 곳에서 무엇부터 먹어야 할지 결정하는 것도 어려운 일이었다.

말로만 듣던 호텔 뷔페는 그야말로 천국이었다. 요리에서 번쩍번쩍 빛이 나는 것 같았다. 로건은 구경하느라 정신이 팔린 오영의 곁에서 느리게 걸었다.

"로건, 로건! 저기 봐."

즉석에서 스테이크를 구워 주는 코너를 본 오영이 로건의 팔뚝을 방정맞게 두드렸다.

"그래. 알아. 나도 봤어."

"전부 다 맛있어 보여."

절로 군침이 도는 음식 냄새를 맡던 오영은 시무룩하게 중얼거렸다.

"다 먹어볼 수 있어. 아쉬워할 필요 없어. 우선 수프부터 먹을래?"

"아니. 수프 따위로 위장을 채울 수 없어. 내가 슬픈 건 이렇게 맛있는 것이 많은데 배가 불러서 다 못 먹을 게 뻔하기 때문이야."

"다음에 또 오면 돼."

"어휴. 무슨 소리야. 돈 아깝게."

"나도 뷔페 좋아해. 그런데 혼자 올 수는 없잖아."

"하긴 로건은 뷔페에서 먹는 게 가성비 면에서 이득이겠어. 본전 아깝지 않은 댁이 부럽다."

마트에서 만난 두 사람은 메뉴를 정하는 데만 삼십 분이 넘게 걸렸다. 고기도 먹어본 놈이 먹는다더니. 외식 경력이 일천한 오영의 머리에 떠오른 메뉴는 떡볶이 같은 분식이나 삼겹살에서 벗어나지 못했다. 결국, 허기에 지친 로건이 결정을 내렸다. 두 사람 모두의 입맛과 위대한 로건의 먹성을 만족시켜 줄 뷔페로 정하고 이왕이면 제일 좋은 곳으로 왔다.

각 코너에 있는 요리를 모두 둘러본 후에야 오영은 로건의 조언 대로 샐러드와 따뜻한 수프를 택했다. 자리에 앉고 나서도 오영은 바로 식사를 시작할 수 없었다. 줄곧 자신의 뒤를 따르던 로건이 보이지 않았다. 의자에서 일어나 넓은 홀을 둘러보던 오영은 소스라치게 놀라며 주저앉았다. 누가 알아볼세라 어깨를 움츠리고 얼굴을 숨겼다.

　얼마 떨어지지 않은 곳에서 로건이 어떤 남자와 대화 중이었다. 그들 주변 테이블에 앉아있는 사람들의 얼굴이 눈에 익었다. 정확히 누군지 모르겠지만, 굉장히 익숙한 것이 따져 보나 마나 병원 사람들일 터였다. 이제 천국은 바늘방석이 되어버렸다. 겨우 풀떼기와 국물만 떠왔을 뿐인데 오늘의 호화로운 만찬은 이것으로 끝인 듯했다. 잠시 후 자리로 돌아온 로건의 접시에는 대식가답게 샐러드가 산처럼 높이 쌓여 있었다.

　"안 먹고 뭐 해? 뭘 그렇게 열심히 생각하는 거야?"

　"이로건 씨가 퍼온 샐러드로 겉절이를 담가도 되겠다는 생각."

　피식 웃은 로건은 입 안 가득 샐러드를 넣고 우적우적 씹었다. 그제야 오영이 하염없이 수프만 젓고 있는 것이 보였다.

　"맛없어? 별로야?"

　"로건. 저쪽에 병원 사람들이지?"

　"응. 생일인 사람이 있어서 왔대."

　잔뜩 심각한 오영과 달리 로건은 대수롭지 않은 듯 덤덤하게 대답했다.

　"병원 사람들 있는 게 싫은 거야?"

　"아니. 싫을 게 뭐 있어. 걱정인 거지."

　"걱정을 왜 해?"

　"저 사람들이 내 얼굴 알아볼까?"

　"글쎄. 그런데 알아보면 안 될 일이라도 있어?"

　오영은 천천히 고개를 가로저었다.

"내가 로건하고 이런 곳에서 단둘이 있는 걸 저들이 알면 안 될 것 같아."

"난 또 뭐라고."

오영이 왜 이렇게 사람들의 눈치를 보는지 로건은 아직도 이해할 수 없었다. 그놈의 의사라는 직업과 집주인과 도우미라는 관계가 뭐라고.

"친구잖아."

"응?"

"너하고 나, 친구고 아는 사이잖아. 저 사람들도 서로 아는 사이고. 우리도 똑같은 거야."

"……."

"불편하면 너는 그냥 여기 앉아있어. 내가 가져다줄 테니까."

오영은 무뚝뚝하게 방법을 제시하는 로건을 물끄러미 쳐다봤다.

"왜? 네 말대로 돈 아깝잖아. 많이 먹어야지."

"그래……. 그런데 그것도 이상해 보일 것 같아."

기분이 상한 로건은 소리가 나도록 포크를 내려놓았다.

"오영, 나는 정말 아무렇지 않아. 여기는 신분제 사회가 아니잖아. 내 직업 말고 그냥 나로 생각해. 나는 너를 도우미나 청소부로 보지 않아. 그냥 지오영이야."

"……!"

로건은 입을 헤 벌리고 자신을 우러러보듯 하는 오영을 경계하며 물었다.

"그 표정은 뭐야?"

"멋있었어."

"뭐?"

"그렇게 말할 때 드라마에 나오는 주인공 같았어. 나 잠시 심장이 벌렁거렸어."

"드라마 좀 작작 봐."

이후로 정말 로건은 어미 새처럼 테이블로 음식을 날라댔다. 병원 사람들이 그런 로건을 뚫어지라 관찰했지만, 오영도 어쩔 수 없었다. 그들에게 얼굴을 들킬 수 없어 본의 아니게 새침하게 앉아서 얻어먹는 광경을 연출하고 말았다.

* * *

기름걸레로 바닥에 광을 내던 오영은 제 앞에 우두커니 멈춘 발 때문에 고개를 들어야 했다. 오랜만에 보는 이나는 해쓱하게 살이 빠졌고 두 눈은 퉁퉁 부어 있었다.

"이나 씨……."

"언니."

"네."

이나는 짧은 앞머리에 꽂힌 진주 핀을 노려보다가 다시 오영의 눈을 응시했다.

"나 혼자 생각하다가 속이 터질 것 같아서요. 그냥 대놓고 물어볼게요."

"뭘……요?"

"언니, 어제 호텔 뷔페에서 이로건 선생님하고 데이트했어요?"

이런 식으로 소문이 나는구나. 그렇게 숨긴다고 애를 썼어도 오영의 얼굴을 알아본 사람이 있었나 보다. 인기 많고 모두의 관심을 받는 로건이다 보니 집요하게 관찰당하는 게 당연했다.

"언니도 이로건 선생님 좋아하죠."

"······!"

오영은 놀란 눈을 깜빡거렸지만, 언제고 이나가 물어올 것을 각오하고 있었음을 순간 깨달았다. 머릿속에서 부정하라고, 그래야 한다고 경보를 울려대는데 선뜻 입이 떨어지지 않았다. 한참을 기다려도 오영의 입에서 아니라는 말이 나오지 않자 이나는 어이없다는 듯 콧방귀를 꼈다.

"이중인격자. 얍삽해."

"아니. 이나 씨, 그게······."

"내가 우스웠죠?"

"아니요. 절대 아니에요. 그런 생각한 적 없어요."

빨개진 얼굴로 고개를 내젓는 오영을 보는 이나의 얼굴이 괴롭게 일그러졌다.

"언니도 좋아하면 그렇다고 말하지······. 엉큼하게 숨기고 내가 이 선생님 좋아서 난리 치는 것 보면서 얼마나 비웃었어요?"

"한 번도 비웃은 적 없어요. 진짜예요."

"이것 봐. 좋아하는 것 아니란 소리는 끝까지 안 하잖아."

경멸에 찬 이나의 눈길 앞에서 오영은 온몸이 불에 타는 것처럼 부끄러웠다. 자신에게 항상 잘 해 주었던 사람의 비난을 들은 것도 마음이 아팠지만, 무엇보다 이나를 아프게 한 자신이 너무 싫었다.

싸늘하게 돌아서서 가던 이나가 다시 씩씩거리며 오영에게 다가왔
다. 뺨이라도 칠 것 같은 기세가 오히려 반가웠다. 이나는 들고 있
던 서류를 갈기갈기 찢더니 오영의 주변에 꽃가루처럼 흩뿌렸다.

"깨끗하게 치우세요."

수백 조각의 종이가 바닥과 오영의 머리와 어깨에 너저분하게
흩어져 있었다. 이나의 말대로 모두 오영이 깨끗하게 치워야 할
것들이었다. 가진 것 없고 배움도 짧은 청소부는 의사 이로건과
어울리지 않는다는 명백한 메시지였다. 누구보다 잘 알고 있는데
도 새삼스럽게 확인받으니 더 창피했다. 영문을 모르는 사람들이
지나가면서 수군대는 소리가 모두 자신을 향한 비난으로 들렸다.
너를 도우미나 청소부가 아닌 지오영 그 자체로만 생각한다는 로
건의 말도 지금은 힘을 쓰지 못했다.

* * *

오영에게 한바탕 퍼부은 이나는 생각과 달리 시원하기는커녕 마
음이 지옥 같았다. 신관 뒤편 벤치에 앉아 훌쩍이는데 고양이 한
마리가 발밑에 와서 웅크렸다. 주변을 둘러보니 죄다 응달인데 벤
치가 있는 자리만 햇볕이 가득했다.

"아무리 그래도 그렇지, 너는 겁도 없니?"

이나는 마침 눈에 띈 나뭇잎이 달린 가지를 주워서 고양이 앞
에서 흔들자 졸려서 가물거리던 녀석이 신난다고 달려들었다. 한
참을 고양이와 놀아주다 보니 언제 기분이 나빴냐 싶게 웃음이
터져 나왔다.

"그 야옹이는 내 동생인데요."

깜짝 놀라 고개를 드니 윤수가 생수와 고양이용 간식을 들고 서 있었다.

"안녕하세요. 선생님이 키우는 고양이예요?"

"아니요. 병원에 사는 녀석 중 하나예요."

고양이가 유난히 사람을 따른다 했더니 돌봐 주는 윤수 덕분인 듯했다. 윤수가 다가가자 고양이는 간식을 내놓으라고 재롱을 빙자한 난동을 부렸다. 종이 접시에 생수를 따르면서 윤수가 남의 말 하듯 무심하게 물어봤다.

"아까는 왜 그랬어요? 김이나 선생답지 않아서 놀랐어요."

"……?"

"지오영 씨요."

"아……."

"그분 되게 자괴감 들었을 것 같던데. 우리 선생님 때문에 두 분이 싸우신 거예요?"

"싸운 건 아니에요."

이나는 재빠르게 정정했다. 솔직히 일방적으로 자신이 퍼부었으니 싸웠다는 말은 어울리지 않았다.

"선생님이 먼저일 거예요."

"네?"

"선생님이 먼저 좋아했을 거라고요."

"말도 안 돼……."

윤수의 말뜻을 알아들은 이나는 경악에 찬 눈을 부릅떴다. 자신이 하늘의 별처럼 생각하는 이로건이 오영을 먼저 좋아했다는 사실을 절대 믿고 싶지 않았다.

"그죠? 저도 눈치채고 나서 얼마나 놀랐는지. 어디 가서 말하고 싶어서 죽겠는데 선생님 무서워서 말도 못 하고 답답해서 죽는 줄 알았어요."

이나는 신이 나서 다다다 쏟아 내는 윤수를 원망스럽게 쳐다봤다.

"우리 선생님이 누구를, 여자를! 좋아한다는 게 말이 됩니까?"

"확실한 것 아니잖아요."

윤수는 냉랭하게 받아치는 이나를 안쓰럽게 바라보며 검지를 세워 흔들었다.

"아마 98퍼센트쯤 확실? 저는 온종일 선생님하고 붙어있다시피 해요. 존경하는 분이라서 그분 숨소리만 들어도 컨디션을 가늠할 정도예요. 거의 확실해요."

"선생님이 왜 그 언니를 좋아해요?"

"그건 나도 모르죠. 지오영 씨가 우리 선생 이상형인가 보죠."

고양이 덕분에 겨우 진정됐던 이나의 설움이 북받쳤다. 울먹이며 윤수에게 소리를 질렀다.

"지금 허 선생님이 제 가슴에 대못을 박은 것 알아요?"

"김 선생님도 아까 지오영 씨 가슴에 대못을 박았잖아요."

냉정한 윤수의 대꾸에 이나는 결국 울음을 터트렸다.

* * *

"처음에 주의 줬잖아. 불미스러운 소문이 끊이지 않으니 나도

294

어쩔 수 없어."

"네……."

오영은 멍한 시선을 바닥 어딘가에 두고 입술만 움직거렸다. 해고를 통지하는 오 주임의 기색에 불편함은 없었다.

"지오영 씨는 젊고 성실하니까 새 일자리는 금방 얻을 거야."

여사님들은 착실한 데다 궂은일을 마다하지 않는 오영을 내보내는 아쉬움은 비쳤다. 휴게실로 돌아와 개인 물품을 챙기는 오영을 두고 여사님들이 눈치를 주고받았다. 그중에 호기심이 제일 왕성한 이가 질문을 했다.

"오영아, 너 진짜 의사 양반하고 그랬어?"

가방에 칫솔과 양치 컵을 욱여넣던 오영의 손길이 멈칫했다. 이나에게 상처받고 해고까지 당하는 바람에 맥이 풀렸던 오영의 눈에 이채가 돌았다.

"그랬다……는 게 무슨 뜻이에요?"

"의사하고 바람났다면서."

"네?"

뒤에서 듣다 못한 이가 나서서 큰 소리를 냈다.

"야, 말은 바로 해야지. 그쪽도 솔로 오영이도 솔로인데 어떻게 바람이니?"

"그래. 그랬다 치고. 오영아, 너 정말 의사하고 만나고 그랬어?"

"그런 것 아니에요."

불퉁하게 대답하고 난 오영은 나머지 짐을 챙기는 데 열중했다.

"만약 연애했다 한들 오영이가 잘리는 건 억울한 거지."

"병원 품위를 깎아 먹는다잖아."

"그래서 그 의사도 잘랐어?"

"의사를 왜 잘라. 그치 덕분에 외과 쪽은 돈도 많이 번다는데. 어려운 수술은 죄다 그 양반한테 간다면서."

오영도 모르게 병원 내에 슬금슬금 돌던 소문은 오늘부로 기정사실이 되어 버렸다.

"오영아, 정신 차려라. 의사가 너를 뭐하러 만나겠니?"

"그래. 네 몸은 네가 챙겨야지. 지금도 봐라. 다들 너한테만 손가락질하잖아."

"남자도 조건 본다. 너."

위로인지 참견인지 비난인지 분간할 수 없는 말들이 비수처럼 쏟아졌다. 로건을 위해서라도 반박하려던 오영은 이내 마음을 접었다. 확고한 눈동자들을 보는 순간 말문이 막혔다. 무슨 말을 해도 저들이 내린 판결을 뒤집을 수 없을 것 같았다.

집으로 돌아가면서 오영은 사람들의 입에서 나온 말을 하나하나 되짚어 봤다. 그러니까 한마디로 로건은 순진한 아가씨를 꾀어 재미 본 파렴치한이고 오영은 의사를 잡아 인생 역전을 노린 되바라지고 주제도 모르는 여자란 말이었다.

언덕을 오르는 다리가 천근만근이었다. 서럽고 힘들수록 로건이 보고 싶은데 왜 그런지 이유를 알 수 없었다. 주머니에 넣어 둔 핸드폰이 짧은 알람을 울렸다.

[학회 참석차 며칠 못 들어가.]

"갑자기?"

로건이 특별히 뭘 해줄 것을 바라지 않았지만, 당장 오늘부터 볼 수 없다는 사실에 벌컥 화가 났다. 양미간을 찡그리고 무심한 메시지를 보고 있는데 다시 알람이 울렸다.

[밤에 돌아다니지 마.]

"그렇게 걱정되면 전화로 하든가. 쳇, 말 듣나 봐라."

입을 댓 발이나 내밀고 투덜거리는데 단조로운 벨 소리가 터졌다.

"아! 깜짝이야."

막상 로건이 전화를 걸자 놀란 가슴이 파닥거렸다. 오영은 헛기침 몇 번으로 목소리를 정돈한 후에 전화를 받았다.

"여보세요."

— 어디야?

"집에 가는 길."

— 밤에 잠깐 들를 거야. 짐 좀 싸놔. 저녁은 병원에서 해결할 거야.

"얼마나 걸리는데? 어디로 가? 원래 가기로 했던 거야?"

— 2박 3일. 제주도. 갑자기 결정됐어.

"알았어."

로건답게 통화는 제 할 말만 하고 끊어졌다. 워낙에 바쁜 사람이니 머리로는 이해가 가는데 날이 날이니만큼 오늘은 서운했다.

"좀 길게 통화하면 누가 잡아먹냐?"

안 그래도 축 처졌던 기분이 아예 땅바닥에 나뒹굴었다. 머리까지 지끈거려 집까지 가는 길이 까마득하게 느껴졌다. 허리를 구부정하게 굽히고 두 손을 무릎에 올려놓은 채 잠시 숨을 골랐다.

"엄마야!"

짐이 가득 든 가방이 툭 떨어지면서 어깨가 가뿐해진 오영이 짧은 비명을 질렀다.

"왜 이렇게 놀라요."

"아우, 깜짝이야. 누가 가방 가져가는 줄 알았잖아요."

오영의 가방을 낚아채서 어깨에 멘 동훈이 생글생글 웃고 있었다.

"오늘은 퇴근이 이르네요."

"몸이 좀 안 좋아서 조퇴했어요."

"어디 가요?"

"그냥……. 피곤해서요. 가방 주세요."

오영은 걱정스레 어두워진 동훈의 얼굴을 일부러 외면하며 손을 뻗었다.

"아프다면서요. 내가 들어야죠."

어림없다는 듯이 동훈은 어깨에 멘 가방을 단단히 들쳐 메며 고개를 저었다.

"주세요. 제 가방을 왜 사장님이 들어요."

"우리 사이에 당연한 것 아니에요?"

"이상한 말씀 하시네. 어서 주세요."

"집까지 데려다줄게요."

동훈은 막무가내로 우기며 씩씩하게 앞장섰다. 벌써 멀찍이 앞서간 동훈이 신경에 거슬린 탓인가. 무거운 가방이 몸에서 사라졌는데 오히려 더 지치는 것 같았다. 기분 탓인지 동훈에게 둘러댄 대로 컨디션이 좋지 않았다. 오늘은 아무도 건드리지 않았으면 좋겠다고 중얼거렸지만, 이상하게 로건이 빨리 집에 왔으면 하고 바랐다.

＊ ＊ ＊

"왜 안 와."

시간은 벌써 밤 11시가 넘었는데 로건은 아직이었다. 그냥 가 버렸나. 전화해 볼까. 알 게 뭐야. 제 방에서 뒤뜰을 향해 난 창턱에 걸터앉은 오영은 갈래갈래 나뉘는 생각이 흐르는 대로 두었다. 배도 고프고 머리도 아프고 기분도 별로였다.

지오영.

"……!"

이름을 부르는 소리가 들렸다. 창가에 머리를 기대고 있던 오영은 허리를 세우고 귀를 쫑긋 기울였다.

지오영!

로건의 목소리가 분명했다. 당장 창문턱에서 뛰어내리려던 오영은 입매를 삐죽거리며 다시 창가에 어깨를 기대었다.

"오영아!"

"왜!"

부쩍 가까워진 목소리와 함께 검게 음영 진 로건의 커다란 몸이 뒤뜰에 나타났다. 그를 보자 마음 한가득 안도감이 밀려든 오영의 입가에 설핏 미소가 번졌다. 쌀쌀한 날씨에 티셔츠 한 장만 입고 창턱에 앉아있는 오영을 본 로건의 눈썹이 삐딱하게 굳어졌다.

"여기서 뭐 하고 있어?"

"그냥. 바람 쐬고 있었어. 짐은 대충 싸놨는데 이로건 씨가 한 번 더 살펴봐."

"그래."

약간 떨어진 거리에 선 로건이 미심쩍다는 듯 고개를 기울였다.

"너……."

"……?"

"술 마셨지?"

뜬금없는 질문에 오영은 피식 웃고 말았다.

"아니. 나만 보면 맨날 술 마셨냐고 물어."

"얼굴이 빨간데."

"그래? 왜 그러지?"

오영은 제 볼을 쓱쓱 문지르며 로건을 쳐다봤다. 성큼 다가온 로건이 오영의 안색을 자세히 살피더니 이마에 손을 짚었다.

"너, 이 자식."

"왜?"

"열나잖아. 너는 열이 나는 것도 몰라? 옷을 이렇게 입고 나와 있으니 몸이 견디겠어? 얼마나 이러고 있었어?"

그답지 않게 긴 잔소리를 쏟아 낸 로건은 입고 있던 트렌치코트를 벗어서 오영의 어깨에 걸쳐주었다.

"열이 난다고? 어쩐지 바람이 유난히 시원하더라."

"오한 나지 않아? 살갗이 쑤신다던가. 어디가 안 좋은지 잘 생각해 봐."

"음……."

오영은 제 몸을 덮은 로건의 코트를 여미면서 골똘히 생각했다. 몸 어디가 안 좋은지 모르겠는데 마음 어딘가는 확실히 고장이 난 것 같았다. 심장이 덜컹덜컹 요동치는 게 아릿하게 아팠다.

"로건. 나 오늘 기분이 안 좋아."

"왜."

"나, 짤렸어."

"……?"

"내일부터 반백수야."

"병원에서 해고됐다는 거야?"

"응."

"이유가 뭐야? 네가 해고될 이유가 없잖아. 따져 보기는 했어?"

오영은 인상을 팍 찡그리고 불쾌한 티를 내는 로건을 보며 기분 좋게 웃었다.

"왜 웃어?"

"로건이 기분 나빠해서 기분 좋아졌어."

"열이 높은가."

오영이 횡설수설한다고 생각한 로건은 다시 한번 열을 재려고 이마에 손을 댔다. 자신의 기초 체온이 높아서인지 오영은 단순 미열 정도로 느껴질 뿐이었다. 갸웃 고개를 기울이는 로건의 손을 붙들어 내린 오영이 싱긋 웃으며 말했다.

"내가 이로건 씨를 좋아한대."

불쑥 마음이 튀어나왔다. 가벼운 농담처럼, 안부를 묻는 것처럼, 남 이야기처럼, 정제되지 않은 진심이 흘러나왔다.

"사실 얼마 전부터 그런 소리가 들렸어."

"누가 그딴 소리를 해. 네가 나를 뭐하러 좋아해."

"지금 로건 표정을 보니까 익명의 제보자들을 지켜주고 싶네."

냉철한 검은 눈동자가 험악한 빛으로 짙어지자 오영의 덜컹거리는 심장이 잔인한 쇳소리를 냈다.

"근데. 로건."

"말해."

"내가 오늘 종일 생각해봤거든."

오영은 새까만 눈동자를 빤히 바라보며 말을 이었다. 튀어나와 버린 마음을 주워 담을 수는 없으니 모조리 비워내기로 했다.

"정말 그런지도 몰라."

"뭐?"

"조금 헷갈리기는 한데. 난 로건이 좋아."

로건은 거칠고 작은 손에 잡혀있는 제 손을 멀거니 내려다봤다. 오영이 하는 말을 처음부터 다시 듣고 싶었다. 도무지 말이 안 되는 소리가 머리에서 정리도 되기 전에 쏟아져 들어오고 있었다.

"너, 지금 무슨 소리 하는지 알고 있어?"

"알아. 온종일 생각했다니까."

오영은 단순하고 명료하게 말하고 있는데 듣는 사람의 머릿속이 엉망으로 헝클어졌다. 잘게 머리를 턴 로건이 재차 확인했다.

"헷갈린다면서."

"응. 그런데 말을 하고 나니까……."

오영은 빠져나갔던 로건의 손을 다시 붙들었다. 엄청 커다란 손은 자신의 손보다 부드러워서 만지고 있자니 감촉이 너무 좋아 마음까지 말랑말랑해졌다.

"정확해졌어. 난, 이로건이 좋아."

오영은 말해 버렸고 로건은 침묵했다. 시간이 지날수록 오영은 후회했고 자신이 없었다. 당연히 거절당할 줄 알면서 저지른 일이지만 그렇다고 해서 아무렇지도 않을 순 없으니까.

오늘, 이 집에서도 잘리는구나. 좋은 친구 하나를 이렇게 잃었네.

"말도 안 되는 건 나도 알아. 그래도 속은 시원해."

오영은 몸을 감쌌던 로건의 트렌치코트를 벗어서 도로 건네주었다. 그러나 로건은 움쩍도 하지 않고 굼실굼실 일렁이는 짙은 눈으로 오영을 응시할 뿐이었다.

오영은 마음속으로 작별을 고했다. 봄, 여름 그리고 가을. 지나간 계절과 시간을 되짚으니 가슴이 따뜻하게 데워졌다. 서럽거나 슬픈 게 아닌데 왜 눈물이 솟는지 모르겠다. 우는 눈과 웃는 입술을 한 여자를 노려보던 남자는 영영 열지 않을 것 같던 입술을 움직였다.

"나를 왜 좋아해. 어째서."

"몰라. 나도 이런 건 처음이라서."

"나 같은 놈, 좋아해 봤자 너만 불행해져."

"어차피 행복했던 적도 없는걸. 하지만 이로건 씨하고 지낸 몇 달은 행복이라고 할 수 있겠다."

"그게 무슨 행복이야."

"이로건 씨는 재미없었구나."

로건은 대답하지 못했다. 그 역시 오영과 지낸 몇 달이 일생 가장 좋았다고 차마 입에 담을 수 없었다.

"사람 보는 눈이 왜 이렇게 없어."

오영은 그가 안쓰러웠다. 화난 것처럼 다그치고 있지만 외려 상처 입고 우는 것처럼 느껴졌다.

"이로건 씨는 좋은 사람이야."

"그러니까 왜 그렇게 사람 보는 눈이!"

로건의 검은 동공이 활짝 벌어졌다. 입술에 뭉클하게 와닿은 뜨거운 입술이 말도 못 하게 부드러워서 머리가 어떻게 돼 버린 것 같았다.

"너……."

오영을 탓하려고 했는데 입술이 얼얼해서 말을 잇지 못했다. 입술을 축이는 척하며 혀로 슬며시 윗입술을 건드려봤지만, 감각이 없었다. 방금 닿은 오영의 입술은 그렇게 예민하게 느껴놓고 독을 바른 것처럼 마비가 왔다. 로건은 자신의 어깨를 향해 두 손을 뻗는 오영을 보았다. 어깨를 짚은 손에 무게가 더해지더니 한 번 더 오영의 입술이 가볍게 왔다가 멀어졌다.

미쳐 버릴 것 같았다. 불구덩이에 내던져진 것처럼 전신에 화끈한 열이 번지고 머리가 혼란스러웠다. 이 조그마한 게 나를 어떻게 한 건지 모르겠다. 뭐라고 혼을 낼까 고민하는 데 맹랑한 여자의 숨결이 훅 끼쳐왔다.

"세 번째는."

로건이 제 어깨를 의지한 팔을 꽉 붙들자 다가오던 오영이 지척에서 멈추었다.

"세 번째 후에는 봐주지 않아."

검은 파도를 품은 눈을 한동안 응시하던 오영이 결심한 듯 가만히 눈을 감은 순간, 로건의 팔이 그녀의 허리를 감았다. 강한 힘에 결박된 순간 놀란 오영의 손이 반사적으로 그의 옷깃을 붙들었다. 목구멍에서 터져 나오던 비명은 혀끝을 벗어나지 못하고 뜨거운 열기에 휩싸여 뭉개졌다. 화들짝 벌어진 눈에 사나운 남자의 얼굴이 클로즈업되었다. 비스듬히 기울어진 냉혹한 눈동자에 담긴 뜨거운 분노가 불꽃처럼 일렁거렸다. 크게 뜬 오영의 눈을 매섭게 노려보며 로건은 그녀의 붉은 혀에 자신의 열망을 천천히 새겨 넣었다.

아릿한 전율로 떨리는 오영의 손가락이 로건의 어깨를 긁어내듯 파고들었다. 붙들린 눈길을 거두지도 못하고, 벌어진 입속에서 매끄럽게 드나드는 뭉툭한 살덩이의 열기를 고스란히 느껴야 했다. 걷잡을 수 없이 날뛰는 심장의 고동 소리가 사방에서 쿵쿵 울리고 간간이 내뿜는 로건의 숨결에 살갗이 녹아내리는 것 같았다. 오영의 여윈 목덜미를 타고 올라간 로건의 손가락이 그녀의 머리칼 속으로 파고들었다. 한순간 혀뿌리를 뽑아낼 것처럼 오영을 흡입하던 로건이 짧은 머리칼을 움켜잡았다.

"아!"

두피를 당기는 통증과 함께 고개가 뒤로 꺾어진 오영이 외마디 소리를 질렀다. 로건은 빨갛게 부풀어 오른 오영의 입술 옆으로 제 입술을 미끄러트리며 더운 숨을 내질렀다. 쌕쌕 숨을 내쉬는 오영의 귓가에 묵직하게 가라앉은 로건의 속삭임이 들렸다.

"나를 좋아한다고?"

"로건, 화난 거야? 나 같은 게 좋아해서?"

"그래……."

오영의 입꼬리에 붙어서 웅얼거리던 로건의 입술이 턱선을 따라 흘러가 목덜미를 지분거렸다.

"그래. 화가 나."

목구멍을 긁고 나오는 낮은 음성이 꼭 울부짖는 것처럼 구슬프게 들렸다. 달을 벗어나 흘러가는 구름을 보는 오영의 눈꼬리에 눈물이 맺혔다.

"미안해. 굳이 마음을 말해서."

"내가. 내가…… 너를, 거절하지 못해서 화가 나."

"……?"

고개를 든 로건이 오영의 머리칼을 감아쥔 손을 풀었다. 다시 두 손으로 오영의 얼굴을 감싸고 시선을 맞추더니 긴 탄식을 쏟아냈다.

"바보 같으니. 어쩌다 나 같은 놈을……"

오영은 괴로움에 일그러진 로건을 미심쩍은 눈으로 관찰하며 물었다.

"지금 이게 무슨 상황이야? 로건이 무슨 생각을 하는 건지 모르겠어."

"나도 모르겠다."

"내가 로건을 좋아해도 된다는 거야? 안 된다는 거야?"

오영의 물음에 한참을 뜸들이던 로건이 체념의 한숨을 내쉬었다. 오랜 시간 자신을 절제하고 욕구를 거세하는데 익숙한 자신을 한순간에 무너트린 존재를 만지고 있으면서도 믿을 수 없었다. 이 마르고 작은 여자의 무엇이 이다지도 강한 것인지 혼란스러웠다.

"네가 싫었으면 거들떠보지도 않았겠지."

"그럼. 내가 좋아서 키……스 한 거라고?"

"……"

말을 아끼는 로건을 믿지 못하는 오영이 가늘게 뜬 눈으로 그를 탐색하듯 훑었다.

"눈 감아."

삐죽거리며 따지는 모습을 말없이 바라보던 로건이 엄지를 움직여 오영의 눈두덩을 덮었다. 오영은 가려진 시야 위로 로건의 더운 체온이 가까워지는 것을 느꼈다. 자연스럽게 입술이 벌어졌고 이내 부드럽고 뭉클한 마찰이 시작되었다. 이마에 콧날에 그리고 입술에. 입술이 입술을 덧그리며 애를 태웠다. 그의 입술을 따라 벙긋거리던 오영이 눈썹을 구기며 짜증을 냈다.

"왜 자꾸 장난해?"

"아까워서."

로건을 볼 수 없는 오영이 쳇 하고 혀를 찼다.

"키스 많이 해봤구나."

"천만에."

오영의 아랫입술을 꼬집듯 집어 물고 난 로건이 내뱉는 숨결과 함께 말을 이었다.

"네가 처음이야."

그의 대답에 만족한 오영이 씨익 웃으며 목을 조르듯 끌어안았다. 화답하듯 오영의 몸을 힘껏 안은 로건은 얼핏 벌어진 입술 속으로 밀고 들어갔다. 오영은 폭발적인 소유욕을 드러내는 남자에게 송두리째 삼켜지는 기분이었다. 끝 모르게 밀어붙이고 파고들어 헤집어 놓는 키스에 혀가 얼얼했지만 멈추는 것은 싫었다. 그와 밤새, 영원히 이렇게 엉켜 있고 싶었다.

오영의 등을 쓰다듬던 로건의 손이 아래로 미끄러졌다. 창턱에 걸터앉은 오영의 두 다리를 붙들어 자신의 허리를 감게 한 뒤 안아 올렸다. 로건은 오영을 안고 뒤뜰을 서성이며 연신 입맞춤을 이어나갔다. 그의 몸에 꼭 달라붙은 오영은 입술이 떨어질 때마다 키득거렸다. 그녀의 작은 웃음소리가 로건을 웃게 했다. 내내 갈등하느라 처져있던 로건의 입매가 부드럽게 풀리고 눈꼬리가 미세하게 휘어졌다.

"그렇게 웃어."

"응?"

"자꾸 웃으라고. 웃으면 근사하단 말이야. 환자들한테도 웃어 줘. 저승사자처럼 굳어있지 말고."

"웃음이 나오지 않아."

"지금처럼 미소 지으면 되잖아."

"너라서 웃는 거야."

"그럼 모두가 나라고 생각해."

로건은 마뜩잖은 듯 미간을 좁힌 채 대답하지 않았다.

"응?"

"그래. 그럴게."

기어이 대답을 끌어낸 오영은 그의 가슴에 머리를 기대었다.

"내가 웃긴 애라서 다행이야. 로건이 웃잖아."

"그래. 넌 처음부터 웃겼어."

그의 목구멍을 울리는 낮은 웃음소리를 들으며 오영은 생각했다. 관계가 달라졌다. 갑작스럽게 해 버린 어설픈 고백과 두려웠던 마음이 조금 전의 일이었다는 게 이상했다. 이 밤을 잊을 수 없어 처음부터 하나하나 새겨 넣었다.

숨 막히던 첫 키스, 로건의 숨소리, 슬펐던 눈빛, 입술의 감촉과 열기, 제 몸을 옥죄던 강한 힘 그리고 공간을 지배하던 검은 적막.

죽어서도 잊지 않을 작정이었다. 드라마에서 봤던 기억을 지우는 차 따위는 절대 마시지 않으리라 다짐했다.

자신을 안고 걷는 로건의 걸음이 운율처럼 느껴졌다. 헤어짐이 두려웠다. 이 사람만은 흘러가지 않기를, 오래오래 머물러 영원하기를 바라고 또 바랐다. 갑자기 로건의 걸음이 뚝 멈췄다.

"너 춥겠어."

"아니. 아니."

오영은 로건의 목에 바짝 매달리며 고개를 저었다. 그러다 문득 생각났다.

"맞다. 학회 때문에 다시 나가야 하잖아."

"너 재우고 갈게."

"재워 준다고?"

되묻는 오영의 목소리가 산뜻하게 날아올랐다. 그에게 소속된 뭔가가 된 것 같아 가슴이 감당할 수 없을 만큼 부풀었다.

"오늘은 나쁜 꿈 꾸지 말고 자라."

"응. 기분이 좋아서 제대로 푹 잘 것 같아."

그대로 얼마간 뒤뜰을 산책한 후 집 안으로 들어간 로건은 오영에게 따뜻한 차와 해열제를 먹였다.

"잠깐 누워있는 거야. 이로건 씨가 갈 때 배웅할 거야."

"그러든지."

"몇 시 비행기야? 여기서 몇 시에 나가야 해?"

"내일 오전까지만 도착하면 돼. 신경 쓰지 마."

그의 뜻대로 침대에 누운 오영은 몰려오는 잠기운을 떨치기 위해 계속 종알거렸다. 점점 두서없어지는 오영의 질문에 일일이 대답하던 로건은 까무룩 잠이 든 것을 확인하고도 한참을 지키고 있었다. 오영은 자면서도 웃고 있었다. 그 미소를 망연히 바라보던 로건은 손으로 눈꺼풀을 꾹 누르며 고개를 저었다.

6. 조금의 틈도 없이

　퍼뜩 눈을 뜬 오영은 눈동자를 빠르게 굴렸다. 동창이 밝아진
지 오래인 듯 방안이 화사했다. 오영은 어젯밤에 있었던 일이 꿈
인지 아닌지 가늠하며 감각을 올올이 깨웠다. 점점 꿈이 아니라
고 확신할수록 믿을 수가 없었다. 로건과 키스를 했다는 것보다
그도 자신을 좋아하는 것처럼 굴었다는 사실이 더 의심스러웠다.
잠에 굴복해 눈이 감기던 순간에도 그가 곁에 있었다는 생각에
놀라 벌떡 일어났다.
　"뭐야. 간 거야?"

분명 자신이 배웅하겠다고 큰소리를 땅땅 쳤었는데 허망하게 잠이 들고 말았다. 그렇다고 말도 없이 가 버리다니. 오영은 혹시 남기고 간 메시지가 있지 않을까 기대하며 핸드폰을 확인하고 침대 주변을 뒤적거렸다. 종이 쪼가리 하나 없는 현실에 또 한 번 낙심하며 침대에 주저앉았다.

"역시 꿈이었나 봐."

그러다 협탁 위에 놓인 머그잔에 눈이 갔다. 로건이 푹 자라고 일부러 우려 준 차였다. 손으로 입술을 가만히 더듬자 평소보다 부은 것도 같았다. 꿈이든 생시든 결과적으로 혼자라는 사실에 맥이 빠진 오영은 차갑게 식은 차를 홀짝거리며 멍한 정신을 가다듬었다. 정신이 맑아지고 이성이 발동하면서 오히려 부작용이 일어났다. 생각이 굴을 파기 시작했다.

남자들은 원래 육체적인 욕구에 약하다던데. 어쩌면 로건도 느닷없이 들이댄 여자 때문에 잠시 흔들렸을지도 몰라. 그냥 고백만 하고 말지. 어쩌자고 입술을 들이대서는. 그러고 보니 로건이 없는 게 나았다. 그러다 그를 다시 볼 생각을 하자 얼굴에 열기가 몰렸다.

"도망가 버릴까."

풀이 죽어 침대에서 일어난 오영은 자신의 경솔함을 투덜거리며 방문을 열었다.

"……!"

너무 놀라서 소리도 지르지 못했다. 왜 여기 있는지, 의문은 둘째 치고 문 앞에 떡 버티고 선 커다란 남자의 흉흉한 기세에 몸이 움츠러들었다.

"아직도 안 갔어?"

어리벙벙한 오영을 막막히 바라보던 로건은 끓어 넘치는 것 같은 신음을 흘리며 오영의 얼굴을 부여잡았다. 그 바람에 고개가 들린 오영의 눈이 똥그랗게 커졌다.

"눈 감아야지."

오영이 눈을 감는 속도보다 빠르게 로건의 입술이 와 닿았다. 밤새 갈증에 허덕인 사막의 여행자처럼 로건은 오영의 입술을 들이마셨다. 달고 시원한 샘물을 탐하며 오영의 혀를 깊이 빨아들였다. 맞물린 입술이 짓뭉개지고 힘에 부친 오영의 몸이 뒤로 밀려 문에 부딪혔다. 급히 오영의 등과 머리를 손으로 감싼 로건은 그녀의 몸을 안은 채 걸음을 옮겼다. 오영 역시 이러다 입술이 터질지도 모르겠다고 생각하면서도 그와의 키스에 더욱 몰입했다. 머릿속이 붕 떠오르는 것처럼 몽롱한 감각이 전신에 퍼졌다.

그와 걷는 걸음이 허공을 딛는 것 같았다. 어디를 향해 가는 줄도 모르고 그에게 이끌려 가던 몸이 기우뚱 기울어졌다. 침대에 다리가 걸려 매트리스 위로 넘어지고 나서야 겨우 입술이 떨어졌다. 둘은 마주 보고 누워서 달뜬 숨을 가쁘게 내뱉었다.

"굿모닝."

로건은 어젯밤 오영이 부탁한 대로 부드럽게 미소 짓고 있었다.

"좋은 아침."

그를 따라 방긋 웃은 오영은 잘생긴 입술에 머무른 미소를 손가락으로 가만히 쓰다듬었다.

"학회는? 왜 아직도 집에 있어?"

말하는 순간조차 아깝다는 듯 눈매를 찡그린 로건이 오영의 몸을 바짝 당겨 안았다.

"눈뜨자마자 너하고 키스하고 싶어서."

오영은 정신을 차릴 수 없었다. 어젯밤 이후로 달라진 관계가 아직 적응되지도 않았는데 이 남자는 익숙하고 당연하게 굴었다.

깜빡깜빡, 혼란스러운 눈으로 그를 빤히 쳐다봤다. 그렇게 못생겼다고 구박하고 하는 짓마다 못마땅해 하던 사람이 맞나? 돌연 섬세하고 반듯한 로건의 이목구비가 움츠러든 오영의 눈앞으로 성큼 다가왔다.

이 남자가 웃는다. 검은 눈빛이 따뜻하다. 도무지 이로건이라고 믿을 수 없는 다정한 분위기라니. 로건은 헤 벌어진 오영의 아랫입술을 물고 짓궂게 미소 지었다. 매력적으로 휘어지는 로건의 눈매와 입꼬리는 좀처럼 보기 힘든 광경인데, 그게 오롯이 오영을 향하고 있었다.

웃음소리를 타고 흘러나오는 상쾌한 향이 오영의 코끝에서 흩어졌다. 속절없이 홀려서 무력해지는 기분이었다. 낯설고 민망한 열기가 오영의 배꼽 아래 깊은 곳에서부터 뭉근하게 피어올랐다. 부끄러움과 흥분으로 얼굴이 붉게 물들였다.

숨을 내쉬는 것도 여의치 않았다. 너무 뜨거워서 이 음란한 기대감을 들킬 것만 같았다. 지금 제 볼과 목덜미를 느릿하게 쓰다듬는 커다랗고 강인한 손이 어제처럼 온몸을 덮치길 바라게 되었다. 장난스럽게 입가를 지분거리며 낮은 웃음소리를 흘리는 야한 입술이 빈틈없이 맞물리기를 원했다. 오영은 몽롱한 열기가 차오르는 눈꺼풀을 닫고 지친 목소리로 물었다.

"정말 나 때문에 아직 여기 있는 거라고?"

"응. 오늘은 너하고 있을 거야."

나태한 목소리가 귓가에 끈적하게 감겨 저절로 몸이 옹송그려 졌다.

"뭐? 그래도 돼?"

"대양에게 못가겠다고 전화했어."

"그래도 되는 일이야?"

"아니. 안 돼."

자신 때문에 병원 일을 그르쳤다는 소리에 놀란 오영이 눈을 번 쩍 떴다. 우직한 벽처럼 눈앞을 가로막은 가슴을 밀치며 몸을 빼 내려고 했지만 어림없는 몸부림이었다.

"잠깐만! 이로건 씨. 안 된다면서 그러면 안 되는 건데 왜 여기 에 있어?"

"너하고 있고 싶으니까."

"다녀와서 같이 있으면 되잖아."

"알아. 그런데 가 봤자 못 참을 것 같아서 아예 남기로 했어."

"말도 안 돼."

멍하게 중얼거리는 오영의 정수리에 턱을 괸 로건도 작게 고개 를 저었다. 그러게. 정말 말도 안 된다.

이만큼 참을 수 없이 치미는 욕구는 로건도 처음이었다. 비행기 에 오르자마자 안달이 나서 허공으로 뛰어내릴 것 같은 충동이 밤새 그를 들볶았다. 당장 문을 열고 오영을 안아 버리고 싶은 열 망을 견딘 것만 해도 대단한 일이었다. 오랜 세월 극기하는 습관 이 들어있지 않았다면 지금쯤 둘은 벗은 몸으로 서로를 안고 아 침을 맞이했을 터였다.

"이렇게 막무가내로 하다가 짤리면 어쩌려고 그래?"

"그럼, 매일 너하고 있으면 되겠네. 이렇게."

오영의 볼을 쓸던 손이 앙상한 어깨를 만지작거렸다. 어린 새의 날갯죽지처럼 가늘고 연약한 뼈가 마음에 들지 않아 절로 인상이 찌푸려졌다.

"그렇게 많이 먹는 애가 왜 이렇게 마르는 거야?"

"남들은 다 부러워하던데. 먹어도 안 찐다고."

"어쨌든 건강하기만 해라."

어깨를 매만지던 손이 팔을 쓸고 내려가 손목을 살짝 쥐었다 놓았다. 마치 체형을 가늠하듯 조심스럽고 느린 손길이었지만 어쩐지 야릇해서 오영은 자신도 모르게 마른침을 삼켜야 했다.

손목을 놓은 손이 허리를 맴돌다가 옆구리를 파고들었다. 위로, 위로 오르는 로건의 손이 아주 느리게 오영의 몸을 탐미하듯 어루만졌다. 차라리 키스를 해줬으면 좋겠다. 그가 응시하면 자력에 붙들린 듯 시선을 거부할 수 없었다. 열기 품은 손길을 속속들이 느끼면서 그의 까만 눈동자를 들여다보는 것이 견디기 힘들었다. 새까만 눈동자는 어두운 밤이었다. 이름 모를 새가 아침을 알리겠다며 소란스레 지저귀는데도 꼭 이슥한 밤에 그와 단둘이 침대에 누워있는 것 같았다.

"어!"

생경한 손길에 놀란 오영이 짧은 비명과 함께 어깨를 안으로 오므렸다. 로건의 입술에 잠시 비릿한 미소가 머무르는가 싶더니 눈매가 엄격하게 굳어졌다. 그를 벗어날 수도 손길을 쳐낼 수도 없이, 오영은 가슴 끝을 간질이는 감각을 생생하게 느끼고 있었다. 얇은 옷감 한 장을 사이에 두고 로건의 손가락이 둥글게 움직였다.

"단단해졌어."

"……."

오영도 느끼고 있었다. 단전 아래에 선 로건은 더욱 강대해졌고 그의 검지가 지분거리는 오영의 작은 유실도 딱딱하게 굳어졌다.

"무서워? 싫어?"

"아니……. 이상해."

오영의 입에서 기운 빠진 대답이 흘러나왔다.

"그럼, 좋아?"

"모르겠어. 나쁘지 않은데, 자꾸 뭘 하고 싶어. 좀 답답해."

"뭘, 하고 싶은데."

안 그래도 낮은 저음이 바닥에 짓이긴 것처럼 꿈틀거렸다.

"그걸 모르겠다니까."

오영이 투덜거리며 로건의 손목을 붙들었다. 그러나 저지하는 미약한 힘을 비웃듯이 그가 손바닥을 펴서 소담한 가슴을 덮더니 이내 아프도록 꽉 쥐었다.

"아파……!"

"아프기만 해?"

오영은 대답하지 못했다. 복잡하고 어려웠다. 사람이 사람을 만지는 행위일 뿐인데 말로 표현할 방도가 없었다. 어떻게 하면 그가 알까, 고민하던 오영은 손을 들어 그의 가슴 위에 얹었다. 빠르고 세차게 뛰는 박동이 놀라웠다. 아무렇지 않은 얼굴로 여유롭게 말하면서 자신을 음미하는 주제에 이렇게 뛰고 있었다니.

오영은 그가 하던 것처럼 탄탄한 근육질의 가슴을 천천히 더듬었다. 그러다 손끝에 닿은 것을 살짝 꼬집으며 그의 눈치를 살폈다. 짙고 두꺼운 눈썹을 찡긋 기울이던 로건이 피식하고 웃는 바람에 오영의 기분이 상했다.

"이로건 씨는 아무렇지도 않아?"

대답 대신 오영의 이마에 키스한 로건이 일어나 앉았다. 갑자기 혼자 덩그러니 남게 된 오영은 그의 체온 대신 남은 허한 공기가 시려 몸을 웅크렸다.

이게 끝이야?

오영은 짜증스럽게 따지려던 입술을 앙다물었다. 입고 있던 반팔 티셔츠를 훌렁 벗어 던지는 남자의 모습에 덜컥 겁이 났다. 로건은 휘둥그레진 눈으로 저를 바라보는 오영의 목 뒤로 팔을 끼워 넣으며 다시 누웠다. 오영은 그가 하는 대로 이리저리 흔들릴 뿐이었다. 왜, 옷을 벗고 그래? 라고 물은 줄 알았는데 입술이 그대로 붙어 있었다.

"이제 다시 만져 봐."

멍석을 깔아 주니 추던 춤을 출 수 없었다. 그의 허락이 떨어지자 부끄럽고 민망하기만 했다. 로건이 바보처럼 얼어있는 오영의 손을 끌어와 가슴에 갖다 대 주고 나서야 비로소 그동안 숨이 멈춰 있었다는 것을 깨달았다.

"하!"

한꺼번에 터진 한숨이 로건의 입속으로 자취를 감추었다. 키스하는 건지 잡아먹는 건지 헷갈리도록 무자비한 혀 놀림에 정신이 아득해졌다.

뜨거워. 이 사람은 뜨겁고 무겁다.

그에게 사로잡힌 살갗에 불붙은 밧줄이 파고드는 것 같았다. 끌어안는 힘이 대단했다. 하긴 오영을 한 손으로도 번쩍번쩍 들어올리던 남자였다. 오영이 가슴에 얹힌 손을 꼼지락 움직이자 로건에게서 짧은 숨이 터져 나왔다.

"네가 나를 어떻게 한 건지 모르겠어. 너한테는 내 모든 노력이 아무 소용이 없어."

너는…… 도대체 뭘까. 답도 없는 걸 뻔히 알면서도 로건은 이성을 끌어올려 자꾸만 물었다. 그렇게라도 하지 않으면 이 작고 마른 여자에게 함부로 할 것 같아 두려웠다. 미쳐 날뛰어서 상하게 할지도 모른다는 공포심이 경고등을 밝혔다. 분명 소중한데 망가트리지 않을까, 무서웠다.

"로건, 지금은 아침이야."

"알아."

로건의 몸 아래에서 꿈틀거리는 오영은 버거워 보였다. 셔츠 속을 파고든 크고 뜨거운 손길이 살결을 어를 때마다 흠칫 떨었다. 고양이의 나른한 신음 같은 소리를 흘리며 몸을 틀었다.

로건은 예민하게 솟은 가슴 끝을 혀로 지분거리며 오영의 반응을 살폈다. 간지럽다며 오영이 키득거리는 순간 이를 세워 잘근 씹었다. 새된 소리를 울린 오영이 몸을 뒤척거리며 그의 머리를 밀어냈다.

"그만!"

씨익 웃고 난 로건은 마지막으로 짧고 강한 입맞춤을 남겼다. 옷을 입은 건지 벗은 건지 분간할 수 없게 잔뜩 흐트러졌고 괴롭혀서 빨갛게 부푼 정점이 비죽이 드러나 있었다.

남자의 욕구가 끓어오르기 좋은 모습을 앞에 두고 로건은 손길을 거두었다. 환한 햇살 아래 드러난 눈동자를 보니 순간적인 쾌감에 겁을 먹은 게 분명했다. 그런데도 적극적으로 밀어내지 않고 그가 하는 대로 놓아두었다. 묵직한 로건의 시선을 비껴낸 오영이 웅얼거렸다.

"사람들은 아침에도 그런 걸 해?"

"……"

"그거 있잖아. 섹."

"섹스? 시간대는 상관없는 거로 아는데."

"그래……. 그렇구나."

오영은 어색한 팔을 들어 로건의 벗은 등을 끌어안았다. 견고한 바위 같던 남자가 모래성처럼 무너지며 저를 덮쳤다. 그게 좋으면서도 조금은 두려웠다. 이렇게 처음을 맞이하는 것이 괜찮은 건지 모르겠다. 드라마를 아무리 봐도 키스 다음은 자세히 보여 주지 않으니 도움이 되지 않았다.

"아니. 지오영. 그러는 것 아니야. 내 눈치 보면서 맞춰 줄 필요 없어. 네가 원하는 걸 말해야 하는 거야."

"……?"

로건은 어설프게 저를 끌어안은 오영의 팔을 풀었다. 망설이는 오영의 머리를 찬찬히 쓰다듬는 손짓이 너무 다정해서 코가 시큰할 지경이었다.

"뭐든. 네가 하고 싶은 대로 할게."

지금까지 살면서 이렇게 듣기 좋은 말을 누가 해 줬던 적이 있었나? 아무리 기억을 더듬어 봐도 처음이었다. 우습게도 그의 모든 것이 된 것 같았다. 세상의 여왕이 된 것 같아 우쭐대고 싶었다.

"남자는 참을 수 없다고 들었어."

한 번 더 확인하고 싶어 묻자 로건이 피식 웃었다.

"멍청한 놈들이 그런 소리 하지. 참기 힘든 건 맞지만 불가능은 아니야. 섹스는 몸으로만 하는 게 아니니까."

"언제는 그냥 자연의 섭리라면서."

"그건 남들이 하는 섹스니까. 내 알 바 아니지."

"근데. 로건은 나하고 하는 키스가 처음이라면서 그런 건 왜 이렇게 잘 알아?"

설마, 키스 빼고 다 해 본 건가? 변태적인 상상이 왜 잘 어울리는지 모르겠지만 이로건이라면 그러고도 남을 것 같아서 억울했다.

"난 의사야. 몸에 대해서는 잘 알지."

오영은 무심하게 대꾸하는 남자의 대답이 흡족했다. 갑자기 로건을 좋아하는 마음이 엄청나게 커져서 주체할 수 없어졌는데 고백은 하기 싫었다. 왠지 그가 자신에게 금세 흥미를 잃을 것 같아서 주저되었다.

"있잖아. 난, 로건한테서 떨어지지 않을 거야. 절대로."

그의 가슴에 입술을 대고 떼쓰듯 중얼거렸다. 로건의 대답은 강한 포옹이었다. 힘껏 안아주는 것만으로도 안심이 되었다. 우리 서로에게 머물러 유일해지기로 해. 뜨거운 열기가 홧홧한 품에 안긴 오영은 속으로 다짐했다.

* * *

로건은 싱크대와 아일랜드 테이블 사이를 분주하게 오갔다. 채소를 다듬고 팬을 달구고 냉장고를 열었다가 닫는다. 고기를 익히는 손놀림은 능숙했다. 바쁜 움직임이 분명한데 소란스럽지 않고 오히려 고요하게 흐르는 물처럼 쉼 없이 잔잔했다. 오영은 식탁 의자에 앉아 그런 로건의 모습을 감상했다.

'여기 가만히 앉아서 기다리고 있어.'

오영을 직접 의자에 앉히고 그렇게 말하고는 혼자 동분서주 움직이고 있었다. 아주 가끔 로건이 간단한 먹을거리를 준비한 적은 있지만, 지금과는 분위기가 사뭇 달랐다. 그때는 그저 끼니를 준비하는 일상적인 느낌일 뿐이었는데 지금은 한 사람을 위해 정성을 들이는 태가 났다. 그가 요리하는 모습을 보는 게 이렇게 가슴 뛸 일인가. 오영은 하얀 면티 아래로 근육이 울끈불끈 요동치는 뒷모습을 보자 숨이 가빠졌다.

종일 침대에서 서로의 몸을 탐구하던 일을 떠올리자 혼자 부끄러워졌다. 인체에 빠삭하다더니 정작 남자는 오영의 몸에 대해 알고 싶은 것이 무척 많은 모양이었다. 자꾸만 듣기 민망한 소리를 내도록 만들었다. 묘한 신음성을 터트릴 때마다 그의 입꼬리가 만족스럽게 휘어지곤 했다. 꽤 짓궂은 그 표정이 좋았다.

얼빠진 얼굴로 턱을 괴고 있던 오영은 느닷없이 돌아선 로건과 눈이 마주쳤다. 그가 오영만 알아챌 정도로 희미하게 웃었다. 속으로 하던 생각을 들킨 것 같아 오영의 얼굴이 더더욱 빨갛게 달아올랐다.

"배 많이 고프지? 거의 다 됐어."

연신 꼬르륵대던 배가 정작 음식 냄새 앞에서는 허기를 느끼지 못했다. 로건의 등만 봐도 배가 부른 건지. 아니면 음란한 생각으로 바쁜 뇌가 신호를 보내는 것조차 잊은 건지. 아마도 후자가 맞을 터였다.

"로건. 내가 할 일인데."

"⋯⋯."

생각해 보니 어느 순간부터 로건이 집안일에 손대는 일이 잦아지고 있었다. 오영이 해야 할 일을 미리 가로채서 해 버려 툴툴댄 적이 많았다. 적지 않은 월급을 받는 처지인데 자꾸 일이 줄어드는 것이 오히려 불안했었다. 그때는 대놓고 내 일을 뺏지 말라고, 돈 많이 벌어야 하니까 자르지 말라고 큰소리쳤었다. 이제는 알 것 같다. 로건의 마음도 나와 같아서, 지금처럼 다 해주고 싶어서 그랬나 보다.

생각에 잠겨 식탁을 말끄러미 바라보고 있는 오영의 앞에 오목하고 널찍한 접시가 놓였다.

"우와!"

알맞게 익은 큐브 스테이크가 소복이 쌓인 김치볶음밥이 나왔다. 몇 번 먹어본 경험으로 로건의 요리 실력은 나쁘지 않았다. 게다가 지금은 혼신의 정성을 기울인 티가 날 정도로 굉장히 먹음직스러운 한 끼였다. 오영은 막상 밥을 보니 속이 쓰릴 정도로 허기졌다. 며칠 만에 음식을 접한 사람처럼 허겁지겁 입에 넣고 씹는 밥과 고기는 기가 막히게 맛있었다.

"로건이 김치로 요리를 하다니. 천지가 개벽할 일이야."

"네가 좋아하니까."

기름이 적당히 배어 윤기가 흐르는 밥알을 씹으며 오영은 그를 말끄러미 바라봤다. 음식에 손도 안 대고 오영이 먹는 모습을 보고만 있던 로건의 손이 입가로 다가왔다. 오물오물 씹는 입가에 붙은 밥알을 떼어 주는 표정은 여전히 무뚝뚝한데 손길은 다정했다.

"그렇게 말하니까 오래전부터 나를 좋아한 것 같잖아."

"그럴지도 모르지."

민망해진 오영은 컵을 들어 물을 한 모금 삼켰다. 사실 먼저 좋다고 대책 없이 터트린 건 자신이었으니 그가 육체적인 즐거움에 치중한다고 해도 불만은 없었다. 나중에 점점 욕심이 커질지도 모르겠지만 어쨌든 지금은 그런 심정이었다. 지금 로건이 하는 말이 바람둥이의 사탕발림이어도 상관없었다.

"너를 그냥 무시하면 되는 데 항상 신경에 거슬렸어."

"거슬렸어?"

"응."

오영의 큐브 스테이크보다 세 배는 크게 썬 고기 조각을 씹으며 로건은 무심하게 고개를 끄덕였다. 내내 신경 쓰이는 오영이 불편했는데 지금 생각해 보면 싹 트는 감정에 대한 방어기제였던 것 같다.

"먹고 뭐 할까?"

답지 않게 조용한 오영이 밥알을 뒤적거리며 대답했다.

"바람 좀 쐬고 싶어. 너무 하루 종일…… 누워 있어서 머리가 좀 아픈 것 같아."

말하는 오영의 목과 귓불이 새빨개져 있었다. 로건은 서슴없이 들이대고 느끼는 대로 말해 버리는 오영의 부끄러움이 낯설고 귀여웠다.

"그래. 자전거 가르쳐 줄까?"

"아니. 걸을래. 로건은 자전거를 엄청 좋아하는 것 같아."

"취미니까."

"응."

"너도 같이 하자."

"뭘? 자전거를?"

"응. 산악자전거는 위험하니까 한강 라이딩 같은 게 좋겠어. 참, 너는 산도 잘 타니까 같이 등산부터 할까? 암벽 등반은 좀 무리이려나? 너는 몸이 가볍고 날래서 금방 실력이 늘 것 같은데. 내가 너무 내 취미만 말했나?"

갑자기 로건의 말투가 빨라졌다. 그의 기분이 좋다는 증거였다.

"내가 시끄러워서 거슬린다면서."

"……"

로건은 고기를 한가득 퍼서 우적우적 씹기만 했다. 그의 광대 부근이 발그레하게 보이는 것은 조명 색의 영향인가 싶었다.

"미안해. 그런 식으로 말해서. 거슬리지 않았어."

"그럼 왜 그렇게 말했어? 항상 혀를 차고 한숨을 쉬면서 나를 봤잖아."

오영은 더 캐물으면 그가 곤란해 할 것을 알면서 꼬치꼬치 파고들고 싶었다. 자신 때문에 로건이 난처해 하고 쩔쩔매는 모습을 원했다. 도대체 무슨 심술인지 모르겠지만 그를 괴롭히는 게 재미있었다.

"몰라."

밥을 열심히도 퍼먹는다. 저러다 접시에 코 박고 죽을지도 모르겠다. 오영은 잔망스럽게 웃으며 그가 요리한 볶음밥을 야무지게 먹었다.

* * *

밥과 고기를 배불리 먹고 나왔는데도 다리에 힘이 제대로 들어가지 않았다. 남녀가 사랑한다는 것은 꽤 많은 에너지를 요구하는 것 같았다. 겨우 키스와 만지는 것만으로 이렇게 힘이 들다니. 체력 좋기로는 어디 가서 빠지지 않는 오영은 로건의 돌 같은 팔뚝을 힐긋거리며 두려움을 느꼈다. 저 남자가 제대로 자신을 원하면 무슨 일이 벌어질까. 보약이라도 한 첩 해 먹어야 하나. 보약은 얼마나 할까. 비쌀 텐데. 돈 없어서 연애 못 한다더니 역시 그렇구나.

"무슨 생각해?"

"구체적인 생각."

"그건 또 무슨 소리야."

"이로건 씨와 나의 관계에 관한 생각. 미래에 관한 생각."

로건은 뭐라고 대답해야 할지 몰라 침묵했다. 오영이 불안해하거나 후회할지도 모른다고 생각하면 마음이 좋지 않았다.

"나 하고 싶은 대로 할 거야."

"……?"

"아주 마음껏 좋아할 거야. 후회 없이. 말도 행동도 아낌없이."

"나를……."

많이 좋아하냐고 물으려던 로건은 다시 입을 다물었다. 그런 것을 묻자니 세포 단위로 근질거려서 견디기 힘들었다.

"로건은 나를 어떻게 생각해? 혹시 내가 불쌍해서 받아준 건 아니야?"

정면을 바라보던 로건의 시선이 오영을 향했지만 무덤덤해 보였다. 찬찬히 들여다봐도 잘 모르겠다. 말수 적고 감정 표현도 인색한 남자와의 연애가 꽤 힘들 것 같았다. 그러니 나라도 열심히 퍼부을 밖에.

"그래도 상관없어. 무르기 없음이니까."

"너를."

겨우 한 마디 내뱉은 로건의 목소리가 무척 신중하게 들렸다.

"생각해."

"뭐라고?"

손을 펼쳐 귀에 댄 오영이 그를 향해 몸을 기울였다.

"너를 많이 생각한다."

끊임없이, 쉼 없이 네 생각이 머리에서 떠나지 않았음을 이제야 깨닫는다. 로건은 제 손가락 사이사이에 침범한 마른 손을 힘주어 잡았다. 스위치를 누른 듯이 오영의 얼굴에 밝은 웃음이 떠올랐다. 그만큼의 표현만으로도 오영은 충분히 행복했다.

"로건 저 거울 앞에 서 봤어? 저기 서면 되게 웃긴다."

꽁꽁 얽어맨 손을 풀어낸 오영이 쪼르르 앞으로 달려갔다. 그 모습을 보는 얼굴에 자연스럽게 미소가 떠오르는 것을 로건은 알지 못했다. 가파르게 꺾어지는 길에 설치된 도로 반사경 앞에 선 오영이 손짓하며 그를 불렀다.

"이것 좀 봐! 머리는 엄청 큰데 몸이 손가락만 하잖아."

볼록 거울 앞에 선 오영은 왜곡된 이미지가 우습다고 까르륵 웃어대고 있었다. 도대체 그런 것이 왜 웃긴지 이해할 수 없었지만 로건도 피식 웃음이 터졌다. 거울에 비친 오영 때문이 아니라 해 사하게 웃는 오영이 보기 좋아서. 빨리 와 보라고 채근하는데도 로건은 느긋하게 걸었다. 그녀의 개구쟁이 같은 모습을 오랫동안 감상하고 싶었다. 겨우 도착한 로건의 손을 급히 잡아끈 오영이 그도 거울 앞에 세웠다.

"음……. 로건은 별로 안 웃기게 생겼네. 김샌다."

잘생긴 사람은 뭘 해도 그냥 잘생긴 채 그대로였다.

"너를 즐겁게 해 주지 못해서 애석하군."

"가끔 되게 아저씨 같은 말투 쓰는 것 알아?"

"……?"

"뭐뭐 했군. 그런 것."

"흠……. 그게 그렇게 들리는 말투인가?"

"목소리나 말투가 무거운 편이라 더 그런 것 같군."

그의 목소리와 말투를 흉내 낸 오영을 보며 로건이 고개를 갸 웃 기울였다.

"귀여운데."

"그건 내가 귀여우니까."

두 손을 펼쳐 턱 아래에 꽃받침을 만든 오영이 눈을 깜빡거렸 다. 그녀의 장난이 거듭될수록 로건의 웃는 표정은 활짝 활짝 크 게 번지고 있었다.

기분 좋게 웃던 로건의 입꼬리가 급격히 내려갔다. 이것은 행복 이 분명했다. 일생 가질 수 없을 거로 생각했던 것을 오영이 가져 다주었다. 문득 두려워졌다. 오영의 마음이 변한다면, 그를 버린

다면 다시 어둡고 음습한 시간만 남아있겠지. 나 역시 그녀를 행복하게 해 줄 수 있을까. 나 때문에 네가 불행해지면 어떻게 하나. 밝고 따듯한 기운을 놓치고 싶지 않으면서도 본능적으로 그것을 밀어내는 걱정이 스멀스멀 피어올랐다.

자신이 행복할 수 있다는 것을 믿을 수 없었다. 몇 걸음 앞에서 촐싹거리며 뛰는 여자가 멀어질까 두려워진 로건의 걸음이 빨라졌다. 단숨에 따라잡아 오영을 돌려세웠다.

"왜?"

로건은 동그란 눈과 환하게 웃는 입매를 품에 꼭 끌어안았다.

"왜 또 이래? 아무데서나!"

오영을 안은 팔에 힘을 더하며 로건은 다짐하듯 중얼거렸다.

"너를 정말 많이 생각한다."

"나는 진짜 진짜 좋아해."

그의 가슴팍에서 오영이 웃는 소리가 자르르 진동했다. 그 때문인지 로건은 심장이 간지러워 미칠 것 같았다. 여자의 작은 손이 너른 등을 토닥였고 커다란 덩치의 남자는 그 손길 아래 안도했다.

그들을 비추는 가로등 밖 주변은 어두웠다. 길목 어귀, 빛이 들지 않은 칠흑 속에서 그들을 지켜보는 눈이 있었다. 잘게 떨리는 창백한 주먹 위로 나직이 뇌까리는 욕설이 떨어졌다.

* * *

잠잠하던 외과 과장실에서 고성이 터져 나왔다. 회진 준비가 완료됐음을 알리기 위해 문 앞에서 대기하고 있던 윤수는 붕어처럼 내민 입술 사이로 한숨을 불었다. 자기 할 일을 곧잘 로건에게 미뤄 대던 과장이 도리어 적반하장으로 화를 내는 것이 못마땅했다. 이번 제주 학회도 원래 과장이 참석할 일이었는데 경력에 그다지 도움이 되지 않는 이유로 갑자기 로건에게 떠넘겼다. 출발 당일에 못 가겠다고 틀어 버린 로건의 처사가 오히려 속이 시원할 정도였다.

"왜 이렇게 조용해?"

아무리 상상해도 그려지지 않는 모습이 있다. 다혈질로 유명한 과장의 삿대질 앞에 고개를 푹 숙이고 있을 이로건은 도무지 어울리지 않았다. 답답한 마음에 문가에 귀를 가져가려던 순간 벌컥 문이 열렸다. 흠칫 놀라 뒤로 물러서는 윤수를 바라보는 미동 없는 눈빛이 얼음 알갱이처럼 오싹했다. 윤수는 내장에 살얼음이 끼는 기분을 느끼며 부르르 진저리를 쳤다.

"아, 안녕하십니까!"

"그래."

잠잠하다 싶더니 역시 로건은 과장 앞에서 아쉬운 소리 한번 안 한 모양이었다. 문틈으로 보이는 과장의 얼굴은 터질 듯 시뻘건데 로건은 오수를 즐기고 난 나른한 맹수 같았다.

'리스펙!'

윤수는 나지막이 외치며 멀어지는 로건의 뒤통수에 대고 양쪽 엄지를 치켜세웠다.

* * *

무심히 실내를 훑던 대양은 책상 위에 쌓아놓은 책이 약간 비뚤어져 있는 것을 발견했다. 대양까지 노이로제가 됐는지 로건의 물건이 흐트러져 있으면 덩달아 불안했다. 책 모서리의 각을 맞추던 대양은 '좋은 사람, 이로건 씨'라는 말도 안 되는 글귀를 발견했다. 헛숨조차 쉬지 못하고 멀뚱한 눈으로 그것을 바라봤다. 공들여 무두질한 가죽 트레이 위에는 펜들이 줄 맞춰 놓여 있다. 그리고 측면에 새겨진 글자는 당최 이로건과 어울리지 않았다. 마침 머릿속에 한 인물이 떠오르자 실없는 웃음이 지어졌다.

"어이. 이 선생, 이거 뭐지?"

대양의 손가락 끝이 가리키는 물건을 봤음에도 로건은 말없이 머그잔을 기울였다. 대답하지 않겠다는 뜻을 읽은 대양은 고개를 끄덕끄덕 흔들었다. 재채기 다음으로 숨겨지지 않는 무언가는 곧 실체를 드러낼 테니 굳이 파고들 필요는 없었다.

"어떻게 된 일이야? 이로건이 결근이라니 게다가 학회까지 잡혀 있었다면서."

"원래 내가 갈 건도 아니었어."

"그러니까. 과장이 길길이 짜증이라면서."

"그간 너무 오냐오냐 했지. 이제 제 할 일은 스스로 알아서 하도록 가르쳐야겠어."

위아래가 바뀐 로건의 심드렁한 대꾸에 대양이 피식 웃었다.

"옳은 생각이야. 과장 대신 수술방 들어가는 것도 이제 그만해. 재주는 네가 넘고 실적은 그 새끼가 가로채는 거 더는 못 보겠다."

로건이 쓸쓸하게 웃으며 머그잔 바닥에 남은 식은 커피를 비워냈다.

"이참에 네가 과장 자리 먹든지. 너라면 병원에서도 두 팔 벌려 자리 만들어 줄 텐데."

태산대 병원장인 대양의 아버지는 틈만 나면 로건이 한 자리 차지해야 한다고 열변을 토하곤 했다. 아무리 재정적으로 여유가 있다지만 일 욕심만 있고 자리 욕심 없는 로건을 이해하지 못하는 건 대양도 마찬가지였다.

"싫어. 그러면 할 일이 많아지잖아. 나는 지금 일도 줄이고 싶은데."

"왜? 무슨 계획이라도 있어?"

"아니. 그냥 집에서 놀고 싶어서."

아무래도 이상하다. 이로건. 없는 일도 찾아서 하는 놈답지 않게 게으름이라니. 수술, 그것도 어려운 수술일수록 환장하는 놈이 일을 쉬고 집에서 놀겠다니. 집에 있는 누군가가 또 한 번 떠올랐다.

"그런데 갑자기 결근은 왜 한 거야? 무슨 일이라도 있었어?"

묻는 말에 침묵하던 로건의 만면에 희미한 미소가 잡혔다. 유의미한 문장이 새겨진 가죽 트레이를 쓰다듬는 손길은 그저 감촉을 음미하는 것만이 아닌 게 분명했다. 로건의 손짓이 거듭될수록 '좋은 사람, 이로건 씨!'하고 부르는 명랑한 목소리가 들리는 것 같았다.

* * *

눈은 드라마에 빠져 있었지만, 오영의 귀는 문밖에서 나는 작은 소리에도 기민하게 반응했다. 곧 도착이라고 한 로건은 통화를 마친 지 삼십 분이 훌쩍 지났는데도 감감했다. 오영은 시계와 TV를 번갈아 보며 전화를 해볼까 말까 고민했다.

Rrrrr.

단조로운 벨 소리가 울리자마자 반가운 마음부터 솟았다. 번호를 확인한 오영의 얼굴에서 거짓말처럼 빠르게 희색이 지워졌다. 날이 갈수록 엄마에게 전화 걸려오는 횟수가 늘고 있었다. 무슨 일인지 몰라도 오영이 절실히 필요한 모양이었다. 겨우 돈 이천만 원에 낳아 준 엄마에게 인색하게 군다고 다시는 보지 말자던 사람이었다. 이제 와서 애타게 연락하는 것도 전혀 반가운 이유는 아닐 것이다.

어김없이 문자 메시지가 도착했다. 짜증과 분노가 생생하게 느껴지는 내용에 마음이 무거워졌다. 아무래도 로건이 권한 대로 핸드폰과 전화번호를 바꿔야 할 것 같다.

"오영아."

현관문이 열리는 동시에 덤덤하면서도 다감한 목소리가 들려왔다.

"로건!"

양손 가득 뭔가를 든 로건에게 달려든 오영은 그의 옆구리에 파고들어 매달렸다. 엄마 때문에 상심했던 기억이 단번에 지워졌다.

"환영 인사가 거하네."

"왜 이렇게 늦었어? 거의 다 왔다고 하더니. 무슨 일 생긴 줄 알았잖아."

오영은 로건의 손에 든 검은 봉지 하나를 받아들며 종알거렸다.

분명히 해 저무는 시간인데 집안에서 아침 산새가 지저귀는 듯 산뜻한 소리가 끊이지 않았다.

"떡볶이 좀 사느라고. 네가 좋아하잖아."

"우와!"

"맛있겠지?"

입을 떡 벌린 오영은 어정쩡한 얼굴로 고개를 끄덕였다. 표정 변화 없기로 유명한 남자의 득의양양한 모습에 찬물을 끼얹을 수 없었다. 신나서 함성을 지른 게 아니었다. 떡볶이를 사 온 게 아니라 방앗간을 털어온 줄 알았다. 대식가인 줄은 잘 알지만 이건 정말 너무한 게 아닌가. 오영은 커다란 샐러드 볼에 떡볶이와 튀김을 담으며 혀를 내둘렀다.

"너무 많이 샀어."

"이걸로 저녁 때우면 돼."

재킷을 벗어서 식탁 의자에 걸쳐 놓은 로건은 접시를 들고 거실로 나갔다.

"왜? 나가서 먹으려고?"

"저거. 네가 좋아하는 드라마 아니야?"

"웅! 맞아!"

기다란 오징어 튀김을 입에 문 오영은 종종거리며 로건의 뒤를 따랐다. 조금이라도 너저분해지는 것을 싫어하는 로건이 거실에 널브러져 무엇을 먹도록 허락한 것에 신이 났다.

한참 후, 로건은 드라마에 완전히 빠진 오영을 보다가 나직이 한숨을 쉬었다. 먹는 것을 유난히 좋아하는 오영이 웬일인가. 포크를 입에 문 채 먹는 일은 완전히 잃어버린 것 같았다. 일부러 작은 접시에 오영의 몫을 덜어주었는데도 양은 거의 줄지 않았다.

"먹으면서 봐."

슬며시 접시를 밀어주자 성의 없는 대답만 돌아왔다.

"알았어."

대답은 꼬박꼬박 잘하지. 기껏 한소리 했더니 포크로 찍어놓고 먹을 생각도 못 한다.

"그게 그렇게 재미있나?"

"저것 좀 봐 봐. 멋있잖아."

홀린 듯한 오영의 말에 로건의 검은 눈이 화면 속 남자를 찌를 듯 쳐다봤다. 서울의 화려한 야경이 한눈에 보이는 실내를 배경으로 남자 주인공이 고독을 씹는 장면이 나오고 있었다.

"뭐가 멋있어? 야경이?"

"응? 맞아. 야경도 멋있어. 저런 호텔 방은 하룻밤에 얼마일까? 몇 십만 원하겠지?"

"너는 저 남자 배우가 그렇게 좋아?"

"아니 뭐. 그냥 저 배역이 멋있는 거지."

뒤늦게 눈치를 챙긴 오영이 얼버무렸다. 문득 로건을 앞에 두고 너무 다른 남자를 칭찬한 것이 아닌가, 미안한 마음이 들었다.

"물론, 로건이 저러고 있으면 더 멋있겠지."

암, 그렇고말고. 말해 놓고 보니 더욱 확신이 들었다. 거짓말 하나 보태지 않고 로건은 어떤 영화배우를 갖다 대도 살아남을 외모였으니까.

"왜?"

갑자기 로건이 오영의 손에 들린 포크를 뺏었다. 그러더니 말없이 테이블 위에 널린 접시와 컵을 정리하기 시작했다.

"옷 입어."

"옷은 왜?"

"가자."

"어디를? 갑자기 어디를 가자는 거야?"

"저런 데. 내가 데려다줄게."

"호텔 말하는 거야?"

"그래."

로건의 말이 떨어졌는데도 오영은 엉거주춤 서서 움직일 줄을 몰랐다. 멀쩡한 집을 놔두고 호텔에 가겠다는 생각을 이해할 수 없었다.

"아직도 이러고 있어?"

주방에서 대충 정리를 마치고 나온 로건은 멀거니 선 오영을 보더니 혀를 찼다. 즉시 오영의 방으로 가더니 그녀의 낡은 외투를 들고 나왔다. 손에 잡힌 외투의 가벼움이 로건의 마음을 무겁게 했다.

"가자."

"진짜로 호텔에 가는 거야?"

"그렇다니까."

오영의 손을 끌고 현관을 나서던 로건이 우뚝 멈춰 섰다.

"왜?"

생각해 보니 너무 즉흥적 처사라는 걸 깨달은 건가? 오영은 어떤 생각에 빠진 로건을 찬찬히 올려다봤다.

"잠깐 여기서 기다려. 챙겨올 것이 있어."

누가 뒤쫓기라도 하는지. 그답지 않게 움직임이 부산스러웠다. 급히 신발을 벗어 던지고 자신의 방으로 들어가는 로건은 왠지 결연해 보이기까지 했다.

* * *

로건이 카드키를 단말기에 꽂자 실내에 불이 들어왔다.

"······."

환호성을 지를 준비를 단단히 했던 오영은 아예 입을 벌리지도 못했다.

"로건, 미쳤어?"

겨우 터진 말문이었다. 이게 집이지 어떻게 방이야? 긴 복도 끝에는 뭐가 있는지 보이지도 않았다.

"들어와. 야경 보고 싶다고 했잖아."

성큼성큼 걸어 들어가는 로건의 넓은 어깨를 보던 오영은 제가 선 자리를 둘러봤다.

"로건! 여기서 신발 벗는 것 맞아?"

"응. 거기 슬리퍼 신고 들어와."

호텔로 오는 동안 통화 내용을 통해 펜트하우스라는 걸 잡는 줄은 알았지만 그게 이 정도 규모인 줄은 몰랐다. 방이 몇 개인지 알수도 없이 넓은 실내는 고급 소재가 주는 은은한 광택과 샹들리에의 찬란한 빛으로 보는 오영의 기를 죽여 놨다.

촤르르륵.

거실 전면의 커튼이 열림과 동시에 오영의 입도 크게 벌어졌다.

로건은 여전히 소리도 내지 못하고 넓은 전면 창 앞으로 걸어오는 오영의 반응을 세세히 살폈다.

"예상한 대로야?"

묻는 로건의 목소리가 긴장으로 억눌려 있었다.

"예쁘다. 정말이지, 어떻게 이래? 너무 멋있다."

그제야 오영의 입술이 둥글게 휘어졌다. 장난기 마를 새 없는 눈매도 보기 좋은 주름이 접혔다. 유리창에 두 손을 짚고 얼굴을 바짝 붙인 모습이 아이 같았다. 파노라마처럼 펼쳐진 풍경을 눈에 담던 오영은 아예 자리 잡는 구경꾼인 양 바닥에 주저앉았다. 세상을 발아래에 둔 기분은 얼떨떨하기만 했다.

둥근 달이 지척에 떠 있었다. 여기서 창을 열고 나가면 은하수를 디딜 것 같았다. 무서울 정도로 예쁜 야경이 자신을 위한 선물이라는 사실이 믿어지지 않았다.

"고마워. 이로건 씨. 나 꿈꾸는 거라도 좋아. 지금이 태어나서 제일 소중한 순간이야."

건물과 자동차가 뿜는 불빛을 별 보듯 신기해하던 오영이 곁에 선 로건을 올려다봤다.

"로건한테도 제일 소중한 순간이면 좋겠어."

한동안 오영을 내려다보던 로건이 무릎을 굽히고 앉았다. 손으로 바닥을 짚고 앞으로 몸을 기울여왔다.

"네가."

한층 가까워진 거리 앞에 앉은 남자의 눈동자에서 생경한 감정이 읽혔다.

"나를 받아 줄 수 있을까?"

"······?"

"나는 형편없이 망가진 놈인데, 그런데도 내가."

뻣뻣해진 목울대를 세운 로건은 떨리는 음성을 숨기지 못했다.

"너에게 속할 수만 있다면······."

생각지도 못한 간절함에 오영의 어깨가 움츠러들었다.

"가장 소중해 마지않는 게 너라면 믿어 주겠어?"

반짝이는 불빛을 담았던 오영의 눈동자 가득 로건의 모습이 담겨 있었다. 높은 곳에 있어서 그런지 귀가 먹먹했다. 몇 번이나 마른침을 삼켰지만 벙벙한 기분은 나아질 기미가 없었다. 로건이 자신에게 집중하는 것이 부담스러웠다. 그의 시선을 벗어나고 싶어서 목을 돌리는데 기름칠 못 한 기계를 억지로 돌리는 것처럼 뻑뻑했다.

유리창에 비친 오영의 실루엣 너머 하늘에 매달린 달이 보였다. 뽀얀 빛을 발하는 커다란 달은 손에 잡힐 듯 가까웠다.

"꿈이구나······."

윤슬이 부서지는 검은 물결을 건너면 바로 달에 도착할 것 같은 이 순간은 분명 꿈이겠지. 이제야 말도 안 되는 모든 것들이 이해되기 시작했다.

이로건이 세상에서 나를 가장 아낀다니. 내가 이런 호화로운 곳에 있다니. 당연히 꿈이니까 가능한 일 아니겠어. 깨면 잊을까, 아쉬운 마음에 꿈결 같은 야경을 세세히 새긴 오영이 다시 고개를 돌렸다. 그때까지도 로건은 그 자세 그대로 오영을 기다리고 있었다. 다만 처음과 달리 바라보는 눈빛에 깊은 그늘이 담겨 있었다.

"깨기 싫다."

자신이 한 질문과 맞지 않는 오영의 말을 들은 로건의 한쪽 눈썹이 비스듬히 세워졌다. 얼빠진 입술 사이로 나지막이 흘러나온 대답을 이해할 수 없었다.

"무슨 뜻이지?"

멀쩡히 눈을 뜨고 있는데도 잠자는 것처럼 보이는 오영에게 팔을 뻗었다.

"안 돼."

오영은 로건의 손이 닿을세라 놀라며 몸을 웅크렸다. 닿지 못한 손이 천천히 떨어지는 동시에 로건의 눈길도 마음도 바닥으로 굴렀다. 거절당하는 것은 이렇게 아프구나. 서슴없이 다가오는 오영 덕분에 두려움을 알았고, 물러서는 그녀 때문에 상심의 아픔을 알게 됐다.

"꿈에서 깰 뻔했네."

오영의 여상한 혼잣말이 로건의 처량한 정수리를 두드렸다. 이번에도 앞뒤가 맞지 않는 말이었다. 천천히 고개를 든 로건은 미심쩍은 눈으로 오영을 살폈다. 창밖을 보는 오영은 누가 봐도 행복에 푹 빠진 모습이었다.

"지오영, 지금 무슨 말을 하는지 내가 이해를 못 하겠어."

"로건, 이건 그냥 꿈이야. 그러니까 당신도 즐겨. 그리고 살살 움직여. 깨면 너무 아깝잖아."

오영은 마치 유리창이 깨질까 봐 두려운 사람처럼 목소리조차 사근사근하게 답했다.

"왜 꿈이라고 생각하는데?"

"어쩌면 내가 이로건 씨를 만난 순간부터 꿈이었을까?"

"너 때문에 두통이 올 것 같아. 지금 네 머릿속에 있는 생각 좀 보여 줘. 제발 부탁이야."

"내가 이렇게 행복할 리가 없어. 이런 굉장한 곳에서 로건이 나한테 그런 말을 할 리가 없다고. 꿈이니까 가능한 거야."

순간 로건은 어린 시절 누나를 따라 했던 기도문을 읊조리며 신을 찾았다.

"그래. 좋아."

긴장으로 바싹 마른 입술을 혀로 축인 로건이 다시 물었다.

"꿈이라고 치고. 내가 아까 한 말에 대한 대답은?"

"당연히 오예지!"

"······."

쾌활한 대답을 듣는 순간 로건의 가슴에 뻐근한 통증이 찾아왔다.

"내가 좋아하는 로건도 내가 좋다고 한 거 맞지?"

"그래."

"장담하는데. 그것보다 훨씬 많이 내가 로건을 좋아해."

언제나처럼 스스럼없이 제 마음을 보여 주는 지오영답게 속 시원한 대답이었다. 그제야 오영의 심정을 알 것 같았다. 이렇게 엄청난 행복이 거짓일까, 깨어질까 두려운 마음을 알 것 같았다.

"이 쪼끄마한 게."

로건은 생글생글 웃는 오영을 와락 끌어안았다. 갑자기 단단한 품에 갇힌 오영은 오감에서 느껴지는 감각을 천천히 감상했다. 섣불리 파닥거리다가는 정말 꿈이 깰지도 모르니까.

그의 가슴에 닿은 손바닥을 통해 따스한 체온과 우렁찬 박동이 전해졌다. 귀에는 거인의 발소리처럼 빠르고 묵직한 소리가 울렸고 코끝에는 로건이 바르는 화장품 향이 맴돌았다. 몸을 옥죄는 팔의 힘까지, 모든 것이 생생했다.

"꿈이 아닌가 봐."

"아니야."

"정말. 아닐까?"

"어떻게 하면 믿을 거야?"

"그러게. 똑똑한 로건이 방법 좀 생각해 봐."

팔에 힘을 푼 로건은 제 가슴에 의지한 오영의 몸을 떨어뜨렸다. 그를 올려다보느라 고개를 쳐든 오영의 입술이 살짝 벌어져 있었다. 한 손으로 오영의 볼과 턱을 감싼 로건이 엄지로 아랫입술을 부드럽게 매만졌다.

"키스 정도면 될까?"

오른쪽으로 쏠려 도톰해진 오영의 입술을 보며 설핏 미소 짓던 로건이 고개를 내렸다. 잠시 입술을 앞에 두고 멈춘 로건은 귀여워 죽겠다는 듯이 다정한 눈웃음으로 오영을 바라봤다. 그 짧은 순간, 오영은 사랑받는 벅찬 감정에 압도되었다.

마침내 로건의 입술이 오영의 아랫입술을 깨물 듯이 머금었다. 혀끝으로 입술을 덧그리며 애를 태우더니 사탕을 아껴먹는 것처럼 입속에서 야금야금 굴렸다. 짧고 아쉬운 입맞춤을 연이어서 하던 로건이 오영의 아랫입술을 문 채로 질문했다.

"어때?"

"토할 것 같아."

"응?"

즉시 입술을 뗀 로건은 걱정스러운 얼굴로 오영을 쳐다봤다. 미간을 찡그리고 손으로 제 가슴을 꼭 누르고 있는 오영은 고통스러워 보였다.

"가슴이 막 뛰어. 뭐가 입 밖으로 쏟아질 것 같아. 울렁거려."

웬만한 일에 놀라는 일 없던 로건은 오영을 만나고부터 심장이 얼마나 약한 기관인지 새삼 깨닫는 중이었다.

"지오영, 이 와중에도 장난이 치고 싶어?"

"장난 아니야. 정말로 가슴이 제 마음대로 널을 뛴다니까?"

투덜거리는 오영을 말없이 지켜보는 로건은 화가 난 사람처럼 보였다.

"진짜 장난 아니랍!"

조금 전의 애간장을 살살 녹이는 입맞춤과 전혀 다른 키스에 오영의 입술이 잠식당했다. 거침없이 쳐들어온 혀가 사정을 두지 않고 욕망을 드러냈다. 샅샅이 훑는 것으로 성에 차지 않는지 로건은 어설프게 반응하는 오영의 혀를 아프게 빨아들였다.

찌릿한 통증에 오영의 눈매가 찡그려졌다. 그의 어깨를 짚은 손가락을 구부려 살을 파낼 기세로 힘을 주자 응답하듯 오영의 몸을 꽉 끌어안았다. 오영은 단단한 팔에서 느껴지는 거친 힘에 오히려 안정감을 느꼈다.

키스에 몰입한 로건이 오영의 몸을 들어 제 다리 위에 앉혔다. 자연스럽게 두 다리를 벌려 앉게 된 오영은 그의 골반을 감싸며 더 밀도 있게 몸을 붙였다. 일렁이는 촛불 같던 열기가 순식간에 불길이 되어 번졌다. 귓불과 얼굴에서 후끈후끈한 열감이 느껴졌다.

로건은 가느다란 목을 움켜잡으며 겨우 키스를 거뒀다. 입술은 여전히 오영의 볼에 붙인 채 더운 숨을 짧게 끊어 쉬고 있었다. 로건이 물러간 입술을 혀끝으로 쓸던 오영은 생생하고 비릿한 쇠 맛을 느꼈다.

"이제 알겠어? 꿈이 아니야."

"그래. 꿈이 아니야."

귓가에 뿌려지는 조심스러우면서도 격정적인 숨소리를 듣던 오영은 시간이 갈수록 로건의 호흡이 더 불안정해지는 것을 알아차렸다. 그래서인지 그 숨결을 따라 자신의 호흡도 엉망으로 꼬이는 것 같았다. 과부하에 걸린 것처럼 오영은 숨이 차고 몸이 달아올랐다. 그제야 그와 자신이 원하는 것이 무엇인지 깨달았다.

오영은 자신의 볼과 목덜미를 오가며 달아오른 숨을 어쩌지 못하는 남자의 입술을 찾아갔다. 혀를 밀어 넣자 로건은 어미의 젖을 기다린 아이처럼 맹목적으로 빨아들였다. 애정에 허기진 키스를 맞이하며 오영은 그의 목에 두른 팔에 힘을 더했다. 더는 다가갈 여지가 없도록 아래를 붙였다. 아래에 고인 열기를 견디다 못한, 팽창할 대로 팽창한 로건이 느껴졌다.

"로건."

콧날이 교차하는 순간 오영이 로건을 불렀다. 정염에 젖은 로건의 눈동자는 열망으로 불타고 있었다.

"나 이제 야경 다 봤어. 침실 보여 줘."

흐릿했던 로건의 눈동자에 번뜩이는 빛이 스쳤다. 그를 향해 웃는 오영의 미소는 잔망스러우면서도 용감해 보였다.

* * *

"로건……은 좀 거친 것 같아."

가슴 끝을 머금은 로건의 머리를 밀어내며 오영이 인상을 찌푸렸다. 그가 이렇게 집착하고 난 다음 날은 옷감만 스쳐도 절로 아얏 소리가 터졌다. 로건은 밀려나기는커녕 오히려 슬금슬금 물러나는 오영의 몸을 당겨와 제 곁에 붙여 놓았다.

"오늘은 끝까지 갈 거야."

"알아."

오영은 세상 심각한 로건의 얼굴을 손으로 쓰다듬으며 웃었다.

"그리고 내가 먼저 꼬신 거야."

"아하."

고개를 살살 저으며 웃는 로건의 미소가 씁쓸해 보였다. 이 아이의 꾀임에 왜 이렇게 약한지 모르겠다. 유혹에 강하다고 자부했는데 오영 앞에서는 맥없이 무너지기 일쑤였다.

"몸이 꼭 조각상 같아. 단단하고 멋있어."

근육으로 굴곡진 어깨와 팔을 타고 내려온 오영의 손가락이 다부진 가슴을 꾸욱 눌렀다.

"무슨 운동하면 이렇게 돼?"

"글쎄. 딱히 근육을 디자인하면서 운동하는 게 아니라서."

근사한 몸을 무람없이 쓰다듬던 오영은 문득 그의 곁에 붙은 자신이 마른 장작처럼 느껴졌다. 굴곡도 거의 없고 포근한 맛도 없는 몸을 열렬하게 바라보는 로건도 이해할 수 없었다. 갑자기 부끄러워진 오영은 발끝까지 밀려난 이불을 끌어당겼다.

"취향이…… 특이해. 나를 왜 그렇게 봐? 내가 정말 좋은 거야?"

로건은 쥐고 있던 오영의 손목을 입술로 가져갔다. 손목 안쪽에 입술을 짙게 누르며 자신을 말똥히 바라보는 눈을 응시했다.

"몇 번 말해 주면 믿을 거야? 의심이 많은 편인가?"

말투는 엄격한데 오영을 보는 눈빛과 어루만지는 손길은 다정하기 이를 데 없었다.

"내가 믿든 아니든 매일 말해 줘. 들으면 기분 좋을 것 같아."

"그래."

"그리고……."

무슨 말인가 하려던 오영은 크게 벌렸던 입술을 다물었다.

"그리고 뭐."

"……."

"말해. 다 들어줄게."

"정말 다 들어줄 수 있을까?"

"말해."

"날 버리지 마."

"……."

"버리지 마."

멈춘 눈으로 오영을 바라보던 로건은 말없이 그녀의 머리를 끌어안았다. 그러나 오영은 강하게 저항하며 그를 밀어냈다.

"약속해."

"약속할게."

귀로 들었는데도 믿을 수 없었다. 오영은 한참 동안 말 없는 로건의 눈동자를 관찰하듯 살폈다. 조금도 흔들림 없는 눈동자는 묵묵히 그녀를 기다리고 있었다.

오영은 솔직히 자신이 없었다. 그가 진심인지 아닌지 판단하기 어려웠다. 연애를 드라마로 배웠는데 실전에서 써먹자니 말짱 꽝이었다. 그런데도 로건이 좋았다. 얼굴도 몸도 목소리도 그리고 그와 나누는 키스와 애무도. 전부 좋았다. 지금처럼 욕망 가득한 손길로 온몸을 어루만져서 야릇한 소리를 내게 만드는 그가 좋았다.

"이건 또 언제 끌어왔어?"

"어엇!"

로건이 어설프게 덮고 있던 이불을 인정사정없이 벗겨 내 버리자 이불깃을 움켜쥐었던 오영의 빈주먹만 남았다. 주먹 쥔 손을 당겨 가냘픈 몸을 자신의 커다란 덩치 아래로 끌고 들어간 로건은 더는 대화할 마음이 없었다.

로건의 달아오른 입술에 헐떡이는 오영의 숨결이 뭉개졌다. 맞물린 입술이 숨통을 틀 때마다 타액에 젖은 소리가 어두운 침실의 적막을 흔들었다. 둥근 곡선을 감미롭게 어르던 커다란 손이 허리와 골반을 타고 내려가고 있었다. 기나긴 입맞춤에 정신이 팔려 있던 오영은 깊은 곳으로 파고 들어오는 이물감을 느끼고 멈칫 몸을 떨었다.

"으…… 음. 앗!"

낯선 곳에 침입한 손길을 피해 다리를 꼭 붙이고 버티던 오영은 생각지도 못한 자극에 비명을 질렀다. 검은 둔덕을 덮은 로건의 손은 높이 튕겨 올라가는 오영의 하체를 놓치지 않고 따라붙었다. 있는지도 몰랐던 발작점을 알게 된 오영은 급습을 당한 여린 산짐승처럼 가쁜 신음을 쌕쌕거렸다. 좋았지만, 너무 좋았지만 그만큼 두려운 자극이었다.

로건의 두꺼운 팔뚝을 온 힘을 다해 붙든 오영은 놀란 눈을 깜빡이지도 못했다. 웃음이 드문 남자가 못된 미소를 지으며 자극으로 몸서리치는 오영을 바라보고 있었다. 그의 검지는 여전히 그곳, 오영이 처음으로 타인의 침입을 허락한 밀지에 담겨있는 상태였다.

"놀랐어?"

"이게 뭐지?"

숨을 몰아쉬느라 가슴이 잘게 오르내리는 오영의 목소리가 갈라져 나왔다.

"글쎄, 나는 느낌을 모르니까."

얄밉도록 심심하게 대꾸한 로건이 또다시 부드럽게 물결치는 듯한 손짓을 이어나갔다. 갈고리 모양을 만든 기다란 검지가 주름진 벽을 타고 둥근 원을 그리듯 훑자 오영이 허리를 뒤틀었다.

"아, 흡!"

혈관을 타고 순식간에 뻗쳐 나가는 저릿한 쾌감에 놀란 오영의 몸이 뻣뻣해졌다. 오영은 급히 손을 내려 로건의 손목을 붙들었다. 밀어내려고 노력했지만, 강인한 손목은 끄떡도 하지 않고 쉼없는 자극을 만들어 냈다.

"그, 만. 로건!"

숨을 꺽꺽 내쉬며 발끝을 꼿꼿이 세운 오영은 그에게서 벗어나고자 바르작거렸다. 겨우 꾸물거려 가며 침대 헤드까지 올라갔던 몸이 아래로 쭉 미끄러져 내려갔다. 활짝 벌어진 허벅지가 로건에게 잡혀 있었다.

무릎을 꿇고 앉은 로건은 쾌락에 절어 허우적거리는 오영을 내려다보고 있었다. 마구잡이로 헝클어진 오영의 머리칼 사이로 보이는 로건은 무시무시한 존재감을 드러낸 채였다. 손자국이 패도록 꽉 잡힌 허벅지가 아프기도 할 텐데 오영은 그런 것을 염두에 둘 정신이 아니었다. 남녀 간의 그렇고 그런 일쯤 다 안다고 자부했던 것이 큰 오만이었음을 깨달았다.

"자, 잠깐. 로건, 잠깐만. 이건 아니야."

"맞아."

"생각해보니까 아직 준비가 덜 됐어. 안 되겠어."

"돼."

"아니야. 오늘은 그냥 자는 게 좋겠어."

"안 돼."

짧고 무뚝뚝한 대답은 여지없었다. 다시 한 번, 오영의 엉덩이가 로건의 다리 사이로 바짝 붙여졌다. 매혹적인 수컷은 오늘을 그냥 넘기지 않을 기세를 흉흉하게 자랑했다. 오영은 숨을 쉴 때마다 노골적으로 끄덕거리는 그를 더는 지켜볼 자신이 없어 눈을 질끈 감았다. 그래, 나는 이 남자한테 다 걸었잖아. 어차피 치러야 할 처음이라면 당연히 로건이었다. 슬그머니 실눈을 뜨자 잇새에 문 껍질을 내뱉는 로건이 보였다.

"그, 그런 건, 언제 준비했어?"

"아까. 집에서 나오기 전에 급하게 챙겨 나왔어."

호텔로 오기 전 그답지 않게 신발을 내팽개치듯 벗고 다시 집 안으로 들어가던 모습이 떠올랐다.

"왜 그런 눈으로 봐?"

"그걸 항상……. 그러니까 왜 그게 집에 있어?"

경이로웠던 남자가 엉큼한 늑대 덩어리로 보였다.

"선물 받았어."

오영은 눈살을 찌푸리고 불만스럽게 로건을 흘겨봤다.

"정말. 대양이 유럽 여행 다녀오면서 사다 줬어. 쓸 일 없어서 던져놨던 건데 안 버리길 다행이야."

"그런 걸 사 와? 왜……?"

"내가 특별하니까."

"뭐가?"

로건은 매트리스 위에 팔꿈치를 댄 채 상체를 반쯤 일으킨 오영의 어깨를 가만히 밀었다. 풀썩하고 다시 누운 오영의 찡그린 이마와 눈가에 부드럽게 입을 맞추더니 나직이 속삭였다.

"그런 게 있어."

어딘가 으스대는 것 같은 로건의 음성에서 가벼운 웃음기가 느껴졌다.

촉. 다시 입맞춤이 시작되었다. 자신의 몸을 타고 오르는 듯 아랫배에서부터 천천히 입을 맞추고 올라오는 로건 덕에 가라앉았던 오영의 호흡이 금세 흐트러졌다. 두렵고 떨리는 기대의 끝이 다가오고 있었다.

"아플 거야."

"나도 다 알아."

잔뜩 얼어붙은 오영의 허벅지를 잔잔하게 쓰다듬고 올라간 로건은 아직도 흠뻑 젖어 있는 밀지를 확인했다. 뭉툭한 둔기가 오영을 채근했다. 가득 벌린 다리를 반사적으로 오므리고 싶었지만, 이미 제 아래를 점령한 남자는 오히려 자리가 부족한 모양이었다.

각오했던 것보다 더 많이 허리가 올라붙었다. 천천히 뚫고 들어오는 로건을 느끼며 오영은 숨을 들이켰다.

"숨 쉬어. 바보야. 이렇게 굳어 있으면 다쳐."

"이렇게?"

후우…….

미끈거리는 감촉이 느껴지는가 싶더니 형용할 수 없는 통증이 덮쳐 왔다. 크게 벌어진 오영의 눈에 밤을 삼킨 악마 같은 로건이 보였다. 열기에 휩싸인 채 제어하려고 애쓰는 검은 눈동자가 이글거리고 있었다.

"으응."

흐느낌 같은 신음을 흘린 오영은 눈썹을 잔뜩 구기며 고개를 돌렸다. 애틋하게 찾아오는 키스도 물리치고 고개를 내저었다. 빠듯하게 조이는 압박에 당황한 로건 역시 이를 악물었다.

엄청난 쾌락은 전조부터 심상치 않았다. 오영을 최대한 배려해야 하는데 처음 맛보는 놀라운 감각에 통제력을 상실할 것만 같았다. 느릿하게 드나드는 데도 오영은 아프다는 소리만 연신 토해냈다. 의식을 잃어가는 사람처럼 끙끙거리며 가쁜 숨을 몰아쉬었다.

거듭될수록 깊어지고 있었다. 마지막으로 한 번 더, 지긋이 몸을 밀어붙인 로건이 장대한 한숨을 터트렸다. 뼈가 벌어지는 아픔을 느끼며 오영이 흐릿한 눈으로 로건을 바라봤다.

"이제 다 들어갔어."

"몰라."

와중에도 토라진 오영이 사랑스러운 건 좋은데 주책스럽게도 그녀의 안에서 덩치가 커지고 있었다. 오영의 손이 그의 어깨를 밀어냈다.

"지오영, 네가 적응해야 해."

로건은 잠시 머문 상태에서 오영의 귓불과 빗장뼈에 입을 맞췄다. 크기에 적응된 것 같아 다시 허리를 물렸다가 깊이 들어갔다. 골반을 크게 꿈틀거린 오영이 상체를 뒤챘다. 미간에 들어간 힘은 여전했다. 로건은 차게 식은 오영의 손가락 끝에 입을 맞추며 속삭였다.

"내 목을 안아. 아프면 소리쳐. 깨물고 할퀴어도 돼."

그의 말대로 오영은 소리를 숨기지 않았다. 밀려 들어올 때마다 그의 어깨를 물거나 할퀴었다.

한동안 꾸준히 움직이던 로건이 다시 멈췄다. 그리고 거칠어지려는 몸놀림을 부드럽게 유지하며 정중하게 부탁했다.

"오영아, 내가……. 이제는 멈출 수가 없어. 미안해."

"으응."

그의 어깨에 이마를 기댄 오영이 고개를 끄덕였다. 말도 못 하게 아팠지만, 안절부절못하는 로건 때문에 썩 괜찮은 기분이었다. 목석같은 남자가 자신을 안고 싶어서 지극하게 구는 것이 기뻤다. 통증도 점점 무뎌지고 대신 다른 감각이 느껴지고 있었다.

둘은 가쁜 숨을 내쉬는 사이사이 입을 맞추고 시선을 나누었다. 여유가 생긴 오영은 손으로 그의 등을 더듬었다. 돌 같은 근육이 꿈틀거리는 등판은 땀으로 흥건했다. 맞닿고 치대는 곳에서 질척이는 소음이 야릇하게 퍼지고 있었다. 두 사람의 입에서 나오는 숨소리가 동시에 달라졌다. 더 뜨겁고 급해진 숨결이 교성과 섞여서 어지럽게 난무했다.

"오영아, 오영아!"

오영은 대답하지 못했다. 머릿속이 마구잡이로 헝클어지고 눈앞이 캄캄해지는 쾌락에 숨이 턱 끝까지 차올랐다. 쾅쾅 부딪치는 몸이 산산이 부서질 것처럼 무서우면서도 더 더 달려들고 싶었다. 이런 것이라면, 그와 나누는 사랑이 이런 것이라면 아무리 해도 질리지 않을 것 같았다.

노예가 되어 버릴 것 같은 예감이 들었다.

일순간 목구멍을 쥐어짜는 것 같은 짧은 신음이 터져 나왔다. 온몸이 찌그러진 것처럼 작아진 느낌이었다. 의지와 상관없이 살이 덜덜 떨리고 있었다. 오영은 제 몸 위에 털썩 엎드렸던 몸이 금세 물러나는 순간 찾아온 짧은 허전함에 심장이 툭 떨어졌다. 그러나 이내 강한 팔이 그녀의 몸을 낚아채 커다란 품 안에 가두었다.

등 뒤에서 쿵쿵 울리는 로건의 심장 소리를 들으며 오영은 눈을 떴다. 침실을 가득 채운 야경의 불빛이 흐릿하게 번져 보였다. 한참을 깜빡이고 나서야 모든 사물이 또렷해졌다.

"로건."

"응."

로건은 땀에 젖은 오영의 짧은 머리칼을 걷어낸 자리에 깊이 입술을 찍으며 대답했다. 관자놀이와 귓불을 지분거리다 날개뼈 사이에 입술을 묻고 혀로 만지작거리는 것이 느껴졌다.

"나, 이거 너무 좋은 것 같아."

"다행이군."

"로건도 그래?"

"중독될 것 같아."

지금도 오영이 처음이 아니었다면 이대로 이어나가고 싶은 욕구를 참느라 곤욕이었다. 그러고 보니 오영에게 조금씩 마음을 내어주면서 일상이 달라지고 있었다. 살의의 욕구가 그를 괴롭히지 않은 지가 언제부터였던가. 이제 그런 것 따위는 그에게 고통을 주지 못할 것 같았다. 대신 이 작은 여자가 새로운 고통을 알게 했다.

잡아먹고 싶을 정도로 사랑스럽다. 종일 물고 빨고 집에 가둬 두고 섹스만 하면서 살고 싶었다. 너무 무섭게 하면 안 되겠지. 도망가면 안 되니까. 무감한 시선을 허공에 둔 로건은 가늘게 피어오르는 오영에 대한 집착을 조용히 다스리는 중이었다.

죽이는 대신 살리는 길을 택한 것처럼, 괴롭히는 대신 아껴줘야지. 할 수 있겠지. 죽을힘을 다해 나를 숨길 것이다. 겁먹은 네가 나를 떠나지 않도록. '좋은 사람, 이로건', 네가 보고 싶은 대로 볼 수 있게.

"지오영, 씻고 자야지."

"응."

벌써 오영의 목소리가 가물가물했다.

"잠깐 기다려."

"어디 가려고?"

"욕실에. 준비 다 되면 데리러 올게."

남들에게는 별 차이 없겠지만, 오영에게는 확실히 다르게 들리는 로건의 자상한 말투였다. 오영은 명랑하게 웃으며 로건의 볼을 톡톡 두드렸다.

"와. 로건. 그러니까 꼭 아."

로건의 손가락이 오영의 입술을 집게처럼 꾹 집었다.

"아빠 같단 소리 한 번만 더하면 혼날 줄 알아. 전부터 듣기 싫었어."

그러네. 이제는 정말 적절치 못한 비유가 되었다. 로건은 민망한 지 배시시 웃는 오영의 입술에 짧은 입맞춤을 남기고 일어섰다. 오영은 나체인 그대로 욕실을 향해 걸어가는 로건의 뒷모습을 멀거니 바라봤다. 역동적이면서도 예술적인 근육의 움직임에 가슴이 뛰었다. 저 몸 아래에서 뜨겁게 달아올랐던 조금 전의 그 행위들이 새록새록 떠올랐다. 다리 사이를 괴롭히는 날카로운 통증에도 불구하고 한 번 더 그와 사랑을 나누고 싶었다.

* * *

짙푸른 빛 속에서 로건은 홀로 깨어 있었다. 밤새 체력을 고갈하다시피 했는데도 곤히 잠든 오영을 보느라 피곤한 줄도 몰랐다. 엎드려 자느라 한쪽 볼이 눌린 오영의 볼록 튀어나온 입술은 봐도 봐도 지겹지 않았다. 그저 사랑스럽고 귀여울 뿐. 이런 감정은 처음이라 혼란스럽고 껄끄러우면서도 마냥 즐기고 싶었다.

오영은 수면 장애를 겪고 있었다. 가끔 악몽에 시달리는 로건보다 훨씬 심각했다. 가위에 눌렸다면서 무서워하는 오영에게 흔한 수면 마비 증상이라고 가볍게 말했지만, 신경 쓰였다. 깊이 잠드는 것이 두려워서 잠을 참거나 선잠을 자니 아무 데서나 꾸벅꾸벅 졸기 일쑤였다. 그런 오영이 자신의 곁에서 쌔근쌔근 자고 있었다. 나를 믿는 여자, 내 품에서 가장 편안한 지오영. 그녀의 세상에서 가장 위대한 존재가 된 것 같은 기분이 썩 괜찮았다. 침대 옆 탁자의 시계를 확인한 로건은 아쉬운 마음을 달래며 오영을 꼭 끌어안았다.

"끄-응."

오영이 몸을 뒤채더니 자세를 바꿨다. 정말 깨지 않는 걸 보니 어지간히 깊이 잠이 든 모양이었다. 제게 등을 지고 누운 오영을 가만히 끌어당겼다. 꼬물거리는 엉덩이가 맞춤으로 깎은 블록의 암수 조각처럼 로건의 하체에 꼭 맞아 들었다. 아니나 다를까 슬그머니 고개를 쳐든다.

"미친놈."

잇새로 쓴웃음이 새어 나왔다. 잘 재우고 잘 먹여야겠다. 체력이 좋고 깡이 있는 오영이라지만 로건을 감당하기에는 부족했다. 간밤, 절정에 질린 오영이 흐물흐물 무너지다 까무러치는 모습에 심장이 곤두박질쳤다.

양부에게 사육되던 시절 의도치 않게 생명을 앗아버린 고양이가 생각났다. 다시는 그런 잔인한 쾌락에 질 수 없었다. 나는 이미 그런 놈이 아니라고 수없이 되뇌며 맥을 못 추는 오영의 몸을 씻겨 주었다. 로건은 자신 때문에 오영의 등에 새겨진 얼룩덜룩한 자국마다 조심스럽게 입을 맞췄다. 세상에서 가장 연약한 귀물을 다루는 듯 신중한 키스였다.

"잘 자, 도토리."

마지막으로 아무 반응 없는 오영의 관자놀이에 짧은 키스를 남기고 침대를 빠져나왔다. 벗어 놓은 옷가지를 찾으러 거실로 나가며 로건은 발끈 솟은 욕구를 아쉬운 손길로 쓰다듬었다.

* * *

종이컵에 쪼르르 떨어지는 커피 액을 보며 오 주임이 무심한 척 말문을 열었다.

"그 소리 들었어?"

"뭐요?"

운영팀 직원이 솔깃하며 되물었지만, 오 주임은 자판기에서 커피 잔을 꺼내며 일부러 한 박자 쉬었다.

"영상의학과 김 쌤 있잖아."

"김 쌤이요? 그 하얗고 복스럽게 생긴?"

"복스럽긴. 그냥 동그랗지."

김 선생의 외모를 떠올리며 오 주임을 입술을 삐죽거렸다.

"왜요. 볼 살이 있어서 그렇지 갸름한 얼굴이던데."

"하여튼 그 김 쌤하고 방사선실 최영수 쌤하고 사귄다나 봐."

"우왓! 대박. 그건 어디서 들으셨어요?"

"부인과 스테이션에서 쑥덕거리더라고."

"또 하나의 사내커플 탄생이네요. 병원이 크니까 커플도 많고."

"깨져서 웬수 되는 이들도 많고."

두 사람은 소리 죽여 키득거렸다. 자판기에서 커피 한잔을 더 뽑은 후 휴게실을 나서려고 뒤를 돌던 두 사람은 소스라치게 놀랐다.

"으악!"

"꺅!"

저승사자를 넘어 야차 같은 분위기를 흉흉하게 풍기는 로건이 떡 하니 버티고 서 있었다. 목을 반쯤 옆으로 꺾고 눈꼬리가 거만하게 치켜 올라간 모습은 쓸데없이 섹시했고 지나치게 위압적이었다.

"아이, 놀래라. 아구, 심장아."

커피를 반이나 흘리는 바람에 뜨겁기까지 한 오 주임은 커피에 젖은 손을 허공에 둔 채 가쁜 숨을 몰아쉬었다.

"죄송합니다."

전혀 미안한 감정이 느껴지지 않는 서걱거리는 말투로 사과한 로건이 자판기에 지폐를 넣었다.

"오 주임님."

"네. 네?"

청소 용역을 관리하는 담당자인 관계로 로건은 오 주임을 항상 염두에 두고 있었다. 그 사실을 모르는 오 주임은 로건이 자신의 성과 직함을 정확히 알고 있다는 사실에 놀랐다.

"우리 병원에서 사내 커플하면 안 되는 겁니까?"

"그건, 아닙니다만."

오 주임은 잡담한 내용을 두고 탓하는 로건에게 슬쩍 감정이 상하려고 했다.

"혹시 최 선생과 김 선생이 사직합니까?"

"아니요. 그분들이 왜 병원을 그만두겠어요."

"그런데 왜 그랬습니까?"

"뭐, 뭘요."

자판기가 거슬리는 소리를 내며 캔 음료를 뱉어냈다. 느긋한 몸짓으로 음료를 꺼낸 로건은 제 뒤에 뿌루퉁하게 서 있는 오 주임에게 한 발자국 다가섰다. 오 주임은 주춤주춤 뒷걸음으로 물러섰다. 몸짓이 큰 남자가 바짝 다가오니 압도적인 기세에 숨이 턱턱 막혔다. 한동안 냉랭한 눈빛으로 오 주임을 내려다보던 로건은 아무 말 없이 휴게실을 나가 버렸다.

"뭐야. 이로건 선생님 왜 저래요?"

사색이 된 오 주임 곁에 다가온 운영팀 직원도 이유 없이 겁에 질렸다. 살기라고 불러도 될 만큼 섬뜩한 냉기에 등골이 오싹했었다.

"그건가······?"

오 주임은 며칠 전 자신의 권고로 병원을 그만둔 오영을 떠올렸다.

"진짜 둘이 그래?"

"무슨 말씀이세요?"

"아니야. 몰라도 돼."

아무리 가십거리를 즐기는 오 주임이지만 로건과 엮이고 싶지 않았다. 제 여자에 대해서는 함부로 입 털고 다니지 말아라. 조금 전 그 태도와 눈빛이 명백한 경고라는 것을 모를 수 없었다.

* * *

로건이 테이블 위에 식판을 올려놓자 사람들이 놀란 눈을 했다. 식판에 담긴 메뉴도 음식의 양도 로건답지 않았다. 식판과 로건을 번갈아 보는 대양의 눈동자가 바빴다. 새 모이도 울고 갈 양도 놀랍지만, 김치라면 질색하던 놈이 배추김치와 열무김치를 퍼 왔다. 김치는 물론 한식이라면 인상부터 찌푸리던 놈이 갈비탕을 택했다. 그나마 소고기라는 점이 이 녀석답다고 해야 하나.

"다이어트라도 하는 거야? 그거 먹고 되겠어?"

"아니. 이거 먹고 샌드위치도 사 먹을 거야."

"그게 뭐……하는 짓이지?"

"나 때문에 제대로 못 먹는 것 같아서. 앞으로 맞춰 줘 보려고."

"뭘?"

물어보던 대양이 재빨리 고개를 털고 다시 물었다.

"아니, 아니. 누구한테? 누구한테 뭘 맞춰 보겠다는 거야?"

직접 물어보는 대양만큼 같은 테이블에 앉은 이들의 궁금증도 증폭되었다. 심드렁하게 답하는 로건의 말투가 어딘지 모르게 다정해서 머리털이 쭈뼛할 정도였으니 호기심이 이는 게 당연했다.

수저와 젓가락으로 뼈에서 고기를 분리하는 로건의 손놀림은 어이없이 우아했다. 잠시 대양과 눈짓을 주고받던 윤수가 로건의 눈치를 살피며 중얼거렸다.

"중요한 분인가 봅니다."

중요한 사람. 그 소리에 로건이 잠시 동작을 멈췄다. 허공을 직시하더니 피식하고 웃기까지 했다.

뭔가 있다. 로건의 팀원들과 대양이 확신을 두고 고개를 끄덕였다. 호기심으로 소리 없이 술렁거리는 이들 사이에서 이나만 불만스럽게 입술을 내밀고 있었다. 로건의 모든 말과 행동이 혹시 오영을 두고 하는 것이 아닐까. 그 생각에 속상하고 야속하고. 가슴이 찢어지는 것 같았다. 입맛이 떨어져 국물을 휘적거리는 이나의 눈앞에 복숭아 맛 요거트가 슬그머니 등장했다. 옆에 앉은 윤수가 제 몫의 디저트를 이나에게 양보한 것이다.

"이게 뭐예요?"

"소화 안 될 것 같으면 그거라도 드세요."

속마음을 들킨 것에 자존심이 상한 이나의 볼이 금세 붉게 달아올랐다. 됐으니까 가져가라, 그러다 속 버리니까 이거라도 먹어라. 윤수와 이나가 주거니 받거니 하는 사이로 로건의 목소리가 끼어들었다.

"응. 일어났니?"

도대체 이게 무슨 일인가. 이로건 선생이 저렇게 달짝지근한 목소리도 낼 수 있는 남자였단 말인가? 그를 연모하면서도 꺼림칙해 하던 수많은 여심의 무게가 편향되게 쏠리는 순간이었다. 가끔 섬뜩한 기운을 내뿜지만 저렇게 말해 준다면 목숨인들 못 내어 줄까. 통화하는 로건의 표정이 점점 굳어지고 있었다.

"아니야. 오늘 하루 더 지낼 거야. 어젯밤에 제대로 구경도 못 했잖아. 편하게 쉬고 있어."

수화기 너머로 로건의 말을 들으면서 오영은 엉금엉금 기다시피 걸어서 주방에 있는 냉장고를 열었다. 생수와 맥주 그리고 안주로 먹을 만한 몇 가지 주전부리가 보였다.

"배고파. 냉장고에 있는 거 공짜야?"

– 응. 마음대로 먹어도 돼.

로건의 스스럼없는 말을 들으면서 오영은 고개를 갸웃거렸다. 공짜라고 하기에는 너무 고급스러워 보였다. 로건도 잘 모르고 하는 대답 같았다.

"그런데 이거 먹으면 입맛만 버리겠어."

─ 그래. 그렇겠다. 거실 TV 테이블 위에 책자가 하나 있을 거야. 거기에 룸서비스 메뉴 있으니까 시켜 먹어. 계산은 나중에 하는 거니까 신경 쓰지 말고.

"그래?"

로건의 조언을 따라 룸서비스 책자를 찾아낸 오영은 첫 줄을 읽자마자 인상을 구겼다.

"너무 비싸. 말도 안 된다. 순 도둑놈들이구나."

─ 그런 거 신경 쓰지 말라니까. 몸은 괜찮니?

"아니. 온몸이 구석구석 아파. 로건이 혹시 나 두드려 팼어?"

─ ······.

당사자는 느끼지 못했지만, 오영은 통화 내내 끙끙 앓는 소리를 냈었다. 그것이 로건의 신경을 긁었기에 오영의 농담에 대꾸하지 못했다.

"그냥 잠깐 나가서 컵라면이나 사 와야겠어. 아이고 배고파. 오영이 죽네."

로건은 이미 자신의 식사 따위 안중에 없었다. 수저를 내려놓고 손목시계를 확인한 로건이 자리에서 일어났다.

"아니야. 오영아. 그러지 마. 내가 지금 갈게."

통화를 엿듣던 이들의 입이 동시에 쩍 벌어졌다. 구체적인 이름의 주인을 알아들은 이들은 곱절로 놀랐다. 통화를 마친 로건이 서두르자 윤수가 그의 팔을 붙잡았다.

"선생님, 오후에 스케줄 있습니다."

"알아. 그 국회의원인가 뭔가 수술 브리핑 전에 올 거야. 걱정하지 마."

유력한 대권 주자로 거론되는 5선 국회의원 출신 정치인이 태산 병원에서 간이식 수술을 받기로 되어 있었다. 대외적으로 외과 과장이 집도하는 것이지만, 로건의 협력 없이는 성공을 장담할 수 없는 중요한 수술이었다. 국내는 물론 국제 정세에도 영향을 미칠 만큼 중요한 인사이기에 수술 전에 기자들을 불러놓고 브리핑을 잡아놓은 것이 오늘이었다. 로건이 빠지면 외과 과장이 불같이 화낼 것이 뻔하니 윤수만 애간장이 탔다. 발을 구르는 윤수의 어깨를 두드리며 대양이 얼빠진 목소리로 격려했다.

"이로건이 공과 사는 구별할 줄 알잖아. 염려하지 말아라."

"그런 선생님께서 지난번 학회를 당일에 캔슬했습니다."

"흠. 그렇군."

"게다가 어제하고 오늘, 옷도 똑같습니다."

"그래?"

직접 겪고 눈으로 보면서도 믿을 수 없었다. 오영에게 빠져서 허둥거리는 이로건은 혹시 뭐에 빙의라도 된 것이 아닐까. 엉뚱한 걱정이 들기 시작했다.

* * *

오영은 처음 본 순간부터 로건의 집이 좋았다. 싫다는 집주인의 뜻 따위 아랑곳하지 않고 도우미를 하겠다고 우긴 데에는 이 집이 큰 영향을 끼쳤다. 이런 집에서 살아보고 싶어! 홀딱 반한 마음은 그녀에게 무모한 용기를 주었고, 한 남자를 만나게 했다. 그래서 이 집을 더더욱 사랑하게 되었는지도 모르겠다.

　으리으리하지 않으면서도 부잣집 분위기가 물씬 나는 것도, 아담하고 단정한 정원도 좋았다. 그중에서도 오영은 커다란 창이 있는 자신의 방이 가장 마음에 들었다. 아름다운 뒤뜰을 한 폭의 그림처럼 품은 방. 이제는 로건과 함께 밤과 아침을 함께 하는 공간이 되었다.

　오랜만에 쨍한 가을볕이 거실 깊은 곳까지 차지한 아침. 오영은 흠뻑 젖은 머리를 로건에게 맡긴 채 일광욕 중이었다. 위이잉, 위잉. 드라이어에서 나오는 따뜻한 바람과 햇살을 만끽하는 오영은 로건이 머리카락을 쓸어주는 손길을 따라 이리저리 몸을 흔들고 있었다.

　"이제 곧 겨울이야. 머리를 안 말리고 다니면 어떡하겠다는 거야."

　요란한 기계음이 로건의 말을 삼켜버렸다.

　"뭐라고? 안 들려!"

　"겨울인데 왜 머리 감고 나서 안 말리냐고!"

　드라이어를 강에서 약으로 바꾸자 로건의 목소리가 선명하게 들렸다. 꾸짖는 듯한 로건의 어조에 오영이 토라진 척하며 대꾸했다.

　"로건도 참. 이제 가을 시작인데 벌써 겨울 타령이야."

　"한국의 가을은 짧아."

　"그건 그래."

　"감기 걸려. 옷 잘 챙겨 입고 다녀."

　"옷 입을 시간이나 주고 그런 소리 해."

　"……."

과장을 조금 보태자면 로건과 함께 있는 동안은 옷 입을 틈이 없었다. 어찌나 맨살 만지는 것을 좋아하는지. 오영이 무엇을 하든 곁에 다가와 옷자락을 들치고 꼼지락꼼지락 만져 댔다. 그러다 성에 안 차면 성질 돋은 손으로 옷을 벗겨 버리기 일쑤였다. 정신 차려 보면 어느새 다음 단계로 자연스럽게 넘어가는 것이 일상이었다.

새롭게 알게 된 사실은 혼자서만 지낼 때의 로건은 종종 나체로 돌아다녔다는 거였다. 처음 오영은 웃통을 훌렁훌렁 벗고 다니는 로건 때문에 눈을 어디에 둘 줄 몰랐었는데. 그게 엄청나게 예의를 갖춘 모습이란 말에 어이가 없었다.

드라이어 소리가 뚝 끊어졌다. 로건은 물기 하나 없이 보송보송하게 말린 머리를 빗질했다. 반질반질 윤기 나는 머리는 빗겨도 빗겨도 끝이 삐죽하게 뻗쳤다. 로건이 뻗치는 머리와 신경전을 벌이는 동안 오영은 차분하게 빗겨주는 손길에 흠뻑 빠졌다. 솔솔 몰려오는 졸음이 기분 좋았다.

"다 됐어."

"조금만 더 만져 줘."

햇볕에 달궈진 댓돌 위의 고양이처럼 나른해진 오영이 게으른 목소리로 졸랐다. 등지고 앉은 오영의 얼굴을 확인한 로건의 입가에 미소가 번졌다. 가만히 눈을 감은 오영의 콧잔등 위에 퍼진 흐릿한 주근깨마저 햇살에 반짝이는 것처럼 보였다. 그만큼 로건은 눈이 먼 상태였다. 쪽. 빗질 대신 촉촉한 입술이 오영의 목덜미에 진득하게 붙었다 떨어졌다.

"아니. 머리 만져 달라고. 기분 좋아지게."

"더 좋게 해 줄게."

또……. 셔츠 속으로 짓궂은 열기를 띤 손이 들어왔다.

"으응!"

봉긋한 가슴을 쥐었다 놓는 손을 피해 오영이 어깨를 틀었다. 당연히 놓칠 리 없는 로건의 재빠른 팔이 오영의 허리를 낚아채 자신의 다리 위에 앉혀놓았다.

"뭐야. 내가 애도 아니고."

정말 아기처럼 안겨 버린 오영은 팔다리를 버둥거리며 일어서려고 노력했다.

"가만히 좀 있어."

"아침 좀 먹자. 대식가 양반이 요즘 너무 먹는 데 부실하게 구는 거 아니야?"

"매일 먹는 밥에 너무 연연하지 마."

"처음부터 밥에 연연했던 사람이 누군데 그래?"

오영이 다급하게 종알거렸지만, 불리할수록 아무런 반응하지 않는 로건답게 무신경한 얼굴이었다.

"로건, 아침이야. 아침이라고."

"알아."

아직 침대 위의 이불도 정리하지 못했는데……. 하긴 로건이 쉬는 날, 침대 정리가 무슨 의미가 있다고.

휴가 날짜까지 똑같이 맞춰 놨던 남자는 지독하리만큼 오영 곁에 붙어 있었다. 휴가 기간 동안 신발 신을 기회가 있을까 두렵도록 오영 곁에 붙어서 나갈 생각조차 하지 않았다.

곱게 침대 위에 눕혀진 오영은 매끄러운 동작으로 티셔츠를 벗는 남자를 무력한 눈으로 바라봤다.

"말로만 듣던 짐승남을 이렇게 가까이 두게 될 줄은 몰랐어. 우리 일어난 지 얼마 되지도 않았어. 나, 배고파."

먹히지 않을 줄 뻔히 알면서도 오영은 한 마디라도 더 대들었다. 벌써 미끈한 나신이 된 남자의 그림자가 침대 위에 존재감을 드리웠다.

"밥 많이 줄게."

오영의 여린 몸 위에 엎드린 남자는 앙상한 날개뼈 밑으로 손을 밀어 넣으며 인상을 찌푸렸다. 많이 먹이고 잘 재워서 살찌워야겠다고 결심해 놓고 자신이 방해하고 있다는 걸 안다. 그러나 절제와 금욕의 상징 같은 남자는 작은 여자에 한해서는 아무것도 의지대로 할 수 없었다.

"그렇게 말하니까 꼭 사육당하는 거 같잖아."

"오영아, 꼼짝 못 하는 건 네가 아니고 나야."

오영은 속옷을 수놓은 레이스를 덧그리는 이지적인 손가락을 덥석 붙들었다.

"정말. 그래?"

"뭐가."

"꼼짝 못 해? 로건이 나한테 꼼짝 못 해?"

"그래. 너 때문에 아무것도 못하겠어."

씨익 입꼬리를 올리는 오영의 눈동자에 이채가 빛났다. 짐작하고 있었으면서, 그래도 귀로 직접 들으니 기분이 우쭐했다. 알게 모르게 오영은 먼저 고백한 사람으로서 자격지심 같은 것이 있었다. 모든 것이 완벽한 남자가 자신 같은 애를 순순히 받아들인 것이 의아할 때도 있었다. 그래서 그의 마음을 대놓고 들으면 안심이 됐다.

"그……런데, 로건은 왜 이 방에만 있어?"

끈끈한 집착으로 점철된 로건의 입술이 떨어진 틈을 타 오영이 물었다. 음란한 의도를 품은 다리가 다리 사이로 파고들어 겹치는 감촉에 벌써 숨이 달아올랐다.

"네가 여기를 좋아하잖아."

로건의 엄지가 가장 여리고 취약한 살점을 지그시 누르는 동시에 오영의 엉덩이가 높이 들렸다. '여기'를 뜻하는 로건의 대답은 다분히 의도적이었다. 사랑을 나누는 장소인지 오영이 단숨에 흥분에 빠져드는 성감대인지 헷갈리기 충분했다.

"내 방은 어둡고 음침해. 너에게 어울리지 않아."

"그래도 나는 로건의 집이 좋아."

"이제 우리 집이라고 해야지."

우리. 모두 그의 것인데 함부로 '우리'라고 해도 될까. 오영은 염치없는 마음을 숨기기 위해 그의 목을 끌어안고 얼굴을 숨겼다. 이미 이상한 낌새를 눈치 챈 로건의 눈매가 가늘어졌다. 자신에게 몰입하지 못하는 오영을 느낄 때면 조급해졌다. 로건이 참을성 없이 허리를 짓쳤다. 빠듯함을 느끼는 로건과 오영의 미간이 동시에 일그러졌다. 오영의 입술에서 새어 나오는 미약한 신음은 열기로 가득한 로건의 숨결에 잠식되었다.

〈2권에 계속〉